Angela Marsons
Evil Games – Wer ist ohne Schuld?

PIPER

Zu diesem Buch

Als DI Kim Stone zu einem Leichenfund gerufen wird, ist für sie schnell klar: Hier handelt es sich um einen Racheakt, denn Allan Harris saß jahrelang wegen einer brutalen Vergewaltigung im Gefängnis. Tatsächlich bekennt sich dessen damaliges Opfer Ruth bald zu der Tat. Sie konnte es nicht ertragen, Harris wieder auf freiem Fuß zu wissen. Doch Stone hat so ihre Zweifel an Ruths Geständnis und sucht deshalb deren Psychiaterin Dr. Alexandra Thorne auf. Und die scheint Ruth manipuliert zu haben, nur kann Stone es ihr nicht beweisen…

Angela Marsons ist im Black Country, einer von Bergbau und Industrie geprägten Region Englands, geboren und aufgewachsen. Mit ihrer Partnerin lebt sie auch heute noch dort. Sie arbeitete lange Jahre in der Sicherheitsbranche, schreibt seit ihrer Jugend und veröffentliche mehrere erfolgreiche Kurzgeschichten und Kriminalromane.

Angela Marsons

EVIL GAMES

WER IST OHNE SCHULD?

Kriminalroman

Aus dem Englischen von
Elvira Willems

PIPER

Mehr über unsere Autoren und Bücher:
www.piper.de

Wenn Ihnen dieser Kriminalroman gefallen hat, schreiben Sie uns unter Nennung des Titels »Evil Games – Wer ist ohne Schuld?« an *empfehlungen@piper.de*, und wir empfehlen Ihnen gerne vergleichbare Bücher.

Von Angela Marsons liegen im Piper Verlag vor:
Kim-Stone-Reihe:
Band 1: Silent Scream – Wie lange kannst du schweigen?
Band 2: Evil Games – Wer ist ohne Schuld?
Band 3: Lost Girls – Was kostet ein Leben?

Unser Versprechen für mehr Nachhaltigkeit
• Klimaneutrales Produkt
• FSC®-zertifiziertes Papier
• Hergestellt in Europa

FSC www.fsc.org
MIX
Papier aus verantwortungsvollen Quellen
FSC® C083411

Ungekürzte Taschenbuchausgabe
ISBN 978-3-492-31228-8
August 2021

Titel der englischen Originalausgabe:
»Evil Games«, Bookouture, London 2015

erschienen im Verlagsprogramm Paperback
Umschlaggestaltung: FAVORITBUERO, München
Umschlagabbildung: Elena Raising / EyeEm / GettyImages
Satz: psb, Berlin
Gesetzt aus der Stempel Garamond
Druck und Bindung: CPI books GmbH, Leck
Printed in the EU

Dieses Buch ist meiner Oma Winifred Walford gewidmet, die meine beste Freundin war und mit der ich noch so viel Zeit hätte verbringen wollen – es wäre nie genug gewesen.

1

Black Country – März 2015

Noch drei Minuten.

Ein größerer Zugriff im Morgengrauen war kaum vorstellbar. Sie hatten monatelang ermittelt, und jetzt waren Kim Stone und ihr Team so weit. Die Leute vom Jugendamt standen auf der anderen Straßenseite in Position, bereit, auf ihr Zeichen hin das Haus zu betreten. Zwei kleine Mädchen würden die nächste Nacht nicht hier schlafen.

Noch zwei Minuten.

Sie drückte einen Knopf am Funkgerät. »Alle in Position?«

»Warten auf Ihre Anweisung, Guv«, antwortete Hawkins. Sein Team, das zwei Straßen weiter parkte, stand bereit, die Rückseite des Gebäudes zu sichern.

»Alles klar, Guv«, sagte Hammond aus dem Wagen hinter ihr. Er war im Besitz des »großen Schlüssels«, der für einen schnellen, wenn auch ohrenbetäubenden Zutritt sorgen würde.

Noch eine Minute.

Kims Hand ruhte über dem Türgriff. Ihre Muskeln

spannten sich an, Adrenalin rauschte in ihren Adern angesichts der bevorstehenden Gefahr. Ihr Körper traf die Wahl zwischen Kampf oder Flucht. Als hätte Flucht je zur Debatte gestanden.

Sie drehte sich zu ihrem Partner um, der das Wichtigste hatte: den Haftbefehl.

»Bryant, sind Sie bereit?«

Er nickte.

Kim sah zu, wie der zweite Zeiger auf zwölf rückte. »Zugriff«, rief sie ins Funkgerät.

Acht Paar Stiefel donnerten über den Bürgersteig und drängten sich um die Haustür. Kim war als Erste da. Sie trat zur Seite, als Hammond mit der Ramme auf die Tür losging. Der billige Holzrahmen setzte den drei Tonnen kinetischer Energie nicht den geringsten Widerstand entgegen.

Laut Anweisung liefen Bryant und ein Constable direkt die Treppe hinauf ins Elternschlafzimmer, um den Haftbefehl zu präsentieren.

»Brown, Griff, ins Wohnzimmer und in die Küche. Nehmen Sie alles auseinander, falls es nötig ist. Dawson, Rudge, Hammond, Sie kommen mit mir.«

Das Haus war in null Komma nichts von dem Lärm erfüllt, mit dem Schranktüren aufgerissen und Schubladen herausgezerrt wurden.

Oben knarrten Fußbodendielen, und eine Frau setzte zu einem hysterischen Wimmern an. Kim achtete nicht darauf und gab den beiden Mitarbeitern vom Jugendamt das Zeichen, ins Haus zu kommen.

Sie stand vor der Kellertür, die durch ein Vorhängeschloss gesichert war.

»Hammond, Bolzenschneider«, rief sie.

Der Beamte trat neben sie und schnitt das Schloss fachmännisch auf.

Dawson ging als Erster hinein und tastete an der Wand nach einem Lichtschalter, doch er fand nichts.

Ein Trichter aus Licht aus dem Flur fiel auf die Steinstufen. Dawson ging hinunter, schaltete seine Taschenlampe ein und richtete sie dahin, wo Kim die Füße aufsetzte. In der Luft lag der Geruch nach abgestandenem Rauch und Feuchtigkeit.

Hammond ging in eine Ecke, wo ein Scheinwerfer stand, und schaltete ihn ein. Sein Strahl war auf die Mitte des Raumes gerichtet, wo eine quadratische Gymnastikmatte lag. Direkt dahinter stand ein Stativ und in der gegenüberliegenden Ecke ein Kleiderschrank. Kim öffnete ihn. Er enthielt etliche Kleidungsstücke, darunter eine Schuluniform und Badeanzüge. Auf dem Boden des Kleiderschranks lag Spielzeug: Schwimmreifen, Wasserball, Puppen.

Kim kämpfte gegen die aufsteigende Übelkeit.

»Rudge, machen Sie Fotos«, befahl sie.

Hammond klopfte an alle vier Wände, um zu prüfen, ob es irgendwo ein Geheimversteck gab.

In einer Nische in der hintersten Ecke stand ein Tisch mit einem Computer. Darüber drei Regale. Auf dem obersten stapelten sich Zeitschriften, deren dünne Rücken keinen Hinweis auf ihren Inhalt gaben, doch Kim wusste, um welche Art Zeitschriften es sich handelte. Auf dem mittleren Regal drängten sich Digitalkameras, Minidiscs und Reinigungsmaterial. Auf dem untersten Regal zählte sie siebzehn DVDs.

Dawson nahm die Erste, die mit *Daisy geht schwimmen* beschriftet war, und steckte sie in das CD-ROM-

Laufwerk. Der leistungsstarke Computer erwachte schnell zum Leben.

Auf dem Bildschirm erschien Daisy, die Achtjährige, in einem gelben Badeanzug, den Schwimmreifen um ihre winzige Taille. Die dünnen Arme hatte sie eng um den mageren Oberkörper geschlungen.

Es schnürte Kim die Kehle zu. Sie wollte den Blick losreißen, doch das ging nicht. Sie wollte sich selbst gegenüber so tun, als könnte sie das, was gleich passieren würde, verhindern, aber das konnte sie natürlich nicht, denn es war ja schon passiert.

»W… was jetzt, Daddy?«, fragte Daisy mit bebender Stimme.

Sämtliche Aktivitäten im Keller stoppten. Alles erstarrte. Kein Laut kam von den vier abgehärteten Polizeibeamten, sie waren wie gelähmt durch die Stimme des kleinen Mädchens.

»Wir spielen nur ein kleines Spiel, Schätzchen«, sagte Daddy und kam ins Bild.

Kim schluckte und brach den Bann. »Schalten Sie das ab, Dawson«, flüsterte sie. Sie wussten alle, was als Nächstes passierte.

»Scheißkerl.« Mit zitternden Händen holte Dawson die DVD wieder heraus.

Hammond starrte in die Ecke, und Rudge wischte bedächtig die Linse seiner Kamera sauber.

Kim riss sich zusammen. »Leute, wir sorgen dafür, dass dieses Stück Scheiße für das bezahlt, was er getan hat. Das verspreche ich Ihnen.«

Dawson holte die Formulare heraus, um jedes einzelne Beweismittel aufzulisten. Er hatte eine lange Nacht vor sich.

Von oben hörte Kim einen Tumult. Eine Frau schrie hysterisch.

»Guv, können Sie raufkommen?«, rief Griff.

Kim warf einen letzten Blick in die Runde. »Nehmt die Bude auseinander, Leute.«

Sie traf den Beamten an der obersten Stufe der Kellertreppe. »Was gibt's?«

»Die Frau verlangt ein paar Erklärungen.«

Kim schritt zur Haustür, wo eine Frau Mitte vierzig stand, einen Morgenrock um ihre hagere Gestalt. Die Mitarbeiter vom Jugendamt setzten ihre zwei verängstigten Töchter gerade in einen Fiat Panda.

Wendy Dunn spürte Kim wohl hinter sich und drehte sich zu ihr um. Rot geschwollene Augen in einem bleichen Gesicht. »Wo bringen Sie meine Kinder hin?«

Kim musste sich sehr beherrschen, sie nicht zusammenzuschlagen. »Von Ihrem kranken, perversen Ehemann weg.«

Die Frau raffte den Morgenmantel am Hals zusammen und schüttelte wild den Kopf. »Ich hab nichts gewusst, ich schwör's Ihnen, ich hab nichts gewusst. Ich will meine Kinder wiederhaben. Ich hab nichts gewusst.«

Kim neigte den Kopf. »Ehrlich? Die Frauen wissen nie was, bis man ihnen die Beweise unter die Nase hält. Sie haben noch keine Beweise gesehen, nicht wahr, Mrs. Dunn?«

Ihr Blick schoss hin und her, aber immer an Kim vorbei. »Ich schwöre Ihnen, ich weiß von nichts.«

Kim beugte sich vor, das Bild von Daisy noch frisch vor Augen. »Sie sind eine verlogene Schlampe. Sie haben es gewusst. Sie sind ihre Mutter, und Sie haben zugelassen, dass man sie für immer zerstört. Ich wünsche Ihnen, dass Sie für den Rest Ihres armseligen, verdammten Lebens keinen Frieden mehr finden.«

Bryant trat neben sie. »Guv…«

Kim riss den Blick von der zitternden Frau los und drehte sich um.

Über Bryants Schulter blickte sie in die Augen des Mannes, der dafür verantwortlich war, dass zwei kleine Mädchen die Welt niemals so sehen würden, wie sie sie sehen sollten. Alles andere im Haus verblasste, und ein paar Sekunden lang war es, als wären sie beide ganz allein.

Sie sah ganz genau hin, bemerkte die labbrige, überschüssige Haut, die wie geschmolzenes Wachs an seinem Kiefer hing. Sein Atem ging schnell und mühsam, sein massiger Körper war bei der geringsten Bewegung erschöpft.

»Zum Teufel … Sie können … verdammt noch mal … nicht … einfach hier … reinkommen und machen … was Sie wollen.«

Sie trat auf ihn zu, obwohl jede einzelne Zelle ihres Körpers davor zurückschrak, die Entfernung zu ihm zu verringern. »Ich habe einen Haftbefehl, in dem steht, dass ich das durchaus kann.«

Er schüttelte den Kopf. »Verschwinden Sie … aus meinem Haus … sonst rufe ich … meinen Anwalt an.«

Sie holte die Handschellen aus ihrer Gesäßtasche. »Leonard Dunn, ich nehme Sie fest wegen des Verdachts der Misshandlung eines Kindes unter dreizehn durch Penetration, der sexuellen Misshandlung eines Kindes unter dreizehn und der Nötigung eines Kindes unter dreizehn, sich an sexuellen Handlungen zu beteiligen.«

Ihr Blick bohrte sich in seine Augen. Sie sah Panik.

Langsam öffnete sie die Handschellen, und Bryant packte Dunns Unterarme, damit sie sie ihm anlegen konnte.

»Sie müssen keine Aussage machen, aber es kann Ihrer Verteidigung schaden, wenn Sie bei der Befragung etwas verschweigen, worauf Sie sich bei Gericht dann berufen wollen. Alles, was Sie aussagen, hat Beweismittelcharakter.«

Sie schloss die Handschellen, wobei sie sorgsam darauf achtete, die behaarte, weiße Haut nicht zu berühren. Dann schleuderte sie seine Arme von sich und sah ihren Partner an.

»Bryant, schaffen Sie mir diesen widerlichen, kranken Scheißkerl aus den Augen, bevor ich etwas tue, was wir beide noch bereuen.«

2

Sein Aftershave stieg Kim in die Nase, bevor er in Sicht kam.

»Verschwinden Sie, Bryant, ich bin nicht zu Hause.«

Mit seinen eins dreiundachtzig bückte er sich unter dem halb hochgezogenen Rolltor der Garage durch.

Sie drehte ihren iPod leiser, und die silbrigen Klänge des Winters aus den *Vier Jahreszeiten* von Vivaldi verstummten.

Sie schnappte sich einen Lappen, wischte sich damit die Hände ab und setzte jeden Zentimeter ihrer Körpergröße ein – immerhin maß sie ein Meter fünfundsiebzig –, um ihm direkt in die Augen zu sehen. Ihre rechte Hand fuhr instinktiv durch ihre kurzen schwarzen Haare. Bryant wusste schon, dass sie das immer machte, bevor sie sich in die Schlacht stürzte. Die andere Hand stemmte sie in die Seite.

»Was wollen Sie?«

Er trat vorsichtig um die Motorradteile herum, die wie nach einer Explosion auf dem Garagenboden verstreut lagen.

»Himmel, was wird das denn mal, wenn es groß ist?«

Kim folgte seinem Blick durch die Garage. Für ihn sah es aus wie eine kleine Ecke eines Schrottplatzes, ein vergessener Schatz. Es hatte fast ein Jahr gedauert, sämtliche Einzelteile zusammenzusuchen, um dieses Motorrad zu bauen, und sie konnte es kaum erwarten.

»Eine BSA Goldstar von 1954.«

Seine rechte Augenbraue wanderte nach oben. »Wenn Sie es sagen.«

Sie sah ihm in die Augen und wartete ab. Das war nicht der Grund für seinen Besuch, und das wusste sie genauso gut wie er.

»Sie waren gestern Abend nicht dabei«, sagte er und hob den Auspuffkrümmer vom Boden auf.

»Exzellente Beobachtung, Sherlock. Sie sollten sich überlegen, Detektiv zu werden.«

Er lächelte, wurde dann aber wieder ernst. »Wir haben gefeiert, Guv.«

Sie senkte den Blick. Hier zu Hause war sie nicht Detective Inspector, und er war nicht Detective Sergeant. Sie war Kim, und er war Bryant, ihr Arbeitskollege und Freund, wenn sie denn einen Freund hatte.

»Na ja, egal. Wo waren Sie?« Seine Stimme wurde weicher. Sie hatte eigentlich mit Vorwürfen gerechnet.

Sie nahm ihm den Auspuff ab und legte ihn auf die Werkbank. »Ich hatte keinen Grund zu feiern.«

»Aber wir haben ihn doch gekriegt, Kim.«

Jetzt sprach er als Freund zu ihr.

»Ja, aber sie nicht.«

Sie griff nach der Zange. Irgendein Idiot hatte einen Stehbolzen mit einem falschen Gewinde in das Kurbelgehäuse gedreht.

»Nicht genug Beweise, um sie vor Gericht zu bringen. Sie behauptet, sie hat nichts gewusst, und die Staatsanwaltschaft hat nichts gefunden, was das Gegenteil beweist.«

»Dann sollten sie die Köpfe aus den Ärschen ziehen und gründlicher suchen.«

Sie setzte die Zange am Ende des Stehbolzens an und drehte vorsichtig.

»Wir haben unser Bestes getan, Kim.«

Ihr Blick bohrte sich in seine Augen. »Er ist ein kranker Scheißkerl. Womit redet sie sich raus?«

Er zuckte die Achseln. »Sie beharrt darauf, dass sie nichts gewusst hat, dass es keine Anzeichen gab.«

Kim wandte den Blick ab. »Anzeichen gibt's immer.«

Sie drehte die Zange behutsam und versuchte so, den Stehbolzen zu lösen, ohne den Krümmer zu beschädigen.

»Wir kriegen sie nicht ins Wanken. Sie bleibt dabei.«

»Sie wollen mir also erzählen, dass sie sich nie gewundert hat, warum die Kellertür abgeschlossen war? Und dass sie nicht ein einziges Mal ein bisschen früher nach Hause gekommen ist als sonst und das Gefühl hatte, irgendetwas stimmte nicht?«

»Aber wir können es nicht beweisen. Wir haben alle unser Bestes getan.«

»Dann war's nicht gut genug, Bryant. Nicht mal annähernd. Sie war ihre Mutter. Sie hätte sie beschützen müssen.«

Sie wandte mehr Kraft auf und drehte die Zange gegen den Uhrzeigersinn.

Der Stehbolzen riss ab, und Teile davon fielen in den Auspuffkrümmer.

Sie donnerte die Zange an die Wand. »Verdammt, ich

hab fast vier Monate gebraucht, um den verdammten Auspuff aufzutreiben.«

Bryant schüttelte den Kopf. »Nicht die erste Schraube, die Sie überdreht haben, was, Kim?«

Trotz ihrer Wut zupfte ein Lächeln an ihren Mundwinkeln.

»Und bestimmt auch nicht die letzte.« Sie schüttelte den Kopf. »Können Sie mir die Zange rüberreichen?«

»Und wie heißt das Zauberwort? Haben Ihre Eltern Ihnen keine Manieren beigebracht, junge Dame?«

Kim schwieg. Sie hatte von allen sieben Pflegeelternpaaren ziemlich viel gelernt, aber viel Gutes war nicht dabei gewesen.

»Das Team hat sich aber sehr darüber gefreut, dass Sie ein paar Runden ausgegeben haben.«

Sie nickte und seufzte. Ihre Leute hatten sich den Abend im Pub verdient. Sie hatten hart gearbeitet, um einen soliden Fall aufzubauen. Leonard Dunn würde die Welt da draußen für sehr lange Zeit nicht mehr wiedersehen.

»Wenn Sie bleiben, können Sie sich auch nützlich machen und Kaffee holen gehen ... bitte.«

Kopfschüttelnd ging er durch die Tür, die in die Küche führte. »Haben Sie schon welchen aufgesetzt?«

Kim antwortete nicht. Wenn sie zu Hause war, war immer ein Kaffee aufgesetzt.

Während er in der Küche herumhantierte, wunderte sie sich nicht zum ersten Mal darüber, dass es von seiner Seite keinerlei Animositäten gegeben hatte, als sie viel schneller befördert worden war als er. Bryant war sechsundvierzig und hatte kein Problem damit, Befehle von ihr entgegenzunehmen, obwohl sie eine Frau und obendrein zwölf Jahre jünger war als er.

Bryant reichte ihr einen Becher und lehnte sich an die Werkbank. »Ich hab gesehen, dass Sie wieder gebacken haben.«

»Haben Sie einen probiert?«

Er brach in schallendes Gelächter aus. »Nein, lieber nicht. Ich würd gern noch ein Weilchen leben, und ich esse nichts, von dem ich den Namen nicht weiß. Die sehen aus wie afghanische Landminen.«

»Das sind Kekse.«

Er schüttelte den Kopf. »Warum plagen Sie sich damit so ab?«

»Weil ich in der Küche eine absolute Niete bin.«

»Ach ja, klar. Natürlich. Sind wohl wieder mal abgelenkt worden, was? Haben ein bisschen Chrom gesehen, der poliert werden musste, oder eine Schraube, die ...«

»Haben Sie am Samstagvormittag wirklich nichts Besseres zu tun?«

Er schüttelte den Kopf. »Nein, die Frauen in meinem Leben lassen sich die Fingernägel machen. Also, nein, ich hab tatsächlich grad nichts Besseres zu tun, als Sie zu nerven.«

»Na gut. Kann ich Sie dann was Persönliches fragen?«

»Ich bin glücklich verheiratet, und Sie sind meine Chefin, also lautet die Antwort Nein.«

Kim stöhnte. »Gut zu wissen. Aber viel wichtiger ist doch, warum Sie nicht den Mumm aufbringen, Ihrer Frau zu sagen, dass Sie nicht riechen wollen wie die Umkleidekabine einer Boyband?«

Er schüttelte den Kopf und senkte den Blick zu Boden. »Geht nicht. Ich habe seit drei Wochen nicht mit ihr gesprochen.«

Erschrocken drehte Kim sich um. »Warum nicht?«

Er hob den Kopf und grinste. »Weil ich sie ungern unterbreche.«

Kim schüttelte den Kopf und sah auf ihre Uhr. »Okay, trinken Sie Ihren Kaffee aus und verschwinden Sie.«

Er leerte seine Tasse. »Ich liebe Ihre subtile Art, Kim«, sagte er und ging zum Garagentor, wo er sich noch einmal umdrehte. Seine Miene fragte, ob es ihr gut ginge.

Sie brummte als Antwort.

Als sein Wagen davonfuhr, seufzte Kim tief. Sie sollte den Fall innerlich loslassen. Bei dem Gedanken daran, dass Wendy Dunn zugelassen hatte, dass ihre Mädchen sexuell missbraucht wurden, tat ihr der Kiefer weh. Angesichts der Tatsache, dass die beiden kleinen Mädchen zu ihrer Mutter zurückkehren würden, wurde ihr übel. Dass sie wieder in der Obhut der Person sein würden, die sie hätte beschützen sollen, würde ihr keine Ruhe lassen.

Kim warf den schmutzigen Lappen auf die Werkbank und ließ das Rolltor hinunter. Sie musste ihre Familie besuchen.

3

Kim stellte die weißen Rosen vor den Grabstein, auf dem der Name ihres Zwillingsbruders stand. Die Spitze des größten Blütenblatts reichte genau bis unter die Daten, die seine Lebensspanne umfassten. Sechs kurze Jahre.

Im Blumenladen waren aus sämtlichen Eimern gelbe Narzissen gequollen, Blumen für den Muttertag. Kim hasste gelbe Narzissen, sie hasste den Muttertag, aber vor allem hasste sie ihre Mutter. Was für Blumen kaufte man einer bösen, mörderischen Hexe?

Sie richtete sich auf und senkte den Blick auf das frisch gemähte Gras. Es wollte ihr nicht gelingen, das Bild des zerbrechlichen, ausgemergelten kleinen Jungen vor ihrem inneren Auge zu vertreiben, den man ihr vor achtundzwanzig Jahren aus den Armen gerissen hatte.

Wie gern hätte sie eine Erinnerung an sein liebes, vertrauensvolles Gesicht heraufbeschworen, voller unschuldiger Freude und Lachen, voller Kindheit. Doch es wollte ihr nicht gelingen.

Wie viele Jahre auch verstrichen, die Wut ließ nicht nach. Dass sein kurzes Leben so voller Traurigkeit gewesen war, so voller Angst, quälte sie jeden Tag aufs Neue.

Kim öffnete die rechte Faust und streichelte den kalten Marmor, wie um ihm das kurze schwarze Haar, das ihrem so ähnlich gewesen war, aus dem Gesicht zu streichen. Sie hätte ihm so gern gesagt, dass es ihr leidtat. Leid, dass sie ihn nicht hatte beschützen können, unendlich leid, dass sie seinen Tod nicht hatte verhindern können.

»Mikey, ich liebe dich und vermisse dich jeden Tag.« Sie drückte einen Kuss auf die Fingerspitze und legte diese auf den Stein. »Schlaf gut, mein kleiner Engel.«

Mit einem letzten Blick wandte sie sich ab und ging davon.

Die Kawasaki Ninja wartete vor dem Friedhofstor auf sie. An manchen Tagen war das Motorrad bloß 600 Kubikzentimeter pure Kraft, die sie von einem Ort zum anderen brachten. Heute war es ihre Rettung.

Sie setzte den Helm auf und fuhr vom Bordstein los. Heute musste sie fliehen.

Sie lenkte die Maschine durch Old Hill und Cradley Heath, Black-Country-Städte, in denen sich einst am Samstag die Passanten auf die Füße getreten waren, wenn sie aus den Läden zum Markt schlenderten und weiter ins Café, um den neuesten Klatsch auszutauschen. Doch jetzt waren die Läden in Einkaufszentren am Rande der Stadt gezogen und hatten die Käufer und das lebendige Summen mitgenommen.

Die Arbeitslosigkeit im Black Country war die dritthöchste im ganzen Land. Die Region hatte sich nicht mehr vom Niedergang der Kohle- und Stahlindustrie erholt, die in viktorianischen Zeiten einst gebrummt hatte. Gießereien und Stahlwerke waren abgerissen worden, um Platz für Industriegebiete und Wohnsiedlungen zu machen.

Doch heute wollte Kim nicht durch das Black Country kurven. Sie wollte das Motorrad ausfahren.

Sie verließ Stourbridge in Richtung Stourton, knapp dreißig Kilometer, die auf der A 458 in die pittoreske Stadt Bridgnorth führten. Doch sie interessierte sich weder für die Läden noch für die Cafés am Flussufer. Sie wollte nur fahren.

An dem schwarzweißen Schild gab sie Gas. Der erwartete Adrenalinstoß fuhr durch ihre Adern, als der Motor unter ihr so richtig wach wurde. Sie legte sich auf die Maschine, die Brüste auf dem Benzintank.

Einmal entfesselt, forderte die Kraft der Maschine jeden einzelnen Muskel in ihrem Körper. Sie spürte ihre Ungeduld und Erregung, wollte explodieren, war nahe daran, die Kontrolle aufzugeben.

Na komm schon, holt mich, dachte sie, als sie mit dem rechten Knie in einer unvermutet scharfen Kurve die Straße küsste. Ich warte, ihr Scheißkerle, ich warte.

Ab und zu spottete sie gern über die Dämonen. Sie forderte das Schicksal heraus, das sich ihr versagt hatte, als sie nicht an der Seite ihres Bruders gestorben war.

Eines Tages würde es sie kriegen. Die Frage war nur, wann.

4

Doktor Alexandra Thorne zog zum dritten Mal einen Kreis durch ihr Sprechzimmer, wie sie es vor einem Termin mit einem wichtigen Patienten immer tat. Soweit Alex wusste, hatte ihre erste Patientin für heute in den vierundzwanzig Jahren ihrer Existenz noch nichts Bemerkenswertes erreicht. Ruth Willis hatte niemandem das Leben gerettet. Sie hatte keine Wunderdroge entdeckt und war auch kein besonders produktives Mitglied der Gesellschaft. Die Bedeutung von Ruths Existenz lag einzig und allein darin, Alex von Nutzen zu sein. Eine Tatsache, von der ihre Patientin in glückseliger Unwissenheit nichts ahnte.

Alex setzte ihre Inspektion mit kritischem Blick fort und ließ sich auf dem Stuhl nieder, der für ihre Patienten reserviert war, und zwar aus gutem Grund. Er war aus hirngegerbtem Leder gefertigt, das ihrem Rücken sanft schmeichelte und beruhigenden Trost und Wärme bot.

Der Stuhl stand vom Schiebefenster abgewandt, wo nur Ablenkungen drohten, sodass der Patient die Urkunden, die die Wand hinter dem Schreibtisch – ein Nachbau im Regency-Stil – schmückten, sehen konnte.

Auf dem Schreibtisch war eine Fotografie exakt so platziert, dass der Blick des Patienten auf einen gut aussehenden, sportlichen Mann und zwei Jungen fiel, die in die Kamera lächelten. Ein tröstliches Foto einer intakten Familie.

Das Wichtigste für diese besondere Sitzung war der Brieföffner mit seinem geschnitzten Holzgriff und der dünnen, langen Klinge, der direkt im Blickfeld der Patientin auf der vorderen Schreibtischkante lag.

Beim Läuten der Türglocke durchfuhr Alex ein erwartungsvolles Beben. Perfekt, Ruth war absolut pünktlich.

Alex hielt kurz inne, um ihr Erscheinungsbild von Kopf bis Fuß zu betrachten. Die knapp acht Zentimeter hohen Absätze ließen sie noch ein Stückchen größer erscheinen. Ihre langen, schlanken Beine steckten in einer gut sitzenden marineblauen Hose mit breitem Ledergürtel. Eine schlichte Seidenbluse verstärkte den Eindruck zurückhaltender Eleganz. Ihr dunkles kastanienbraunes Haar lockte sich an den Spitzen zu einem glänzenden, schmucken Bubikopf. Sie holte die Brille aus der Schublade und setzte sie auf, um ihren Look zu vervollständigen. Sie brauchte die Brille nicht, weil sie schlecht sah, doch für ihr Image war sie unabdingbar.

»Guten Morgen, Ruth«, sagte Alex, indem sie die Tür öffnete.

Ruth trat ein, die Verkörperung des tristen Tags draußen. Ihr Gesicht war leblos, die Schultern hingen bedrückt nach unten.

»Wie ist es Ihnen inzwischen ergangen?«

»Nicht besonders gut«, antwortete Ruth und setzte sich.

Alex ging zur Kaffeemaschine. »Haben Sie ihn wiedergesehen?«

Ruth schüttelte den Kopf, doch Alex sah, dass sie log.

»Waren Sie noch einmal dort?«

Schuldbewusst wandte Ruth den Blick ab, ohne zu ahnen, dass sie genau das getan hatte, was Alex wollte.

Ruth war neunzehn Jahre alt gewesen und eine vielversprechende Jurastudentin, als sie brutal vergewaltigt, zusammengeschlagen und dem Tod überlassen worden war, zweihundert Meter von ihrem Zuhause entfernt.

Die Fingerabdrücke auf dem Lederrucksack, der ihr vom Rücken gerissen worden war, hatten zu ihrem Vergewaltiger geführt, dem achtunddreißigjährigen Allan Harris. Seine Daten waren im System gespeichert gewesen, weil er mit Ende zwanzig ein paar Bagatelldiebstähle begangen hatte.

Ruth hatte einen harten Prozess miterlebt, an dessen Ende der Täter für zwölf Jahre ins Gefängnis gewandert war.

Die junge Frau hatte alles getan, um ihr Leben wieder auf die Reihe zu kriegen, doch die Vergewaltigung hatte ihre Persönlichkeit vollkommen verändert. Sie hatte sich zurückgezogen, die Uni geschmissen, den Kontakt zu ihren Freundinnen und Freunden abgebrochen. Sie hatte sich in Therapie begeben, doch es war ihr nicht gelungen, in ein auch nur annähernd normales Leben zurückzufinden. Ihre Existenz bestand darin, nach außen hin zu funktionieren. Doch diese ohnehin schon brüchige Fassade war vor drei Monaten eingestürzt, als sie in der Thorns Road an einem Pub vorbeigegangen war und ihren Angreifer mit einem Hund an der Leine hatte herauskommen sehen.

Ein paar Telefonate hatten bestätigt, dass Allan Harris aufgrund guter Führung entlassen worden war, nachdem er nicht einmal die Hälfte seiner Strafe abgesessen hatte. Die Nachricht hatte das Mädchen zu einem Selbstmordversuch getrieben, worauf ein Gerichtsbeschluss ergangen war, der sie zu Alex geführt hatte.

Bei der letzten Sitzung hatte Ruth zugegeben, dass sie jeden Abend irgendwo vor dem Pub im Schatten lauerte, nur um ihn zu sehen.

»Wenn Sie sich erinnern, habe ich Ihnen, als wir uns das letzte Mal gesehen haben, abgeraten, da noch einmal hinzugehen.« Das war nicht ganz gelogen. Alex hatte ihr tatsächlich geraten, nicht mehr dort hinzugehen, aber sie hätte es durchaus mit mehr Nachdruck tun können.

»Ich weiß, aber ich musste ihn sehen.«

»Warum, Ruth?« Alex legte bewusst Zärtlichkeit in ihren Tonfall. »Was haben Sie sich denn davon erhofft?«

Ruth packte die Stuhllehnen. »Ich will wissen, warum er das getan hat. Ich will in seinem Gesicht sehen, ob es ihm leidtut, ob er Schuldgefühle hat, weil er mein Leben zerstört hat. Weil er *mich* zerstört hat.«

Alex nickte mitfühlend, doch sie musste die Sache vorantreiben. Hier war in kurzer Zeit viel zu erreichen.

»Erinnern Sie sich, worüber wir bei der letzten Sitzung gesprochen haben?«

Ruths verkniffenes Gesicht wurde ängstlich. Sie nickte.

»Ich weiß, dass das für Sie nicht leicht wird, aber für den Heilungsprozess ist es unabdingbar. Vertrauen Sie mir?«

Ruth nickte, ohne zu zögern.

Alex lächelte. »Gut. Ich bin bei Ihnen. Gehen Sie alles von Anfang an noch einmal mit mir durch. Erzählen Sie mir, was in jener Nacht passiert ist.«

Ruth atmete ein paar Mal tief durch und richtete den Blick fest in die Ecke über dem Tisch. Perfekt.

»Es war Freitag, der siebzehnte Februar. Ich hatte zwei Vorlesungen gehört und musste unglaublich viel nacharbeiten. Ein paar Freundinnen wollten in Stourbridge was trinken gehen, um was zu feiern, wie das bei jungen Leuten so üblich ist.

Wir waren in einem kleinen Pub im Stadtzentrum. Als wir dort aufbrachen, entschuldigte ich mich und machte mich auf den Heimweg, denn ich hatte keine Lust auf einen Kater.

Ich verpasste meinen Bus um ungefähr fünf Minuten. Ich habe versucht, ein Taxi zu kriegen, aber es war Freitagabend, und Gott und die Welt waren unterwegs. Ich hätte zwanzig Minuten warten müssen, und weil es nach Lye nur gut anderthalb Kilometer waren, habe ich mich zu Fuß auf den Weg gemacht.«

Ruth hielt inne und trank mit zitternder Hand einen Schluck Kaffee. Alex überlegte, wie oft die junge Frau sich im Laufe der letzten Jahre wohl gewünscht hatte, sie hätte bloß auf ein Taxi gewartet.

Alex nickte, sie solle fortfahren.

»Ich verließ die Taxischlange an der Bushaltestelle und setzte die Ohrhörer meines iPod auf. Es war kalt, also ging ich zügig und war in ungefähr fünfzehn Minuten in der Lye High Street. Dort bin ich in den Spar und habe mir ein Sandwich gekauft, denn ich hatte seit dem Mittag nichts gegessen.«

Ruths Atemzüge gingen schneller, und sie blinzelte nicht, als sie sich erinnerte, was als Nächstes passiert war.

»Ich ging weiter, während ich versuchte, die verdammte Plastikverpackung aufzukriegen. Ich habe nichts gehört, überhaupt nichts. Zuerst habe ich gedacht, ich wäre von hinten von einem Auto angefahren worden, aber dann ging mir auf, dass ich an meinem Rucksack nach hinten gezerrt wurde. Als ich endlich begriff, was los war, hielt mir schon eine riesige Hand den Mund zu. Er war hinter mir, sodass ich nichts gegen ihn ausrichten konnte. Ich schlug um mich, aber ich kam nicht an ihn ran.

Es kam mir vor, als würde ich kilometerweit geschleift, aber es waren nur ungefähr fünfzig Meter in die Dunkelheit des Friedhofs am Ende der High Street.«

Alex bemerkte, dass Ruths Stimme jetzt distanziert war, klinisch, als berichtete sie von einem Vorfall, der jemand anders zugestoßen war.

»Er hat mir einen Lumpen in den Mund gestopft und mich bäuchlings zu Boden geworfen. Ich bin mit dem Kopf auf einen Grabstein aufgeschlagen, und mir lief Blut über die Wange. Als er unter mich fasste, um den Reißverschluss meiner Jeans aufzuziehen, war das Einzige, woran ich denken konnte, das Blut. Da war so viel Blut. Er zog mir die Jeans bis zu den Knöcheln runter. Dann hat er den Fuß auf meine Wade gestellt und das ganze Gewicht darauf verlagert. Ich habe versucht, den Schmerz zu ignorieren und mich hochzudrücken. Da hat er mir einen Tritt an die rechte Schläfe versetzt, und dann hörte ich, wie sein Hosenreißverschluss aufgezogen wurde und der Stoff seiner Hose raschelte.«

Ruth atmete tief durch. »Erst da ging mir auf, dass er mich vergewaltigen würde. Ich habe versucht zu schreien, aber wegen des Knebels im Mund ist nichts rausgekommen.

Er hat mir den Rucksack vom Rücken gerissen und mir mit den Knien die Beine auseinandergedrückt. Dann hat er sich auf mich gelegt und ist in meinen After eingedrungen. Die Schmerzen waren so entsetzlich, dass ich keine Luft mehr bekam, und schreien war wegen des Lappens in meinem Mund unmöglich. Ich habe ein paar Mal das Bewusstsein verloren, und jedes Mal, wenn ich wieder zu mir kam, habe ich gebetet, ich möge sterben.«

Jetzt rollten Tränen über Ruths Wangen.

»Fahren Sie fort.«

»Es ist mir vorgekommen, als würde es Stunden dauern, aber irgendwann war er fertig. Er stand schnell auf, schloss seine Hose und beugte sich über mich. ›Ich hoffe, es hat dir auch Spaß gemacht, Schätzchen‹, flüsterte er mir ins Ohr. Und dann hat er mir noch einmal gegen den Kopf getreten und ist weggegangen. Ich wurde wieder ohnmächtig und kam erst zu mir, als man mich in den Krankenwagen hob.«

Alex beugte sich vor und drückte Ruth die Hand. Sie war eiskalt. Besonders aufmerksam hatte Alex nicht zugehört. Sie musste die Sache jetzt vorantreiben.

»Wie lange waren Sie im Krankenhaus?«

»Fast zwei Wochen. Die Kopfverletzungen sind zuerst geheilt – Kopfwunden bluten anscheinend sehr stark. Aber das andere …«

Über die anderen Verletzungen sprach Ruth nicht gern, aber Alex erachtete es als notwendig, dass Ruth den ganzen Schmerz und die Demütigungen spürte.

»Wie viele Stiche waren es noch?«

Ruth zuckte zusammen. »Elf.«

Alex sah zu, wie Ruths Unterkiefer sich verspannte, als sie sich an das Entsetzen ihrer ganz privaten Hölle erinnerte.

»Ruth, ich kann mir nicht einmal annähernd vorstellen, was Sie durchgemacht haben, und es tut mir sehr leid, dass ich Sie zwingen muss, es noch einmal zu durchleben, aber für den langfristigen Heilungsprozess ist es unbedingt notwendig.«

Ruth nickte und fixierte sie mit vertrauensvollem Blick.

»Sagen Sie mir bitte mit Ihren eigenen Worten, was dieses Monster Ihnen genommen hat?«

Ruth überlegte einen Augenblick. »Licht.«

»Fahren Sie fort.«

»Nichts ist mehr im Licht. Ich habe die Vorstellung, dass ich vor dieser Nacht alles im Licht betrachtet habe. Die Welt war voller Licht, selbst an einem trüben, gewittrigen Tag war Licht, und jetzt kommt es mir so vor, als hätte ich einen Filter vor den Augen, der alles dunkler macht.

Sommertage sind nicht mehr so strahlend, Witze sind nicht mehr so witzig, niemand tut etwas ohne Hintergedanken. Meine Sicht auf die Welt und alles hat sich für immer verändert, selbst auf Menschen, die mir etwas bedeuten.«

»Was war der Auslöser für den Selbstmordversuch?«

Ruth schlug die Beine übereinander und löste sie wieder. »Als ich ihn gesehen habe, war es im ersten Augenblick wie ein Schock. Ich konnte nicht glauben, dass er so schnell wieder draußen war, dass das Rechtssystem mich so elendiglich im Stich gelassen hat. Aber da war noch etwas«, sagte sie, als begriffe sie endlich etwas, was ihr bis dato noch nicht klar gewesen war. »Es war die Erkenntnis, dass ich niemals frei sein werde von dem Zorn, der in mir tobt. Durch meine Adern rinnt purer Hass, und das ist unglaublich anstrengend. Ich habe erkannt, dass er für immer diese Macht über mich haben wird und dass ich nichts dagegen tun kann. Es hört erst auf, wenn einer von uns stirbt.«

»Aber warum Sie und nicht er?«

Ruth dachte nach. »Weil nur das meiner Kontrolle unterliegt.«

Alex blickte sie ein paar Sekunden lang an, schlug dann ihren Notizblock zu und legte ihn auf den Tisch. »Vielleicht auch nicht«, sagte sie nachdenklich, als wäre ihr gerade eine Idee gekommen, während es in Wirklichkeit genau das war, worauf sie von der ersten Sitzung an zugesteuert hatte. »Wären Sie bereit, mir bei einem Experiment behilflich zu sein?«

Ruth zögerte.

»Vertrauen Sie mir nicht?«

»Doch, selbstverständlich.«

»Ich würde gern etwas ausprobieren, weil ich denke, es könnte Ihnen helfen. Ich glaube, wir können Ihnen ein bisschen Licht zurückgeben.«

»Ehrlich?«, fragte Ruth kläglich, als hoffte sie auf ein Wunder.

»Absolut.« Alex beugte sich vor und stützte die Ellbogen auf die Knie. »Bevor wir anfangen, müssen Sie begreifen, dass dies eine Visualisierung ist, eine symbolische Übung.«

Ruth nickte.

»Also gut, richten Sie einfach den Blick nach vorn, und dann begeben wir uns zusammen auf eine Reise. Gehen Sie zu dem Pub, in dem er verkehrt. Aber Sie sind kein Opfer. Sie fühlen sich stark, selbstbewusst, im Recht. Sie fürchten sich nicht davor, dass er den Pub verlässt, Sie freuen sich darauf. Sie haben auf diese Gelegenheit gewartet. Sie drücken sich nicht im Schatten herum, und Sie haben keine Angst.«

Ruth richtete sich auf und schob den Unterkiefer ein wenig vor.

»Er kommt aus dem Pub, und Sie gehen ein paar Meter hinter ihm. Sie sind keine Bedrohung, Sie sind eine Frau, die allein hinter einem erwachsenen Mann hergeht, und Sie haben keine Angst. Die Hand haben Sie in Ihrer Manteltasche um ein Messer geschlossen. Sie sind selbstbewusst und haben alles unter Kontrolle.«

Alex sah, dass Ruth den Blick auf den Brieföffner senkte und dort verharrte. Perfekt.

»Am Ende der Straße biegt er in die Gasse. Sie warten auf den richtigen Augenblick, wenn sonst niemand in der Nähe ist, und gehen schneller. Sie sind nur noch zwei Schritte hinter ihm, und Sie sagen: ›Verzeihung.‹ Er dreht sich mit überraschter Miene um, und Sie fragen ihn nach der Uhrzeit.«

Bei der Vorstellung, ihrem Angreifer gegenüberzutreten, hatten Ruths Atemzüge sich beschleunigt, selbst im Rollenspiel, doch sie schluckte schwer und nickte.

»Als er den Arm hebt, um auf seine Uhr zu schauen, stoßen Sie ihm das Messer mit aller Kraft in den Bauch. Sie spüren noch einmal seine Haut auf Ihrer Haut, doch diesmal nach Ihren Spielregeln. Schockiert senkt er den Blick, und Sie machen einen Schritt nach hinten. Er starrt Ihnen ins Gesicht, und da dämmert es ihm. Endlich weiß er, wer Sie sind. Er erinnert sich kurz an jene Nacht, da stürzt er auch schon zu Boden. Sein Hemd ist voller Blut, alles ist voll davon. Sie treten noch weiter zurück und sehen zu, wie das Blut aus seinem Körper rinnt, und während es fließt, nimmt es alle Macht mit fort, die er über Sie hat. Sie sehen zu, wie das Blut sich in Pfützen sammelt, und Sie wissen, dass er keine Kontrolle mehr über Sie hat. Sie bücken sich und nehmen das Messer. Sie übernehmen wieder die Kontrolle über Ihr Leben, Ihre Ziele, Ihr Licht.«

Ruths Gesichtszüge waren entglitten. Alex widerstand der Versuchung, ihr eine Zigarette anzubieten.

Sie ließ noch zwei Minuten verstreichen, bevor sie weitersprach.

»Geht es Ihnen gut?«

Ruth nickte und riss den Blick von dem Brieföffner los.

»Fühlen Sie sich ein wenig besser?«

»Überraschenderweise ja.«

»Es ist eine symbolische Übung, in der Sie bildlich vor sich sehen, wie Sie die Kontrolle über Ihr Leben zurückgewinnen.«

»Es hat sich gut angefühlt, fast als würde ich mich reinwaschen«, gestand Ruth mit einem schiefen Lächeln. »Vielen Dank.«

Alex tätschelte ihr die Hand. »Ich denke, das reicht für heute. Nächste Woche um dieselbe Zeit?«

Ruth nickte, bedankte sich noch einmal und ging.

Alex schloss hinter ihr die Tür und lachte laut auf.

5

Kim betrat das Revier, im Kopf noch ganz wirr von dem Telefonat. Ein Verdacht nagte an ihr, doch sie hoffte, dass sie sich täuschte. So dämlich konnte doch niemand sein.

Mit mehr als 11 000 Mitarbeitern war die West Midlands Police nach der Metropolitan Police in London die zweitgrößte Einheit im Land, deren Verantwortungsbereich sich über Birmingham, Coventry, Wolverhampton und das Black Country erstreckte. Sie war in zehn örtliche Polizeieinheiten unterteilt, und Halesowen gehörte, als eines von vier Polizeirevieren unter der Leitung von Chief Superintendent Young, zur Polizeieinheit Dudley.

Halesowen war nicht das größte Revier von den vieren, doch Kim zog es den anderen jederzeit vor.

»Was zum Teufel ist passiert?«, fragte sie den Polizeibeamten. Er lief augenblicklich rot an.

»Es geht um Dunn. Er hatte einen kleinen … ähm … Unfall.«

Sie hatte richtiggelegen mit ihrem Verdacht – jemand war tatsächlich so dumm gewesen.

»Wie schlimm?«

»Gebrochene Nase.«

»Himmel, Frank, bitte sagen Sie mir, dass Sie nur beweisen wollen, dass ich keinen Spaß verstehe?«

»Gewiss nicht, Madam.«

Sie fluchte leise. »Wer?«

»Zwei Constables. Whiley und Jenks.«

Sie kannte die beiden. Sie befanden sich an entgegengesetzten Enden der Altersstruktur der Polizei. Whiley war seit zweiunddreißig Jahren Polizist, Jenks gerade mal seit dreien.

»Wo sind sie?«

»Umkleideraum, M…«

»Nennen Sie mich noch einmal Madam, Frank, und ich schwöre Ihnen …«

Kim ließ den Satz unvollendet, während sie an der Tür zum Revier den Code eintippte und dann nach links abbog. Zwei Police Community Support Officer kamen auf Kim zu. Als die PCSOs Kims Miene sahen, teilten sie sich wie das Rote Meer, um sie durchzulassen.

Sie stürmte in den Männerumkleideraum, ohne zu klopfen, und arbeitete sich durch das Labyrinth der Schränke, bis sie ihr Ziel erreicht hatte.

Whiley stand an einem offenen Garderobenschrank, die Hände in den Taschen. Jenks saß auf der Bank und hielt sich den Kopf.

»Was zum Teufel haben Sie sich dabei gedacht?«, brüllte Kim.

Jenks hob den Kopf und sah Whiley an, bevor er den Blick auf sie richtete. Whiley zuckte die Achseln und sah weg. Der Bursche war auf sich gestellt.

»Es tut mir leid … ich konnte einfach nicht … ich habe eine Tochter … ich …«

Kim konzentrierte sich ganz auf Jenks. »Genau wie die Hälfte Ihrer Kollegen, die Tag und Nacht geackert haben, um den Scheißkerl zu kriegen.« Sie trat einen Schritt näher und beugte sich vor, bis ihr Gesicht seinem sehr nah war. »Haben Sie eine Ahnung, was Sie da getan haben? Was Sie damit angerichtet haben?«, fuhr sie ihn an.

Wieder blickte er zu Whiley, der nervös wirkte, Jenks' Blick aber nicht erwiderte.

»Es ging alles so schnell. Ich wollte nicht … O Gott …«

»Also, ich hoffe, es war es wert, denn wenn ein gewiefter Anwalt ihn aufgrund von Polizeiterror raushaut, ist es die einzige Strafe, die er je kriegen wird.«

Jenks legte die Hände um seinen Kopf, der hin und her fuhr.

»Er ist bloß gefallen …«, sagte Whiley ohne Überzeugung.

»Wie oft?«

Er schloss den Schrank und wandte den Blick ab.

Plötzlich hatte Kim das Bild von Leonard Dunn vor Augen, wie er ihr beim Verlassen des Gerichtssaals lächelnd zum Abschied winkte. Frei, um weiter Missbrauch zu betreiben.

Kim überlegte, wie viele Stunden ihr Team in diesen Fall investiert hatte. Sie hatte niemandem sagen müssen, dass die normalen Arbeitszeiten außer Kraft gesetzt waren. Selbst Dawson war ab und zu der Erste an seinem Schreibtisch gewesen.

Sie arbeiteten zusammen an vielen verschiedenen Fällen, von Überfällen über Sexualstraftaten bis hin zu Mord, und jeder Fall wurde für einen von ihnen zu etwas Persönlichem. Doch diese beiden kleinen Mädchen waren allen unter die Haut gegangen.

Dawson hatte eine kleine Tochter, der es irgendwie gelungen war, sich in sein mickriges Herz zu schleichen. Bryants Tochter war fast erwachsen, und Kim selbst … also, nach sieben Pflegefamilien blieben bei jedem irgendwo Narben zurück.

Der Fall hatte sie keine Minute in Ruhe gelassen, weder auf der Arbeit noch nach Feierabend. In der Freizeit wanderten die Gedanken zu der Tatsache, dass die Mädchen immer noch in dem Haus bei ihrem sogenannten Vater gefangen waren, dass jede Minute, die sie nicht im Dienst waren, für zwei unschuldige Mädchen eine sehr lange Minute war. Das hatte mehr als genügt, dass alle Überstunden machten.

Kim dachte an die junge Lehrerin, die sich ein Herz gefasst hatte und mit ihrem Verdacht zu den Behörden gegangen war. Sie hatte ihren Ruf als Pädagogin aufs Spiel gesetzt und den Spott ihres Umfelds riskiert, doch sie war so mutig gewesen, es trotzdem zu tun.

Dass das jetzt womöglich alles umsonst gewesen war, tobte in Kims Bauch wie eine Abrissbirne.

Sie blickte von einem Polizisten zum anderen. Beide wichen ihrem Blick aus.

»Hat keiner von Ihnen etwas zu seiner Verteidigung zu sagen?«

Selbst in ihren eigenen Ohren klang sie wie eine Schulleiterin, die zwei Schuljungen dafür tadelte, dass sie ihr einen Frosch in die Schreibtischschublade gesetzt hatten.

Kim öffnete den Mund, um noch etwas zu sagen, doch angesichts solcher tiefen Verzweiflung fiel es ihr schwer, weiter herumzubrüllen.

Sie bedachte die beiden mit einem letzten zornigen

Blick, drehte sich auf dem Absatz um und verließ den Raum.

»Madam ... Madam ... warten Sie einen Augenblick.«

Als sie sich umdrehte, kam Whiley hinter ihr hergelaufen. Jedes einzelne seiner grauen Haare und jeden Zentimeter seines Taillenumfangs hatte er während seiner Laufbahn bei der Polizei erworben.

Sie blieb stehen und verschränkte die Arme.

»Ich ... ich würde es Ihnen gern erklären.« Mit einem Nicken wies er in Richtung Umkleideraum. »Er konnte einfach nicht anders. Ich hab versucht, ihn daran zu hindern, aber er war zu schnell. Also, wir waren da schon mal ... vor einer Weile. Da ging es um häusliche Gewalt und nächtliche Ruhestörung, und er macht sich Vorwürfe, weil wir sie da gesehen haben. Die Mädchen ... sie haben auf dem Sofa gekauert. Ich habe ihm versucht zu erklären, dass wir es unmöglich hätten wissen können ... oder gar verhindern ...«

Kim verstand den Frust. Aber, verdammt, sie hatten ihn gehabt.

»Was passiert jetzt mit Jenks? Er ist ein guter Beamter.«

»Gute Beamte verprügeln keine Verdächtigen, Whiley.«

Auch wenn sie selbst schon ein oder zwei Mal in Versuchung gekommen war.

Ab und zu wünschte sie sich, in jedem Gerichtssaal gäbe es eine Falltür, die sich auftat und Kinderschänder an einen besonderen Ort in der Hölle schickte.

Whiley schob die Hände noch tiefer in die Taschen.

»Also ... ich habe noch eine Woche bis zur Rente und ...«

Ach so, jetzt begriff sie allmählich. Eigentlich wollte er

wissen, was für Konsequenzen der Vorfall für ihn selbst haben würde.

Kim dachte an Dawsons Gesicht, als sie den Keller in Leonard Dunns Haus betreten hatten und alle angesichts der ersten DVD erstarrt waren. Sie sah Bryant vor sich, der seine Frau anrief und einen Kinobesuch absagte, weil er nicht vom Schreibtisch wegkam. Sie wurde an Staceys gelegentliches Schniefen und ihre Ausflüge in die Toilette erinnert. Die kluge, junge Detective Constable war die Jüngste in ihrem Team, und sie hatte den anderen unter keinen Umständen zeigen wollen, wie sehr der ganze Fall sie mitnahm.

Und jetzt konnte es gut sein, dass die ganze Sache nicht mal vor Gericht kam.

Sie schüttelte nur den Kopf. »Wissen Sie was, Constable, das ist mir, offen gestanden, so was von scheißegal.«

6

Nach ihrer Sitzung mit Ruth stand Alex zufrieden vor den gerahmten Zeugnissen, die ihre Patientinnen und Patienten so beruhigend fanden. Der Bachelor in Medizin und Chirurgie von der medizinischen Fakultät des University College London, die Mitgliedschaft beim Royal College of Psychiatrists und das Facharztdiplom für Psychiatrie und Psychotherapie standen für die anstrengendsten Jahre ihrer Ausbildung, nicht wegen der harten Arbeit – bei ihrem IQ von 131 war das ein Kinderspiel gewesen –, sondern weil das Lernen sie gelangweilt und es sie ungeheure Anstrengung gekostet hatte, die Dummheit ihrer Mitstudierenden und Professoren nicht bloßzustellen.

Bei Weitem das Leichteste war der Doktor der Psychiatrie gewesen, und es war das einzige Zeugnis an ihrer Wand, das ihre Patientinnen und Patienten verstanden.

Alex verspürte keinen Stolz auf das, was sie auf dem Papier zustande gebracht hatte. Sie hatte nie daran gezweifelt, dass sie ihre Ziele erreichen würde. Ihre Qualifikationen wurden hier als vertrauensbildende Maßnahme zur Schau gestellt.

Im Anschluss an ihre Ausbildung hatte Alex sich an die Umsetzung des zweiten Teils ihres Masterplans gemacht: Zwei Jahre hatte sie auf den Aufbau ihrer Reputation verwendet, hatte Aufsätze und Fallstudien innerhalb der engen Grenzen des psychiatrischen Berufsfelds verfasst, die ihr Respekt einbringen sollten. Die Meinung ihrer Kolleginnen und Kollegen hätte ihr nicht gleichgültiger sein können – ihr war es einzig darum gegangen, sich einen Ruf zu verschaffen, an dem in späteren Jahren niemand zweifeln konnte. Dann, wenn sie so weit war, sich an ihre eigentliche Arbeit zu machen. Fürs Erste.

In diesen Jahren war sie gezwungen gewesen, sich mit ihrer Fachkenntnis gegenüber dem Gerichtssystem zu prostituieren, indem sie psychiatrische Gutachten über den Pöbel verfasste, der in Konflikt mit dem Gesetz geraten war. Eine unangenehme Notwendigkeit, die sie in Kontakt mit Tim gebracht hatte, einem Teenager, Opfer eines gestörten Elternhauses. Er war ein zorniges, böses Individuum gewesen, doch ein begnadeter Pyromane. Ihr Gutachten war das Zünglein an der Waage zwischen einer langen Haftstrafe in einer Justizvollzugsanstalt für Erwachsene oder einem kurzen Aufenthalt in einer psychiatrischen Klinik gewesen.

Immer einfallsreich im Einsatz der ihr zur Verfügung stehenden Mittel, hatte Alex einen Pakt mit Tim geschlossen, von dem sie beide profitiert hatten. Er hatte vier Monate in der Psychiatrie in Forrest Hills verbracht, und danach hatte er einen Brand gelegt, der zwei Todesopfer gefordert hatte, wodurch sie in den Genuss einer Erbschaft gekommen war, mit der sie die Privatpraxis gründen konnte, in der sie immer noch arbeitete. Wo sie sich die Patientinnen und Patienten aussuchen konnte. Vielen Dank, Mami und Papi.

Tims Selbstmord hatte schließlich dafür gesorgt, dass er sein Leben auf eine Art und Weise auf die Reihe gekriegt hatte, die ihr ganz zufällig sehr zupass kam.

In diesen Jahren war nichts umsonst gewesen. Jeder Patient hatte dem Zweck gedient, einen klareren Blick auf Menschen zu bekommen, die von Gefühlen getrieben wurden: ihre Stärken, ihre Motive und vor allem ihre Schwächen.

Zuweilen hatte der Wunsch, endlich mit ihren Forschungen zu beginnen, sie sehr gequält, doch der Zeitplan war abhängig gewesen von zwei entscheidenden Faktoren.

Erstens von dem Knüpfen von Sicherheitsnetzen. Der untadelige Ruf, den sie sich aufgebaut hatte, diente einzig dazu, ein Bollwerk zu sein gegen Vorwürfe, sollte man sie je irgendwann ärztlichen Fehlverhaltens beschuldigen.

Zweitens hatte sie geduldig drauf gewartet, dass ihr geeignete Kandidaten über den Weg liefen. Für ihr Experiment brauchte sie Individuen, die leicht zu führen waren und unbewusst den Wunsch hatten, etwas Unverzeihliches zu tun. Die Individuen mussten zurechnungsfähig sein, jedoch das Potenzial besitzen, sich aus dem Gleichgewicht bringen zu lassen, sollte Alex diese Sicherheitsleine einmal für notwendig erachten.

Gleich bei der allerersten Begegnung hatte Alex gewusst, dass Ruth Willis eine perfekte Kandidatin für ihre Studie war. Alex hatte gespürt, dass die Frau sich verzweifelt danach sehnte, die Kontrolle über ihr Leben zurückzugewinnen. Die arme kleine Ruth ahnte ja nicht, wie sehr sie diesen Abschluss brauchte. Doch Alex hatte es gewusst – und das war das Einzige, was zählte. Monatelange Geduld hatte zu diesem Augenblick geführt. Dem Finale.

Sie hatte eine Versuchsperson gewählt, deren Anschuldigungen man, sollte etwas schiefgehen, nicht ernst nehmen würde. Sie hatte sich die Zeit genommen, dafür zu sorgen, dass es nicht misslingen würde. Entlang des Weges hatte es andere mögliche Probanden gegeben, Individuen, die umworben worden waren für die Ehre, ausgewählt worden zu sein, doch letztlich war Ruth die Richtige gewesen.

Ihre anderen Patientinnen und Patienten waren unbedeutend, Mittel zum Zweck. Sie hatten das Vergnügen, Alex' beneidenswerten Lebensstil zu garantieren, während die ihrer eigentlichen Arbeit nachging.

Zahllose Stunden lang hatte Alex genickt und ihre Patientinnen und Patienten getröstet und beruhigt, während sie im Geiste Einkaufszettel schrieb oder den nächsten Teil ihres Plans ausarbeitete, und das alles für 300 Pfund pro Sitzung.

Den BMW Z4 hatte die Ehefrau eines Chief Constable finanziert, die an stressbedingter Kleptomanie litt. Alex hatte Spaß an dem Wagen, und so war es unwahrscheinlich, dass die Patientin in nächster Zeit gesunden würde.

Die 2000 Pfund Monatsmiete für das dreistöckige viktorianische Haus in Hagley finanzierte der Besitzer einer Immobilienkette, dessen Sohn unter paranoidem Verfolgungswahn litt und drei Mal die Woche bei ihr auflief. Ein paar wohlgesetzte Worte, wie beiläufig ins Gespräch eingeworfen, die seine Überzeugungen untermauerten, sorgten dafür, dass auch seine Genesung nur langsam voranschreiten würde.

Sie stand vor dem Porträt, das einen Ehrenplatz über dem Kamin einnahm. Sie blickte gern in die Tiefen seiner kalten, gefühllosen Augen und überlegte, ob er sie verstanden hätte.

Ein prächtiges Ölgemälde, das sie anhand einer körnigen Schwarz-Weiß-Fotografie in Auftrag gegeben hatte und das den einzigen Vorfahren zeigte, den Alex hatte ausfindig machen können, auf den sie wenigstens ein bisschen stolz war.

Onkel Jack, wie sie ihn gern nannte, war in den 1870er-Jahren ein »Higgler« gewesen, besser bekannt als Henker. Im Gegensatz zu der Stadt Bolton, die ihre Billingtons hatte, und Huddersfield, die ihre Pierrepoints hatte, gab es im Black Country keine Familiendynastie, die dieser grausamen Aufgabe nachkam, und Onkel Jack war zufällig in die Rolle hineingerutscht.

Onkel Jack war eingebuchtet worden, weil er seine Familie nicht unterstützte, und hatte im Stafford Prison eingesessen, als William Calcraft dieses besucht hatte, der altgedienteste Henker, auf dessen Konto 450 erhängte Männer und Frauen gingen.

An diesem speziellen Tag war Calcraft dort, um zwei Verurteilte zu hängen, und brauchte einen Freiwilligen. Onkel Jack war der einzige Insasse, der sich meldete. Calcraft bevorzugte das »klassische« Erhängen, das einen langsamen, qualvollen Tod bedeutete. Gelegentlich musste der Gehilfe sogar an den Beinen des Verurteilten schaukeln, um den Tod herbeizuführen.

Onkel Jack hatte seine Bestimmung gefunden und war fortan als Henker durchs Land gereist.

Wenn sie vor seinem Porträt stand, empfand Alex stets ein Gefühl der Zugehörigkeit, eine Zuneigung zu einem Mitglied ihrer entfernten Familie.

Sie lächelte in sein schroffes, gefühlloses Gesicht hinauf. »Ach, wenn die Dinge doch so einfach wären wie zu deiner Zeit, Onkel Jack.«

Alex setzte sich an den Tisch in der Ecke. Endlich würde sie ihr Meisterwerk vollbringen. Schon bald würde sie Antworten auf Fragen erhalten, die sie sich seit Jahren stellte.

Sie stieß einen langen, zufriedenen Seufzer aus und holte das Clairefontaine-Papier und den Mont-Blanc-Füller aus der obersten Schublade.

Es war an der Zeit für ihre eigene Form der Entspannung.

Liebste Sarah, begann sie.

7

Ruth Willis stand in der düsteren Nische der Ladentür, den Park fest im Blick. Die Kälte zog vom Boden in ihre Füße und weiter in ihre Beine, als würden sie zu Eissäulen. Uringestank hüllte sie ein. Der Plastikeimer zu ihrer Rechten quoll über von Abfällen. Chipstüten und Zigarettenkippen waren auf den Bürgersteig geflogen.

Die Visualisierungsübung stand ihr kristallklar vor Augen. Alex war bei ihr.

»Sie drücken sich nicht im Schatten herum, und Sie haben keine Angst.«

Tatsächlich war sie ohne Furcht, sie verspürte nur ein nervöses Kribbeln, wie zuletzt in Erwartung der Ergebnisse ihrer Abiturprüfung. Als sie noch ein normaler Mensch gewesen war und ein normales Leben geführt hatte.

»Sie fürchten sich nicht davor, dass er den Pub verlässt, Sie freuen sich darauf.«

Hatte *er* etwas Ähnliches empfunden in der Nacht, als er ihr das Licht gestohlen hatte? Zitterte er vor Aufregung, als er sie dabei beobachtete, wie sie den Supermarkt verließ? Hatte er dasselbe Gefühl gehabt, das sie in diesem Augenblick durchströmte, nämlich, im Recht zu sein?

Aus dem unteren Parktor trat eine Gestalt und blieb an der Kreuzung stehen. Das Licht der Straßenlaterne fiel auf einen Mann und seinen Hund. Im Verkehr war eine Lücke, doch der Mann mit dem Hund wartete darauf, dass die Ampel piepste, bevor er die Schnellstraße überquerte. Er hielt sich an die Regeln.

»Sie sind kein Opfer. Sie fühlen sich stark, selbstbewusst, im Recht.«

Als der Mann auf einer Höhe mit ihr war, blieb er stehen. Ruth erstarrte. Zehn Schritte entfernt bückte er sich und legte den Griff der Hundeleine neben seinen linken Fuß, während er den Schnürsenkel am rechten Schuh schnürte. So nah. Der Hund blickte in ihre Richtung. Konnte er sie sehen? Sie hatte keine Ahnung.

»Sie sind selbstbewusst und haben alles unter Kontrolle.«

Einen Sekundenbruchteil war sie in Versuchung, sich auf ihn zu stürzen und ihm das Küchenmesser in den gekrümmten Rücken zu stoßen und zuzusehen, wie er mit dem Gesicht voran zu Boden stürzte, doch sie gab dem nicht nach. Die Visualisierung hatte ihren Höhepunkt in der Gasse gehabt. Sie musste sich an ihren Plan halten. Nur dann würde sie frei sein. Nur dann würde sie das Licht zurückbekommen.

»Sie sind eine Frau, die allein hinter einem erwachsenen Mann hergeht, und Sie haben keine Angst.«

Sie trat aus dem Schatten und fiel mit ein wenig Abstand in seine Schritte ein. Das Geräusch ihrer Turnschuhe wurde von zwei auf der Straße vorbeirasenden Autos verschluckt.

In der Gasse waren ihre Schritte deutlicher zu vernehmen. Sein Körper spannte sich an, er spürte, dass jemand hinter ihm war, doch er drehte sich nicht um. Er verlangsamte seine Schritte ein wenig, als hoffte er, der Passant würde an ihm vorübergehen. Doch das hatte sie nicht vor.

»Die Hand haben Sie in Ihrer Manteltasche um ein Messer geschlossen.«

Auf halbem Weg in die Gasse hinein, genau an dem Punkt, den sie visualisiert hatte, beschleunigte sich ihr Herzschlag im Einklang mit ihren Schritten.

»Verzeihung«, sagte sie, überrascht, wie ruhig ihr Tonfall war, als sie die Worte wiederholte, die Alex ihr gesagt hatte.

Beim Klang einer weiblichen Stimme entspannte sein Körper sich, und er drehte sich mit einem Lächeln um. Großer Fehler.

»Wissen Sie, wie spät es ist?«, fragte sie.

Seine Miene blieb offen, als er ihr Gesicht sah. Er hatte sie von hinten vergewaltigt, und seine Gesichtszüge sagten ihr nichts. Es war der Klang seiner Stimme, der sie zurückversetzte. Er atmete mühsam von dem Spaziergang mit dem Hund. Das schwere Keuchen hatte sie noch deutlich in den Ohren von damals, als er ihr Inneres aufgerissen hatte.

Mit der rechten Hand zog er das elastische Ärmelbündchen seiner Jacke von der Uhr weg.

»Nach meiner Uhr ist es halb …«

Sie stieß das Messer mühelos in seinen Bauch, es bahnte sich seinen Weg durch Haut, Muskeln und pochende Organe. Als sie es hochzog, traf die Klinge auf Knochen. Sie drehte das Messer leicht, sodass es auf seinem Weg alles in Hackfleisch verwandelte, wie eine Küchenmaschine.

Ihre Hand ruhte kurz auf seinem Bauch, weiter kam sie nicht.

»Sie spüren noch einmal seine Haut auf Ihrer Haut, doch diesmal nach Ihren Spielregeln.«

Das Gefühl, etwas erreicht zu haben, überkam sie, als sie die Waffe herauszog. Der Stoß und das Drehen, die notwendig gewesen waren, um den Widerstand zu überwinden, hatten etwas Befriedigendes gehabt.

»Sie sehen zu, wie das Blut sich in Pfützen sammelt, und Sie wissen, dass er keine Kontrolle mehr über Sie hat.«

Die Beine gaben unter ihm nach, er presste die rechte Hand auf die Wunde. Blut rann über seine gespreizten Finger. Er drückte fester zu. Er sah verdutzt nach unten, und dann sah er ihr in die Augen und wieder nach unten, als versuchte er zwei Dinge zusammenzubringen: ihre Gegenwart und die Stichwunde.

»Sie übernehmen wieder die Kontrolle über Ihr Leben, Ihre Ziele, Ihr Licht.«

Er blinzelte rasch, und für eine Sekunde wurde sein Blick klar. Dann erstarrte er.

Ihre sämtlichen Sinnesorgane erwachten wieder zum Leben. Am Ende der Gasse donnerte ein LKW vorbei, sie war hellwach. Ein schwerer metallischer Geruch drang ihr in die Nase, und ihr Magen hob sich. Der Hund winselte, lief aber nicht weg.

»Sie übernehmen wieder die Kontrolle über Ihr Leben, Ihre Ziele, Ihr Licht.«

Ruth holte mit dem Messer aus und stieß noch einmal zu. Der zweite Stich war nicht so tief, doch von der Wucht taumelte der Mann nach hinten. Mit einem scheußlichen Rums schlug sein Hinterkopf auf dem Beton auf.

»Sie übernehmen wieder die Kontrolle über Ihr Leben, Ihre Ziele, Ihr Licht.«

Irgendetwas war nicht nach Plan gelaufen. Sie hatte wohl ein entscheidendes Detail verpasst. In der Visualisierung war ihr ganzer Körper von Frieden durchdrungen gewesen, von Ruhe.

Sie ragte über seinem zuckenden Körper auf und stieß noch einmal zu. Er stöhnte, also stieß sie noch einmal zu.

Sie trat nach seinem linken Bein. »Steh auf, steh auf, steh auf«, schrie sie, doch das Bein blieb genauso reglos liegen wie der Rest des Körpers.

»Sie übernehmen wieder die Kontrolle über Ihr Leben, Ihre Ziele, Ihr Licht.«

»Steh auf, verdammt noch mal.« Sie wollte ihm in die Rippen treten. Aus seinem offenen Mund quoll Blut. Er verdrehte die Augen, krümmte sich wie ein Schwachsinniger. Der Hund sprang um seinen Kopf herum, als wüsste er nicht, was er machen sollte.

Tränen liefen über ihre Wangen und tropften hinunter. »Gib's mir, du Arschficker. Gib's mir zurück«, verlangte sie.

Der Mann hörte auf zu zucken, und Stille senkte sich über die Gasse.

Ruth richtete sich zu ihrer vollen Größe auf.

Während das Blut sich unter dem reglosen Toten in einer Pfütze sammelte wie verschüttete Farbe, wartete Ruth.

Wo blieb ihre Erleichterung?

Wo blieb ihre Erlösung?

Wo blieb ihr Licht?

Der Hund bellte.

Ruth Willis drehte sich um und rannte um ihr Leben.

8

Mit einer Leiche hat es angefangen, dachte Kim und stieg aus dem Golf GTI.

»Den hätten Sie beinahe erwischt, Guv«, sagte Bryant über den uniformierten Beamten, der zur Seite gesprungen war, um nicht von der Motorhaube ihres Wagens erfasst zu werden.

»Ich war kilometerweit weg.«

Sie duckte sich unter dem Absperrband durch und ging auf die Ansammlung fluoreszierender Jacken zu, die sich um das weiße Zelt scharten. Die Thorns Road, eine Schnellstraße, war Teil der Hauptverbindung zwischen Lye und Dudley.

Eine Seite der Straße bestand hauptsächlich aus einem Park und Häusern. Die andere Seite wurde von einer Turnhalle dominiert, einer Schule und einem Pub, dem Thorns.

Tagsüber hatten die Temperaturen jetzt Mitte März schon im zweistelligen Bereich gelegen, doch bei Einbruch der Dunkelheit war das Quecksilber wieder weit in den Februar zurückgefallen.

Während Bryant erklärte, wer sie waren, ignorierte Kim sämtliche Anwesenden und ging direkt zu dem Toten. Eine dunkle Gasse verlief am Ende einer Häuserreihe vorbei, die sich bis hinauf nach Amblecot, einem der schöneren Teile von Brierley Hill, erstreckte.

Links vom Weg lag eine von Unkraut, Gras und Hundehaufen überwucherte Parzelle, die im Augenblick von Kollegen der Spurensicherung zertrampelt wurde.

Kim betrat das weiße Zelt und stöhnte.

Über die Leiche beugte sich Keats, ihr Lieblingsrechtsmediziner.

»Ah, Detective Inspector Stone. Lange nicht gesehen«, sagte er, ohne den Blick zu heben.

»Wir haben uns letzte Woche gesehen, Keats. Bei der Obduktion eines weiblichen Selbstmords.«

Er blickte auf und schüttelte den Kopf. »Nein, das muss ich verdrängt haben. Das machen Leute bei traumatischen Vorfällen, wissen Sie? Ein Selbstschutzmechanismus. Ähm, Verzeihung, wie war noch Ihr Name?«

»Bryant, bitte erklären Sie Keats, dass er nicht witzig ist.«

»Ich kann dem Mann nicht offen ins Gesicht lügen, Guv.«

Kim schüttelte den Kopf, während sie einander angrinsten.

Keats war eine schmächtige Gestalt mit glattem Schädel und Spitzbart. Vor einigen Monaten war ganz unerwartet seine Frau gestorben, mit der er dreißig Jahre verheiratet gewesen war, und er trauerte weit mehr, als er je zugeben würde.

Gelegentlich gewährte sie ihm ein bisschen Spaß auf ihre Kosten. Nur ab und zu.

Sie wandte sich dem Bordercollie-Mischling zu, der geduldig neben seinem zu Boden gestreckten Herrchen saß.

»Was hat der Hund hier zu suchen?«

»Zeuge, Guv«, parierte Bryant.

»Bryant, ich bin nicht in der Stimmung für ...«

»Blutspritzer auf dem Fell«, warf Keats ein.

Bei genauerer Betrachtung entdeckte Kim ein paar Spritzer auf einem Vorderbein.

Sie blendete sämtliche Aktivitäten im Umfeld aus und konzentrierte sich auf den wichtigsten Teil des Tatortes, die Leiche. Ein weißer Mann, Anfang bis Mitte vierzig, übergewichtig; er trug Billigjeans und ein weißes T-Shirt, das so oft gewaschen worden war, dass es die Farbe von Zigarettenasche angenommen hatte. Auf der Vorderseite seines Körpers, die mit Stichen übersät war, hatte sich ein karmesinroter Fleck ausgebreitet. Unten war eine Pfütze herausgesickert. Den Blick zu Boden gerichtet, war er nach hinten gefallen.

Seine Jacke war neu, eine lederne Bomberjacke von mäßiger Qualität, die ihm definitiv nicht über den Bauch passte. Die beiden Enden des Reißverschlusses zu verbinden war nicht mehr als ein Wunschtraum. Ein Weihnachtsgeschenk von jemandem, der ihn liebte und blind war für seinen wachsenden Leibesumfang. Wahrscheinlich seine Mutter. Die Jacke hatte keinen Schutz geboten vor dem Eindringen eines spitzen Gegenstands.

Seine Haare waren grau meliert und zu lang. Die Überraschung war dem Mann immer noch ins sauber rasierte Gesicht geschrieben.

»Tatwerkzeug?«

»Bis jetzt noch nicht«, antwortete Keats und wandte sich ab.

Kim bückte sich und stellte Blickkontakt mit dem Tatortfotografen her. Er nickte, womit er andeutete, dass er die Aufnahmen gemacht hatte, die er von der Leiche brauchte. Er wandte sich dem Hund zu.

Behutsam hob sie das blutgetränkte T-Shirt an. Eine Stichwunde war verantwortlich für den größten Teil des Blutes.

»Ich tippe, dass die oberste Wunde die tödliche ist«, warf Keats ein. »Und bevor Sie fragen, ich würde sagen, ein Küchenmesser, zwölf bis fünfzehn Zentimeter.«

»Das ist hier irgendwo in der Nähe«, sagte sie zu niemandem speziell.

»Wie kommen Sie darauf? Es kann überall sein. Er kann es mitgenommen haben.«

Kim schüttelte den Kopf. »Der Angriff mag geplant gewesen sein – spätnachts, dunkle Gasse –, doch dann kam Raserei ins Spiel. In diesem Angriff lagen Gefühle. Der erste Stich war tödlich, aber dann folgten zusätzlich noch drei ›Bleib tot‹-Hiebe.«

Sie hatte den Blick weiter auf die Leiche gerichtet und spürte den Zorn, der den Angriff begleitet hatte, als hätte die Luft um sie herum ihn konserviert.

Sie hob den Kopf. »Der Mörder wird von blindem Zorn gepackt, während er die Tat begeht; aber danach sinkt der Adrenalinspiegel wieder, und dann?«

Bryant folgte ihrer Logik. »Dann sieht er, was er getan hat und was er noch in der Hand hält, und möchte es so schnell wie möglich loswerden.«

»Erstechen ist sehr persönlich, Bryant. Es erfordert eine Nähe, die beinahe intim ist.«

»Es könnte doch auch ein Raubüberfall sein, der aus dem Ruder gelaufen ist.«

Ohne auf seine letzte Bemerkung einzugehen, ließ Kim sich links von der Leiche auf dem Boden nieder. Sie rollte sich auf die Seite und legte die Füße neben die des Opfers. Der kalte Kies biss augenblicklich durch ihre Kleider.

Keats sah ihr zu und schüttelte den Kopf. »Oh, Bryant, das muss doch jeden Tag von Neuem eine Herausforderung sein.«

»Sie haben ja keine Ahnung, Keats.«

Kim beachtete die beiden gar nicht. Sie zog den Arm nach hinten und stieß ihn nach vorn, als wollte sie zustechen. Das Messer wäre mitten auf dem Brustbein gelandet. Sie versuchte, mit dem Arm auf die Verletzung zu zielen, doch dann fehlte der Schwung.

Sie rutschte ein Stück nach unten und versuchte es noch einmal. Auch diesmal traf das Messer zwei bis drei Zentimeter daneben.

Sie rutschte noch ein bisschen tiefer, schloss die Augen und blendete die neugierigen Blicke aus. Es war ihr egal, was die beiden dachten.

Sie dachte an Daisy Dunn, die mitten in dem schäbigen Keller gestanden hatte. Sie rief sich das verängstigte, zitternde Kind vor Augen, das ein Outfit trug, das ihr Vater für sie ausgesucht hatte. Diesmal schwang sie den Arm voller Wut. Mit der Wut von jemandem, der bereit war zu töten. Sie öffnete die Augen und beugte sich hinüber. Ihr Zeigefinger zeigte genau auf die Stichwunde.

Sie schaute nach unten, und ihre Füße und die des Opfers waren nicht mehr auf einer Höhe. Sie war sicher zehn bis zwölf Zentimeter nach unten gerutscht, um eine bequeme, natürliche Position zum Zustechen zu finden, die dem Stichkanal der Verletzung entsprach.

Sie drückte sich hoch und klopfte sich den Staub von der Jeans.

Sie zog die Differenz von ihrer eigenen Körpergröße ab. »Der Mörder ist nicht größer als ein Meter sechzig, ein Meter dreiundsechzig.«

Keats lächelte und strich sich über den Bart. »Wissen Sie was, Bryant, wenn Carlsberg Polizisten produzieren würde …«

»Gibt es sonst noch etwas, was ich wissen muss?«, fragte Kim und bewegte sich zum Ausgang des Zelts.

»Nicht, solange ich ihn nicht zur genaueren Untersuchung bei mir habe«, antwortete Keats.

Kim nahm sich noch einen Augenblick Zeit, um den Blick über den Tatort schweifen zu lassen. Kriminaltechniker durchkämmten das Areal nach Beweisen, uniformierte Beamte gingen von Tür zu Tür, Aussagen wurden aufgenommen, und ein Leichenwagen wartete darauf, dass der Tote freigegeben wurde. Sie wurde hier nicht mehr gebraucht. Sie hatte alles, was sie benötigte. Jetzt war es an ihr, die Teile zusammenzufügen und herauszufinden, was passiert war.

Wortlos verließ sie das Zelt und ging an den beiden Beamten vorbei, die den Zugang zur Gasse bewachten.

Sie war drei Meter weiter, als ihr das Gemurmel an die Ohren drang. Sie blieb so abrupt stehen, dass Bryant beinahe in sie hineingelaufen wäre. Sie drehte sich um und ging zurück.

»Was war das, Jarvis?«

Sie trat vor den Detective Sergeant und schob die Hände in die Hosentaschen. Er besaß den Anstand, rot zu werden.

»Möchten Sie wiederholen, was Sie eben gesagt haben? Ich glaube, Bryant hat Sie nicht gehört.«

Der große, dünne Beamte schüttelte den Kopf. »Ich hab nichts …«

Kim drehte sich zu Bryant um. »DS Jarvis hier hat mich gerade ein ›kaltes Miststück‹ genannt.«

»Oh, Mist …«

»Ich meine«, sagte sie weiter zu Bryant, »ich sag ja nicht, dass er mit seiner Einschätzung komplett daneben liegt, aber ich hätte doch gern, dass er es mir erklärt.« Sie wandte sich wieder Jarvis zu, der einen Schritt nach hinten gemacht hatte. »Also, fahren Sie bitte fort.«

»Ich habe nicht über Sie …«

»Jarvis«, unterbrach sie ihn, »ich hätte sehr viel mehr Respekt vor Ihnen, wenn Sie den Mumm aufbringen würden, Ihre Bemerkung genauer zu erklären.«

Er schwieg.

»Ja, was erwarten Sie denn von mir? Soll ich in Tränen ausbrechen, weil er das Leben verloren hat? Soll ich trauern, weil er verschieden ist? Ein Gebet sprechen? Über seine guten Eigenschaften lamentieren? Oder soll ich schlicht und ergreifend die Hinweise auswerten und den finden, der das getan hat?«

Sie sah ihm fest in die Augen. Er wandte den Blick ab.

»Es tut mir leid, Madam. Ich hätte nicht …«

Den Rest seiner Entschuldigung hörte Kim nicht mehr, denn sie war schon weitergegangen.

Als sie das Absperrband erreichten, war Bryant dicht hinter ihr. Sie duckte sich darunter durch und zögerte. Dann wandte sie sich an einen der Constables.

»Können Sie dafür sorgen, dass sich jemand um den Hund kümmert?«

Bryant brach in schallendes Gelächter aus. »Himmel, Guv, jedes Mal, wenn ich denke, ich kenne Sie.«

»Was?«

»Wir haben hier Beamte, die wegen Umleitungsschildern beschimpft werden, Polizeineulinge, die noch nie an einem Tatort waren, einen Detective Sergeant, der die Leviten gelesen bekommt, und Sie machen sich Sorgen um das Wohlergehen eines verdammten Hundes.«

Bryant stieg in den Wagen und überprüfte seinen Sicherheitsgurt zwei Mal.

»Kopf hoch. Es kann doch gut ein einfacher Raubüberfall sein, der aus dem Ruder gelaufen ist.«

Sie fuhr vom Tatort weg, ohne ein Wort zu sagen.

»Ich sehe es Ihnen am Gesicht an. Sie kommen rüber wie eine, der man die Barbiepuppe weggenommen und gekocht hat.«

»Ich hab nie eine Barbie besessen, und wenn, hätte ich sie eigenhändig zerstückelt.«

»Sie wissen, was ich meine.«

Kim wusste nicht, was er meinte, und er war der einzige Detective, der das sagen konnte und dafür keinen auf den Deckel bekam.

Bryant holte eine Packung Bonbons aus seiner Jackentasche und bot ihr eines an, doch sie lehnte ab.

»Sie sollten wirklich versuchen, von den Dingern da runterzukommen«, sagte sie, als Mentholduft sich im Wagen ausbreitete.

Seit er nicht mehr vierzig Fluppen am Tag rauchte, war Bryant süchtig nach extrastarken Hustenbonbons.

»Sie wissen doch, dass die mir beim Denken helfen.«

»In dem Fall schmeißen Sie besser gleich zwei ein.«

Im Gegensatz zu Bryant wusste sie bereits, dass dies kein Raubüberfall war, also ging es jetzt noch um die Fragen: wer, wann, wie und warum.

Das »Wie« war eine klare Sache, das »Wann« konnte durch die Obduktion recht gut eingegrenzt werden. Blieben noch das »Wer« und das »Warum«.

Auch wenn die Beantwortung des »Warum« für die Ermittlungen eines Verbrechens von größter Bedeutung war, war es für Kim nicht das entscheidende Puzzlestück. Es war das einzige Element, das nicht mit wissenschaftlichen Methoden zu bestimmen war. Es war ihr Job, das »Warum« zu beantworten, doch das Letzte, worauf sie Wert legte, war, den Mörder zu verstehen.

Sie rief sich einen ihrer ersten Fälle als Detective Sergeant in Erinnerung, als eine Frau, die dreimal so viel Alkohol im Blut hatte wie erlaubt, auf einem Zebrastreifen ein Kind überfahren hatte. Der sieben Jahre alte Junge war langsam und qualvoll an seinen inneren Verletzungen gestorben, die von den Rammbügeln am Jeep der Frau stammten. Es hatte sich herausgestellt, dass bei der Frau Eierstockkrebs diagnostiziert worden war und sie den Nachmittag im Pub verbracht hatte.

Diese Information hatte keinerlei Auswirkungen auf Kim, denn die Tatsachen blieben nach wie vor dieselben: Die Frau hatte sich aus freien Stücken entschieden, Alkohol zu trinken; sie hatte sich entschieden, sich hinters Lenkrad zu setzen; und der siebenjährige Junge war tot.

Das »Warum« einer Handlung zu verstehen hatte zur Folge, dass Empathie erwartet wurde, Verständnis oder gar Vergebung, so brutal die Handlung auch war.

Und wie man an ihrer Vergangenheit sehen konnte, war Kim kein sonderlich nachsichtiger Mensch.

9

Um halb zwei in der Nacht eilte Kim an dem Großraumbüro vorbei, in dem die Police Constables, die PCSOs und einige Kriminalbeamte arbeiteten.

»Gut, dass Sie hier sind.«

Die anderen beiden Detectives, die ihr Team vervollständigten, saßen bereits an ihrem Schreibtisch. Sie hatten wenig Zeit gehabt, um sich zu erholen, seit sie den Dunn-Fall abgeschlossen hatten. Doch so funktionierte ihr Team.

In dem Gemeinschaftsbüro standen vier Tische, die zu zwei Zweiergruppen einander gegenüber gruppiert waren. Auf jedem Tisch standen ein Computerbildschirm und eine wüste Ansammlung von Ablagekörben.

Drei Tische waren immer besetzt, doch der vierte war leer, seit man die Abteilung zwei Jahre zuvor verkleinert hatte. Dort ließ Kim sich normalerweise nieder, lieber als in ihrem eigenen Büro.

Das Büro, an dessen Tür ihr Name hing, wurde im Allgemeinen der »Glaskasten« genannt. Es war nicht mehr als ein mit Trockenbauwänden und Fenstern abgetrennter Bereich in der vorderen rechten Ecke des Raums.

»Morgen, Guv«, rief Detective Constable Wood fröhlich. Halb englischer, halb nigerianischer Abstammung trug sie ihr Haar kurz und offen. Zu ihrer Haut und den zarten Zügen passte das sehr gut.

DS Dawson dagegen sah aus, als käme er gerade von einer heißen Verabredung. Wahrscheinlich war Dawson schon im Anzug auf die Welt gekommen. Und während manche Männer nicht einmal in Armani elegant aussahen, war es bei Dawson genau umgekehrt. Seine unzähligen Anzüge waren nicht teuer, doch er kriegte es irgendwie immer hin, dass er gut darin aussah. Seine Schuhe und seine Krawatte verrieten normalerweise, was er gerade so trieb. Kim schaute zu Boden, als er zur Kaffeemaschine eilte. O ja, er war tatsächlich auf Aufriss aus. Nur wenige Monate, nachdem seine Verlobte und sein kleines Kind ihn wieder in ihre liebenden Arme geschlossen hatten.

Doch das ging sie nichts an, also scherte sie sich nicht darum.

»Stace, gehen Sie bitte an die Tafel.«

Stacey sprang auf und griff nach dem schwarzen Filzschreiber.

»Noch keine Identität. Er hatte keine Brieftasche dabei, also arbeiten wir mit dem, was wir haben: Weißer, Mitte vierzig, geringes Einkommen, vier Stichwunden, die erste davon tödlich.« Kim machte eine kurze Pause, damit Stacey alles notieren konnte.

»Wir brauchen eine Zeitachse. Ist er zuerst in den Pub gegangen, und wurde seine Brieftasche ihm danach gestohlen, oder hat er nur eine Runde mit dem Hund gedreht?«

Kim wandte sich an Dawson. »Kev, sprechen Sie mit den Streifenkollegen, überprüfen Sie die Buslinien und die

Taxistände. Das ist eine belebte Straße, es kann also gut sein, dass jemand etwas gesehen hat. Besorgen Sie sich die Zeugenaussagen von gestern. Bryant, Sie überprüfen die Vermisstenmeldungen.«

Kim sah sich im Raum um. Alle legten los.

»Und ich gehe und bringe den Chef auf den neuesten Stand.«

Sie nahm zwei Treppenstufen auf einmal und trat ein, ohne zu klopfen.

DCI Woodward sah man seine eins achtzig selbst im Sitzen an. Sein Oberkörper war gerade und stolz aufgerichtet, und noch nie hatte Kim in seinem frisch gebügelten weißen Hemd eine Falte entdeckt. Der Fünfzigjährige war karibischer Abstammung, doch seine Haut strafte sein Alter Lügen. Er hatte seine Karriere als Constable auf den Straßen von Wolverhampton begonnen und sich in einer Zeit, da die Polizei nicht so politisch korrekt war, wie sie sich gern einbildete, unbeirrt durch die Ränge hochgearbeitet.

Seine unerschütterliche Leidenschaft und sein Stolz spiegelten sich in dem Regal wider, das seine Sammlung von Matchboxautos beherbergte. Die Polizeifahrzeuge nahmen den Ehrenplatz ein.

Er nahm den Stressball vom Rand seines Schreibtisches und begann, ihn mit der rechten Hand zu kneten.

»Was haben wir bis jetzt?«

»Sehr wenig, Sir. Wir haben gerade erst angefangen, die Ermittlungen abzustecken.«

»Ich hatte schon die Presse am Telefon. Denen müssen Sie etwas geben.«

Kim verdrehte die Augen. »Sir …«

Er drückte den Ball fester. »Vergessen Sie es, Stone.

Acht Uhr morgen früh. Geben Sie eine Erklärung ab: männliche Leiche und so weiter.«

Er wusste, wie ungern sie mit der Presse sprach, doch ab und zu bestand er darauf. Sie hatte andere Vorstellungen von ihrer Karriere als er. Wenn sie weiter aufstieg, würde sie immer weniger von der eigentlichen Polizeiarbeit mitbekommen. Noch ein Schritt weiter rauf in der Nahrungskette, und ihre Tage wären angefüllt mit Verhaltensregeln, Politik, Arschretten und gottverdammten Pressekonferenzen.

Sie machte den Mund auf, um ihm zu widersprechen, doch ein leichtes Kopfschütteln seinerseits bereitete dem ein rasches Ende. Sie wusste, wann es sich zu kämpfen lohnte.

»Sonst noch etwas, Sir?«

Woody legte den Stressball zurück und setzte die Brille ab. »Halten Sie mich auf dem Laufenden.«

»Selbstverständlich«, sagte sie und schloss die Tür hinter sich. Tat sie das nicht immer?

Als sie ins Büro zurückkam, blickten ihr sehr unterschiedliche Mienen entgegen.

»Wir haben eine gute Nachricht und eine schlechte«, sagte Bryant und sah sie an.

»Spucken Sie's aus.«

»Die gute ist: Wir haben die Identität des Opfers …«

10

Die Beatles, die auf ihrem Handy »I'm a Loser« schmetterten, rissen Alex aus dem Schlaf. Sie machte sich einen Spaß daraus, sich mit diesem Song anzeigen zu lassen, dass jemand aus dem Hardwick House anrief. Aber um kurz vor drei mitten in der Nacht war das kein bisschen witzig.

Zwei Sekunden lang starrte sie böse auf das Telefon und versuchte sich zu sammeln, bevor sie John Lennon schließlich zum Schweigen brachte.

»Hallo …«

»Alex, hier ist David. Können Sie herkommen …?« Seine Stimme wurde leiser, doch dann hörte sie ihn rufen, jemand möge bitte kommen und Shane zurück ins Fernsehzimmer bringen. »Also, wir hatten hier einen Vorfall zwischen Shane und Malcolm. Können Sie herkommen?«

Alex' Interesse war geweckt. »Was für eine Art von …?«

»Eric, bringen Sie Shane bitte da rein, und schließen Sie die verdammte Tür.«

Er klang gestresst, und im Hintergrund hörte Alex Geschrei.

»Das erkläre ich Ihnen, wenn Sie hier sind.«

»Bin schon unterwegs.«

Sie zog sich schnell, aber mit Sorgfalt an: eine knackige Jeans, die an der Hüfte eng saß und ihrem Po schmeichelte. Darüber ein Kaschmirpullover, der eine Andeutung von Dekolleté zeigte, wenn sie sich vorbeugte – von unschätzbarem Wert, wenn man ein Haus voller Männer besuchte.

Zum Schluss noch ein zarter Hauch Rouge und ein wenig Lippenstift, schon war der sorgfältig konstruierte »Gerade aus dem Bett gestiegen«-Look perfekt. Aus der Küchenschublade schnappte sie sich auf dem Weg nach draußen einen Notizblock.

Als der 3,0-Liter-Einspritzmotor die Stille der belaubten Straße durchschnitt, überlegte Alex, was ihr das Engagement im Hardwick House noch brachte. Die Partnerschaft war recht einseitig geworden und die Vorteile der Zusammenarbeit waren für sie nicht mehr besonders verlockend.

Sie hatte die Einrichtung, der sie das Geschenk ihrer Expertise zugutekommen lassen wollte, mit großer Sorgfalt ausgewählt. Nachdem sie die wohltätigen Einrichtungen in der Umgebung genauer unter die Lupe genommen hatte, war das Hardwick House der einzige Haufen Weltverbesserer gewesen, den sie einigermaßen erträglich fand.

Sie hatte schauen wollen, ob dort irgendwelche Kandidaten für ihre Forschungen waren, doch als sie keine besonders geeigneten Objekte gefunden hatte, war Langeweile aufgekommen, und sie hatte sie nur noch benutzt, um ihre Manipulationstechniken zu verfeinern. Jetzt wird selbst das allmählich lästig, dachte Alex, als sie in die Einfahrt bog und den Motor ausmachte. Irgendwann in nächster Zukunft würde ein allmählicher Rückzug bevorstehen, so viel war sicher.

David, der einzige annähernd interessante Mensch im ganzen Gebäude, öffnete ihr die Tür. Mit siebenunddreißig hatten seine Haare einen ganz leisen Anflug von Grau, der seinen Zügen Tiefe verlieh. Er bewegte sich mit der Entspanntheit von jemandem, der keine Ahnung hat, wie attraktiv er für das andere Geschlecht ist. Für ihn würde Alex sogar ihre Regel brechen, sich nur auf verheiratete Männer einzulassen.

Sie wusste wenig über sein Leben außerhalb dieser Einrichtung, außer dass er bei einem Sportunfall eine ernsthafte Knieverletzung davongetragen hatte. Sie hatte nie nachgefragt, denn es interessierte sie nicht.

Sie wusste auch, dass er unermüdlich für die Männer, die hier untergekommen waren, arbeitete, indem er ihnen Praktika besorgte, Beihilfen, ein Mindestmaß an Bildung. Für David waren es Seelen, die zu retten waren. Für Alex waren es Versuchskaninchen.

»Was ist passiert?«

David schloss die Tür hinter ihr, und Alex wurde wieder einmal daran erinnert, dass dem ehemaligen Altersheim trotz aller Renovierungsbemühungen immer noch die Aura eines Wartezimmers Gottes anhaftete.

Die Tür zum Fernsehraum war geschlossen, davor hielt Barry Wache, den sie für ihr Projekt in Erwägung gezogen hatte, als sie vor vier Monaten potenzielle Kandidaten ausgewählt hatte. Leider hatte er nur äußerst langsam Fortschritte gemacht. Sie hatte viele Gespräche mit ihm über die Kränkung durch den Ehebruch seiner Frau mit seinem Bruder geführt, doch ihm fehlte der letzte Ansporn, aktiv zu werden. Sein Hass war nicht tief genug gewesen, nicht primitiv genug, um sein Gewissen auf lange Sicht außer Kraft zu setzen. Und letztendlich war es genau das, was sie interessierte.

Noch eine Enttäuschung.

Sie bemerkte, dass er sie rasch taxierte, und begegnete seinem Blick für eine Sekunde, um ihm zu zeigen, dass es nicht unbemerkt geblieben war. Er sah weg.

»Shane ist da drin«, sagte David nervös. »Malcolm ist in der Küche. Wir müssen sie im Augenblick getrennt halten. Um es kurz zu machen, Shane hat's nicht ins Bett geschafft. Er ist vor dem Fernseher eingeschlafen. Malcolm hat den Fernseher gehört und ist rein, um ihn auszuschalten. Er wollte Shane vorsichtig wachrütteln, damit er ins Bett gehen konnte.«

David unterbrach sich und fuhr sich mit der Hand durch die Haare. Alex wusste schon, wie die Geschichte weiterging.

»Shane ist aufgewacht und hat Malcolm zu Brei geschlagen. Er ist in der Küche. Es ist nichts gebrochen, aber er ist in einem desolaten Zustand. Er verlangt lauthals nach der Polizei, und Shane verlangt lauthals nach Ihnen.«

Alex spürte die Anwesenheit ihres »Bodyguards« Dougie eher hinter sich, als dass sie ihn sah. Sie griff in ihre Tasche und holte ein Notizbuch mit psychedelischem Muster auf dem Umschlag heraus. Dougie war schwer autistisch und sprach selten ein Wort, doch er hatte eine Faszination für Notizbücher. Um in einem positiven Licht zu erscheinen, brachte sie ihm jedes Mal, wenn sie herkam, ein neues mit. Er nahm es und drückte es an die Brust und trat einen Schritt nach hinten.

Er war ein Meter dreiundachtzig groß und schlaksig. Seine Familie hatte ihn mit zwölf verstoßen, doch irgendwie hatte er auf der Straße überlebt, bis David ihn dabei erwischt hatte, wie er die Mülleimer nach Essensresten durchwühlte. Tagsüber spazierte er kilometerweit am Dudley-Kanal entlang. Dougie war kein offizieller Bewohner der Stiftung, denn er war nie im Gefängnis gewesen, doch David hatte erklärt, sein Zimmer sei auf Lebenszeit für ihn reserviert.

Alex fand ihn widerwärtig, doch das verbarg sie gut, und sie duldete es, dass er ihr auf Schritt und Tritt folgte wie ein liebeskranker Welpe. Man konnte nie wissen, ob sich seine Anbetung nicht einmal als nützlich erweisen würde.

»Bringen Sie mich zuerst zu Shane. Ich muss ihn beruhigen.«

David öffnete die Tür zum Fernsehzimmer. Zwei Bewohner flankierten Shane, der, nach vorn gebeugt, auf den Knien vor- und zurückschaukelte.

»Danke, Jungs«, entließ Alex die Aufpasser.

Dougie stand mit dem Rücken zu ihr in der offenen Tür. Die Regeln besagten, dass keine Frau mit einem Bewohner allein in einem geschlossenen Zimmer sein durfte. Dougie würde dafür sorgen, dass niemand hereinkam.

Sie nahm Shane gegenüber Platz. »Hey, Shane.«

Er sah nicht auf, doch seine Hände, die voller blauer Flecken waren, hielten einander fest umklammert.

Alex kannte Shanes Geschichte in- und auswendig, denn sie hatte ihn für ihre Studie in Erwägung gezogen. Er war ein großer, magerer Bursche, der jünger aussah als dreiundzwanzig. Als er fünf Jahre alt war, hatte ihn sein Onkel zum ersten Mal sexuell missbraucht. Als er dreizehn war und dreißig Zentimeter größer als sein Peiniger, hatte er ihn mit bloßen Händen zu Tode geprügelt.

Medizinische Untersuchungen hatten bewiesen, dass Shanes Missbrauchsvorwürfe der Wahrheit entsprachen, dennoch war er zu achteinhalb Jahren verurteilt worden. Bei seiner Entlassung hatte er feststellen müssen, dass seine Eltern weggezogen waren, ohne eine neue Anschrift zu hinterlassen.

Alex überlegte, wie sie die Sache anpacken sollte. Am liebsten hätte sie ihn geschüttelt und ihm gesagt, er hätte es mordsmäßig vermasselt, doch sie konnte nicht zeigen, wie genervt sie von ihm war. Sie griff auf ihre Fähigkeit des falschen Mitgefühls zurück.

»Shane, kommen Sie, ich bin's, Alex. Was ist passiert?«

Sie achtete sorgfältig darauf, ihn nicht zu berühren. Shane schrak vor jeglichem Körperkontakt zurück. Er schwieg beharrlich.

»Sie können mit mir reden. Ich bin Ihre Freundin.«

Shane schüttelte den Kopf, und Alex hätte ihn am liebsten geohrfeigt. Aus dem Bett gezerrt zu werden, um sich mit einem Haufen verdammter Nieten zu befassen, war schon schlimm genug, aber wenn die Nieten dann auch noch den Mund nicht aufkriegten, stellte das ihre begrenzte Geduld doch ein wenig zu sehr auf die Probe.

»Shane, wenn Sie nicht mit mir reden wollen, dann ist die Polizei …«

»Albtraum«, flüsterte er. Alex beugte sich vor.

»Sie hatten einen Albtraum, und Malcolm hat Sie geweckt, und Sie haben gedacht, es wäre Ihr Onkel?«

Jetzt sah Shane sie an. Sein Gesicht war blass, und Tränen liefen ihm über die Wangen. Oh, wie männlich, sinnierte sie.

»Als Sie wach wurden, haben Sie also gedacht, er wäre zurückgekommen, um Sie weiter zu vergewaltigen?«

Sie sah, dass er bei dem Wort zusammenzuckte. Kleine Revanche dafür, dass sie seinetwegen hatte aufstehen müssen.

Er nickte.

»War das Licht an?«

»Ja.«

Wie sie vermutet hatte.

»Nach dem ersten Schlag haben Sie also gewusst, dass es nicht Ihr Onkel war. Sie haben gesehen, dass es Malcolm war. Warum haben Sie weiter auf ihn eingedroschen?«

Sie kannte die Antwort, und es war jetzt in ihrem ureigenen Interesse, dass die Polizei nicht hinzugezogen wurde. Shane war so dämlich, er würde alles erzählen – ihre Gespräche mit ihm, seine Verwirrung. Nicht der kleinste Verdacht durfte auf sie fallen.

Er zuckte die Achseln. »Weiß nicht. Ich hab an das gedacht, was Sie über seine Nichten gesagt haben.«

Alex erinnerte sich an ihr Gespräch vor zwei Wochen, bei dem sie ihm zu erklären versucht hatte, dass nicht jeder Mann mittleren Alters war wie sein Onkel. Sie hatte ihre Worte sorgfältig gewählt, und sie erinnerte sich an jedes einzelne. »Nehmen wir Malcolm da drüben, er ist ein durch und durch netter Mann. Es gibt keine Beweise dafür, dass er sich je an seine Nichten rangemacht hat. Und wenn dem so wäre, wüssten die Behörden mit Sicherheit Bescheid.«

Ihre Worte waren so formuliert, dass sie genau diese Reaktion hervorrufen sollten, doch als innerhalb von zwei Tagen nichts passiert war, hatte sie Shane als Kandidaten abgeschrieben. Er war einfach nicht vorhersehbar genug.

Insgeheim war Alex entzückt, dass ihr Plan nun doch aufgegangen war, doch das änderte nichts. Sie war genervt, dass es so lange gedauert hatte. Für so etwas hatte sie keine Zeit.

»Aber wenn Sie sich erinnern, Shane. Ich habe ausdrücklich gesagt, dass Malcolm diesen kleinen Mädchen *nichts* angetan hat, um zu demonstrieren, dass er nicht ist wie Ihr Onkel und dass es durchaus auch nette Männer gibt.«

Die Tränen versiegten, und er zog verwirrt die Stirn kraus. »Aber Sie haben doch gesagt …« Shane konnte sich nicht genau an ihre Worte erinnern. »Ich hatte immer die kleinen Mädchen vor Augen und was er ihnen angetan hat, und Sie haben gesagt, die Behörden wüssten Bescheid.« Er hob seinen gequälten Blick und richtete ihn auf sie. »Aber bei mir haben sie auch nicht Bescheid gewusst.«

Alex wandte den Blick ab. Seine Bedürftigkeit war widerlich.

»Aber dann haben Sie nicht mehr mit mir gesprochen.« Er klang einsam und verloren. Er hatte recht, sie hatte mehr Zeit mit Malcolm verbracht, um Shane zu einem Gewaltausbruch zu provozieren, und das war ja auch geglückt, aber viel zu spät, um ihr von Nutzen zu sein.

»Wissen Sie, warum ich nicht mehr mit Ihnen geredet habe, Shane?«, fragte sie freundlich.

Er schüttelte den Kopf.

»Weil Sie die reinste Zeitvergeudung sind. Sie sind so gestört, dass Sie niemals ein auch nur annähernd normales Leben führen werden. Bei Ihnen besteht keine Hoffnung mehr. Die Albträume werden niemals aufhören, und jeder Mann mittleren Alters mit Halbglatze wird Ihr Onkel sein. Sie werden nie frei sein von ihm und von dem, was er Ihnen angetan hat. Niemand wird Sie je lieben, denn Sie sind beschmutzt, und die Qualen, die Sie durchmachen, werden Sie peinigen bis an Ihr Lebensende.«

Das letzte bisschen Farbe wich aus seinem Gesicht. Sie beugte sich noch weiter vor. »Und wenn Sie mich von heute an in irgendeiner Weise belästigen, werde ich mit der Kommission für Haftentlassungen sprechen und ihr anraten, dass Sie eine Gefahr für andere sind, und dann kommen Sie wieder in den Knast.« Sie erhob sich und ragte über dem wirren Wrack auf. Himmel, sie hasste Enttäuschungen. »Und wir wissen alle, dass da ziemlich viele Männer mittleren Alters drin sind, nicht wahr, Shane?«

Er senkte den Kopf, und seine Schultern zitterten. Sie fasste sein Schweigen so auf, dass er sie voll und ganz verstanden hatte. Sie war fertig mit ihm. Endgültig.

Sie schob sich an Dougie vorbei und ging in Richtung Küche. Die meisten Bewohner waren wieder ins Bett gegangen, jetzt da die Aufregung vorüber war. Nur David und Malcolm waren noch auf, und Dougie, der irgendwo hinter ihr herumlauerte.

Alex konnte nicht anders, sie war beeindruckt von dem, was Shane mit dem stämmigen, harmlosen Opfer angerichtet hatte, das am Tisch saß. Jetzt ging es nur noch darum, Schadensbegrenzung zu betreiben. Es käme ihr sehr ungelegen, wenn die Polizei hinzugezogen würde. Das hier war ihre Spielwiese.

»Oh, Malcolm …«, sagte sie und setzte sich neben ihn. »Sie Armer.« Sie hob die Hand und berührte behutsam sein verquollenes Gesicht, das schon grün und blau wurde. Die Lippe war geschwollen und auf der rechten Seite aufgeplatzt. Alex konnte sich leicht ausmalen, wie er am nächsten Morgen aussehen würde.

»Der verdammte Irre. Der gehört eingesperrt.«

Alex sah zu David hinüber. Sie verstand seine Haltung. Eine Straftat war begangen worden, doch David wusste, dass Shane es nicht überleben würde, wenn er zurück ins Gefängnis müsste. Alex nickte, und David verließ die Küche, um nach Shane zu sehen.

»Also, Malcolm, Sie haben jedes Recht, die Polizei zu rufen. Sie sind furchtbar verprügelt worden. Es ist schwer für Sie, manche von den anderen Bewohnern wirklich zu verstehen.«

Sie beugte sich ein wenig vor, und Malcolms Blick wanderte genau dahin, wo er hinwandern sollte. Malcolm hatte sein Leben lang noch keiner Seele etwas zuleide getan. Über die Maßen schüchtern und unbeholfen im Umgang mit anderen, war er einem Onlinebetrug mit einer »Thaifrau« zum Opfer gefallen, die sich im romantischen Umfeld eines Chatrooms über tropische Fische in ihn verliebt hatte. Viele kranke Verwandte und zahllose Überweisungen später war Malcolm pleite gewesen und hatte angefangen, bei dem Stahlunternehmen, wo er als Buchhalter arbeitete, Geld zu unterschlagen.

Er hatte nur zwei Jahre gesessen, und obwohl er vorher nicht viel gehabt hatte, fing er jetzt noch einmal ganz bei null an. Mit einundfünfzig hatte er weder eine Frau noch Kinder, noch ein Zuhause, noch einen Job.

Alex überzog ihre Stimme mit Zucker und beugte sich weitere fünf Zentimeter vor.

»Sie dürfen nicht vergessen, Malcolm, dass Sie nicht sind wie die anderen Männer hier. Sie sind ein gebildeter Mann, der sehr viel zu bieten hat. Sie sind schrecklich verletzt worden, aber Sie haben keinen dauerhaften Schaden erlitten. Diese jämmerlichen Kreaturen verdienen Ihr Mitleid. Sie werden niemals ein Gramm Ihrer Intelligenz besitzen.«

Alex veränderte die Sitzhaltung und streifte mit ihrem Knie das seine.

»Aber er sollte zur Verantwortung gezogen werden …«, sagte er matt, und Alex wusste, dass sie die Sache unter Dach und Fach hatte.

»Und das wird er auch. Sie müssen tun, was für Sie richtig ist. Tun Sie, was Sie tun müssen, damit Sie sich besser fühlen, aber es ist nur fair, dass Sie begreifen, dass Shane dann zurück ins Gefängnis wandert, und da kommt er nicht mehr raus. Ich will nicht, dass das Ihr Gewissen belastet, wenn Sie in der Hitze des Gefechts handeln. Sobald Sie bei der Polizei angerufen haben, gibt es kein Zurück.«

Alex atmete tief durch, sodass sich ihre Brüste hoben und senkten. Der anständige Kern, mit dem er jetzt rang, war der Grund gewesen, dass sie ihn als Forschungsobjekt ausgeschlossen hatte.

»Ich hätte einen Vorschlag, falls Sie ihn hören möchten?«

Malcolm nickte, ohne den Blick von ihrem Dekolleté zu lösen. Es passte ihr nicht mehr, dass Shane noch hier war. Sie wollte seine jämmerliche kleine Visage nicht mehr sehen.

»Also, ich glaube, es ist unmöglich, dass Sie beide weiter hier wohnen. Sie sollten keine Angst vor neuerlichen Angriffen haben müssen. Meiner Meinung nach können Sie die Polizei aus der Sache raushalten, wenn Shane das Haus verlässt.«

Endlich hob Malcolm den Blick und sah sie an. »Himmel, er war komplett neben der Spur. Aber wo will er denn …«

»Das muss nach dem, was er mit Ihnen gemacht hat, nicht Ihre Sorge sein, oder?«

»Na ja … eigentlich nicht …«

»Soll ich David von Ihrer Entscheidung in Kenntnis setzen?«

Malcolm nickte. Ganz einfach.

Alex beugte sich vor und tätschelte ihm leicht das Knie. Der alte Idiot lief rot an. Dieser arme Kerl hatte noch nie einen Orgasmus mit einem anderen lebenden, atmenden Wesen gehabt.

»Ich finde, es ist die richtige Entscheidung, Malcolm. Und jetzt gehen Sie ins Bett, und ich spreche für Sie mit David.«

Alex seufzte tief, als Malcolm ging und David hereinkam.

»Wie ist es gelaufen?«

Alex stieß Luft aus. »Also, es hat einiges an Überredung erfordert, aber er wird nicht die Polizei anrufen.«

David verzog das Gesicht vor Erleichterung. »Gott sei Dank. Es tut Shane schrecklich leid, was er gemacht hat. Er weiß, dass es falsch war, und wir wissen beide, dass es ihn umbringen würde, wenn er zurück ins Gefängnis müsste. Er ist wirklich kein schlechter Kerl.«

»Aber die Bedingung dafür, dass er nicht die Polizei ruft, lautet, dass Shane gehen muss.«

David fluchte leise.

»Ich weiß, dass es schwierig ist, und ich habe versucht, ihn umzustimmen, aber er war nicht davon abzubringen. Ein Stück weit verstehe ich ihn auch. Er müsste immer Angst haben.«

David schüttelte den Kopf. »Ich weiß einfach nicht, was in ihn gefahren ist.«

Alex zuckte die Achseln. »Das ist das Problem. Es gibt keine Möglichkeit zu verhindern, dass so etwas wieder passiert. Solange Shane hier ist, können Sie nicht für Malcolms Sicherheit garantieren.«

David ließ den Kopf in die Hände sinken.

Alex legte die Hand auf seinen nackten Arm. »Sie können nichts mehr tun, David.«

Es war zum Verrücktwerden, dass der einzige Fehler, den sie an diesem Mann entdecken konnte, seine Fähigkeit war, sich in die hoffnungslosen Schützlinge in seiner Obhut hineinzuversetzen. Nur ein Hauch Skrupellosigkeit oder ein Anflug von Verschlagenheit, und er hätte perfekt zu ihr gepasst.

Er zog den Arm weg.

»Himmel, David, ich habe alles versucht«, fuhr sie auf, denn die Ablehnung saß. Er wusste nicht, dass sie die Situation so manipuliert hatte, dass die Behörden nicht hinzugezogen wurden. Was sie anging, konnte Shane ruhig zurück in den Knast wandern und für den Rest seines Lebens jeden Tag vergewaltigt werden. Doch ungeachtet ihrer Motive hatte sie die Situation hier gerettet, und dieser Mann ließ sie immer noch abblitzen.

»Ich weiß, Alex, und ich bin Ihnen wirklich dankbar. Ich muss nur überlegen, wie ich Shane helfen kann.«

Sie stand auf und streifte ihn, als sie zwei Becher aus dem Schrank holte.

»Wie geht es eigentlich Barry? Ich dachte, der wäre längst weg«, fragte sie, um das Gespräch in Gang zu halten. Ein letzter Kaffee, dann würde sie sich verabschieden. Davids Gleichgültigkeit gegenüber ihren Annäherungsversuchen hatte das Fass zum Überlaufen gebracht. Sie wusste Besseres mit ihrer Zeit anzufangen.

David schüttelte den Kopf. »Der Arme hat eine schlimme Schlappe erlitten. Hat von einem Freund eines Freundes gehört, dass seine Ex und sein Bruder letzte Woche geheiratet haben. Barrys Tochter war Brautjungfer. Er hatte einen furchtbaren Zusammenbruch und hat ein paar Sachen zerschlagen. Er ist noch nicht so weit, dass er gehen kann.«

Alex spürte, wie tief aus ihrem Bauch ein Lächeln aufstieg. Zum Glück hatte sie sich abgewandt, als es ihr Gesicht erreichte. Vielleicht gab es ja doch einen Grund zu bleiben.

»Oh, mein Lieber, das ist aber schade. Ich mache uns einen Kaffee, dann können Sie mir alles in Ruhe erzählen.«

11

Kim setzte sich an den freien Schreibtisch. »Ich hoffe, Sie haben alle ein wenig geschlafen, denn es war das letzte Mal, bis wir in diesem Fall ein gutes Stück vorangekommen sind.«

Sie selbst hatte wenig Ruhe gefunden. Irgendwann war sie eingedöst, doch nach zwei Stunden war sie wieder hochgeschreckt, nachdem sie von der kleinen Daisy Dunn geträumt hatte. Es war ihr schon oft passiert, dass sie eingeschlafen war, wenn sie über einen Fall nachdachte, und noch öfter hatte ihr erster Gedanke am Morgen einem Verdächtigen gegolten. Doch das Bild von Daisy hatte sie aufgewühlt; sie hatte im Traum zugesehen, wie sie fortgeführt wurde, doch Daisy wollte nicht mitgehen, zog in die andere Richtung und sah sich immer wieder nach ihr um.

Kim schüttelte das Bild ab. Der Fall war abgeschlossen, sie waren längst mit dem nächsten befasst. Sie hatte das Ihre getan, und jetzt konnte sie nur hoffen, dass die Sache trotz der Dummheit von Jenks und Whiley vor Gericht kam.

Sie wandte sich gerade noch rechtzeitig um, um ein Murren aus der anderen Ecke des Zimmers mitzukriegen. Aus Dawsons Ecke.

Sie sah ihm herausfordernd in die Augen. Er wandte den Blick ab.

Kim hielt nichts von festen Arbeitszeiten, und Dienstpläne waren für sie allenfalls ein vager Anhaltspunkt. Wenn ein Zeuge befragt werden musste, war es ihr egal, ob es fünf Minuten vor Schichtende war. Die Aufgabe musste erledigt werden.

»Wer erwartet, dass Leichen nur dann auftauchen, wenn es ihm oder ihr passt, kann sofort ein Versetzungsgesuch einreichen. Wie sieht's aus?«

Nicht einmal Bryant antwortete darauf. Er war klug, er wusste, wann er besser die Klappe hielt.

»Okay, kleine Auffrischung: Unser Opfer ist Allan Harris, ein fünfundvierzigjähriger Mann, der wegen Vergewaltigung gesessen hat. Ist vor ungefähr achtzehn Monaten entlassen worden und war, wie es scheint, seither sauber. Er lebt von Sozialhilfe, wohnt bei seiner alten Mutter und hat seit seiner Entlassung keinen einzigen Tag gearbeitet.«

»Es war eine brutale Vergewaltigung, Guv«, fügte Bryant hinzu.

»Das weiß ich.« Sie hatte die Berichte gelesen und brauchte keine Belehrung. Angesichts der entsetzlichen Verletzungen, die er seinem Opfer zugefügt hatte, war ihr übel geworden. Würde sie Tränen vergießen, weil er tot war? Niemals. Würde sie zulassen, dass ihre persönlichen Gefühle einen Einfluss darauf hatten, wie sie den Fall bearbeitete? Dito. »Also, Leute, er hat seine Zeit abgesessen, auch wenn sie noch so kurz war, und ist seither nicht auf dem Radar aufgetaucht. Allan Harris ist nicht Gandhi, und wir können uns unsere Opfer nicht aussuchen. Kapiert?«

»Ja, Guv.«

»Dawson, sprechen Sie mit Taxifahrern, Busfahrern, Leuten, die ihre Hunde spazieren führen, und dem Besitzer des Pubs. Schauen Sie, ob irgendjemand seine Abneigung für Harris besonders laut zum Ausdruck gebracht hat. Und nehmen Sie Stacey mit, sie kann ein bisschen frische Luft gebrauchen.«

Stacey war ein absolutes IT-Ass, und am liebsten unterstützte sie die Arbeit des Teams vom Computer aus. Doch es wurde langsam Zeit, dass sie ein wenig mehr in Kontakt mit der Welt da draußen kam. Die Tatsache, dass Stacey ein bisschen ängstlich dreinschaute, zeigte Kim nur, dass sie das Richtige tat.

Wood und Dawson erhoben sich und gingen zur Tür.

Dawson zögerte. »Ähm ... Guv, sorry wegen meiner blöden Reaktion von wegen Schlaf.«

»Wenn ich davon ausgegangen wäre, dass Sie tatsächlich ein Problem haben, wären Sie schon auf dem Weg nach Hause.«

Er nickte zum Zeichen, dass er verstanden hatte, und ging hinaus. Dawson war ein guter Polizist, doch Kim erwartete mehr. Sie setzte ihre Leute unter Druck, denn sie war fest davon überzeugt, dass sie dann bessere Polizisten waren. Polizeiarbeit funktionierte nicht nach Stechkarte, und wer nur einen Job wollte, hatte in ihrem Team nichts verloren, der sollte zu McDonald's gehen und den ganzen Tag Burger braten.

Bryant wartete, bis die beiden außer Hörweite waren. »Sind wir nicht ein gutes Team? Ihre kühle Intelligenz, mein freundliches Auftreten, Ihre sachliche Analyse, mein Talent, nett zu sein. Ihr Köpfchen, mein gutes Aussehen.«

Kim knurrte. »Kommen Sie, mein Schöner, die Presse wartet.«

Kim hatte keine Pressekonferenz einberufen. Das war nicht nötig gewesen. Die ersten waren schon um vier Uhr früh gekommen.

Sie atmete tief durch und nickte, bevor sie die Doppeltüren aufstieß.

Reporter und Fotografen standen in Grüppchen zusammen. Sie erkannte ein paar der Lokalredakteure vom *Express and Star* und den Lokalanzeigern. Ein Vertreter der Central News Agency und ein Kameramann von BBC *Midlands Today* unterhielten sich am Handy. Ein Korrespondent von *Sky News* tippte eifrig in sein Handy.

»Okay, versammeln Sie sich«, rief Kim. Ein ganzer Strauß Mikrofone tauchte vor ihrem Gesicht auf, Diktiergeräte wurden eingeschaltet und vor sie hingehalten. Himmel, sie hasste es.

Sie bedachte die erwartungsvollen Gesichter mit einem Nicken. »Ich übergebe Sie an DS Bryant, der Ihnen die bisher bekannten Einzelheiten berichtet.«

Kim trat zur Seite. Falls Bryant verdutzt war über die plötzliche Vertrauensbekundung, verbarg er es gut. Er sprach der Familie unverzüglich sein Beileid aus.

Ja, ich wette, jetzt hat Woodys Stressball ordentlich was zu leiden, dachte Kim.

»… Die Midlands Police Force wird alles in ihrer Macht Stehende tun, um den Täter vor Gericht zu bringen. Vielen Dank für Ihre Aufmerksamkeit.«

Kim ging zum Auto, und Bryant folgte ihr.

»Danke, Guv«, grummelte er und warf eine Ausgabe von *Classic Bike* auf den Rücksitz.

»Sehr professionell, Bryant.«

»Sie wissen, dass Woody Sie dafür umbringen …«

»Haben Sie die Adresse?«

»Zurück zu der Verkehrsinsel am Fuß der Thorns Road, aber dann müssen Sie links auf die Caledonia abbiegen.«

»Vielen Dank, TomTom.«

»Nur zu Ihrer Information, Guv. Ich weiß, dass Sie letzte Nacht nicht nach Hause gefahren sind.«

Kim schwieg.

»Ungefähr das Einzige, was dauerhaft einen Platz in Ihrem Büro hat, ist Kleidung zum Wechseln und ein paar Toilettenartikel.«

»Fleißkärtchen, Sherlock.«

»Kommt hinzu, dass Ihr Kilometerstand derselbe ist wie gestern Abend, als wir geparkt haben.«

»Was zum Teufel sind Sie, ein wandelnder Tacho?«

»Nein, ich bin Polizist, so was entgeht mir nicht.«

»Also, dann konzentrieren Sie Ihre Bemühungen jetzt auf den Fall und lassen mich zum Teufel in Ruhe.«

Er hatte natürlich recht, aber das fuchste sie umso mehr.

»Ich finde, Sie brauchen einen Grund, um abends nach Hause zu fahren.«

»Bryant …«, versetzte sie warnend. Es stimmte, dass er sich ihr gegenüber mehr erlauben konnte als andere. Doch irgendwann war Schluss.

Sie fuhr schweigend weiter, bis den Lippen ihres Partners ein tiefempfundener Seufzer entfuhr.

»Was ist los, Bryant?«

Er seufzte noch einmal. »Ich weiß nicht, wie wir Harris'

Mutter gegenüber aufrichtiges Mitgefühl zum Ausdruck bringen sollen.«

Kim runzelte die Stirn. »Warum sagen Sie das?«

Bryant blickte weiter aus dem Fenster. »Na, ist das nicht offensichtlich?«

»Für mich nicht.«

»Angesichts dessen, was er der jungen Frau angetan …«

Bryant unterbrach sich mitten im Satz, denn sie stieg auf die Bremse und bog links auf einen öffentlichen Parkplatz.

»Was machen Sie da?«

»Okay, raus damit.«

Er wandte den Blick ab. »Ich hab vor den anderen nichts gesagt, aber meine Tochter ist ungefähr so alt wie die junge Frau, als er sie vergewaltigt hat.«

»Das verstehe ich, aber wir haben nicht den Luxus, nur die Morde an Menschen aufzuklären, die wir als rechtschaffen erachten.«

Er sah sie an. »Aber wie wollen wir für dieses Stück Scheiße dasselbe Maß an Leidenschaft aufbringen?«

Das Gespräch nahm eine Richtung, die Kim ganz und gar nicht gefiel. »Weil es Ihr Job ist, Bryant. Sie haben keine Vereinbarung unterzeichnet, in der steht, dass Sie nur die Rechte der Menschen schützen, die Sie dessen für würdig erachten. Es ist das Recht an sich, für das wir eintreten, und dieses Recht gilt für alle gleichermaßen.«

Sein Blick suchte ihren. »Aber können Sie sich mit dem, was Sie wissen, wirklich vorurteilsfrei in die Arbeit stürzen?«

Sie zuckte nicht. »Ja, durchaus. Und dasselbe erwarte ich von Ihnen.«

Er biss sich in die Haut an einem Fingerknöchel.

Die Stimmung zwischen ihnen war geladen. Es kam nicht oft vor, dass sie Bryant wieder auf Kurs bringen musste, und es fiel ihr nicht leicht. Doch ihre Freundschaft hielt das aus. Das hoffte sie zumindest.

Sie blickte nach vorn. »Ich erwarte nichts Geringeres als absolute Professionalität, wenn wir dieses Haus betreten, Bryant«, fuhr sie mit leiser Stimme fort. »Wenn Sie das nicht liefern können, dann würde ich vorschlagen, dass Sie im Wagen bleiben.«

Sie war sich bewusst, dass das hart war, doch sie würde nicht zulassen, dass er sich anmerken ließ, was er persönlich von dem Opfer hielt.

Er zögerte keine Sekunde. »Selbstverständlich.«

Beiden war klar, dass sie tun würde, was sie tun musste, sollte er sich ihren Anweisungen widersetzen. Freundschaft hin oder her.

Sie legte einen Gang ein und fuhr los.

Er war so vernünftig zu schweigen, bis sie den Kreisverkehr am Fuß der Thorns Road erreicht hatten. Auf beiden Seiten lagen Einfamilienhäuser, vermutlich mit je zwei Schlafzimmern. Die Auffahrten waren gerade groß genug, um einem Familienauto Platz zu bieten.

Das Haus stand keine zwanzig Meter vom Ende der Gasse, in der Harris ermordet worden war.

Bryant schlug die Autotür zu. »Himmel, noch fünfzehn Sekunden, und er wäre zu Hause gewesen.«

Der Vorgarten wurde gerade gepflastert. Ganze Haufen von Grassoden waren unfachmännisch ausgegraben worden, der Boden war holprig und pockennarbig. Vorn ans Haus angebaut war eine kleine Veranda, die gerade war, wenn Kim den Kopf leicht nach links neigte. Sämtliche Fenster waren mit Stores verhängt, und eine kleine Glasscheibe im ersten Stock hatte in der Ecke unten links einen Riss.

Bryant klopfte mit den Fingerknöcheln dreimal kurz an die Tür. Eine Kollegin vom Kriseninterventionsteam in Sweatshirt und Jeans öffnete ihnen.

»Sie ist ziemlich schwach und hört nicht auf zu weinen.«

Kim schob sich an ihr vorbei und trat ins Wohnzimmer. Eine Treppe führte von dort in die obere Etage. Braune und orangefarbene Wirbel bedeckten sämtliche Oberflächen, eine Ausnahme bildete die alles dominierende Eckcouch aus beigefarbenem Velours.

Der Hund, der neben der Leiche gesessen hatte, kam schwanzwedelnd auf sie zu. An seinem Fell waren immer noch eingetrocknete braune Spritzer vom Blut seines Herrchens zu erkennen.

Ohne das Tier zu beachten, ging sie nach hinten durch. Sie fand die alte Frau in einem bequemen Schaukelstuhl in der Wohnküche, die sich über die ganze Breite des kleinen Hauses erstreckte.

Kim stellte sich vor, als Bryant neben ihr auftauchte. Er nahm die Hand der Frau.

»Mrs. Harris, ich bin DS Bryant, und als Erstes möchte ich Ihnen unser Beileid für Ihren Verlust aussprechen.« Er hielt die knorrige Hand noch ein paar Sekunden fest und legte sie dann behutsam zurück in ihren Schoß.

Kim nickte ihm kurz zu, und sie setzten sich auf zwei Korbstühle. Professionell verbarg er die Gefühle, die er ihr im Auto offenbart hatte. Mehr konnte sie nicht von ihm verlangen.

Die Kollegin machte Tee, und der Hund setzte sich neben Kim und lehnte sich an ihr rechtes Bein. Sie zog das

Bein weg und konzentrierte sich auf Mrs. Harris. Ihr Haar war vollkommen grau und stand an einigen Stellen büschelig ab, was Kim unwillkürlich an den Vorgarten erinnerte.

Mrs. Harris' Gesicht war freundlich, doch gezeichnet von harter Arbeit und Schmerz. Ihr ganzer Körper war so von Arthritis entstellt, dass es schien, als wären sämtliche Knochen gebrochen und schief zusammengewachsen. Die rechte Hand zupfte an dem Papiertaschentuch in der Linken, und in ihrem Schoß sammelten sich Hunderte von weißen Flöckchen.

Die alte Dame richtete ihre rotgeränderten Augen auf Bryant. »Er war'n schlechter Kerl, Detective Inspector«, sagte sie mit starkem Black-Country-Einschlag. »Das Gefängnis hat ihm geholfen.«

Kim schob den Hund ein Stück weg. »Mrs. Harris, wir sind mehr daran interessiert, was Ihrem Sohn zugestoßen ist, als an seiner Vergangenheit.«

Mrs. Harris fixierte Kim mit starrem Blick. Ihre Augen waren wund, aber trocken. »Was er gemacht hat, war grässlich und abscheulich, und ich werd's nie verstehen. Aber er hat sich in sämtlichen Anklagepunkten schuldig bekannt und hat nicht versucht, sich mit großen Worten zu verteidigen. Er hat seine Strafe auf sich genommen, daran gibt's nichts zu rütteln. Als er rauskam, war er ein anderer Mensch. Hat ihm ehrlich leidgetan, was er dem armen Mädchen angetan hat. Wenn er es ungeschehen hätte machen können, hätte er das gemacht.« Ihre Augen füllten sich mit Tränen, und sie schüttelte den Kopf. Die leidenschaftliche Verteidigung ihres Sohnes war vorbei, was blieb, war nur die kalte Wirklichkeit, nämlich, dass er tot war.

Sie fuhr fort, doch ihre Stimme zitterte. »Mein Junge hätte nie mehr arbeiten können; er war fürs Leben gestraft.«

Kim machte ein neutrales Gesicht. »Mrs. Harris, wir haben die Absicht, die Ermordung Ihres Sohnes aufzuklären«, erklärte sie wahrheitsgemäß. »Seine Vorgeschichte hat keinerlei Auswirkung auf unsere Arbeit.«

Mrs. Harris sah sie an und erwiderte für ein paar Sekunden ihren Blick. »Ich glaub Ihnen.«

»Können Sie uns genau sagen, was gestern Abend passiert ist?«, fuhr Bryant fort.

Die Frau tupfte sich mit dem Rest des Papiertaschentuchs die Wangen ab. »Gegen zehn hat er mir ins Bett geholfen und mir das Radio eingeschaltet. Ich schlaf über die Talkrunden im Spätprogramm ein. Er hat Barney gepfiffen und ist mit ihm raus. Sie haben nachts immer lange Spaziergänge gemacht. Barney mag andere Hunde nicht.

Manchmal ist er ins Thorns und hat ein halbes Pint getrunken, bevor er in den Park ist. Dann hat er mit Barney allein draußen gesessen. Er hat eine Tüte frittierte Schwarten gekauft und sie sich mit dem Hund geteilt.«

»Um welche Zeit war er normalerweise zurück?«

»Meistens gegen elf. Ich bin immer erst richtig eingeschlafen, wenn er wieder da war. Ach Gott, ach Gott, ich kann noch gar nicht glauben, dass er tot ist. Wer macht so was?«, fragte sie Bryant.

»Ich fürchte, das wissen wir noch nicht. Ist Ihnen bekannt, ob er Probleme mit jemandem hatte?«

»Die Nachbarn haben nicht mehr mit uns geredet, als ich ihn wieder hier einziehen ließ. Ich glaub, die Leute haben ihm auch Beschimpfungen nachgerufen, wenn er tagsüber raus ist. Eines Abends ist er mit einem blauen Auge heimgekommen, aber er wollt nicht drüber reden. Es gab zwei hässliche Briefe und ein paar Drohanrufe, und vor zwei Monaten ist ein Ziegelstein durchs Fenster geflogen.«

Die alte Frau tat Kim leid, denn jetzt war sie allein. Sie hatte immer zu ihrem Sohn gehalten und ihn aufgenommen, trotz allem, was er getan hatte.

»Haben Sie die Briefe noch und haben Sie die Telefonnummern der Drohanrufe notiert?«

Mrs. Harris schüttelte den Kopf. »Nein, Mädchen, Allan hat alles weggeworfen, und wir haben uns 'ne neue Nummer geben lassen.«

»Haben Sie die Polizei gerufen, als der Backstein geflogen ist?«

»Sie beide mögen den Mord an ihm ja ernst nehmen, aber ich glaub, ein eingeschlagenes Fenster bei einem verurteilten Vergewaltiger hätt keinen hinterm Ofen vorgelockt.«

Darauf sagte Kim nichts, denn sie wusste, dass Mrs. Harris vermutlich recht hatte.

Aus den Drohungen und den Prügeln, die er eingesteckt hatte, gingen keine Hinweise hervor, also brachte Kim das Gespräch auf etwas anderes.

»Hatte er immer seine Brieftasche dabei, für den Fall, dass er in den Pub wollte?«

»Nein, freitags und samstags ist er nie in den Pub; zu viele Leute. Seine Brieftasche liegt nebenan auf dem Tisch.«

»Hatte er ein Messer bei sich, um sich notfalls zu verteidigen?«, fragte Bryant.

Mrs. Harris runzelte die Stirn. »Wenn, hat er mir nichts davon gesagt.«

Bevor sie weitere Fragen stellen konnten, klopfte es an der Tür. Die Kollegin vom Kriseninterventionsteam, die zugehört hatte, ging, um zu öffnen. Kim überlegte, wie die gebrechliche Frau wohl zurechtkommen würde, wenn diese Hilfe abgezogen wurde. Irgendwann war der Fall gelöst, und dann musste die Kollegin woanders hin.

»Das sind sicher die Leute vom Blue Cross«, sagte Mrs. Harris traurig, und noch während sie das sagte, lehnte der Hund sich wieder an Kims Bein. Sie unternahm nichts, denn ihr war klar, dass der verdammte Köter nirgendwo hingehen würde, solange sie ihm nicht einen kräftigen Tritt versetzte.

»Blue Cross?«, fragte Bryant.

»Die Tierschutzorganisation, wo Barney her ist. Die kommen, um ihn wieder mitzunehmen. Ich kann mich nicht um ihn kümmern. Das wär nicht fair.«

Frische Tränen stiegen in ihren Augen auf. »Mein Junge hat den Hund geliebt, hat gesagt, er würde ihm 'ne zweite Chance geben.«

Ein Mann und eine Frau, die Kleidung mit Blue-Cross-Logo trugen, betraten den Raum.

»Die Leine hängt da drüben. Sein Bett ist im Wohnzimmer, und nehmen Sie den braunen Teddybären mit. Das ist sein Lieblingsspielzeug.«

Am ganzen Leib zitternd drückte der Hund sich jetzt an Kims Bein. Große Traurigkeit überkam sie. Der Hund hatte sein Herrchen nicht nach dem beurteilt, was er getan hatte, er war ihm ein treuer, anhänglicher Freund gewesen, und jetzt war seine Zeit hier zu Ende.

Der Mann sammelte die Sachen des Hunds zusammen, und die Frau holte die Leine.

Mrs. Harris beugte sich vor und tätschelte ihn ein letztes Mal. »Tut mir leid, Barney, aber ich kann mich nicht um dich kümmern, Kumpel.«

Die Frau befestigte die Leine und ging mit dem Hund

zur Haustür. Dort drehte das Tier sich um und sah Kim mit bekümmerten, fragenden Augen an.

Sie sah zu, wie er fortgeführt wurde von allem, was ihm vertraut war. Er kam wieder in die Auslage, wo er sich um eine neue Chance auf ein gutes Zuhause bemühen musste. Ein Gefühl, das sie nur allzu gut kannte.

Abrupt stand Kim auf. »Kommen Sie, Bryant, ich denke, wir haben alles, was wir brauchen.«

12

Alex lenkte ihren Wagen nach Cradley Heath. Sie war beeindruckt von ihrer Anpassungsfähigkeit. In ihrem Forschungsgebiet waren Enttäuschungen immer wieder unvermeidlich. Shane hatte sie enttäuscht, doch sie hatte den Vorfall zur ihren Gunsten gedreht, ohne dass jemand etwas bemerkt hatte.

Die Forschung forderte immer Opfer, doch bisher hatte Alex noch keinen Kollateralschaden erlebt, der das Endresultat nicht wert gewesen wäre. Enttäuschungen waren ein Berufsrisiko, doch zum Glück war sie überaus einfallsreich.

Wie jetzt auch. Nach den Ereignissen der vorangegangenen Nacht war es nur richtig, wieder im Hardwick House vorbeizuschauen und sich zu vergewissern, dass es allen gut ging. Und falls Barry zufällig in der Nähe war, konnte es noch ein sehr guter Tag werden.

Sie brauchte die Ablenkung, denn sonst drehten sich ihre Gedanken unablässig um Ruth. Sie musste akzeptieren, dass sie bis zu ihrem nächsten Termin keine Einzelheiten erfahren würde. Die Geschichte war überall in den

Nachrichten, doch die Polizei würde niemals in so kurzer Zeit dahinterkommen, besonders wenn Ruth ihr aufmerksam zugehört und das Messer mitgenommen hatte.

Der Tag war klar, aber windig. Die Baumkronen schwankten hin und her, und die letzten Spuren des Winters wurden davongeweht.

Als sie durch Cradley Heath fuhr, hielt sie beim Supermarkt und kaufte eine Auswahl billiger Kuchen und Teilchen. Es kostete nicht viel, doch auch hier war der äußere Anschein alles.

Sie bog in die Einfahrt zum Hardwick House und bemerkte, dass ein paar Autos mehr davorstanden. Das Wochenende brachte den Bewohnern Besuch.

»Kleine Leckereien«, sagte sie und betrat die Küche. David drehte sich um, und Alex sah, dass er am Telefon war, aber nicht sprach. Er beendete den Anruf und schüttelte den Kopf.

»Alles in Ordnung?«

»Was machen Sie denn schon wieder hier?«

»Oh, na gut, soll ich meinen Kuchen nehmen und wieder gehen?«, fragte sie geziert.

»Tut mir leid, so war das nicht gemeint.«

»Ich wollte nur sehen, ob es Malcolm und Shane gut geht.« Manchmal war sie selbst überrascht, wie überzeugend sie sein konnte. Die zwei Verlierer hätten ihr nicht gleichgültiger sein können, doch mit Barry war es eine ganz andere Sache.

»Malcolm sieht aus, als hätte er zwei Runden gegen Tyson gekämpft und wäre dann unter einen Sattelschlepper geraten, aber ansonsten geht es ihm gut. Fühlt sich überlegen, weil er nicht die Polizei eingeschaltet hat. Seine Schwester ist bei ihm im Fernsehzimmer. Sie hat mir ordentlich zugesetzt, dass ich zugelassen habe, dass so etwas passiert, aber sie ist ein wenig beschwichtigt, weil Shane nicht mehr hier ist.«

»Schon?« Alex war überrascht, aber auch erfreut.

David öffnete die Arme. »Er ist in der Nacht verschwunden. Als ich ihn heute Morgen wecken wollte, um mit ihm zu reden, war sein Zimmer leer. Ich habe ihm ein paar Nachrichten auf die Mailbox gesprochen, aber jetzt hat er sein Handy ausgeschaltet.«

»Oh, David, das tut mir sehr leid. Ich weiß, wie sehr Sie ihn mochten.«

»Der arme Bursche hat niemanden. Der hat sein ganzes Leben lang noch keinen schönen Tag erlebt. Ich dachte wirklich, wir könnten ihm helfen.«

»Er ist ein erwachsener Mann, der seine eigenen Entscheidungen treffen muss. Kann gut sein, dass er Malcolm nicht mehr unter die Augen treten konnte und dachte, es wäre das Beste so. Wenigstens müssen Sie ihn jetzt nicht bitten zu gehen.«

»Hallo, Dougie«, sagte sie, ohne sich umzudrehen. »Wird's dir nicht irgendwann langweilig, mir hinterherzulaufen?«

Dougie schüttelte den Kopf und verlagerte das Gewicht von einem Fuß auf den anderen. Sie machte den Mund auf, um noch etwas zu sagen, und schloss ihn wieder. Es machte einfach keinen Spaß, gemein zu Dougie zu sein. Sie zog es vor, wenn ihr Gegner wenigstens eine Hirnzelle besaß.

Alex ging mit den Tellern in den Fernsehraum.

Ray, der älteste Bewohner, saß auf einem Sofa und erduldete eine der unbehaglichen Schweigephasen, die es zwischen ihm und einer Tochter, die er kaum kannte, häufig gab.

Ray war die Verkörperung dessen, was Jeremy Hardwick im Sinn gehabt hatte, als er das Haus eröffnete. Als Ray die freie Welt 1986 verließ, erfüllte das Festplattenlaufwerk eines einzigen Computers noch einen ganzen Raum. Ein Handy hatte Batterien von der Größe eines Koffers, und der Gründer von Facebook war zwei Jahre alt.

Sie näherte sich den beiden mit einem Teller. Sie hätte es vorgezogen, ihre Zeit nicht mit solchen Banalitäten vergeuden zu müssen, doch der äußere Anschein war wichtig. Froh über die Ablenkung, nahmen sich die beiden jeder ein Stück Kuchen und bedankten sich bei ihr.

Malcolm saß in der hinteren Ecke und wirkte in Gegenwart seiner strengen jüngeren Schwester einfältig und eingeschüchtert. Einer dominanten Frau wäre Malcolm ein sehr guter Ehemann gewesen. Er akzeptierte seinen Platz. Alex schenkte ihm ein heimliches Lächeln und senkte dann den Blick.

Sie sah sich im Zimmer um, da sprach sie jemand von hinten an.

»Ähm ... verzeihen Sie, Sie sind die Psychologin, nicht wahr?«

Alex war überrascht, als sie sah, dass Malcolms übereifrige Schwester zu ihr aufblickte. Sie war eine unglückliche Gestalt mit hervorstehenden Zähnen und kleinen, leicht schielenden Augen.

»Ich bin Doktor Alexandra Thorne und ich ...«

»Dann sind Sie die Frau, die es meinem Bruder ausgeredet hat, die Polizei zu rufen?«

Sie hatte die Hände in die Seiten gestemmt und den pockennarbigen Kiefer vorgeschoben. Alex hatte Mühe, ein Lachen zu unterdrücken. Sie ragte so hoch über ihr auf, dass sie am liebsten die Hand ausgestreckt und der Frau den Kopf getätschelt hätte. Wenn sie ihre Zeit doch nicht mit solchem Kroppzeug vergeuden müsste.

»Wären Sie so nett, mir zu erklären, warum Sie so etwas machen?«

»Ich habe nicht das Bedürfnis, Ihnen irgendetwas …«

»Sehen Sie sich ihn doch mal an.« Sie zeigte auf Malcolm, der gekränkt wirkte, aber sitzen blieb.

»Wie könnten Sie zulassen, dass der Scheißkerl, der ihm so etwas antut, ungeschoren davonkommt?«

»Es war Malcolms Entscheidung, nicht die Polizei zu rufen.«

Die Frau schnaubte missbilligend auf eine Art, für die sie viel zu jung war. »Ha! Jede Wette.« Sie betrachtete Alex von oben bis unten. »Sie mit Ihrer Vicky-Beckham-Jeans und Ihren High Heels; er würde seine Nichten opfern, wenn Sie ihn darum bitten würden.«

Wie aufs Stichwort sausten zwei Mädchen vorbei und stießen an Alex' linken Oberschenkel, und kurz erwog sie, die Theorie auf die Probe zu stellen.

Die Leute schauten schon in ihre Richtung. Alex war mehr als gelangweilt.

Sie senkte die Stimme. »Ich habe Ihren Bruder zu gar nichts überredet. Er ist ein erwachsener Mann, er entscheidet selbst, was er tut und was nicht.«

»Aha, dachte ich's mir doch. Ich weiß, was Sie im Schilde führen.«

Das bezweifelte Alex doch sehr. Sie setzte trotzdem ein tolerantes Lächeln auf. »Und das wäre?«

»Sie sind hinter ihm her. Darum geht's doch.«

Na klar, natürlich, das ist es, dachte Alex und hätte der Frau beinahe ins Gesicht gelacht.

»Sie wollen ihn von sich abhängig machen, damit Sie ihn in die Ehe locken können.« Ein Speicheltropfen von den Lippen der Frau landete auf Alex' Wange. Das ging zu weit.

Sie führte die Frau behutsam in eine Ecke, setzte für die Zuschauer ein Lächeln auf und senkte die Stimme.

»Okay, Sie dämliche, ungebildete Kuh, ich habe Malcolm ermutigt, die Polizei aus dem Spiel zu lassen, und dafür sollten Sie mir verdammt dankbar sein. Shane hat alle möglichen Anschuldigungen erhoben, Malcolm würde Ihre beiden kleinen Teufel da drüben belästigen.

Wäre ein Polizeibeamter hergekommen, wäre er verpflichtet gewesen, solchen Behauptungen nachzugehen, und das hätte für Ihre beiden kleinen Schätzchen schmerzhafte, demütigende körperliche Untersuchungen zur Folge gehabt, ganz zu schweigen davon, dass man sie Ihnen womöglich weggenommen hätte.«

Alex war zufrieden. Der Frau war die Klappe so weit heruntergefallen, dass alle restlichen Speicheltröpfchen trockneten.

Alex lächelte weiter. »Also schlage ich vor, Sie halten Ihr boshaftes kleines Mäulchen, setzen Ihren Besuch bei Ihrem Bruder fort und halten sich aus Dingen heraus, die Sie nichts angehen.«

Ein winziges Nicken war die Antwort.

Alex wandte sich ab und atmete tief durch. So, und jetzt zurück zu dem eigentlichen Grund ihres Besuchs.

13

Alex entdeckte Barry in der hintersten Ecke, wo er allein saß und in einer Zeitschrift blätterte.

Sie trat vor ihn, bot ihm auch etwas Kuchen an und hatte wieder das zu ihrem Spiel passende Gesicht aufgesetzt. »Apfeltasche?«

»Ist das ein Angebot oder eine Art Frage?«

»Wie Sie möchten.« Alex setzte sich neben ihn. »Wie geht es Ihnen?«

Als Antwort zuckte er nur die Achseln und richtete den Blick wieder auf die Zeitschrift. Sein Kopf war frisch rasiert, und sein Körper gebräunter und muskulöser, als sie ihn in Erinnerung hatte. Bevor er ins Gefängnis gewandert war, war Barry Boxer gewesen, zwar nur Halbprofi, aber es hatte ihm beim Prozess trotzdem eher geschadet.

Alex streckte die Beine aus und legte einen Fuß über den anderen. Sie kicherte tolerant, als die nervigen kleinen Mädchen zum Tisch rannten, sich ein Stück Kuchen nahmen und wieder wegliefen. Wenn sie allein gewesen wäre, hätte sie ihnen ein Bein gestellt und zugesehen, wie sie zu Boden gingen, doch sie beherrschte sich.

»Sind sie nicht süß?«

Barry würdigte sie keines Blickes. »Sind Sie immer noch hier?«

»Ja. Sie scheinen mir hier der Einzige zu sein, der keinen Besuch hat, also dürfen Sie als Trostpreis mit mir vorliebnehmen.«

»Jippie.«

»Na, na, zügeln Sie Ihre Begeisterung. Ich sehe doch, dass Sie innerlich ganz entzückt sind und es bloß nicht zeigen wollen.«

Ehrlich, diese Kerle waren furchtbar sensibel. Zuerst hatte Shane so schlecht auf ihre Ablehnung reagiert, und jetzt zeigte Barry ihr aus demselben Grund die kalte Schulter. Egal. Sie würde ihn schon wieder auf Spur bringen.

»Ja, das wird's sein.«

Sie neigte den Kopf. »Nicht in der Stimmung heute, sich ein bisschen mit mir zu unterhalten?«

Barry lachte laut. »Das ist stark. Sie haben seit Monaten kein Wort mit mir gewechselt.«

Alex ging darauf ein. »Ich weiß, Barry, und es tut mir leid. Aber hier sind Leute, die haben meine Hilfe viel dringender gebraucht als Sie. Sie scheinen inzwischen das Schlimmste überstanden zu haben.«

Er knurrte, und Alex musste sich ein Lächeln verkneifen. Sie wusste ganz genau, dass er Welten davon entfernt war, das Schlimmste überstanden zu haben. Ihr Plan baute darauf auf.

Sie stupste ihn in die Seite. »Kommen Sie, ich dachte, wir wären Freunde. Warum so sauer?«

»Ich bin mir sicher, David hat Sie längst informiert.«

»Nein«, log sie. »Ich bin nicht in offizieller Funktion

hier, also vertraut er mir keine Geschichten an. Das liegt beim Einzelnen.« Sie wollte es unbedingt aus Barrys Mund hören, um abzuschätzen, wo genau sein wunder Punkt war. Von David kannte sie die Fakten, doch sie wollte die emotionalen Auslöser. Sie hatte schon begriffen, dass Barry die beiden kleinen Mädchen nicht ansehen konnte, denn sie erinnerten ihn daran, dass ein anderer Mann sich jetzt um seine eigene Tochter kümmerte. Sein Bruder.

Er starrte auf den Kuchen.

Sie drängte weiter. »Okay, keine einseitige Konversation mehr. Fragen Sie mich irgendwas, und ich sage es Ihnen.«

Er wandte sich ihr voller Interesse zu. »Verheiratet, Kinder?«

»Geschieden und eine Tochter«, sagte sie und schaute zu den Mädchen. Sie senkte den Blick. Es war eine gute erfundene Geschichte, die sie einander näherbringen würde. Es war gut, wenn sie die Erfahrung teilten, vom eigenen Kind getrennt zu sein.

Er fiel auf ihre Finte rein. »Wo ist das Kind?«

»Bei ihrem Vater. Es ist sein Wochenende.« Sie wandte den Blick ab.

»Also, es tut mir leid …«

Sie tat seine Entschuldigung mit einer Handbewegung ab. »Kein Problem. Wenn eine Familie kaputtgeht, ist das immer schmerzlich, aber wir versuchen, es hinzukriegen.«

Fantastisch, dachte sie. Jetzt hatte er Schuldgefühle, weil er an etwas Schmerzlichem gerührt hatte, und das hieß, dass er eher bereit sein würde, sich zu öffnen.

Sie kannte seine Geschichte längst in- und auswendig. Barry war Amateurboxer gewesen und hatte eine junge

Frau geheiratet. Unter dem Druck seiner Frau, den Sport aufzugeben, hatte er angefangen, Lieferwagen zu fahren. Eine Zeit darauf war seine Frau schwanger geworden, doch im achten Monat hatte das Ungeborene aufgehört zu atmen, und seine Frau hatte ein totes Kind zur Welt gebracht.

Barry hatte versucht, stark zu sein, doch er hatte sich wieder dem Boxen zugewandt, um seine Wut abzureagieren. Aus jedem Kampf war er mit mehr Blessuren herausgegangen, doch er konnte nicht aufhören. In der Zeit, da Barry seine Frau hätte trösten sollen, hatte sein Bruder das an seiner Stelle gemacht.

Als er sie erwischte, schlug Barry seinen Bruder derart zusammen, dass er von der Taille an gelähmt blieb. Sieben Monate später brachte Lisa Barrys Kind zur Welt. Ein Mädchen.

»Was hat Ihr Mann gemacht?«, fragte Barry leise.

Sie sah ihm direkt in die Augen. »Was Wildes.«

»Fremdgegangen?«

Sie nickte.

Er schüttelte den Kopf. »Mit einer, die Sie kennen?«

Kurz überlegte Alex, eine beste Freundin zu erfinden und in ihre Geschichte einzubauen, doch damit würde sie die Glaubwürdigkeit vielleicht doch ein wenig zu sehr auf die Probe stellen. »Nein, eine junge Frau, die er in einem Café kennengelernt hat. Sie ist Barista, was auch immer das ist. Anscheinend ist sie nicht so anspruchsvoll.«

»Ich wette, da fühlen Sie sich gleich besser.«

»Absolut fantastisch.« Sie lächelte ihn an. »Hey, wer ist hier die Psychologin? Ich krieg ja Angst, dass Sie mir die Rechnung über den Tisch schieben, bevor ich gehe.«

»Ja, zweihundert Piepen für mich«, versetzte er.

»Egal, genug von mir. Wie geht es Ihnen?«, fragte sie, denn sie wollte ihr Experiment unbedingt fortsetzen.

»Nicht gut. Sie sind jetzt verheiratet«, antwortete er niedergeschlagen.

»Oh, Barry, das tut mir aber sehr leid. Ich hatte ja keine Ahnung.«

Er tat es mit einer Handbewegung ab. »Nicht Ihre Schuld.«

Alex saß eine Minute lang schweigend bei ihm, damit er Zeit hatte, über das nachzudenken, was er gesagt hatte.

Doch jetzt war es Zeit anzufangen.

»Liebt sie ihn?«, fragte sie leise.

Die Frage setzte ihm zu, genau wie sie es beabsichtigt hatte. Und in seinen Augen blitzte so etwas wie Verwirrung auf.

»Ich weiß nicht. Ich meine … vermutlich schon. Sie hat ihn ja immerhin geheiratet.«

»Könnte es sein, dass Lisa ihn aus einem gewissen Verantwortungsgefühl heraus geheiratet hat?«

»Spielt das eine Rolle?«

»Für mich würde es durchaus eine Rolle spielen, wenn ich sie immer noch liebte«, sagte Alex leise.

Er schüttelte den Kopf. »Sie nimmt mich nie mehr zurück.«

Alex machte eine kleine Pause. »Hmm … haben Ihr Bruder und Sie sich als Kinder gestritten?«

Barry lächelte. »Das ist die erste typische Psychofrage, die Sie stellen.«

»Es tut mir leid. Aber es interessiert mich, ob es bloß Zufall war.«

Er runzelte die Stirn. »Was meinen Sie damit?«

»Na, na, haben Sie nicht eben gesagt, ich soll die Psychologin zu Hause lassen? Entscheiden Sie sich.«

»Fahren Sie fort.«

»Also, manche Geschwister konkurrieren ihre ganze Kindheit über, normalerweise um die Zuneigung oder Wertschätzung der Eltern. Wenn ein Kind das Gefühl hat, Bruder oder Schwester sind intelligenter oder hübscher oder werden bevorzugt, versuchen sie zu konkurrieren und dem erfolgreicheren Geschwister nachzueifern. Normalerweise hört das auf, wenn Geschwister außerhalb von zu Hause verschiedene Wege einschlagen, doch gelegentlich setzt sich der Neid auch im Erwachsenenalter fort.«

Alex sah, dass er ernsthaft darüber nachdachte. Selbstverständlich. Jeder, der Geschwister hatte, erinnerte sich an Streitereien um Spielzeug, Klamotten und CDs. Das war vollkommen normal.

Sie zuckte die Achseln, als wäre es ihr gleichgültig. »Es klang gerade so, als würden Sie die ganze Verantwortung für die Situation übernehmen, auch wenn Sie nicht wissen, ob ein Teil davon nicht mit Absicht geschah. Also frage ich noch einmal: Liebt sie ihn?«

»Ich verstehe immer noch nicht, was das für eine Rolle spielen soll. Sie wird mir niemals verzeihen.«

»Wenn Sie aufgegeben haben, spielt das eh keine Rolle.«

»Aber was kann ich denn ...«

»Sie haben gesagt, Sie hätten ihr alles verziehen, um wieder eine Familie zu sein. Woher wollen Sie denn wissen, ob das bei ihr nicht auch so ist? Im Augenblick hat Ihr Bruder Ihnen Ihr Leben gestohlen. Er hat Ihnen Ihre Frau gestohlen und bei Ihrer Tochter die Vaterrolle übernommen, und Sie wissen nicht mal, ob sie ihn liebt.«

Das saß. Und jetzt noch ein letzter Stoß.

»Sie sollten ihn nicht beneiden. Ich meine, was ist das schon für ein Leben? Er kann diesen Rollstuhl nie wieder verlassen. Es wäre womöglich gnädiger gewesen, wenn er nicht überlebt hätte.« Sie unterbrach sich ein paar Sekunden. »Es wäre womöglich gnädiger gewesen gegenüber Ihrer Frau.«

Barry sah sie eindringlich an. Hinter seinen Augen schimmerte frische Hoffnung auf.

Alex zuckte die Achseln und seufzte. »Vielleicht bereut sie das Ganze längst und will Sie wiederhaben, einen starken, kräftigen Mann, den sie liebt und der der wahre Vater ihres Kindes ist, kann sich aber nicht der Verpflichtung entziehen, sich um Ihren Bruder zu kümmern.«

Barry wirkte verwirrt und unruhig. »Ich weiß nicht …«

»Hören Sie«, sagte sie und beugte sich ein wenig näher zu ihm hin. »Ich habe zu meinem Mann gesagt, ich würde ihm niemals verzeihen, aber wenn er morgen bei mir auftauchen würde und es würde ihm ehrlich leidtun, was er getan hat, wäre ich in Versuchung, ihm noch eine Chance zu geben. Ich liebe ihn, ich vermisse ihn, und er ist der Vater meines Kindes. Kurzum, ich würde meine Familie zurückhaben wollen.«

Barry schwieg ein paar Minuten. Er stand auf. »Ich glaub, ich geh ein bisschen spazieren. Ich muss den Kopf freikriegen.«

Alex nickte und lächelte. Sie genehmigte sich ebenfalls etwas von dem Kuchen. Dieses Experiment war ein wenig wie das Spiel mit einem Kreisel. Man wickelte das Seil so fest darum, wie man konnte, und setzte ihn ab, aber man hatte keine Ahnung, in welche Richtung er davonschoss.

14

Kim warf den letzten Bericht auf den Tisch. »Verdammt, nichts, aber auch absolut gar nichts, Taxifahrer, Busfahrer, Anwohner. Ein Mann wird niedergestochen, und niemand hat auch nur das Geringste gesehen oder gehört.«

»Da ist doch eine Aussage …« Bryant kramte in seinem Stapel.

»Ja, klar, ein Achtzehnjähriger, vollkommen blau, hat gemeint, er hätte jemanden auf der Mauer sitzen sehen, kurz nach elf, direkt an der Bushaltestelle.«

»Ja, aber der letzte Bus fuhr um …«

»Das ist ja wohl keine besonders heiße Spur, oder? Dass jemand an einer Bushaltestelle auf einer Mauer sitzt.«

Bryant seufzte. »Vielleicht waren es die Knockers.«

»Wer?«

Bryant nahm ihre Becher und ging zur Kaffeemaschine. »Die Bergarbeiter hatten Kobolde, die sie ›Knockers‹ nannten. Wenn die außer sich gerieten, versteckten sie ihnen das Werkzeug, klauten ihre Kerzen, sprangen hinter Kohlehaufen raus und gingen ihnen auf die Nerven. Niemand hat sie je zu Gesicht bekommen, aber in den Bergwerken zweifelte keiner an ihrer Existenz.«

»Sehr hilfreich. Jetzt suchen wir also nach Tinkerbell …«

»Die, der Wunde nach zu urteilen, ein dreizehn Zentimeter langes Küchenmesser bei sich trug«, fügte Dawson hinzu.

»Die Voruntersuchung hat ergeben, dass der erste Stich vermutlich tödlich war und dass das Messer das Rippenfell verletzt hat.«

Ein Telefon klingelte. Kim ignorierte es. Bryant ging ran.

»Dann hat der Täter entweder nach oben gestoßen, weil er wusste, was er tat, oder weil er erheblich kleiner war als das Opfer. Die anderen Verletzungen geschahen aus Wut oder Frust.«

»Guv …«

Sie wandte sich Bryant zu. »Was gibt's?«

»Das potenzielle Tatwerkzeug ist auf dem Weg hierher.«

»Wo wurde es gefunden?«, fragte sie und fügte in Gedanken schon die Bruchstücke an Informationen zusammen, die sie bisher hatten.

»Eine unbebaute Parzelle in der Dudley Road, wo jemand aus der Nachbarschaft ein paar Pferde hält.«

»An der Straße, die nach …«

»Nach Lye führt«, beendete er den Satz.

»Und dahin, wo Ruth Willis wohnt.«

15

Kim wartete, bis Bryant und sie allein im Wagen waren, bevor sie ihm die Frage stellte, die ihr im Kopf herumgeisterte.

»Er ist wieder zugange, oder?«

Wenn Kim davon ausgegangen wäre, sie müsste es ihrem Partner gegenüber aussprechen, hätte sie das getan.

Bryant seufzte. »Haben Sie die Krawatte neulich abends gesehen?«

»Und die Schuhe«, bestätigte sie. »Ganz zu schweigen von der Haltung.«

Wenn Dawson fremdging, war er immer noch eine Spur anmaßender. Seine Verlobte konnte er vielleicht an der Nase herumführen, sie beide nicht.

Bryant hielt an einer Ampel, über die Kim noch drübergebrettert wäre.

»Man sollte doch meinen, nach dem letzten Mal …«

Mehr brauchte er nicht zu sagen. Erst vor zwei Monaten, kurz nach der Geburt ihrer gemeinsamen Tochter, hatte Dawsons Verlobte herausgefunden, dass er sie während der Schwangerschaft betrogen hatte. Sie hatte ihn rausgeworfen, und auf der Arbeit war er unerträglich gewesen, während er versucht hatte, sie zurückzugewinnen. Was ihm am Ende gelungen war.

Bryant zuckte die Achseln. »Ich weiß nicht. Der Typ weiß einfach nicht, was gut für ihn ist.«

Kim dachte sich ihren Teil, sagte jedoch nichts. Was Dawson privat trieb, ging sie nichts an, seine Haltung auf der Arbeit allerdings schon.

Das Haus, zwei Straßen vom Tatort der Vergewaltigung entfernt, war eines von zwölf unauffälligen Reihenhäusern, deren Pendants die andere Straßenseite säumten. Es gab keine Vorgärten, und eine steinerne Plakette in der Mitte der Reihe datierte die Gebäude auf das Jahr 1910.

»Ist das wirklich eine gute Idee, Guv?«

Kim verstand seine Vorbehalte. Was sie hier machten, entsprach nicht den Gepflogenheiten, doch ihr Bauch war wie eine Waschmaschine beim Schleudergang. Sie kannte das Gefühl, es würde nicht weggehen, bis sie ihm nicht nachgegangen war.

»Um Himmels willen, ich will ja nicht da reinspazieren und sie festnehmen. Ich will nur mit ihr reden.«

Offensichtlich beruhigte ihn das nicht. Schweigend warteten sie, ob jemand auf ihr Klopfen reagierte. Schließlich öffnete eine zierliche Frau in einem marineblauen Trainingsanzug ihnen die Tür. Ihre schuldbewusste Miene war nicht zu übersehen, und Kim wusste es sofort. Dies war Ruth, das Vergewaltigungsopfer, und als ihre Blicke sich begegneten, wusste Kim, dass sie auch Ruth, die Mörderin, vor sich hatte.

»Detective Inspector Stone, Detective Sergeant Bryant. Können wir reinkommen?«

Die Frau zögerte kurz und trat dann zur Seite. Kim bemerkte, dass sie weder nach einem Dienstausweis fragte noch nach einer Erklärung.

Kim folgte Ruth Willis ins vordere Wohnzimmer. Die Wände waren eine Dokumentation von Ruths Kindheit: eine Mischung aus professionellen Studioaufnahmen vor himmelblauem Hintergrund und Familienschnappschüssen, die vergrößert und gerahmt worden waren. Auf den Fotos waren keine anderen Kinder.

Im Fernsehen lief *Sky News*. Kim gab Bryant zu verstehen, dass sie gern die Gesprächsführung übernehmen würde. Sein Blick bedeutete ihr, es ruhig anzugehen. Genau das hatte sie vor. Im Gegensatz zu Bryant wusste sie, dass ihre Suche bereits beendet war.

»Worum geht's, Officer?«, fragte Ruth, nahm die Fernbedienung und schaltete auf ein anderes Programm.

Kim wartete, bis sie Blickkontakt herstellen konnte. »Wir sind hier, um Sie darüber zu informieren, dass vor zwei Tagen unweit von hier, in der Thorns Road, ein Mann umgebracht wurde.«

Ruth versuchte, ihrem Blick standzuhalten, doch es misslang. Ihr Blick schoss zwischen den beiden Polizisten hin und her, ohne irgendwo hängen zu bleiben. »Ich hab in den Nachrichten was gehört.«

»Der Mann wurde als Allan Harris identifiziert.«

»Oh, verstehe.«

Kim fiel auf, dass sie sich um ein ausdrucksloses Gesicht bemühte, wohl unsicher, was die angemessene Reaktion war. Alles, was sie tat, verstärkte das Grummeln in Kims Bauch.

»Auf den Mann wurde vier Mal eingestochen. Die tödliche Verletzung …«

»Okay, ich hab verstanden, aber was hat das mit mir zu tun?«

Die Frau bemühte sich so sehr, in einem normalen Tonfall zu sprechen, dass ihre Stimme immer zittriger wurde.

»Um das herauszufinden, sind wir hier, Miss Willis.«

Kim achtete sorgfältig darauf, weiterhin ein freundliches Gesicht zu machen. Mit Geduld und Spucke fängt man eine Mucke.

Kim setzte sich, Ruth tat es ihr nach. Sie verschränkte die Hände und legte sie in den Schoß.

»Wir wissen, was er Ihnen angetan hat, Ruth. Er hat Sie vergewaltigt und zusammengeschlagen, und Sie sind nur knapp mit dem Leben davongekommen. Ich werde nicht so tun, als wüsste ich, was das mit Ihnen gemacht hat. Ich kann mir das Entsetzen, die Angst, die Wut nicht im Entferntesten vorstellen.«

Ruth sagte nichts, doch sämtliche Farbe wich aus ihrem Gesicht. Die Frau versuchte mit aller Kraft, ihre wahren Gefühle zu verbergen, doch ihr Körper spielte nicht mit.

»Wann haben Sie erfahren, dass er wieder auf freiem Fuß war?«

»Vor ein paar Monaten.«

»Wie haben Sie es erfahren?«

Ruth zuckte die Achseln. »Weiß ich nicht mehr.«

»Sie leben gar nicht weit weg von seinem Haus. Sind Sie ihm zufällig über den Weg gelaufen?«

»Ehrlich, ich weiß es nicht mehr.«

»Wie standen Sie zu seiner Entlassung?«

Kim sah zu, wie Ruths rechte Hand instinktiv über das Narbengewebe an ihrem linken Handgelenk strich – eine bleibende Erinnerung an ihren Selbstmordversuch.

Ruth schaute zum Fenster. »Ich hab nicht viel darüber

nachgedacht. Ist ja nicht so, als hätt ich was dagegen tun können.«

»Finden Sie, dass die Strafe fair war?«, hakte Kim nach.

In Ruths Augen loderten Gefühle auf, und Kim sah, dass diese Frau sehr viel zu dem Thema zu sagen hatte, es aber tunlichst unterließ.

»Was empfinden Sie jetzt, da Sie wissen, dass er am Ende bekommen hat, was er verdient hat?«

Ruths Kiefer war fest geschlossen, sie wagte nicht zu sprechen. Kim spürte Bryants Unbehagen, doch dies waren keine müßigen Fragen. Sie hatte sie sich im Auto überlegt, und die Antworten hätten eigentlich viel emotionaler ausfallen müssen.

Ein Unschuldiger hätte auf ihr Nachbohren unmittelbar und unzensiert reagiert. *Der Scheißkerl hätte für den Rest seines Lebens eingesperrt gehört* oder *Ich bin verdammt froh, dass er tot ist.* In Ruths Augen müsste Feuer sein und nicht stille Akzeptanz und die Weigerung zu sprechen, weil sie nicht wusste, welches die korrekte Reaktion war.

»Ich bin mir nicht sicher, ob das für die Aufklärung des Mordes von Bedeutung ist.«

Die Stimme der Frau brach, und die Spannung entlud sich in ihrem Händeringen.

»Es tut mir leid, Miss Willis, aber ich muss Sie fragen, wo Sie am Freitagabend zwischen neun Uhr und Mitternacht waren.«

»Ich war hier und hab ferngesehen.«

Kim war nicht entgangen, dass ihre Tonhöhe angestiegen war. Sie hatte sich die Worte zu oft in ihrem Kopf zurechtgelegt.

»Gibt es jemanden, der bestätigen kann, dass Sie das Haus nicht verlassen haben?«

»Ich … ähm … bin gegen halb zehn noch zur Imbissbude.«

Daraus schloss Kim, dass womöglich ein Nachbar sie beim Verlassen des Hauses oder beim Nachhausekommen gesehen hatte und sie einen kurzen Gang nach draußen hatte erfinden müssen.

Kim nickte. »Wenn wir mit dem Besitzer sprechen, kann er also bestätigen, dass er Sie irgendwann nach halb zehn bedient hat?«

In Ruths Blick trat Panik. »Also … keine Ahnung. Es war viel los. Kann sein, dass er sich nicht erinnert.«

Kim lächelte beruhigend. »Ach, das tut er sicher. An der Frittenbude sind Sie doch im Laufe der Jahre sicher oft gewesen. Schließlich wohnen Sie schon Ihr ganzes Leben lang hier.«

»Ja, aber der Besitzer selbst hat an dem Abend nicht gearbeitet, und die anderen kenne ich nicht gut.«

Kim folgte Ruth in die Ecke, in die sie sich zurückgezogen hatte.

»Ach, das macht nichts. Beschreiben Sie mir nur die Person, die Sie bedient hat, dann sorge ich schon dafür, dass wir mit dem oder der Richtigen sprechen.«

Kim sah zu, wie der Kampfgeist aus ihr wich. Sie hatte ihnen ein Alibi gegeben, das niemand bestätigen konnte, und wenn sie jetzt eine Kehrtwendung machte, war das nur umso verdächtiger. Wer unschuldig war, musste kein Alibi erfinden.

Kim stand auf, und Ruth blickte zu ihr hoch. Ihre Haut war grau, ihre Augen voller Angst, ihr Körper eingefallen wie ein vom Wind zerzaustes Zelt.

»Wir haben das Tatwerkzeug gefunden, Ruth«, sagte Kim leise. »Es war genau da, wo Sie es hingeworfen haben.«

Ruth vergrub den Kopf in den Händen. Schluchzer erschütterten ihren ganzen Körper. Kim wandte sich zu Bryant, und ihre Blicke begegneten sich. Doch darin lag weder Triumph noch Freude.

Kim setzte sich zu Ruth auf die Couch. »Ruth, was Allan Harris Ihnen angetan hat, war schrecklich, aber ich denke, Sie sollten wissen, dass es ihm leidgetan hat. Wir hoffen alle, dass das Gefängnis einen Straftäter läutert, aber wir glauben es nicht immer. Doch bei ihm war es so. Allan Harris hat ehrlich bereut, was er getan hat.«

Bryant trat vor. »Ruth Willis, ich nehme Sie fest …«

»Ich hatte keine Angst«, sagte Ruth, als Kim aufstehen wollte. Sie setzte sich wieder.

»Miss Willis, ich muss Sie warnen, dass …«

»Ich war nervös, aber ich hatte keine Angst«, wiederholte sie.

»Miss Willis, alles, was Sie sagen, kann …«, setzte Bryant an.

»Lassen Sie es gut sein«, sagte Kim mit einem Kopfschütteln. »Das sagt sie zu sich, nicht zu uns.«

»Ich habe ihn beobachtet, wie er aus dem Park kam. Er hat an der Kreuzung gestanden. Ich habe mich machtvoll gefühlt, im Recht. Ich habe im Ladeneingang gestanden, im Schatten. Er hat sich gebückt, um seinen Schnürsenkel zu binden. Der Hund hat mich angesehen. Er hat nicht gebellt.«

Sie hob den Kopf, das Gesicht tränennass. »Warum hat er nicht gebellt?«

Kim schüttelte den Kopf.

»Da war ich versucht, ihm das Messer in den Rücken zu stoßen, aber das wäre nicht richtig gewesen. Ich wollte mein Licht.«

Kim sah Bryant an, doch der zuckte nur die Achseln.

»Ich war selbstbewusst und im Besitz der Kontrolle. Ich bin ihm gefolgt und habe ihn nach der Zeit gefragt.«

»Ruth, wir müssen …«

»Ich habe ihm das Messer in den Bauch gestoßen. Seine Haut hat meine Haut berührt, aber diesmal nach meinen Spielregeln. Seine Beine haben nachgegeben, als er mit der rechten Hand nach der Stichwunde fasste. Blut ist ihm über die Finger gelaufen. Er hat nach unten geschaut und dann wieder auf mich. Und ich hab gewartet.«

»Gewartet?«, fragte Kim.

»Ich hab das Messer rausgezogen und noch einmal zugestoßen. Und hab gewartet.«

Kim wollte sie fragen, worauf sie gewartet hatte, wagte aber nicht, den Bann zu brechen.

»Und noch mal und noch mal. Ich hab gehört, wie er mit dem Kopf auf dem Beton aufschlug. Er hat die Augen zugemacht, und deswegen habe ich ihn getreten, aber er hat es mir nicht zurückgegeben.«

»Was hat er Ihnen nicht zurückgegeben, Ruth?«, fragte Kim leise.

»Ich wollte es noch mal machen. Irgendwas war schiefgegangen. Er hatte es immer noch. Ich hab ihn angebrüllt, er soll es mir zurückgeben, aber er hat sich nicht mehr gerührt.«

»Was hatte er, was Ihnen gehörte, Ruth?«

Ruth sah sie an, als wäre es absolut klar. »Mein Licht. Ich hab mein Licht nicht zurückbekommen.«

In dem Augenblick klappte sie vornüber, und Schluchzer drangen aus ihrer Kehle.

Kim sah noch einmal zu Bryant, der wieder nur die Schultern zuckte. Sie saß eine volle Minute lang schweigend da, bevor sie ihrem Kollegen zunickte.

Er machte einen Schritt auf die Frau zu, die gerade einen Mord gestanden hatte. »Ruth Willis, ich nehme Sie fest unter dem Verdacht der Ermordung von Allan Harris. Sie müssen nichts sagen, aber es kann ...«

Kim verließ das Haus, bevor Bryant fertig war. Sie fühlte sich nicht triumphierend oder siegreich, nur zufrieden, dass sie die Person überführt hatten, die ein Verbrechen begangen hatte. Zufrieden, dass ihre Aufgabe erledigt war.

Sie hatten das Opfer und die Täterin. Der Fall war abgeschlossen.

16

Es war kurz nach Mitternacht, als Kim die Garage betrat. Die stille Wohnstraße hatte sich zur Ruhe begeben, bereit für die kommende Woche. Das war wirklich ihre liebste Tageszeit.

Sie schaltete ihren iPod ein und wählte die *Nocturnes* von Chopin. Die Solostücke für Klavier würden sie durch die frühen Morgenstunden geleiten, bis ihr Körper nach Schlaf verlangte.

Woody war ihrer Gemütsverfassung auch nicht förderlich gewesen. Nachdem sie die anderen nach Hause geschickt hatte, war Woody verdächtig zuvorkommend mit einem Sandwich und einem Kaffee an ihrem Schreibtisch aufgetaucht.

»Okay, mit welchen schlechten Nachrichten kommen Sie, Sir?«, hatte sie gefragt.

»Die Staatsanwaltschaft will diesen Fall mit äußerster Behutsamkeit behandeln. Sie ist noch nicht bereit, Mordanklage zu erheben. Sie braucht noch etwas mehr Hintergrund. Sie will nicht, dass ein cleverer Verteidiger auf verminderte Schuldfähigkeit plädiert.«

»Aber …«

»Es muss absolut wasserdicht sein.«

»Ich setze Wood und Dawson morgen früh darauf an.«

Woody schüttelte den Kopf. »Nein, ich will, dass Sie das machen, Stone.«

»Ach, kommen Sie, Sir.«

»Keine Diskussionen. Machen Sie's einfach.«

Kim stieß einen tiefen Seufzer aus, in den sie jede Unze Missfallen legte, die sie aufbringen konnte. Es änderte nichts, aber sie hatte wenigstens das Gefühl, ihre Meinung deutlich zum Ausdruck gebracht zu haben.

Woody lächelte. »Und jetzt fahren Sie um Himmels willen nach Hause und … machen Sie, was auch immer Sie machen, wenn Sie nicht hier sind.«

Das hatte sie getan.

Als sie sich neben die Motorradteile auf den Boden setzte, knurrte sie verärgert.

Sie hasste solche Nacharbeiten. Der Fall war abgeschlossen. Sie hatte die Täterin innerhalb von achtundvierzig Stunden gefasst. Ein umfassendes Geständnis war zu Protokoll genommen worden, und jetzt wollte die Staatsanwaltschaft auch noch den Arsch abgewischt haben.

Sie kreuzte die Beine im Schneidersitz und ließ den Blick über die verstreuten Motorradteile schweifen. Sämtliches Zubehör war hier und würde sich zu einer klassischen, schönen britischen Maschine zusammenfügen. Jetzt musste sie nur noch herausfinden, wie.

Eine Stunde später lagen die Teile alle noch am selben Platz. In ihrem Bauch rumorte etwas, was einfach keine Ruhe geben wollte.

Plötzlich kam ihr ein Gedanke. Sie stand auf und schnappte sich ihre Stiefel.

Vielleicht hatte ihre Schlaflosigkeit am Ende doch nichts mit diesem Fall zu tun.

17

Kim stieg von der Ninja und entriegelte das hüfthohe Tor. Stoppelige Einfahrten und kleine Rasenstücke hatten, wie es schien, die ganze Straße runter infiziert. Viele Bewohner der kleinen ehemaligen Sozialsiedlung an der Grenze zwischen Dudley und Netherton hatten zugegriffen, als die Stadt ihnen die Häuser zum Kauf anbot, und sich geräumige Häuser für einen günstigen Preis gesichert. So auch die Familie Dunn.

Diesmal stürmte hier niemand los, es donnerten keine Stiefel, niemand verschaffte sich mit der Ramme lärmend Zugang zum Haus. Nur sie und ein Schlüsselbund.

Sie wanderte langsamer als beim ersten Mal durch das Haus. Hier drängte nichts mehr. Das Haus war durchkämmt, durchsucht und allem beraubt worden, was für den Fall hilfreich sein konnte. In der Luft lag ein Hauch von Verlassenheit. Als wären die Bewohner aus dem Bild ausradiert worden. Kinderbücher und Spielzeug sammelten sich an verschiedenen Stellen. In der Küche standen eine Müslischachtel und Schalen bereit. Neben dem Missbrauch hatte in diesem Haus auch ganz normales Alltagsleben stattgefunden. Ab und zu waren sie zwei ganz normale kleine Mädchen gewesen.

Schließlich gelangte Kim zu der Holztür, die nach unten führte. Sie war verdutzt, dass alle den Ort als Keller bezeichnet hatten. Es war kein Keller. In Häusern von Pflegefamilien quer durch die Midlands hatte sie winzige Keller gesehen. Jeweils zwei Häuser hatten sich eine gemeinsame Rückwand geteilt, und sie hatten in Reihen von je zwanzig gestanden. Häuser, die von Fabrik- und Grubenbesitzern während der industriellen Revolution gebaut worden waren und jeweils bis zu sechs Familien beherbergten. Die Keller waren winzig, kaum so breit wie ein Mensch, ein paar Steinstufen hinunter, um Kohlen zu lagern.

Ganz anders hier. Dieses Haus war eigens umgebaut worden, um diesen Raum tief in der Erde zu schaffen.

Viele Männer sehnten sich nach so einer Höhle, einem Ort, den sie ganz für sich beanspruchen konnten. Einem Gartenschuppen, einer Abseite, um Modelle zu bauen oder Computerspiele zu spielen. Leonard Dunn hatte einen Raum gewollt, um seine Kinder zu missbrauchen. Dass er viele Stunden damit verbracht hatte, einen Keller eigens zu diesem Zweck auszubauen, verstärkte seine Perversität. Kim fand den Gedanken schier unerträglich.

Der Raum war, seit die Beweise fortgeschafft worden waren, so gut wie leer, harmlos. Doch Kim sah ihn immer noch wie an dem Morgen, als sie das Haus gestürmt hatten. Die Gymnastikmatte, die Lampe, die Digitalkamera. Doch es war weit mehr. Die widerlichen Vergehen, die hier begangen worden waren, ließen sich aus der Struktur des Raumes nie mehr entfernen, sie waren darin eingedrungen.

In der hinteren Ecke stand jetzt nur noch der Tisch. Der Computer und die DVDs waren auf dem Revier. Der Raum könnte genauso gut einem Architekten oder einem Buchhalter gehören, der ein bisschen Privatsphäre wollte, um nachzudenken, sich zu konzentrieren oder irgendetwas zu bauen.

Sie ging durch den Raum zu dem Schrank, aus dem die Kostüme, die Dunn für seine kranken Spielchen benutzt hatte, entfernt worden waren.

Die Lampe war während der Beweisaufnahme an die hintere Wand gestellt worden. Doch Kim brauchte keine Erinnerung daran, wo sie gestanden hatte. Sie war hinter der Kamera positioniert gewesen, von wo sie ihren Lichtkegel auf die Gymnastikmatte geworfen hatte.

Kim hatte automatisch das Bild von Daisy vor Augen, die mitten auf dieser Matte stand und ihren Daddy mit leiser, zittriger Stimme fragte, was sie als Nächstes tun solle.

Kim schüttelte den Kopf, um das Bild zu vertreiben. Oft wünschte sie sich, Dinge ungesehen und ungehört machen zu können, doch seitlich an ihrem Kopf gab es keine Löschtaste.

Kim ging zur Treppe, grübelte, warum es sie in diesen Raum zurückgezogen hatte.

Sie atmete tief durch. »Ich wünschte, ich hätte es früher unterbinden können, Daisy«, sagte sie, als ihre Hand einen Schatten auf den Lichtschalter warf.

Ihre Finger verharrten mitten in der Bewegung und zitterten.

Sie wandte den Kopf und schaute zu der Lampe. Irgendetwas ergab keinen Sinn.

Kim machte einen Schritt nach hinten und konzentrierte

sich mit aller Macht, und da biss der Verdacht, der an ihr genagt hatte, endlich zu.

»Zur Hölle, nein«, sagte sie laut und stürzte die Treppe hinauf.

18

Das Tempo, mit dem Kim durch die Dienststelle fegte, setzte den Schwung des Motorrads fort, das jetzt draußen abkühlte.

Die Videoauswertung lag im dritten Stock des Reviers.

Diesen Teil des Gebäudes konnte man nicht einfach so betreten. Sie drückte auf den Knopf und ließ ihre Hand auf der Wand ruhen, während sie hinauf in die Kamera blickte, die jetzt auf ihr Gesicht zoomte.

Sie hob gerade die Hand, um ein zweites Mal zu drücken, da erklang das vertraute Klicken. Sie zog die Tür auf und betrat die Zugangsschleuse. Die erste Tür ging hinter ihr zu, und sie konnte den Zifferncode eintippen, um in die Videoauswertung zu gelangen.

Vier mal zwei Tische standen in dem fensterlosen Raum. Ein auffälliger Unterschied zwischen diesem Büro und den anderen im Gebäude war, dass hier überhaupt kein Papier herumlag.

In diesem Raum brüteten Menschen über jede Sekunde sichergestelltem Bildmaterial. Bei Ermittlungen wie im

Fall Dunn hätte Kim diese Arbeit nicht für sämtliche Motorräder Japans übernehmen wollen.

»Hey, Eddie, machen Sie Überstunden?«, fragte sie und trat an den einzigen Tisch, an dem jemand saß.

Er richtete sich auf und reckte seinen Körper, dem anzusehen war, dass er viel zu viele Stunden über die Tastatur gebeugt verbracht hatte. Kim war überzeugt, irgendwo ein Knacken gehört zu haben.

»Sie auch, Madam?«

Kim hatte Eddie bei zahllosen Gelegenheiten bei der Arbeit erlebt. Alles an ihm war durchschnittlich: Größe, Gewicht, Hautfarbe, ja, sogar das Foto auf seinem Schreibtisch. Er war keiner, der besonders auffiel.

Doch sobald seine linke Hand über eine Tastatur befehligte und seine rechte Hand eine Maus steuerte, kam etwas zusammen, dann ergab sich eine Verbindung, die mitanzusehen eine Freude war.

»Ed, Sie müssten sich ein paar Aufnahmen aus dem Fall Dunn für mich ...«

Kim wurde vom Dröhnen des Summers unterbrochen.

»Das geht ja heute Abend hier zu wie auf dem Bahnhof«, sagte Eddie und wandte sich der Kamera zu.

»Das ist Bryant«, sagte Kim.

Eddie blickte zur Seite. »Was ... können Sie jetzt auch hellsehen?«

»Ähm ... nein, ich habe ihn angerufen.«

Eddie stöhnte und drückte den Türöffner.

Bryant zog schon die Jacke aus. »Also, Guv, ich weiß, dass Sie nicht ohne mich können, aber ...«

»Bilden Sie sich bloß nichts ein. Sie wohnen nur am nächsten.«

»Na gut«, sagte er und legte die Jacke auf einen Tisch.

Eddie schob seinen Stuhl nach hinten und drehte sich damit um. Er nahm sich einen Augenblick, die Finger seiner rechten Hand durchzubiegen. »Also, es ist ja schön, in der Nachtschicht ein bisschen Gesellschaft zu haben, aber Sie haben weder Bier noch Pizza mitgebracht. Es sieht also nicht nach einer Party aus.«

Kim wandte sich an Bryant. »Sehen Sie, wie schnell er das kapiert hat. Von ihm können Sie noch was ...«

»Super, Guv, aber könnten Sie mir jetzt erklären, warum ich auf mein Abendessen verzichten musste?«

»Eddie, können Sie mir die Aufnahmen zeigen, die mit *Daisy geht schwimmen* beschriftet sind?«

Eddie rollte mit dem Stuhl wieder an den Tisch, und innerhalb von Sekunden tauchten auf seinem Bildschirm Ordner mit Name, Datum und Aktenzeichen auf.

Angesichts der immensen Zahl von Ordnern stieg in Kim augenblicklich große Traurigkeit auf.

Eddie klickte schneller, als sie gucken konnte, doch plötzlich war das achtjährige zitternde Mädchen auf dem Bildschirm.

»Drehen Sie den Ton leiser«, sagte Kim schnell.

Bryant ließ den Blick durch das Büro schweifen, überallhin, nur nicht auf den Bildschirm.

Sie löste den Blick von dem kleinen Mädchen, als die Kamera wegzoomte und mehr von dem Raum zeigte. Das Video war exakt wie in ihrer Erinnerung.

Ihr drehte sich der Magen um.

»Eddie, zeigen Sie mir die Fotos, die wir bei der frühmorgendlichen Hausdurchsuchung gemacht haben.«

Zwei Sekunden später tauchte ein Verzeichnis auf. Er klickte auf das erste Foto und scrollte sich durch.

»Stopp«, sagte sie bei Foto Nummer neun.

Das Foto war aus demselben Winkel aufgenommen wie die Aufnahmen mit der Videokamera.

»Können Sie die nebeneinanderstellen?«

Eddie füllte den Bildschirm mit zwei getrennten Bildern: dem Foto und einem Standbild aus dem Video.

»Welche Beleuchtung haben wir an dem Morgen benutzt, Bryant?«

Er hatte immer noch nicht auf den Bildschirm gesehen.

»Den Scheinwerfer, denn Dawson hat den Lichtschalter nicht gefunden.«

Sie nickte. »Es waren also exakt dieselben Bedingungen. Kein Tageslicht, und die Lampe hat niemand angefasst?«

»Vermutlich nicht.«

»Okay, sehen Sie sich das an«, sagte sie und winkte ihn näher. »Sehen Sie den dunklen Fleck, der da am Schrank hochkriecht?«

Er nickte.

»Wo ist er auf dem Foto?«

Er schaute genauer hin und ließ den Blick hin und her wandern.

Bryant trat zurück und sah Kim an.

»Guv, wollen Sie damit sagen, was ich denke, was Sie sagen wollen?«

Sie atmete tief durch, bevor sie antwortete.

»Ja. Bryant, da war noch jemand im Raum.«

19

»Im Ernst, Chefin?«, fragte Stacey leise.

Kim nickte. »Wir haben uns gestern Abend die Aufnahmen angesehen. Eindeutig der Schatten eines Menschen.« Sie wies mit einem Nicken nach hinten auf Bryant. »Columbo und ich sind noch mal in das Haus, um es mit der Lampe und einer Videokamera nachzustellen. Es ist eindeutig ein Mensch.«

Dawson schob einen Aktendeckel mit Schwung über seinen Tisch.

»Immer mit der Ruhe, Kev«, fuhr Kim auf.

Er wurde rot und wandte den Blick ab. »Tut mir leid, Guv.«

Sie richtete den Blick wieder auf Stacey, die Dawson immer noch böse anschaute.

»Finden Sie so viel wie möglich über Leonard Dunns Nachbarn, Familienmitglieder und alle heraus, mit denen er je auf der Arbeit zu tun hatte, mit denen er mal gesprochen hat oder die im Bus an ihm vorbeigegangen sind. Ich will wissen, ob einer davon auf der Liste steht.« Die »Liste« war das Register der Sexualstraftäter.

Der erste Hinweis auf den Missbrauch war von einer aufmerksamen und hellhörigen Lehrerin gekommen. Doch die Ermittlungen hatten sich ganz auf Leonard konzentriert. Und als sie ihn überführt hatten, waren sie davon ausgegangen, der Fall sei abgeschlossen. Verdammt, sie jagten einen zweiten Perversen, der darin verwickelt war.

»Kev, ich möchte, dass Sie alle noch einmal befragen, besonders die Nachbarn. Falls diese Person regelmäßig zu Besuch kam, muss ihn jemand gesehen haben. Okay?«

»Was ist mit Wendy Dunn?«, fragte Bryant.

Sie schüttelte den Kopf. Noch nicht. Doch die Zeit würde kommen.

»Haben Sie einen Verdacht, Chefin?«, fragte Stacey.

Den hatte sie allerdings, aber noch wollte sie nicht darüber reden.

Kim sah Bryant an. »Kommen Sie, Partner. Wir haben was zu erledigen.«

20

Alex drückte auf die Schaltfläche zum Aktualisieren sämtlicher Nachrichtenseiten in ihrer Favoritenliste. Eigentlich hätte sie sich mit Ruth treffen und die Daten zusammentragen sollen, die sie für ihr Experiment brauchte, aber die dämliche Kuh hatte sich innerhalb von achtundvierzig Stunden schnappen lassen.

Alex hatte gewusst, dass die inkompetente Polizei irgendwann über Ruth als Verdächtige stolpern würde, doch sie hatte sich verkalkuliert. Entweder hatte ein halbwegs intelligenter Polizeibeamter den Fall bekommen, oder Ruth hatte am Tatort neben einem Schild mit der Aufschrift »Ich war's« ihren Namen und ihre Anschrift hinterlassen.

Sie war davon ausgegangen, dass es ein paar Tage dauern würde – Zeit genug, um Ruth die Informationen zu entlocken, die sie brauchte. Himmel, hätte sie der Idiotin noch ein Diagramm zeichnen sollen? Alex hatte ihr in der Visualisierung die Motivation gegeben, die Methode und die Gelegenheit. Sie hatte gehofft, Ruths eigener Beitrag wäre ein Fünkchen Selbsterhaltungstrieb.

Alex drückte noch einmal auf Aktualisieren. Nichts Neues. Sie widmete sich ihren gewohnten morgendlichen Überprüfungen. Sie loggte sich bei Facebook ein und suchte nach »Sarah Lewis«. Zwanzig Minuten später seufzte sie, nachdem sie sich in sämtliche soziale Netzwerke auf ihrer Liste ein- und wieder ausgeloggt hatte. Sarah war immer noch im virtuellen Versteck, doch das spielte keine Rolle.

Sarah wieder im Fadenkreuz zu haben, gab Alex' Leben einen Kick. Oh, die Reaktion auf ihrem Gesicht zu sehen, wäre unbezahlbar gewesen. Ob das winzige Cottage mitten im Nirgendwo schon auf dem Markt war? Sie klickte auf rightmove.com und fügte die Seite ihrer Favoritenliste hinzu. Lange würde es nicht mehr dauern.

Sie dankte Gott für das Zeitalter des elektronischen Zugangs, der vollkommene Anonymität schier unmöglich machte. Wenn man wusste, wo man suchen musste, konnte man jeden finden. Im Cyberspace gab es keine dunklen Ecken.

Es klingelte an der Tür. Alex blickte auf die Uhr. Sie hatte keine Patiententermine mehr vergeben. Ruth wäre ihr einziger Termin an diesem Tag gewesen.

Als sie die Tür öffnete, standen ein Mann und eine Frau vor ihr. Der Mann lächelte. Alex erwiderte sein Lächeln nicht. Verdammt, genau das hätte sie gern vermieden.

»Doktor Thorne, ich bin Detective Sergeant Bryant und dies ist Detective Inspector Stone. Können wir reinkommen?«

Während Alex seinen Dienstausweis checkte, verstärkte sich ihr Griff um den Türknauf. Sie sah von einem zur anderen. »Worum geht es?«

»Wir stören Sie nicht lange. Wir möchten nur gern kurz über eine Patientin von Ihnen sprechen.«

»Selbstverständlich. Folgen Sie mir.«

Alex führte sie in ihr Sprechzimmer. Dort taxierte sie die beiden schnell. Den Mann schätzte sie auf Mitte bis Ende vierzig, er hielt sich offenbar fit, kämpfte aber gegen den für sein Alter typischen unvermeidlichen Wanst. Sein kastanienbraunes Haar war an den Schläfen leicht ergraut, doch sein Haarschnitt war schick und professionell. Sein Gesicht war offen und freundlich.

Die Miene der Frau war mürrisch und düster. Ihr Haar war zu einem kurzen Wuschelkopf geschnitten, fast schwarz. Doch beim Anblick ihrer Augen verschlug es Alex beinahe den Atem. Eine dunkle Intensität brütete in dem ernsten Gesicht und dem strengen Auftreten. Aus dieser Entfernung war die Trennung zwischen der Iris und der Pupille gerade so eben zu erkennen.

Sie zwang sich, den Blick von ihr zu lösen und auf den Mann zu richten, dessen Körpersprache wie ein offenes Buch war.

»Also, Detective Bryant, wie kann ich Ihnen helfen?«

»Gehen wir recht in der Annahme, dass Ruth Willis bei Ihnen in Behandlung ist?«

Alex hatte angesichts des Überraschungsbesuchs ihre Fassung wiedergewonnen und damit die Kontrolle.

»Ich frage noch einmal: Worum geht es?«, erwiderte sie, ohne es zu bestätigen oder zu leugnen.

»Ihre Patientin befindet sich im Augenblick in Polizeigewahrsam. Sie wurde wegen Mordes inhaftiert. Ihre Eltern haben uns Ihren Namen genannt.«

Alex' Hand flog zu ihrem offenen Mund, eine Geste, die sie viele Male vor dem Spiegel eingeübt hatte. Es hatte eine Weile gedauert, bis sie die Balance zwischen Seifenopern-Zuviel und Erstes-Jahr-Schauspielschule gefunden hatte, doch wie alle Gesten in ihrem Repertoire hatte sie besonders diese eingehend studiert und perfektioniert.

Eine ihrer frühesten Lektionen war die Beerdigung ihrer Großmutter väterlicherseits gewesen. Mit fünf Jahren hatte sie an einem grauen Oktobernachmittag zwischen ihren Eltern am Grab gestanden.

Alex war gebannt gewesen von den starken Gefühlen der Trauernden. Die alte Frau hatte eklig gerochen und ihre Haut war mit widerlichen, hässlichen Flecken übersät gewesen. Alex war froh, dass die alte Ziege tot war.

Sie hatte die Gesichter der Trauernden beobachtet. Die gesenkten Blicke, das stoische Zurückhalten von Gefühlen, das Auf-die-Lippen-Beißen und – was sie wirklich rasend machte – die Tränen.

Alex starrte und starrte auf den Sarg hinunter, ohne zu blinzeln, den Blick stur auf den Stängel einer Lilie gerichtet. Und tatsächlich, irgendwann fingen ihre Augen an zu tränen. Sie bemerkte, dass bei den Trauernden, die die meisten Tränen vergossen, die Schultern bebten. Sie tat es ihnen nach und schaffte beides gleichzeitig.

Sie spürte, wie ihr Vater ihr die Schulter drückte, und obwohl ihr der Körperkontakt unangenehm war, freute sie sich über das Erlernte und wandte es bei jeder Gelegenheit an.

Jetzt sagte Alex' innere Datenbank ihr, dass die angemessene Reaktion auf die augenblickliche Situation Schock war.

Sie stützte sich an der Tischkante ab. »Nein, es tut mir leid. Da müssen Sie sich irren.«

»Ich fürchte nicht. Miss Willis hat die Tat gestanden.«

Natürlich hatte sie das, die dämliche Kuh. »Aber … wen … wo?«

Sie bemerkte, dass der Mann der Frau einen Blick zuwarf. Ein leichtes Nicken war die Antwort, kaum zu erkennen. Die Miene der Frau hatte sich, wie Alex auffiel, nicht verändert. Sie würde eine formidable Pokerspielerin abgeben.

»Sie hat einen Mann namens Allan Harris erstochen.«

Mehr sagte er nicht, denn er wusste, dass sie den Namen sofort erkennen würde.

Alex schüttelte den Kopf und senkte den Blick zu Boden. »Es tut mir leid, aber das ist doch ganz schön viel auf einmal.«

»Natürlich. Bitte, nehmen Sie sich Zeit.«

Alex nutzte die Zeit, um ihre Gedanken zu ordnen. Wie konnte sie diesen Besuch zu ihrem Vorteil wenden? Als Erstes brauchte sie mehr Informationen. Sie sah Bryant flehentlich an, und Zweifel zeichnete ihre Züge. »Können Sie mir sagen, was passiert ist?«

Bryant zögerte, sah jedoch nicht seine Vorgesetzte an, bevor er nickte. Wie sie gehofft hatte, waren sie zu ihr gekommen, um etwas zu erfahren, und waren auf ihre Kooperation aus.

»Miss Willis hat das Opfer abgepasst, entweder in oder nahe einer dunklen Gasse, und hat ihn mit einem Küchenmesser niedergestochen. Der erste Stich war sehr wahrscheinlich tödlich.«

Also gab es mehr als eine Stichwunde. Alex schloss eine Sekunde die Augen und wählte eine hellere Schattierung Unglaube. »O Gott, ich kann's kaum glauben.«

Die Sache war also nicht ganz nach Plan gelaufen, doch alles, was sie brauchte, um ihren Erfolg zu bestimmen, war ein persönliches Treffen mit Ruth. Mit leicht zittrigen Fingern schob sie sich die Haare hinter ein Ohr. »Ich dachte, wir hätten so gute Fortschritte gemacht.« Sie sah die Ermittler nacheinander an. »Kann ich sie sehen? Sie muss sehr verzweifelt sein.«

»Das ist nicht möglich«, sagte die Frau resolut.

Verdammt, dachte Alex. Damit hätte sie alle ihre Probleme lösen können. Wenn sie ein bisschen mehr Zeit gehabt hätte, hätte sie Bryant wahrscheinlich so weit gekriegt, doch das Sagen hatte eindeutig die Frau. Alex hätte den BMW draußen darauf verwettet, dass die konzentrierte Detective Inspector für die schnelle Festnahme der Täterin verantwortlich war.

»Wenn wir Ihnen ein paar Fragen stellen könnten?«

Alex wandte ihre Aufmerksamkeit dem Mann zu. »Bitte, fragen Sie, was Sie wollen, aber ich beantworte nur das, was sich mit meiner ärztlichen Schweigepflicht vereinbaren lässt.«

Mit einem angedeuteten Lächeln, das allein Bryant galt, nahm sie ihren Worten die Schärfe.

Der Detective holte seinen Notizblock heraus. »Können Sie uns sagen, wie lange Miss Willis Ihre Patientin war?«

»Ruth ist seit etwa drei Monaten zu mir gekommen.«

Der Detective runzelte die Stirn. »Oh, das ist aber eine ganze Zeit nach der Vergewaltigung. Wieso hat sie zu diesem Zeitpunkt Hilfe gesucht?«

»Gerichtsbeschluss nach einem Selbstmordversuch. Kommt oft vor bei Vergewaltigungsopfern.«

»Hat sie Medikamente verordnet bekommen?«

Alex schüttelte den Kopf. Sie bevorzugte es, wenn ihre Forschungsobjekte sauber waren. »Nein, sie hatte von ihrem Hausarzt über Jahre verschiedene Antidepressiva bekommen, die gelegentlich ihre Gefühle betäubten, aber nie lange wirkten, und wir haben sie gemeinsam aus der Abhängigkeit geholt. Bei der Behandlung von Vergewaltigungsopfern sind meiner Meinung nach andere Methoden effektiver.«

»Zum Beispiel?«

»Kognitive Umstrukturierung.«

»Und wie hat sie auf diese Behandlung reagiert?«

Alex schüttelte den Kopf. »Ich werde Ihnen keine Einzelheiten über meine Patientin verraten. Diese Informationen sind vertraulich, aber ich kann Ihnen etwas über die Psyche von Vergewaltigungsopfern erzählen, in Ordnung?«

Detective Sergeant Bryant nickte zum Zeichen, dass er das akzeptierte. Die Frau hatte sich auf den Patientenstuhl gesetzt und ein Bein übergeschlagen. Entweder war sie vollkommen entspannt oder sie langweilte sich zu Tode.

»Sie kennen offensichtlich die Einzelheiten des Falls, also wissen Sie, wie brutal der Überfall war. Ein Vergewaltigungsopfer kann unter einer ganzen Reihe von Folgeerscheinungen leiden, hauptsächlich Selbstvorwürfe. Ein Vergewaltigungsopfer kann denken, es hätte den Überfall verdient, entweder durch sein Verhalten oder durch irgendetwas in der eigenen Persönlichkeit. Es kann das Gefühl haben, es könnte etwas anders gemacht haben. Vergewaltigungsopfer geben sich selbst oft die Schuld.

Selbstvorwürfe haben Scham über den Vorfall zur Folge. Scham ist destruktiver, als viele Menschen es sich vorstellen können. Vergewaltigungsopfer isolieren sich manchmal von ihrem alten Leben, von Freunden und Familienmitgliedern, doch am destruktivsten wird Scham da, wo sie zu Zorn und Aggressionen führt.«

Alex unterbrach sich, um ihren Besuchern die Gelegenheit für Fragen zu geben.

»Scham hat eine besondere Verbindung zu Wut. Wenn Opfer sich schämen und wütend sind, erwächst daraus eine starke Motivation für Rache.«

»Hatte Ruth akzeptiert, dass es nicht ihre Schuld war?«

»Ruth war bereit zu erwägen, dass es nicht ganz und gar ihre Schuld war.«

Alex sprach gern über Themen, bei denen sie sich gut auskannte, doch sie war sich bewusst, dass Detective Inspector Stones Aufmerksamkeit durchs Zimmer wanderte, die Zeugnisse begutachtete und das Foto betrachtete, das in ihrem Sichtfeld stand.

»Können Sie mir sagen, wie so eine Behandlung abläuft?«

»Kognitive Umstrukturierung erfolgt in vier Schritten. Im ersten Schritt geht es darum, problematische Wahrnehmungen zu identifizieren, auch bekannt als automatische Gedanken; das sind dysfunktionale oder negative Ansichten über einen selbst, die Welt oder die Zukunft. Dann folgt die rationale Disputation der automatischen Gedanken und schließlich die Entwicklung einer rationalen Entkräftung der automatischen Gedanken.«

»Puh, klingt kompliziert.«

Alex lächelte, setzte ihren Charme als Waffe ein. »Eigentlich nicht, ich hab nur ein paar komplizierte Vokabeln eingeworfen, um Sie zu beeindrucken. Einfach ausgedrückt ist es eine Methode, die Reaktion des Geistes auf destruktive Gedanken umzuschulen.«

Die Frau zeigte keinerlei Reaktion, doch Bryant wurde ein wenig rot. »Hat es ihr geholfen?«

Das hätte es, wenn ich es tatsächlich angewendet hätte,

dachte Alex. Es hätte Ruth geholfen, die Vergewaltigung zu bewältigen und ihr Leben wieder in den Griff zu kriegen, doch Alex hätte das wenig genützt.

»Sie hat gut darauf angesprochen.«

Alex' Aufmerksamkeit wurde auf die Polizistin gelenkt, die auf ihrem Handy etwas nachschaute. Sie bot ihnen großzügig ihre Expertise, und diese Frau besaß nicht einmal den Anstand, ihr richtig zuzuhören.

»Gibt es bei dieser Behandlungsmethode irgendetwas, was einen Einfluss auf das gehabt haben könnte, was Ruth getan hat?«

Alex schüttelte den Kopf. »Die Behandlung konzentriert sich ganz auf die Gedanken des Opfers und versucht, deren Muster zu verändern, und weniger auf die Tat selbst.«

»Hat sie irgendetwas gesagt, was Ihnen einen Hinweis darauf hätte geben können, was sie vorhatte?«

Alex fand, sie hatte jetzt genügend kostenlose Informationen ausgespuckt. Wenn sie noch mehr wissen wollten, sollten sie doch zehn Jahre studieren gehen oder sie für ihr Wissen bezahlen. »Ich fürchte, Einzelheiten dessen, was in unseren Stunden besprochen wurde, kann ich nicht preisgeben.«

»Aber wir ermitteln in einem Mordfall.«

»Und Sie haben ein Geständnis, also behindere ich Sie nicht bei Ihren Ermittlungen.«

Bryant schenkte ihr ein Lächeln zum Zeichen, dass er ihr recht gab.

Sie erwiderte es. »Ein Letztes noch. Wenn ich mich jedes Mal, wenn einer meiner Patienten einer Fantasie nachgeht, bei Ihnen melden würde, würden die Leute anfangen zu reden.«

Bryant räusperte sich. Ja, jetzt hatte sie richtig Spaß. Männer waren unglaublich leicht zu manipulieren, diese simplen, eitlen Geschöpfe.

Alex senkte die Stimme zu einem Flüstern, als wären sie beide allein im Raum. Bis hierher war dies eine recht einseitige Beziehung, und jetzt wollte Alex den Lohn für ihre Dienste. »Können Sie mir noch sagen, wie es der Armen geht?«

Bryant zögerte. »Nicht besonders gut, fürchte ich. Es scheint, als hätte das Opfer bereut, was es getan hat.«

Alex wappnete sich für das, was jetzt kam.

»O nein, das muss ja schrecklich sein für sie.«

Bryant nickte. »Sie wird von Schuldgefühlen gequält. Wie es scheint, hat sie das nie in Betracht gezogen. Für sie war er immer noch das Ungeheuer, das sie vergewaltigt hat, nicht ein Mann, der Reue empfand und dem das, was er getan hat, leidtat, und jetzt hat sie ihm das Leben genommen.«

Zorn fegte durch Alex' Adern. Wenn sie allein gewesen wäre, wären Dinge durch die Luft geflogen und Möbel zertrümmert worden. Die dämliche Kuh hatte Schuldgefühle, weil sie den Scheißkerl umgebracht hatte. Sie empfand tatsächlich Reue, weil sie einem verdammten Ungeheuer, der sie brutal vergewaltigt, zusammengeschlagen und dem Tod überlassen hatte, das Leben genommen hatte.

Alex verbarg ihre Wut hinter einem gütigen Lächeln. Ruth hatte sie schrecklich enttäuscht. Alex hatte große Erwartungen in sie gesetzt, und am Ende war sie jämmerlich schwach gewesen. Alex hätte sie am liebsten an Ort und Stelle gehabt, um ihr genüsslich den Hals umzudrehen.

»Doktor, wir würden gern noch ein bisschen mehr über Ruths Geisteszustand zum Zeitpunkt der Tat wissen.«

Ah, da war er also, der Grund für ihren Besuch und dafür, dass noch keine Anklage erhoben worden war. Die Polizisten führten Hintergrundrecherchen durch für den Fall, dass die Verteidigung auf unzurechnungsfähig plädieren würde. Sie wollten keine Mordanklage, die vor Gericht nicht standhielt.

»Das ist wirklich schwer zu sagen. Ich war an dem betreffenden Abend nicht bei ihr, also …«

»Aber wären Sie bereit, zur Verteidigung von Ruth Willis auszusagen, dass sie nicht zurechnungsfähig war, als sie den Überfall beging?«

»Es wäre dumm, davon auszugehen, dass sie geistig verwirrt ist, nur weil sie eine Psychologin aufgesucht hat.«

»Das beantwortet nicht die Frage.«

Natürlich nicht, doch sie baute Spannung auf und zeigte ihnen, dass dies für sie eine schwierige Situation war. Die Frau hatte immer noch nicht in ihre Richtung gesehen.

»Das war die Absicht. Sie müssen verstehen, dass ich Ruth eine Weile kenne und während unserer Sitzungen eine persönliche Beziehung zu ihr aufgebaut habe. Sie vertraut mir.«

»Aber wir müssen sie ein bisschen besser verstehen, bevor wir mit unserer Arbeit fortfahren.«

Alex begriff, dass ihre nächsten Worte den Lauf von Ruths Leben verändern konnten. Wenn Ruth ihrer Expertenmeinung nach unter verringerter Schuldfähigkeit oder einer vorübergehenden Psychose litt, dann standen die Chancen nicht schlecht, dass die Staatsanwaltschaft sie des Totschlags anklagen würde, um auf jeden Fall eine Verurteilung zu erreichen.

Was sie als Nächstes sagte, konnte den Unterschied

zwischen einer lebenslangen Freiheitsstrafe und fünf bis acht Jahren hinter Gittern bedeuten.

»Nein, ich kann nicht guten Gewissens behaupten, dass Ruth Willis geistig verwirrt ist.«

Himmel, sie hasste es, wenn Menschen sie enttäuschten.

Jetzt hatte sie ihre Aufmerksamkeit. Beider. Besonders Bryant wurde um einiges lebhafter.

»Doktor, wären Sie tatsächlich bereit, für die Staatsanwaltschaft auszusagen?«

Alex schwieg zwei Minuten lang und tat, als quälte sie sich mit der Loyalität ihrer Patientin gegenüber und der guten alten Bürgerpflicht.

Sie stieß langsam die Luft aus. »Nur wenn es absolut notwendig ist.«

Da hast du's, Ruth. Rache ist süß.

Bryant warf seiner Vorgesetzten einen Blick zu, bevor er Alex die Hand reichte. »Vielen Dank für das Gespräch, Doktor Thorne. Sie waren uns eine große Hilfe.«

Alex nickte nur stumm, denn innerlich kämpfte sie noch.

Bryant ging zur Tür, und Detective Inspector Stone folgte ihm. An der Tür blieb sie stehen und drehte sich um. Als sie zum ersten Mal das Wort ergriff, war ihre Stimme tief, ruhig und selbstbewusst.

»Nur ein Letztes noch, Doktor Thorne. Angesichts Ihrer Ausbildung, Ihrer jahrelangen Praxis und der vielen Zeit, die Sie mit Ihrer Patientin verbracht haben, bin ich ein wenig überrascht, dass Sie es nicht haben kommen sehen.«

Alex begegnete dem unnachgiebigen Blick der Frau und entdeckte darin eine Kälte, bei der ihr ein aufgeregter Schauder über den Rücken lief. Sie sahen einander ein paar

Sekunden lang in die Augen, bevor die Polizistin die Schultern zuckte und den Raum verließ.

Alex starrte auf die geschlossene Tür. Die Wut rann noch siedend heiß durch ihre Adern, doch jetzt mischte sich auch Faszination darunter. Sie war noch nie vor einer Herausforderung zurückgeschreckt.

In ihrem Kopf nahm ein Plan Gestalt an, und Alex lächelte. Wenn sich eine Tür schloss, ging eine andere auf.

21

Shane Price trat zur Seite, als die Tür aufging. Ein Mann und eine Frau kamen heraus und stiegen in einen Golf.

Trotz seines Zorns schlug Shanes Herz ein wenig schneller, als er einen kurzen Blick auf sie erhaschte, wie sie die Tür schloss. Sein Zorn verharrte, als er über ihre Perfektion nachsann.

Gefühle explodierten in ihm. Er hasste sie, er liebte sie, er brauchte sie.

Es war kein sexuelles Verlangen. Er empfand für niemanden sexuelles Verlangen. Die Fähigkeit dazu war schon vor Jahren zerstört worden.

Wonach er sich sehnte, war ihre Perfektion, ihre Reinheit. Sie war so sauber. Aus ihrer Zeit zusammen wusste er, dass ihr Haar nach Kokosnuss roch und dass sie ein Duschgel mit Jasminduft benutzte. Ihre Kleider waren frisch und sauber.

Er trug noch die Sachen, die er angehabt hatte, als er das Hardwick House mitten in der Nacht verließ. Die hellblaue Jeans war steif vor Dreck. Die Knie matschverkrustet von der »Arbeit« hinter der verlassenen Bingohalle in Cradley Heath. Er nahm jedes Mal nur einen Fünfer als Bezahlung, gerade genug für was zu essen.

Es war nicht der äußerliche Schmutz, der ihm Sorgen bereitete. Es war der Dreck innen. Jede Zelle seines Körpers war von seiner Vergangenheit beschmutzt. Shane stellte sich oft vor, wie er einen Körperteil nach dem anderen löste und ihn in heißem Seifenwasser wusch. Wenn er nur fest genug schrubbte, konnte er sie danach alle glänzend und neu zurücktun.

Doch diese Hoffnung hatte Alex ihm genommen. Er würde nie frei sein von den Erinnerungen an das pochende Organ seines Onkels in ihm. Nie frei von der Übelkeit, die ihn überkam, wenn er sich an das sanfte Streicheln über sein Haar und das intime Murmeln erinnerte, das den Akt stets begleitet hatte.

Shane spürte, wie in seiner Kehle Galle aufstieg, als die Erinnerungen ihn überschwemmten. Er stürzte sich in eine Seitenstraße und beugte sich vor. Sein hartverdienter Hamburger landete auf dem Pflaster.

Der Zorn kam mit solcher Wucht zurück, dass er darunter beinahe zu Boden ging. Bis zu seinem letzten Treffen mit Alex war da immer der winzige Hoffnungsschimmer gewesen, er könnte gereinigt werden. Irgendjemand würde am Ende irgendwie eine Möglichkeit finden, den Dreck zu entfernen.

Doch bei ihrem letzten Gespräch hatte sie ihm diesen Traum genommen. Sie hatte ihm alles genommen, und jetzt musste sie dafür bezahlen.

Mit dem Ärmel seiner Jacke wischte Shane sich die Spucke vom Mund. Er würde durch das kleine Badezimmerfenster einsteigen, das die ganze Zeit offen stand. Shane wusste, dass er durch die schmale Öffnung kam.

Als Kind hatte er sich darin übertroffen, in die kleinsten Lücken zu passen. Um sich zu verstecken.

Wenn sie das nächste Mal das Haus verließ, würde er sich Zugang zu ihrem Heim verschaffen, ihrem sicheren Ort, und auf sie warten.

22

»Ach, kommen Sie, Bryant. Warum ist sie einverstanden, gegen ihre Patientin auszusagen?«, fragte Kim im Gemeinschaftsbüro.

Bryant zuckte die Achseln, während er seine Brotdose öffnete. Er taxierte den Inhalt, obwohl der immer der gleiche war: ein Apfel, ein Schinken-Käse-Sandwich und ein Actimel.

»Gewissen.«

Kim schwieg. Bryant hatte sich vermutlich von der kühlen, attraktiven Frau mit ihrem flirtenden Lächeln einwickeln lassen, und selbst Kim hatte zugeben müssen, dass sie eine gewisse Anziehungskraft besaß, doch ein paar Sachen gefielen ihr gar nicht. Sie hatten die Psychologin aufgesucht, um Informationen zu erhalten, und die hatten sie auch bekommen, doch Kim wurde das unbehagliche Gefühl nicht los, dass sie mehr bekommen hatten, als sie erfragt hatten.

Kim hatte auch das Gefühl gehabt, ihr natürlicher Instinkt zum Erfassen von Emotionen wäre in der Sekunde abgeschaltet worden, da sie durch die Tür getreten waren.

Trotz ihrer eigenen emotionalen Distanz war sie verrückterweise sehr empfänglich für die Gefühle anderer Menschen, doch bei Alex hatte sie überhaupt nichts gespürt.

»Himmel, Guv, was ist Ihr Problem? Sie hat unsere Fragen beantwortet und sich bereit erklärt auszusagen. Da können wir uns doch gratulieren.«

»Und Sie stehen kein bisschen unter dem Bann ihres guten Aussehens und ihrer Flirterei?«

»Nicht im Geringsten.« Bryant hielt ein Sandwich in der einen Hand und einen Stift in der anderen. »Zugegeben, sie ist eine sehr attraktive Frau, ein bisschen zu dünn für meinen Geschmack, doch meines Wissens ist es nicht gegen das Gesetz, gut auszusehen. Ich meine, letzten Endes weiß sie, wovon sie spricht. Diese Urkunden sind nicht aus Photoshop.«

»Ich sage ja nicht, dass sie eine Betrügerin ist ...«

Bryant warf den Stift hin. »Was reden Sie denn dann, Guv? Die Psychologin hat uns alles gesagt, was wir hören wollten. Wir wissen, dass Ruth Willis nicht verrückt ist, und die Staatsanwaltschaft wird für immer unser bester Freund sein. Dieser Fall könnte in den Severn getunkt werden und trocken wieder rauskommen, so wasserdicht ist er. Deswegen verstehe ich nicht, wo das Problem liegt.«

Kim rieb sich das Kinn. Alles, was er sagte, stimmte, aber das ungute Gefühl wollte sie nicht loslassen.

»Und der Hieb auf dem Weg nach draußen, worum ging's da?«, fragte Bryant.

»Nur eine Beobachtung.«

»Sie ist Psychologin, nicht Gott. Woher sollte sie denn wissen, was Ruth vorhatte?«

Kim spürte Bryants Frust, der sich auch in seiner äußeren Erscheinung widerspiegelte. Das Jackett hatte er abgelegt, den Krawattenknoten gelöst und den obersten Hemdknopf geöffnet.

»Sie ist Psychologin«, fuhr Kim fort. »Sie ist darauf spezialisiert, wie die Psyche funktioniert. Finden Sie nicht, sie hätte zumindest die Möglichkeit in Betracht ziehen müssen?«

Bryant verputzte den letzten Bissen seines ersten Sandwiches und wischte sich den Mund ab.

»Nein, finde ich nicht. Wir sind gebeten worden, Informationen für die Anklage einzuholen. Sie waren überzeugt, sie sollte auf Mord lauten, und wir haben die Bestätigung dafür bekommen, dass Sie recht hatten, und doch sehen Sie Dunkles in allem, einen Hintergedanken, wo jemand versucht zu helfen. Nicht die ganze Welt ist berechnend und böse, Guv.« Er stieß einen langen Seufzer aus. »Und in diesem Sinne geh ich jetzt in die Kantine und hol was zu trinken.«

Wenn er zurückkam, würde die Situation zwischen ihnen bereinigt sein. So war das immer.

Inzwischen stillte Kim ihre Neugier mit einer Internetrecherche. Sie gab den Namen der Psychologin in die Suchmaschine und erhielt zwölf Treffer. Sie fing oben an.

Zehn Minuten später hatte sie die Webseite von Alexandra Thornes Praxis besucht, hatte etwas über die Artikel gelesen, die sie veröffentlicht hatte, etwas über ihre wohltätige Arbeit erfahren und war auf Seiten verwiesen worden, wo sie eine Online-Beratung auf ehrenamtlicher Basis offerierte.

Als Bryant mit Kaffee wiederkam, war ihr klar, dass er recht hatte. Ihre Suche hatte nichts zutage gefördert. Es war an der Zeit loszulassen.

Fürs Erste.

23

Kim stieg von dem Motorrad und versuchte, Woodys Worte im Helm zurückzulassen, doch sie klingelten ihr noch immer in den Ohren. Unter keinen Umständen sollte sie sich den Dunn-Mädchen nähern oder mit ihnen sprechen. Wenn ihre Erinnerung sie nicht trog, hatte sie dem nicht beigepflichtet. Also, jedenfalls nicht ausdrücklich. Daher gab es eigentlich keine Abmachung.

Sie hatte nicht einmal Bryant gesagt, dass sie hierher fahren würde, denn für heute hatten sie schon genug gestritten.

Das Fordham House war eine neue Einrichtung westlich des Victoria Park in Tipton, eine der am stärksten industrialisierten Städte im Black Country und wegen ihrer unzähligen Kanäle einst das »Venedig der West Midlands« genannt. Doch wie in vielen anderen umliegenden Städten waren auch hier in den 1980er-Jahren etliche Fabriken geschlossen worden, an deren Stelle Wohnsiedlungen entstanden waren.

Der Eingang zum Fordham House war eine breite Veranda aus Glas und Backsteinen mit einem schlichten goldfarbenen Schild, auf dem in Schwarz der Name der Einrichtung eingraviert war. Kim wusste, dass man sich hier um Opfer sexueller Gewalt kümmerte und über ihre Zukunft entschied. Von hier kamen die Kinder entweder auf Dauer in ein Kinderheim oder zurück zu einem Elternteil oder Familienmitglied. Es war eine Übergangseinrichtung; die Dauer des Aufenthaltes variierte zwischen ein paar Tagen und ein paar Monaten. Das Jugendamt würde entscheiden, ob die Mädchen zu ihrer Mutter zurückkehren konnten.

Beim Betreten des Gebäudes staunte Kim nicht schlecht über den Unterschied zu anderen Betreuungseinrichtungen. Das Glas der vorderen Veranda ließ von außen sehr viel Licht herein.

Am schwarzen Brett hingen Kinderzeichnungen, die auch auf die bloßen Wände übergewandert waren.

Noch mehr Glas in Hüfthöhe erlaubte einen Blick in ein Büro hinter dem Empfangsbereich, wo sich eine Frau über eine der unteren Schubladen eines Aktenschranks beugte.

Kim drückte den roten Knopf, der die Nase in einem Smiley-Gesicht war.

Die Frau fuhr von dem Schrank hoch und wandte sich ihr zu.

Kim hielt ihren Dienstausweis an die Scheibe.

Sie schätzte die Frau auf Anfang dreißig. Ihr Haar war zu Beginn ihrer Schicht sicher zu einem ordentlichen Knoten frisiert gewesen, doch es war wohl ein harter Tag gewesen. Ihre schlanke Gestalt steckte in einer hellblauen Jeans, einem grünen T-Shirt und einer Strickjacke, die ihr von der linken Schulter gerutscht war.

Nachdem sie den Dienstausweis inspiziert hatte, verließ die Frau das Büro. Zwei Türsummer später stand sie vor Kim.

»Was kann ich für Sie tun?«

»Detective Inspector Kim Stone. Ich würde gern mit den Dunn-Mädchen sprechen.«

»Ich bin Elaine, und es tut mir leid, aber das geht nicht.«

Der Tonfall war nicht unfreundlich, aber resolut.

Kim machte sich bewusst, dass Bryant mit seinem endlosen Vorrat an guten Manieren nicht an ihrer Seite war. Sie überlegte, wie er mit der Situation umgehen würde.

»Ich verstehe, dass es nicht üblich ist, aber es wäre wirklich hilfreich, wenn ich kurz ... bitte.«

Elaine schüttelte den Kopf. »Es tut mir leid, aber ich kann Ihnen nicht erlauben ...«

»Kann ich mit jemand anderem reden?«, fiel Kim ihr ins Wort. Verdammt, sie hatte es versucht.

Elaine warf einen Blick in das Büro, in dem jetzt ein Mann saß.

Sie hob zwei Finger der rechten Hand an die Lippen, um ihm zu signalisieren, dass sie eine rauchen gehen wollte. Er nickte.

»Kommen Sie«, sagte Elaine und eilte zum Ausgang. Kim folgte ihr, bis sie um das Gebäude herum waren, außer Sichtweite.

Elaine holte eine Zigarettenschachtel und ein Feuerzeug aus der Tasche ihrer Strickjacke, klemmte sich eine zwischen die Lippen und zündete sie an.

Kim lehnte sich mit dem Rücken an die Wand. »Also, ich weiß, dass das hier gegen die Vorschriften ist, aber es gibt eine Entwicklung in dem Fall. Ich muss wirklich mit ihnen sprechen ... oder wenigstens mit einer.«

»Die beiden sind sehr verletzlich. Und Sie haben nicht die erforderliche Ausbildung …«

»Ach, kommen Sie, Elaine, helfen Sie mir. Zwingen Sie mich nicht, einen Prozess in Gang zu setzen, an dessen Ende mir ein rotznäsiger, paragraphenreitender Psychologe erklärt, ich könne nicht mit ihnen reden.«

Elaine lächelte. »Ein solcher Prozess ist nicht nötig. Ich bin diese rotznäsige, paragraphenreitende Psychologin, und ich sage Ihnen hier und jetzt, dass Sie nicht mit ihnen sprechen können.«

Mist, dachte Kim, das hat ja super funktioniert.

Kim beschloss, zu der einzigen Taktik zu greifen, die sie besaß. Ehrlichkeit.

»Okay, es ist so: Ich glaube nicht, dass Leonard Dunn allein gehandelt hat. Ich glaube, dass mindestens bei einer Filmaufnahme noch jemand im Raum war.«

Elaine schloss die Augen. »Oh … Mist …«

»Ich will denjenigen kriegen, Elaine. Ich will den, der im besten Fall zugesehen, im schlimmsten dabei mitgemacht hat.«

Elaine zog noch einmal an ihrer Zigarette.

»Bis jetzt geben die Mädchen beide nicht besonders viel preis. Ich bekomme hier und da schon mal ein Ja oder ein Nein zur Antwort, doch die Fragen müssen sehr behutsam formuliert sein, um überhaupt eine Reaktion zu bekommen.«

Ja, das wusste Kim. Wer Kinder missbrauchte, suchte sich den verletzlichsten Punkt der Opfer, und drohte ihnen damit, um sich ihr Stillschweigen zu sichern. Die Angst blieb, auch wenn der Täter nicht mehr in der Nähe war. Seine Drohungen begleiteten die Opfer noch für sehr lange Zeit.

Mit Ja oder Nein zu antworten war nicht so schlimm wie etwas zu erzählen. Für einen jungen, naiven Geist war es eine Möglichkeit, die Gefahr zu umgehen, die drohte, wenn man die Wahrheit sagte.

»Kann ich also mit ihnen sprechen?«

Elaine zog ein letztes Mal an der Zigarette und schüttelte mit Nachdruck den Kopf.

»Solange Sie nicht während meiner Zigarettenpause vier Jahre Ausbildung absolviert haben, lautet die Antwort immer noch Nein.«

»Himmel, haben Sie nicht gehört …«

»Ich habe jedes Wort gehört, und ich will genau wie Sie, dass alle, die darin verwickelt waren, hinter Schloss und Riegel kommen.«

Kim sah sie lange und eindringlich an. Sie glaubte ihr. Ihr eigener Beruf war schon schlimm genug, aber Elaines spielte sich in einer ganz anderen Liga ab. Sie wurde dafür bezahlt, verletzten jungen Seelen Informationen zu entlocken. Wenn sie ihre Arbeit gut machte, wurde sie mit den schrecklichsten Geschichten belohnt, die man sich vorstellen konnte. Ein toller Lohn für ihre Mühe.

Zur Abwechslung kämpfte Kim gegen ihren natürlichen Instinkt an und hielt den Mund.

»Ich spreche mit den Mädchen, und Sie dürfen dabei sein, aber wenn Sie sich irgendwie einmischen, beende ich das Gespräch sofort. Klar?«

Es war nicht ideal. Kim wollte *ihre* Fragen stellen, auf *ihre* Art, doch sie hatte das Gefühl, entweder so oder gar nicht.

»Okay, klar.«

»Gut, soll ich nach etwas Speziellem fragen?«

»Ja, ich will wissen, ob die andere Person im Raum ihre Mutter war.«

24

Kim freute sich zu sehen, dass man die Mädchen nicht getrennt hatte. Vermutlich war es nur eine Frage von Tagen, bis man sie zu ihrer Mutter zurückbrachte. Sobald Wendy Dunn von jeglichem Verdacht der Mittäterschaft entlastet war, würde die Entscheidung fallen, die Familie wieder zusammenzuführen.

Es war ein kleines Zimmer, doch darin standen zwei Einzelbetten und dazwischen ein Nachttisch. Ein kleiner Kleiderschrank und eine Frisierkommode vervollständigten das Mobiliar. Kim fand das Zimmer bei Weitem nicht so öde wie manche, in denen sie als Kind gewohnt hatte. Damals hatte ein simpler Begriff sämtliche Entscheidungen über Möblierung und Dekoration bestimmt: funktional.

Hier waren die weißen Wände mit einem Muster aus rotem und grünem Efeu bemalt, das sich rings um den Raum zog. Die Bettdecken und Kissenbezüge waren eine bunte Sammlung aus Disneyfiguren.

Die Mädchen saßen auf dem Boden zwischen den beiden Betten, beide trugen Jumpsuits – Daisy einen in der

Gestalt eines Dalmatiners, Luisa war eine Eule. In der Luft lag der Duft vom Shampoo ihrer frisch gewaschenen Haare.

Plötzlich tat Kim das Herz weh. Für einen Sekundenbruchteil – bevor sie Kim bemerkte – war Daisys Miene entspannt und fröhlich gewesen, als sie ihre Schwester mit einem Teddybären in Shorts zum Lachen gebracht hatte.

Doch jetzt war das Gesicht verschlossen, und Kim verstand es. Daisys Leben war schrecklich, aber immerhin vertraut gewesen. Es hatte Konstanten gegeben: ihre Mutter, ihre Freundinnen, ihre Sachen. Und jetzt war das alles abgelöst worden von Fremden und ständigen Fragen und dem immerwährenden Zurück zu ihren Erinnerungen.

Kim bedauerte es, dass sie der Grund dafür war, dass den Mädchen weiter Schmerz zugefügt wurde.

»Hi, Mädchen, was spielt ihr?«, fragte Elaine und setzte sich auf den Boden.

Kim bemerkte, dass sie sich zwar zu den Mädchen setzte, aber nicht zu nah. Sie achtete darauf, dass zwischen den Mädchen weniger Raum war als zwischen ihr und den Mädchen, womit sie sich eindeutig außerhalb ihres Kreises platzierte, nicht bedrohlich.

Kim stand in der Tür, als Daisys Blick auf sie fiel.

»Diese Dame ist eine Freundin von mir. Tut einfach so, als wäre sie nicht da. Sie wird euch keine Fragen stellen und auch sonst nichts tun, was euch unbehaglich ist, okay?«

Daisy wandte den Blick ab. Sie war nicht überzeugt, und Kim konnte es ihr nicht verübeln.

»Daisy, ich würde dir gern ein paar Fragen stellen, wenn das okay ist.«

Daisy schaute zu ihrer Schwester, die den Blick von einem zum anderen im Raum wandern ließ.

»Schatz, ich möchte, dass du dich daran erinnerst, als ihr unten wart.«

Kim fiel auf, dass die Psychologin den Raum nicht genauer bezeichnete und keine Worte benutzte, die die Erinnerung der Kinder erzwingen würden. Daisy hatte die Freiheit, selbst dorthin zu gehen.

Das Kind blinzelte hektisch, gab aber keine Antwort. Den Teddybären hielt sie weiter fest in der Hand.

»Schatz, war da noch jemand im Zimmer?«

Daisy sah ihre Schwester an, doch sie antwortete nicht.

»Schatz, war eure Mummy je im Keller unten?«

Wieder der Blick zu ihrer Schwester.

Mist, ging Kim auf, damit war ihr gedroht worden. Der Scheißkerl hatte ihr gedroht, wenn sie je die Wahrheit sagte, würde ihrer Schwester etwas Schlimmes zustoßen. Und davor hatte sie immer noch Angst. Eine ältere Schwester, die ihr jüngeres Geschwisterchen beschützt. Kim verstand. Sie war die ältere Schwester gewesen, wenn auch nur um wenige Minuten, doch sie hätte Mikey mit ihrem Leben beschützt.

Kim spürte, wie ihre Hoffnungen versickerten. Kein Wunder, dass sie nichts sagte. Kim wollte die Sache nicht weiter vorantreiben. Sie trat vor, um Elaine auf die Schulter zu tippen. Es war vorbei. Sie würde diesem Mädchen keinen weiteren Schmerz zufügen.

Als ihre Hand über Elaines Schulter schwebte, drehte Daisy sich langsam um und starrte sie wütend an. Kim verharrte mitten in der Bewegung.

Daisys Augen waren flehend, ihr Mund verkniffen. Sie versuchte ihr etwas zu sagen.

Kim taxierte das Mädchen von Kopf bis Fuß, und die

Wahrheit war so simpel, dass sie ihr förmlich ins Gesicht sprang.

Sie lächelte das Mädchen an und nickte. Sie hatte verstanden.

Ihre Worte waren freundlich, als sie sagte. »Elaine, fragen Sie sie noch einmal.«

Elaine wandte sich um und sah sie an.

»Bitte.«

Elaine wandte sich wieder Daisy zu, die jetzt stur nach vorn starrte.

»Daisy, war deine Mummy je im Keller?«

Der Kopf des Teddybären bewegte sich von einer Seite zur anderen.

»Daisy, war da ein Mann mit deinem Dad im Keller?«

Der Kopf des Teddybären bewegte sich auf und ab.

»Daisy, hast du den Mann gekannt?«

Kim hielt die Luft an.

Der Teddybär sagte Ja.

25

Alex startete den BMW, als der schwarze Golf aus der Seitenstraße gefahren kam, die auf die Wordsley Road führte. Ihre heimlichen Recherchen hatten ergeben, dass Detective Inspector Stone unverheiratet war und kinderlos. Die Tatsache, dass die Frau psychische Verletzungen mit sich herumtrug, war ihr schon bei ihrem ersten Zusammentreffen klar gewesen, und obwohl diese Information an sich schon ausreichte, um ihr Interesse zu wecken, brauchte sie mehr.

Die Polizistin war eine willkommene Ablenkung, während Alex auf Neuigkeiten über Barry wartete. Und die würden kommen, da war sie sich sicher.

Sie ließ zwei Autos passieren, um etwas Abstand zwischen sie zu bringen.

Sie hatte alles über die berufliche Laufbahn von Detective Inspector Kimberley Stone herausgefunden, was sie wissen musste. Sie war eine ausgezeichnete Polizistin, und sie war rasch befördert worden. Ihre Aufklärungsquote war phänomenal, und sie war, trotz ihrer fehlenden sozialen Kompetenz, sehr angesehen.

Was Alex brauchte, war ein weiterer Anhaltspunkt, und da sie wusste, dass das Subjekt nicht freiwillig zu ihr kommen würde, war sie gezwungen, ein wenig kreativer zu sein. Die einzige Möglichkeit, ihre Recherchen voranzubringen, war, der Frau an einem Samstagnachmittag zu folgen, um herauszufinden, was sie tat, wenn sie keine äußerst erfolgreiche Polizistin war, und diese Fahrt hatte sie im Augenblick vor einen Blumenladen in Old Hill geführt.

Fasziniert sah Alex zu, wie Kim den Laden mit einem Strauß Lilien und Nelken verließ. Die Polizistin kam ihr nicht vor wie eine, die Blumen verschenkte.

Alex legte einen Gang ein und blieb ein paar Fahrzeuge hintendran, während sie dem Golf über einige Kreisverkehre in die Außenbezirke von Rowley Regis folgte.

Die einzigen Orte, die hier irgendwie hervorstachen, waren ein kleines Krankenhaus und der Friedhof an der Powke Lane. Auf Letzterem wäre ein zufälliges Zusammentreffen äußerst einfach zu inszenieren.

Tatsächlich fuhr der Golf von dem Kreisel unmittelbar zur Einfahrt des Friedhofs. Alex nahm eine Ausfahrt früher und hielt aufs Krankenhaus zu, damit sie der Polizistin nicht zu dicht auffuhr.

Sie überquerte den Besucherparkplatz und verließ ihn wieder. Als sie langsam die Straße hinunterfuhr, die am Friedhof entlangführte, sah sie, wo der Golf stand.

Sie parkte vor dem Tor und ging hinein. Die dunkel gekleidete Gestalt, die den Hügel hinaufging, war nicht zu übersehen. Alex inspizierte ihre Umgebung und entschied sich für die Reihe von Grabsteinen zwischen dem Ort, auf den die Polizistin zuhielt, und der Stelle, wo der Golf parkte. Perfekt. Auf dem Weg zurück zum Auto musste die Frau an Alex vorbei.

Sie wählte einen Grabstein aus und stellte sich davor. Vor dem schwarzen Marmor standen weder Blumen noch Gestecke. Hier würde sie nicht von trauernden Angehörigen gestört werden.

Sie überließ sich der Faszination, die Kimberley Stone auf sie ausübte. In diesen dunklen, vampirhaften Augen lag etwas Abgeschiedenes. Alex genügten oftmals nur wenige Sekunden, um den Schnappschuss einer Persönlichkeit zu erhaschen. Dazu studierte sie die winzigen Details nonverbaler Kommunikation, und die Frau hatte bei ihrem ersten Zusammentreffen ja zum Glück kaum ein Wort gesagt. Viel hatte sie nicht schlussfolgern können, doch jemand, der so distanziert war, hatte definitiv Trauma und Schmerz erfahren, und das machte die Frau ungeheuer interessant.

Alex wusste, dass sie angesichts der berechnenden Intelligenz, die sie in der Polizistin spürte, ihre ganzen Manipulationskünste würde einsetzen müssen, doch sie wusste auch, dass sie am Ende gewinnen würde. Sie gewann immer.

Die Gestalt bewegte sich, und Alex machte sich daran, ihren Plan in die Tat umzusetzen. Sie bückte sich und steckte einen kleinen Kieselstein in ihren rechten Schuh. Sie passte genau ab, wann sie zwischen den Grabsteinreihen rausgehen musste, und humpelte den Hügel hinauf, wo sie auf halbem Weg der Polizistin begegnete. Alex ging das Wagnis ein und hielt den Kopf gesenkt.

»Doktor Thorne?«

Alex hob den Kopf und zögerte kurz, als müsste sie überlegen, wer die Frau war, die sie aus ihren tiefen Gedanken gerissen hatte.

»Detective Inspector, natürlich«, sagte sie und reichte ihr die Hand.

Ihr Gegenüber schüttelte kurz die dargebotene Hand.

»Wie geht es Ruth? Kann ich das fragen?«

Die Polizistin schob die Hände tief in die Taschen ihrer Jeans, und Alex hatte den Eindruck, als wollte sie den Körperkontakt am Futter abwischen.

»Es wird Anklage wegen Mordes erhoben, keine Kaution.«

Alex lächelte traurig. »Ja, das habe ich in den Nachrichten gehört. Ich meinte, wie geht es ihr?«

»Sie hat Angst.«

Alex merkte, dass das hier schwierig werden würde. Die Frau war verschlossener, als sie erwartet hatte. »Wissen Sie, ich habe darüber nachgedacht, was Sie sagten, als Sie mein Büro verließen.«

»Und?«

Keine Entschuldigung, kein Zurückrudern. Kein Versuch, ihre harschen Worte zu erklären oder so zu tun, als wäre sie missverstanden worden. Der Stil der Frau gefiel ihr.

Alex verlagerte das Gewicht von dem schmerzenden Fuß auf den anderen. Sie sah sich um und entdeckte drei Meter weiter eine Bank. »Könnten wir uns einen Augenblick setzen?«, fragte sie und humpelte darauf zu. »Ich hab mir gestern den Knöchel verstaucht.«

Die Polizistin folgte ihr und setzte sich ans andere Ende der Bank. Ihre Körpersprache schrie »mach schon«, genau wie Alex vermutet hatte. Die Leute blieben länger, wenn man sie dazu brachte, sich hinzusetzen. Der Grund, warum alle möglichen Einrichtungen irgendwo Platz für eine Kaffeeecke machten.

»Ich bin meine Notizen durchgegangen und habe geschaut, ob ich während unserer Sitzungen irgendwo einen

Hinweis übersehen habe. Etwas, was auf ihre Absicht gedeutet hätte, aber da war nichts. Außer …«

Alex zögerte, und zum ersten Mal sah sie einen Funken Interesse. »Außer vielleicht, dass ich hätte erkennen sollen, dass sie nicht so schnell auf die Behandlung ansprach, wie zu erwarten gewesen wäre. Sie hat wenig Anstrengung unternommen voranzukommen, und auch wenn es keine Behandlungsform ist, die nach einem klaren Zeitplan abläuft, kann ich im Rückblick sagen, dass sie vielleicht ein wenig dagegen angekämpft hat.«

»Oh.«

Verdammt, die Frau war ein hartes Stück Arbeit. Alex neigte den Kopf zur Seite. »Sie finden, ich habe versagt, nicht wahr?«

Die Polizistin schwieg.

»Kann ich Ihnen meine Position darlegen, oder ist die Sache für Sie abgeschlossen?«

Die Frau zuckte die Achseln und hielt den Blick weiter nach vorn gerichtet. Aber dass sie noch nicht wieder in ihrem Auto saß, verriet Alex, dass ein Rest Neugier da war. Es gab einen Grund dafür, dass die Frau noch auf der Bank saß.

»In unserem Beruf hat man einen anderen Blick auf beschädigte Psychen als andere Menschen. Nehmen Sie sich selbst: Sie denken, jemand wie Ruth kann in Therapie gehen und in einem bestimmten vorherbestimmten Zeitraum vollständig gesunden und wieder am normalen Leben teilnehmen. Vergewaltigungsopfer brauchen vier Monate, Menschen mit einer bipolaren Störung zehn Monate, Opfer von sexuellem Missbrauch zwei Jahre. So simpel ist das nicht.«

Alex wartete auf eine Reaktion auf einen der Trigger,

die sie eingestreut hatte, doch nichts geschah. Ihr Trauma lag woanders.

»Als Psychologin akzeptiere ich, dass Menschen gebrochen sind. Nach einem Verlust sind einige von uns für kurze Zeit psychisch verletzt.« Sie schaute zu dem Grabstein des guten alten Arthur hinüber und schluckte tapfer. »Und wir finden einen Weg zurück. Nichts wird je wieder normal sein, doch wir flicken, so gut wir können.«

»Wer ist das da drüben?«, fragte die Polizistin ohne Spitzfindigkeit oder eine Entschuldigung für die Direktheit ihrer Frage.

Alex seufzte tief. »Sie haben die Fotos auf meinem Schreibtisch gesehen. Meine Familie, die vor drei Jahren bei einem Autounfall ums Leben gekommen ist.« Bei den letzten Worten brach Alex' Stimme. Sie spürte das Unbehagen der Frau. Sie hob den Kopf und blickte nach vorn. »Trauer macht seltsame Dinge mit einem Menschen.« Alex meinte, eine Reaktion zu sehen, und bohrte weiter. Jede Reaktion regte ihren Appetit weiter an, und sie hatte noch jede Menge wärmesuchende Geschosse in der Tasche. »Ich glaube, über einen Verlust kommt man nie ganz hinweg.«

Die Frau zeigte weiter keinerlei Reaktion, doch Alex gab noch nicht auf.

»Ich habe sehr jung eine Schwester verloren.«

Aha, ein deutliches Sträuben. Jetzt deutete sich allmählich eine Richtung an. »Wir haben einander sehr nah gestanden, fast beste Freundinnen. Zwischen uns waren nur zwei Jahre.«

Die ausbleibende Reaktion oder Ermutigung fortzufahren war entnervend. Alex beschloss, dass sie eine Gemeinsamkeit brauchten.

»Nachdem sie ertrank, hat sich mein Schlafverhalten radikal verändert. Ich schlafe nie mehr als drei oder vier Stunden am Stück. Ich bin getestet, untersucht, geprüft und überwacht worden. Zu meinem Leidwesen habe ich zwar einen hübschen Namen für meinen Zustand bekommen, aber keine Heilung.«

In Wirklichkeit schlief Alex jede Nacht sieben Stunden tief und fest, doch in der Zeit, die sie vor dem Haus der Frau geparkt hatte, um sie zu beobachten, war ihr klar geworden, dass die Polizistin das nicht tat.

»Es tut mir leid. Ich sollte nicht so viel reden. Sie wollen sicher zu Ihrer Familie zurück.«

Die Frau neben ihr zuckte die Achseln. Sie hatte immer noch nichts zum Gespräch beigetragen, doch sie saß noch auf der Bank.

Alex lachte kläglich und spielte nervös mit dem Gürtel ihrer Jacke. »Selbst Psychologen brauchen ab und zu jemanden, mit dem sie reden können. Der Verlust eines Menschen verändert uns alle. Ich habe gelernt, die langen Stunden des Tages produktiv zu füllen. Ich mache mir Notizen, recherchiere, nutze das Internet, aber manchmal kommt es mir vor, als würde die Nacht niemals enden.«

Die Andeutung eines Nickens. Jede Reaktion, selbst die geringste, verriet Alex etwas.

Sie bemerkte eine leichte Veränderung in der Körperhaltung ihrer Gesprächspartnerin. Es hätte der Versuch sein können, sich vor dem beißenden Wind zu schützen, doch Alex wusste es besser.

Sie setzte alles auf eine Karte.

»Darf ich fragen, wer …?«

»Nettes Gespräch, Doc. Man sieht sich.«

Alex sah zu, wie die Polizistin zu ihrem Auto ging, sich in den Golf setzte und davonbretterte.

Sie lächelte, holte den Stein aus ihrem Schuh und ging den Hügel hinauf. Dass die Frau sich so hastig entfernt hatte, war genauso aussagekräftig wie eine lange Unterredung. Alex hatte sehr viel erfahren und bekam allmählich ein Gefühl dafür, mit wem sie es hier zu tun hatte.

Detective Inspector Kim Stone war ungeschickt im Umgang mit Menschen. Sie besaß keine Manieren, die, wenn nicht von Natur aus vorhanden, nötigenfalls leicht zu erlernen waren. Sie war engagiert und intelligent. Es war möglich, dass sie sexuell missbraucht worden war, Tragödie und Verlust hatte sie definitiv erlebt. Sie vermied Körperkontakt, und es scherte sie nicht, ob es jemand mitbekam.

Alex erreichte den Grabstein, an dem Detective Inspector Stone zuvor gestanden hatte. Sie las die schlichte Inschrift und machte keine Anstalten, ihre Freude zu verbergen.

Ein Puzzle zu lösen erforderte methodisches, logisches Vorgehen. Zuerst konnte man es kaum erwarten anzufangen, doch dann ging einem auf, wie gewaltig die vor einem liegende Aufgabe war. Als Nächstes folgte die absolute Konzentration, die erforderlich war, um voranzukommen, das Engagement, das Ziel zu erreichen.

Schließlich der aufregendste Teil: der Punkt, an dem das nächste Stück, das man einsetzte, eine gewichtige Rolle für die Vervollständigung des Ganzen spielte.

Alex las die Information, die in Gold auf rotem Stein eingemeißelt war, noch einmal und wusste, dass sie ein entscheidendes Stück des Puzzles gefunden hatte.

26

Es läutete an der Tür, und Kim musste nicht fragen, wer da war, als sie die Kette aushakte.

»Die Frau hat zu viel Lasagne gemacht.« Er zuckte die Achseln. »Sie hat darauf bestanden.«

Kim lächelte. »Die Frau« schickte alle zwei Wochen eine selbstgekochte Mahlzeit rüber und war von Natur aus so großzügig wie ihr Mann.

Kim dachte daran, wie Bryant vor ein paar Monaten eine Staffordshire-Bullterrier-Hündin und ihre Welpen aus einer Wohnung in der berüchtigten Wohnsiedlung Hollytree gerettet hatte. Den Welpen war ein Leben voller Hundekämpfe erspart geblieben, und die Hündin musste nicht mehr bis zu ihrem Schicksalstag als Köder in der Hundekampfarena unablässig werfen.

Die Bryants hatten die Welpen aufgezogen und bei Freunden und Familienmitgliedern untergebracht, die Mutter hatten sie behalten.

»Und was wollen Sie wirklich?«, fragte sie und holte einen zweiten Becher.

»Also, ich hab überlegt …«

Sie schlug sich mit der Hand vor die Stirn. »Ich hab Ihnen gesagt, dass das gefährlich ist, Bryant.«

Er senkte den Blick. »Haben Sie etwa gerade einen Witz gemacht, Kim?«

Sie zuckte die Achseln.

»Ich glaube, Sie müssen den Fall Ruth Willis loslassen. Sie kommen mir wie besessen vor von Doktor Thorne, und das tut Ihnen nicht gut.«

»Ach, ehrlich? Na dann raten Sie mal, wem ich heute zufällig über den Weg gelaufen bin.« Kim achtete sorgsam darauf, nicht zu verraten, wo. Aus irgendeinem Grund war das Gespräch mit der Psychologin ihr immer wieder durch den Kopf gegangen, auch wenn sie nicht recht wusste, warum eigentlich.

»Überraschen Sie mich.«

»Doktor Thorne. Sie hat gefragt, wie es Ruth geht.«

Bryant zuckte die Achseln. »Kommt mir ganz normal vor.«

»Hmm …«

»Was?«

»Ich weiß nicht.«

»Was wissen Sie nicht?«

»Sie hat sehr viel erzählt.«

»Über Ruth?«

»Nein, mehr über sich selbst.«

»Was für Sachen?«

»Dass ihre Familie gestorben ist, dass sie wenig schläft, dass sie kaum Freunde hat …«

»Sind Sie jetzt die besten Freundinnen?«

»Irgendwas ist da … komisch.«

Bryant kicherte. »Das sagen ausgerechnet Sie.«

»Okay, vergessen Sie es.«

»Es tut mir leid, fahren Sie fort. Inwiefern komisch?«

Das hatte Kim auch noch nicht so recht verstanden. Vielleicht kapierte sie es, wenn Sie Bryant als Resonanzboden benutzte, und konnte es danach abhaken.

»Was sie gesagt hat und wie sie es gesagt hat. Sie hat über sich selbst gesprochen, aber so, als versuchte sie, mich dazu zu bringen, über mich zu reden. Verstehen Sie, was ich meine?«

»Nein.«

»Warum erzählt sie mir so viel von sich?«

»Vielleicht haben Sie sie in einem schwachen Moment erwischt, und sie hat sich zu Ihnen hingezogen gefühlt.«

Kim musste einräumen, dass das möglich war. Das Gespräch hatte immerhin auf dem Friedhof stattgefunden.

»Ja, aber ich habe den Eindruck gewonnen, das Gespräch war für mich, nicht für sie.«

»Hat sie Sie irgendwas gefragt oder die Nase in Ihr Leben gesteckt?«

»Nicht direkt, aber ...«

»War sie vielleicht einfach nur verletzlich oder hat bloß versucht, Sie ins Gespräch zu ziehen?«

»Vermutlich, aber ...«

»Also, Kim, Menschen laufen sich über den Weg und reden. Sie sprechen über sich selbst, und dann spricht man auch über sich selbst. Das nennt man Bekanntschaft schließen. Ehrlich, Hunde haben's da leichter. Die schnuppern einfach am ...«

»Das reicht.« Okay, ihr war klar, dass sie nicht besonders gut Freundschaften schließen konnte, aber sie wusste einfach, wenn etwas nicht stimmte.

»Ich mein's ernst. Sie wissen das vielleicht nicht, aber so lernen Menschen einander normalerweise kennen: Sie unterhalten sich. In sehr seltenen Fällen, so habe ich gehört, entwickeln sich daraus irgendwann sogar Freundschaften.«

Kim tat das mit einer Handbewegung ab. »Das ist noch nicht alles.«

»Natürlich nicht.«

»Sie hat etwas an sich, was irgendwie nicht ganz … echt ist.«

»Wie das?«

Kim kramte in ihren Erinnerungen nach einem Beispiel. »Haben Sie mal die Sendung *Faking it* gesehen?«

»Wo Leute einen Schnellkurs in so was wie Gehirnchirurgie machen und am Ende der Sendung versuchen müssen, Experten hinters Licht zu führen?«

Kim nickte. »Genau so. Es ist, als spielte Alex die Gefühle. Sie zeigen sich auf ihrem Gesicht, aber nirgends sonst. Sie holt sie eines nach dem anderen heraus, und in den Pausen dazwischen ist sie vollkommen ausdruckslos. Das ist bizarr.«

»Ich sage das mit allem Respekt, den ich für Sie als meine Chefin habe, und als so was wie Ihr Freund…« Bryant unterbrach sich und wartete auf die Erlaubnis fortzufahren.

Dass sie nicht reagierte, war ihre Antwort.

»Aber ich bin mir nicht recht sicher, ob Sie die Richtige sind, um die emotionalen Reaktionen anderer zu beurteilen.«

Kim war nicht gekränkt über seine Worte. Die Wahrheit regte sie nicht auf. Außerdem hatte er nicht ganz unrecht.

»Warum geht Ihnen das Gespräch immer noch im Kopf herum?«

Kim überlegte einen Augenblick. »Ehrlich? Ich weiß es nicht.«

»Dann vergessen Sie es. Sie werden sie nie wiedersehen, also hat es keinerlei Einfluss auf Ihr Leben.«

Bryants Beruhigung funktionierte nicht. Es blieb das starke Gefühl, dass sie Alexandra Thorne noch nicht zum letzten Mal begegnet war.

27

Es war kurz vor neun, als Alex die Haustür hinter sich schloss. Das Haus lag im Dunkeln.

Sie ging durch den Flur in die Küche. Nach dem Verlassen des Friedhofs hatte sie bei Marks & Spencer reingeschaut und einen 96er Chateau Lascombes gekauft. Den hatte sie sich verdient.

Alex stellte die Flasche auf die Marmorarbeitsplatte und verharrte. Irgendetwas stimmte nicht. In dem Moment schlug ihr der Geruch entgegen. Sie sah sich um. Unangenehme Ausdünstungen erfüllten den Raum. Sie schnupperte noch einmal, konnte aber nicht bestimmen, was es war. Es war widerlich, und es war überall.

»Himmel, was ist denn hier drin verreckt?«, murmelte sie vor sich hin und öffnete die hohe Tür der Kühl-Gefrier-Kombination.

Im untersten Fach lag eine halbe Tüte Mischsalat, die sie erst gestern geöffnet hatte, und alles andere befand sich in verschlossenen Behältern. Es war auch keine Milch darin, denn sie brauchte selten welche.

Sie schwang die schwere Tür zu. Als ihr Blick dem der

Gestalt begegnete, die direkt vor ihr stand, machte ihr Herz einen Satz.

Verdattert tat sie einen Schritt nach hinten.

»Shane … w…was zum …«

Shane packte sie am Oberarm, damit sie nicht noch weiter von ihm abrückte. »Hallo, Doktor. Haben Sie mich vermisst?«

Alex bemühte sich, ihren hektischen Atem zu beruhigen und sich zu orientieren. Shane war hier, in ihrem Haus. Wie zum Teufel war das passiert? Shane war nicht einmal mehr in ihren Gedanken.

Sein Griff um ihren Arm war fest, sein Blick ruhig und kontrolliert.

Er überragte sie um gut fünfundzwanzig Zentimeter. Er kam näher, und der Gestank – eine Mischung aus Körpergeruch, Feuchtigkeit und verdorbenem Essen – drang ihr in die Nase. Übelkeit drehte ihr den Magen um.

Sie würgte, doch es gelang ihr, das Mittagessen unten zu behalten.

Sie versuchte sich aus seinem Griff zu befreien, aber der war fest und energisch. »Was zum Teufel machen Sie hier, Shane?«

Alex überlegte, ob das Zittern in ihrer Stimme für Shane genauso deutlich zu hören war wie für sie. Sie kannte ihn zu wenig, um einzuschätzen, wozu er fähig war. Doch sie hatte ihn einmal manipuliert, würde ihr das wieder gelingen?

»Ich bin hergekommen, um Sie zu bestrafen, Alex.«

Alex schluckte. Seine Miene war kalt. Er sah nicht mehr aus wie ein kleiner, verletzlicher Junge. Er sah aus wie ein Mann. Ein richtiger.

Sie schwieg. Sie hatte keine Ahnung, was ihm durch

den Kopf ging. Sie musste sich eine Strategie überlegen. Wenn sie bloß an ihr Handy käme …

Just als sie das dachte, griff Shane mit der freien Hand nach hinten und schnappte sich ihre Handtasche. Er drehte sie um, sodass der Inhalt sich auf dem Esstisch ergoss, nahm ihr Handy und steckte es in seine Hosentasche.

Dann schob Shane Alex nach hinten gegen die Küchenarbeitsplatte. Er ließ ihren Arm los und nagelte sie fest, indem er sich mit beiden Händen links und rechts von ihr abstützte.

Sie überlegte, was für Möglichkeiten ihr blieben. Sie konnte versuchen, das Knie hochzuziehen und ihm zwischen die Beine zu rammen in der Hoffnung, dass er zu Boden ging. Dann hatte sie genug Zeit, zur Tür zu rennen, Riegel und Kette zu öffnen und hinauszustürmen. Fantastisch, wenn es funktionierte, aber was, wenn sie nicht genug Kraft aufbrachte? Sie hatte gesehen, was er mit Malcolm angestellt hatte, und seinen Onkel, seinen Peiniger, hatte er mit bloßen Händen umgebracht.

Sie entschied sich für eine andere Herangehensweise.

Sie schluckte ihre Angst hinunter und lächelte ihn flirtend an. »Ich habe Sie vermisst, Shane.«

Sein Kopf bewegte sich langsam nach hinten, seine Lippen verzogen sich angewidert.

Schlechte Idee. Rasch machte sie kehrt und setzte ein möglichst ernstes Gesicht auf. »Ehrlich.«

Shane schüttelte den Kopf. »Sie sind eine Lügnerin und eine Schlampe. Bevor ich Ihnen begegnet bin, hatte ich eine Chance auf ein Leben. David hat mir ein Dach über dem Kopf gegeben, und die Typen haben mich verstanden. Sie waren Freunde. Und jetzt habe ich sie verloren. Ich habe alles verloren, und zwar wegen Ihnen.«

Sie versuchte, ruhig zu atmen, und öffnete den Mund.

»Nicht reden«, wies er sie an. »Aus Ihrem Mund kommt doch nichts als verdammter Scheiß. Sie haben mich in dem Glauben gewiegt, ich könnte normal sein. Sie haben mich davon überzeugt, ich könnte mich sauber und ganz fühlen, und dabei haben Sie die ganze Zeit gewusst, dass das unmöglich ist.«

Falten, die für einen Dreiundzwanzigjährigen viel zu tief waren, furchten seine Stirn. »Und Sie haben mich benutzt, um Malcolm wehzutun. Ich weiß nicht, warum Sie das gemacht haben, aber Ihretwegen hab ich ihn richtig bös vermöbelt. Ich glaube, Sie schaden Menschen, Alex, und dann spazieren Sie ungerührt davon. Aber diesmal nicht.«

Alex' Herz setzte einen Schlag aus. Sie hatte keine Vorstellung, was er mit ihr anstellen würde. Bei einer körperlichen Auseinandersetzung hielt er alle Karten in der Hand, doch das psychische Spielfeld war eine ganz andere Sache.

»Ich habe Ihnen wirklich vertraut, wissen Sie? Ich dachte, Sie wären meine Freundin, und jetzt habe ich Ihretwegen alles verloren.«

Sie bemühte sich, nicht zusammenzuzucken, als er die rechte Hand hob und ihre Wange berührte. »So sauber, so schön, so vollkommen.«

Als Shanes grobporige Haut die ihre berührte, musste sie beinahe würgen, doch sie machte weiter ein freundliches Gesicht. In seiner Miene war eine Wehmut, die sie von vielen Patienten kannte. Es gab immer noch etwas, wonach er sich verzehrte.

Sie musste die Hand nach dem kleinen Jungen ausstrecken. Ihre Sicherheit hing davon ab.

Sie ging das Risiko ein und fasste nach seiner linken Hand. Sein Kiefer spannte sich an, doch er zog die Hand nicht fort.

Und schließlich hatte sie ihre Strategie. Sie senkte die Stimme zu einem Flüstern. »Ich bin froh, dass Sie mich gefunden haben, Shane.«

Sein Blick bohrte sich in ihre Augen.

Sie machte weiter, vertrieb die Angst aus ihrer Stimme. »Ich habe unablässig nach Ihnen gesucht. Ich bin am nächsten Morgen gleich zurück zum Hardwick House, um zu sehen, ob es Ihnen gut geht, und da hat David mir erzählt, dass Sie schon fort waren. Ich wollte mich bei Ihnen entschuldigen, weil ich so gemein zu Ihnen war. Ich war einfach sauer wegen Malcolm.« Sie schüttelte den Kopf. »Ich dachte, wir hätten eine Verbindung. Ich dachte, ich könnte Ihnen helfen.«

Unschlüssigkeit legte sich für einen Augenblick über sein Gesicht wie ein Schatten. Ihr panischer Herzschlag beruhigte sich so weit, dass sie weitermachen konnte. »In den vielen Stunden, die wir miteinander verbracht haben, dachte ich, wir würden Fortschritte machen. Ich dachte, Sie würden an mich glauben, aber als ich sah, in welchem Zustand Malcolm war, kam es mir vor, als wäre unsere gemeinsame Arbeit für die Katz gewesen.«

Er schüttelte langsam den Kopf, doch er löste die rechte Hand von ihrem Gesicht und ließ sie sinken.

»Kommen Sie, Shane. Sie haben es auch gespürt. Wir hatten eine Freundschaft. Ich hätte niemals sagen sollen, was ich gesagt habe.« Sie senkte den Blick und schüttelte den Kopf. »Es war grausam, und es war nicht einmal wahr.«

»Was war nicht wahr?«

»Dass ich Ihnen nicht helfen kann.«

Jetzt war er so durcheinander, dass er das Gesicht verzog. »Aber Sie haben gesagt …«

»Ich weiß, was ich gesagt habe, Shane. Aber das hätte ich nicht sagen dürfen. Ich hab's nur gesagt, weil ich sauer auf Sie war. Natürlich kann ich Ihnen helfen. Deswegen bin ich doch durch die Straßen gelaufen und habe Sie gesucht.«

»Aber …«

Das Gleichgewicht hatte sich verschoben. Sie bewegte sich von ihm fort, drehte sich um und streckte die Hand aus. Sie hatte die Kontrolle zurückgewonnen. Diese Begegnung würde nach ihren Vorstellungen enden.

»Kommen Sie mit, dann helfe ich Ihnen.«

Er rührte sich nicht vom Fleck.

Die Gefahr war vorüber. Sie hatte so viel Verwirrung erzeugt, dass sie ihn von seiner Wut abgelenkt hatte. Der kleine Junge war wieder da.

Alex lockte ihn ins Sprechzimmer.

»Ich schalte die Tischlampe ein, die ist behaglicher.«

Sie drückte auf den Schalter an der rechten Seite des Schreibtisches. Rechts daneben war noch ein Knopf. Sie drückte ihn zwei Mal.

Das Zimmer wurde in ein sanftes, intimes Glühen getaucht. Sie führte Shane zum Patientenstuhl. Er setzte sich.

Ein paar Minuten, länger würde es nicht dauern. Hilfe war keine anderthalb Kilometer entfernt. Sie musste mit diesem speziellen Forschungsobjekt ein für alle Mal abschließen, und inzwischen stand ihr Plan.

Sie zog ihre Jacke aus und legte sie auf den Tisch zwischen Shane und sich. »Soll ich jetzt anfangen, Ihnen zu helfen, Shane?«, fragte sie freundlich.

Er sagte nichts, sondern starrte sie nur an.

»Wenn Sie mich lassen, sorge ich dafür, dass alles weggeht. Wir können jetzt anfangen, und nachher rufe ich David an, und Sie können ins Hardwick House zurück. Wollen Sie das?«

Er machte ein skeptisches Gesicht. »Kann ich das?«

Sie nickte mit Nachdruck. »Selbstverständlich. Sie sind von sich aus gegangen. Ihr Zimmer wartet auf Sie.«

Er sah sie ungläubig an. »Das würden Sie tun?«

Sie lächelte beruhigend. »Ich würde alles tun, um Ihnen zu helfen, Shane. Sie sind mein Freund.«

Seine Züge zerfielen, und er ließ den Kopf in die Hände sinken. »O Gott, Alex. Es tut mir so leid, was ich getan habe. Ich hab gedacht, ich hasse Sie. Ich dachte, Sie hassen mich. Ich dachte, ich wär so schmutzig, dass nicht mal Sie es in meiner Nähe aushalten.«

»Reden Sie keinen Unsinn.« Sie sprach wie mit einem Fünfjährigen. »Und jetzt schließen Sie die Augen und konzentrieren Sie sich ganz auf meine Stimme.«

Er lehnte sich auf dem Stuhl zurück und schloss die Augen.

Sie rollte den rechten Ärmel ihrer Bluse hoch. Ohne den Blick von seinen fest geschlossenen Augenlidern zu lösen, machte sie sich daran, mit der linken Hand fest in die Haut am rechten Unterarm zu kneifen.

»Zuerst entspannen Sie sich und leeren Ihren Geist. Ich helfe Ihnen, den Schmerz ein Stück weit aufzulösen.«

Sein Gesicht entspannte sich, sein Kiefer fiel nach unten. Alex lächelte, während sie den linken Ärmel aufrollte. Mit ruhiger, tröstlicher Stimme redete sie weiter auf Shane ein, während sie die Fingernägel so fest wie möglich in die Haut grub. Sie zog einen Striemen zu ihrem Handgelenk, ein diagonaler Streifen, die Haut stellenweise aufgerissen. Es sah schon jetzt schlimmer aus, als es war.

»Sie müssen Ihren Hass loslassen, Shane. Ich kann Ihnen helfen, die Vergangenheit hinter sich zu lassen. Ich kann Ihnen helfen, dass Sie sich wieder sauber fühlen.«

Das hätte sie gekonnt, wenn sie es gewollt hätte, doch als sie auf ihre Uhr schaute, sah sie, dass dafür wirklich keine Zeit blieb.

»Was machen Sie mit Ihren Armen, Alex?«

Verdammt, sie hatte, um auf die Uhr zu schauen, den Blick für eine Sekunde von ihm gelöst.

Er blickte von ihrem Gesicht auf ihre geröteten, zerkratzten Arme. In seinen Augen dämmerte die Erkenntnis.

Es klopfte an der Tür. Alex war darauf vorbereitet. Der Alarmknopf seitlich an ihrem Tisch war schon einmal gedrückt worden, und es hatte perfekt funktioniert. Shane sprang auf und eilte zur Tür, die in den Flur führte.

»Es ist okay, Shane. Achten Sie gar nicht darauf, die gehen wieder.«

Dabei wusste sie ganz genau, dass die nicht weggehen würden.

Shane geriet in Panik. Sein Blick klebte auf ihrem rechten Arm.

Alex stand auf und ging von der Tür weg. »Es ist okay. Die ...«

Das Bersten der Haustür schnitt ihr das Wort ab.

Shane richtete den Blick verdutzt und voller Angst auf sie. Sie riss an ihrer Bluse und entblößte ihre Brüste. Dann schüttelte sie den Kopf, um ihre Haare zu zerzausen, und kniff sich einen roten Fleck in die Wange.

Schon traten zwei Polizeibeamte in den Raum und erfassten die Szene.

»Er ... er ... hat versucht, mich zu vergewaltigen«, weinte sie, bevor die Beine unter ihr nachgaben und sie gegen die

Wand fiel. Der größere der beiden Männer eilte herbei, um sie zu stützen.

Shanes Blick schoss zwischen den dreien hin und her. Er begriff nicht, was hier geschah. Was für ein jämmerlicher Waschlappen. Ließ sich so leicht an der Nase herumführen und glaubte, sie hätte ein Interesse daran, ihm zu helfen. Er würde niemals die Fertigkeiten besitzen, sie zu schlagen.

»Ich hab nicht ... ich schwöre ... ich hab nicht ...«

Der größere der beiden Beamten musterte ihren verletzten Arm. »Leg ihm Handschellen an«, sagte er und führte Alex zu einem Stuhl. Shanes Augen suchten ihre, in seiner Miene nichts als Verwirrung.

Alex schenkte ihm ein triumphierendes Lächeln.

Die Erkenntnis, dass er direkt zurück ins Gefängnis wandern würde, machte sich auf seinem Gesicht breit. Er wehrte sich gegen die Handschellen.

»Nein, bitte, ich kann unmöglich ... Sie verstehen das nicht ... bitte ... ich kann nicht dahin zurück ...«

Nach der Straftat, die Shane verübt hatte, würde jede Art von Gewalt zweifellos dazu führen, dass seine Bewährung aufgehoben wurde, und sie musste ganz sichergehen, dass dieses spezielle Forschungsobjekt sie nie wieder belästigen würde.

»Sagen Sie es ihnen, Alex«, schrie er, während ihm Tränen über die Wangen liefen. »Sagen Sie ihnen, dass ich Ihnen nichts getan habe. Bitte, sagen Sie ihnen, dass ich nicht dahin zurück kann.«

Alex rieb über ihre Unterarme und wandte den Blick ab.

»Adieu, Shane«, flüsterte sie, als der große Polizist Shane zum Wagen führte.

28

Als Kim die Tür schloss, war sie sich immer noch nicht sicher, warum sie hierhergekommen war. Sie wusste nur, dass ihr ein vollkommen verunsichertes Gesicht vor Augen schwebte.

Sie ging durch die Doppeltür und blieb am Empfangstresen stehen. Eine junge Frau mit einem pinkfarbenen Haarschopf begrüßte sie mit einem Lächeln.

»Kann ich Ihnen helfen?«

Kim wusste nicht recht, was sie darauf antworten sollte. »Ich sehe mich nur um.«

Die junge Frau nickte und zeigte auf eine weitere Doppeltür. Kaum war Kim hindurchgegangen, schlug es ihr mit Macht entgegen. In der Luft lag eine Mischung aus Desinfektionsmitteln, Hundefutter und Kot. Als sie die Türen aufdrückte, brach beim Läuten einer Glocke eine Kakofonie von Gebell aus.

Im ersten Raum waren zwei Staffordshire-Bullterrier-Welpen, klein, kompakt und fest. Kim blieb nicht stehen. Sie ging an Hunden verschiedener Größen und Rassen vorbei, während sie in jeden Verschlag schaute. Außer ihr war nur noch ein junges Paar da, das sich bückte und einen Jack Russell angurrte, der sein Bestes tat, sie zu beeindrucken. Sie ging weiter bis zur letzten Koje: Sibirien.

Der Hund lag in seinem Korb. Er hob den Blick, rührte sich aber nicht vom Fleck. Kim hätte schwören können, dass er sie erkannte.

»Oh, das ist Barney«, sagte eine Stimme hinter ihr. Sie drehte sich um und stand vor einer korpulenten Frau mittleren Alters mit kleinen Löckchen, in die sich erstes Grau mischte. Das Namensschild verriet Kim, dass sie es mit Pam zu tun hatte. Darunter stand »ehrenamtliche Helferin«.

Kim antwortete nicht. Barney hatte nicht einmal ein Namensschild am Zwinger.

»Der Arme«, meinte die Frau mit einem Seufzer. »Er steht nicht mal mehr auf und sagt Hallo. Als hätte er aufgegeben.«

In Sibirien zu wohnen, ohne Namensschild, da konnte Kim nicht anders, als sich zu fragen, wer hier wen aufgegeben hatte. Die Frau redete weiter.

»Wir hatten beim letzten Mal Glück, überhaupt ein neues Zuhause für ihn zu finden – jetzt ist das so gut wie unmöglich. Er ist ein bisschen schwierig.«

»Warum?«, fragte Kim. Das erste Mal, dass sie etwas sagte.

»Er mag keine Menschenmengen.« Bingo.

»Er mag keine Kinder.« Bingo.

»Aber er braucht viel Liebe und Zuneigung.« Na ja, zwei von drei war doch gar nicht so schlecht.

»Der Arme. Als Welpe wurde er schlecht behandelt, und weil er nicht gern mit Kindern oder anderen Hunden spielt, ist er unzählige Male zurückgebracht worden. Ein paar Besitzer haben versucht, ihm zu helfen. Einer hat sogar einen Hundeflüsterer engagiert, der ihm helfen sollte.«

Kim zog eine Augenbraue hoch. Ein verdammter Psychoonkel für einen Hund?

»Hat alles nicht funktioniert. In acht Jahren hatte er ebenso viele neue Zuhause. Er ist ein bisschen komisch, aber die Leute versuchen, es ihm schön zu machen, und am Ende sind sie enttäuscht. Niemand akzeptiert ihn so wie …«

»Ich nehm ihn«, sagte Kim, was sie selbst genauso überraschte wie Pam, die Plaudertasche.

Barney hob den Kopf, als wollte er die nächsten Worte der stämmigen Frau wiederholen.

»Sind Sie sicher?«

Kim nickte. »Und jetzt?«

»Ähm … wenn Sie mir bitte folgen wollen, dann gehen wir zum Empfang und erledigen den Papierkram. Ich bin mir sicher, dass wir auf den Besuch bei Ihnen zu Hause in diesem Fall verzichten können.«

Kim folgte ihr zurück dahin, woher sie gekommen war. Vermutlich waren sie froh, wenn der Zwinger leer wurde. Barney war der einzige Hund, der einen Verschlag ganz für sich allein hatte.

Zwei Formulare und eine Kreditkartenzahlung später saß Barney mit einem – sie hätte drauf schwören können – amüsierten Gesichtsausdruck hinten in ihrem Auto. Sie hatte immer noch keine Ahnung, warum sie ihn besuchen gegangen war, ganz zu schweigen davon, ihn mit nach Hause genommen hatte. Kim wusste nur, dass der Anblick, wie er fortgeführt worden war, einer ungewissen Zukunft entgegen, sie nicht losgelassen hatte, und je länger die Frau über seine mangelnden sozialen Fähigkeiten gesprochen hatte, desto lauter hatten die Worte in ihrem Innern widergehallt. Das Angebot, ihm ein neues Zuhause zu bieten, war ihr über die Lippen gekommen, bevor sie es hatte verhindern können.

Die Mitarbeiter des Tierheims waren so überrascht gewesen, dass sie ihr ein Hundebett, Spielzeug, Kaurollen und Hundefutter für zwei Wochen ins Auto geladen hatten. Kim fand, sie waren so begierig darauf, ihn loszuwerden, dass sie sicher auch nicht auf Widerstand gestoßen wäre, wenn sie Futter auf Lebenszeit verlangt hätte.

»Okay, Junge, da sind wir«, sagte sie, als sie vor dem Haus parkte. Er blieb sitzen, bis sie die Wagentür öffnete und seine Leine nahm. Sie führte ihn hinein und löste die Leine vom Halsband. Sobald die Tür zu war, suchte er schwanzwedelnd jeden Quadratzentimeter des Fußbodens mit der Nase ab.

Kim lehnte sich an die Tür. »Mist, was habe ich bloß getan?«

Augenblicklich brach Panik aus. Ihr Zuhause war von einem anderen lebenden Geschöpf in Beschlag genommen worden. Allmählich dämmerte ihr die Ungeheuerlichkeit dessen, was sie da getan hatte. Sie war kaum in der Lage, sich um ihre eigenen Grundbedürfnisse zu kümmern, geschweige denn um irgendetwas anderes. Sie aß, wenn sie Hunger hatte, sie schlief, wenn ihr Körper danach verlangte, und sie machte äußerst selten freiwillig Sport.

Sie kämpfte gegen den Impuls, ihn wieder ins Auto zu verfrachten und zurückzubringen.

»Okay, Junge.« Beim Klang ihrer Stimme hielt Barney in seiner Beschäftigung inne. »Wenn das hier funktionieren soll, brauchen wir ein paar Regeln. Ähm … ich weiß noch nicht, wie die aussehen, aber die erste lautet: Das

Sofa ist tabu, verstanden? Du hast den laminierten Fußboden, den Teppich und dein Hundebett. Das Sofa gehört mir.«

Seltsamerweise fühlte Kim sich besser, jetzt wo das geklärt war. Sie ging um ihn herum in die Küche. Barney fuhr mit seiner Erkundung fort, aber nicht mehr ganz so begeistert.

Nachdem sie sich einen Kaffee gemacht hatte, setzte Kim sich hin und sah zu, wie er durch ihre Räume spazierte und dabei zufrieden mit dem Schwanz wedelte. Sie überlegte einen Augenblick, was er wohl dachte. Ließ er sich wirklich so leicht woandershin verfrachten, oder war er wachsam? Argwöhnte er, dass er nur auf Urlaub aus dem Tierheim war und dass er unter Garantie dorthin zurückkehren würde?

Barney kam herüber, setzte sich neben den Couchtisch und sah sie an. Er wandte den Kopf, betrachtete ihre Tasse und richtete den Blick dann wieder auf sie. Sie tat nichts, und er wiederholte das Ganze.

»Willst du mich auf den Arm nehmen, Hund?«

Bei ihren Worten wischte sein Schwanz über den Boden.

Sie beugte sich vor und tunkte den kleinen Finger in den lauwarmen Kaffee. Seine raue Zunge schlabberte ihn ab, und dann wartete er. Kim lächelte. Nur sie konnte sich einen Hund zulegen, der Kaffee genauso liebte wie sie.

Sie goss ein wenig Kaffee in seine Wasserschüssel und kühlte ihn mit Milch. Er schleckte die Schüssel mit der Zunge aus, bis sie knochentrocken war. Als er den Kopf hob, hatte er einen weißen Schnurrbart.

Kim lachte. »Das reicht. Hunde und Kaffee sind keine gute Kombination.«

Mit dem Rest ihres Kaffees ging sie zurück zum Sofa.

Barney schien die Botschaft zu verstehen und legte sich so nah an ihre Füße, dass er sie fast berührte.

Sie lehnte den Kopf nach hinten auf die Sofalehne und schloss die Augen. Sie musste dafür sorgen, dass das hier funktionierte. So unangenehm es ihr auch war, ihr Zuhause mit einem anderen Lebewesen zu teilen, hatte irgendetwas sie doch ins Tierheim getrieben. Bei dem Gedanken, ihn wieder dort abzuliefern, wurde ihr übel.

Kim spürte eine Bewegung auf dem Sofa. Sie schlug die Augen auf und sah, dass er neben ihr saß. Immer noch, ohne sie zu berühren.

»Barney, ich hab dir gesagt …«

Mit der Geschwindigkeit und Gewandtheit eines Frettchens war er in einer einzigen Bewegung in ihrer Armbeuge.

Okay, es war an der Zeit, dem Hund zu zeigen, wie diese Beziehung funktionieren würde. Es würde Futter, Wasser und ein bisschen Spielzeug geben, den einen oder anderen Knochen, spätabendliche Spaziergänge, aber das gewiss nicht.

Als sie den Mund öffnete, kuschelte er sich noch enger an, legte den Kopf auf ihre rechte Brust und sah ihr tief in die Augen. Sein Blick war voller Fragen.

Ihre Hand fand den Weg auf Barneys Kopf, ihre Finger strichen durch das weiche Fell.

Er seufzte und schloss die Augen, und Kim tat es ihm nach. Ja, sie hatte ihm definitiv gezeigt, wer hier das Sagen hatte.

Das rhythmische Streicheln seines weichen Fells lullte sie in einen entspannten Zustand.

Ganz allmählich rief das Gefühl des kleinen, warmen Körpers, der sich an sie kuschelte, eine machtvolle Erinnerung an eine andere Zeit und an einen anderen kleinen Körper wach, der vor vielen Jahren bei ihr Schutz und Beruhigung gesucht hatte.

Zum ersten Mal in achtundzwanzig Jahren lösten sich Tränen und rollten ihr leise über die Wangen.

29

»Himmel, Kev, pack das weg«, sagte Stacey und bog vom Parkplatz nach links. »Das ist ja, als würd's an deinem Handteller kleben.«

Kev achtete gar nicht auf sie und hantierte weiter an seinem Handy herum. »Lass gut sein, Stace.«

Langsam breitete sich ein Lächeln auf seinem Gesicht aus, und dann tippte er gekonnt mit beiden Daumen eine SMS.

Stacey hatte ihre Dienste als Fahrerin zum Dunn-Haus angeboten. So abgelenkt, wie Kev war, würde sie sich auf gar keinen Fall neben ihn auf den Beifahrersitz setzen.

»Wenn ich einen Schwanz hätte, würde ich ihn Dawson taufen«, bemerkte sie.

»Keine Ahnung, was du dir einbildest zu wissen, Stace, aber egal was du denkst, es geht dich nichts an, verstanden?«

Stacey zuckte die Achseln. Sie war nicht beleidigt, wenn er ihr sagte, sie solle sich um ihren eigenen Kram kümmern. Ja, sie war überhaupt selten einmal beleidigt. Sie hatte eine Meinung, und sie hatte keine Scheu, sie laut zu sagen.

»Ich weiß, dass du bald so richtig in Schwierigkeiten steckst, mein Lieber.«

»Seit wann steht mein Privatleben öffentlich zur Diskussion?«

»Seit du uns alle um Rat angefleht hast, als sie dich das letzte Mal erwischt hat.«

Sein Handy war auf lautlos gestellt, doch sie hörte das leise Vibrieren der eingehenden Antwort.

»Ich rede so lange weiter, bis du das Handy wieder in die Tasche steckst.«

»Ist das deine Version eines Lieds, das einem auf den Wecker geht?«

»Ja, und ich nenn es, ich hab eine Meinung, und die hämmere ich dir ins Hirn.«

Er schickte eine weitere SMS los.

»Du wirst megamäßig erwischt. Nur gut, dass sie nicht bei uns arbeitet.«

»Was redest du da, Stace?«, fragte er, und seine Finger verharrten über den Tasten.

»Wir wissen alle, dass du rumfickst, Kev. In guten Zeiten bist du ein anmaßender Scheißkerl, aber normalerweise bist du dabei auch noch ein bisschen nett. Aber das bist du im Moment nicht. Ich mag dich grad gar nicht. Und du gehst der Guv auf die Nerven.«

Zögernd steckte er das Handy weg.

»Ah, kein Netz, Kev?«

Er blickte stur nach vorn.

Stacey schüttelte den Kopf. Ob es ihm bewusst war oder nicht, er hatte mehr Angst davor, von der Chefin erwischt zu werden als von seiner Frau.

»Erinner mich noch mal daran, warum wir zum Dunn-Haus fahren«, sagte sie.

»Die Spurensicherung ist mit dem zweiten Durchgang fertig, und die Chefin will, dass wir es abzeichnen.«

Die Kriminaltechniker suchten nach forensischen Beweisen für die Theorie, dass während des Missbrauchs wahrscheinlich eine zweite Person anwesend gewesen war.

»Also, ich weiß, dass du das erste Mal mit der Spurensicherung zu tun hast, aber du bringst mich bei denen nicht in Verlegenheit, oder? Ich meine, es ist nicht wie in einem Computerspiel. Das sind richtige Menschen, ja?«

»Ach, Kev, ich glaube, es hat mir doch besser gefallen, als du an dem Handy rumgespielt hast«, erwiderte sie. Er konnte es sich einfach nicht verkneifen, Witze über ihre Begeisterung für World of Warcraft zu machen.

»Park gleich hier links«, sagte er und löste seinen Sicherheitsgurt.

»Ich bin Detective, Kev. Der große weiße Lieferwagen war ein sicheres Indiz.«

»Klugscheißerin«, versetzte er und stieg aus.

Sie verschloss den Wagen und folgte ihm ins Haus. Ihr Herzschlag hatte sich ein wenig beschleunigt. Er hatte ja keine Ahnung, wie recht er hatte.

Seit sie vor achtzehn Monaten zum Team gestoßen war, war Staceys Platz im Büro gewesen. Die Chefin und Bryant arbeiteten meistens zusammen. Dawson wurde oft allein rausgeschickt, und sie hatte sich mit dem Computer angefreundet.

Am Anfang hatte sie sich darüber geärgert, doch irgendwann hatte sie angebissen, und seither liebte sie es, im Netz nach Fakten zu graben und damit die Arbeit der anderen zu unterstützen.

Und jetzt hatte die Chefin ihr einen Curveball geworfen und sie aus ihrer sicheren Zone geschubst. In gewisser

Weise hatte Dawson also recht. Sie war nicht ganz sicher, was von ihr erwartet wurde, und sosehr es sie auch wurmte, sie musste Dawsons Anweisungen befolgen. Fürs Erste.

Im Wohnzimmer tat sich nichts, als sie durchs Haus gingen. Sie nahm die Treppe hinunter in den Keller. Drei weißgekleidete Gestalten waren noch da.

»Alles fertig, Trish?«, fragte Dawson die Person in der Mitte.

Stacey wäre nie auf die Idee gekommen, in dem weißen Overall könnte eine Frau stecken. Die Angesprochene schob die weiße Kapuze nach hinten, und zum Vorschein kam ein rasierter Kopf mit einer tätowierten Rose hinter dem linken Ohr.

»Trish, Stacey, Stacey, Trish«, stellte Dawson sie einander vor. Trish bedachte Stacey mit einem kurzen Lächeln. Sie nickte zur Antwort.

Dawson sah die Kriminaltechnikerin an. »Und, was habt ihr gefunden?«

Trish ging nach links. »Der Schatten auf den Aufnahmen war hier«, sagte sie und ging zum Schrank. »Die Kamera war hier aufgestellt und der Scheinwerfer da.«

Stacey folgte der Frau, als die sich auf die jeweilige Position im Raum begab.

»Also, nach allen Berechnungen und dem gesunden Menschenverstand stand die Person direkt hier. Da, wo Sie jetzt stehen, Stacey.«

»Oh, Mist«, fuhr sie auf, als stünde sie auf heißen Kohlen.

Trish lächelte in ihre Richtung. »Es ist okay, er ist ja nicht mehr da.«

Stacey merkte, wie ihr die Röte in die Wangen schoss. Sie war dankbar, dass man es wegen ihrer dunklen Haut nicht sah.

»Reich mir mal die Lampe, Mo«, sagte Trish zu einem Kollegen.

Die Infrarotlampe wurde ihr in die ausgestreckte Hand gelegt wie ein Skalpell in einem OP-Saal.

Mo ging zum Lichtschalter, und der Raum wurde in absolute Dunkelheit getaucht. Das blaue Licht war auf den Boden gerichtet. Stacey wusste, dass die forensische Lichtquelle sehr erfolgreich eingesetzt wurde, um Körperflüssigkeiten zu entdecken: Samen, Vaginalflüssigkeit und Speichel waren von Natur aus fluoreszierend. Ihr Grundwissen erstreckte sich auch darauf, dass man damit latente Fingerabdrücke, Haare, Fasern und Schuhabdrücke sichtbar machen konnte.

Trish trat vor und richtete das Licht auf die Stelle. Auf dem Beton war jetzt eine kleine Pfütze zu sehen, für das bloße Auge unsichtbar.

»Iiiih … Scheiße«, entfuhr es Kev voller Abscheu. Der Fleck bedurfte keiner weiteren Erklärung.

Als Stacey so richtig bewusst wurde, wo sie sich gerade befand, trat sie nach hinten und stolperte. Ja, sie hatte die Fotos gesehen. Ja, sie hatte die Videoaufnahmen gesehen. Doch sie war immer einen Schritt davon entfernt gewesen. Aber jetzt stand sie in einem Raum, in dem ein achtjähriges Mädchen für immer seiner Kindheit beraubt worden war. Daisy Dunn hatte mitten im Raum gestanden, verängstigt und allein, zitternd, verwirrt.

Stacey spürte die Tränen, die in ihren Augen brannten. Als das Licht eingeschaltet wurde, trat sie noch zwei Schritte zurück und setzte sich auf die Treppe.

Neben ihr tauchte eine Gestalt auf. »Das erste Mal?«, fragte Trish leise.

Stacey nickte, denn sie wagte es nicht zu sprechen.

»Es ist hart. Aber schneiden Sie sich nicht von allem ab. Es hilft Ihnen, Ihren Job zu machen.«

»Danke«, sagte Stacey und schluckte die Tränen herunter.

Trish fasste sie behutsam an der Schulter. »Und außerdem habe ich ein kleines Geschenk.«

Sie holte ein Päckchen von dem Tablett mit den Beweismitteln auf dem Tisch. Eingetütet, versiegelt und ordentlich etikettiert.

»Ein einzelnes Schamhaar.«

30

»Wissen Sie, Guv, Sie waren ziemlich gut da oben«, sagte Bryant, als sie vom Dudley County Court wegfuhren.

Kim tat das Kompliment mit einem Achselzucken ab. Im Gegensatz zu anderen Polizeibeamten graute ihr nicht vor den unvermeidlichen Tagen bei Gericht. Sie hatte im Zeugenstand noch nie gelogen oder die Wahrheit verfälscht, also hatte sie nichts zu fürchten.

Anwalt der Verteidigung war Justin Higgs-Clayton gewesen, ein übereifriger Terrier, der sein Haus mit vier Schlafzimmern, drei Bädern und einer Doppelgarage mit der Verteidigung lukrativer schwerer Betrugsdelikte finanziert hatte.

Die Strafanzeige war vor fast zwölf Monaten bei ihnen eingegangen, und sie hatten so viel zusammengetragen, dass die Anklage absolut wasserdicht war. Der betreffende Mann hatte im Namen der AIDS-Wohltätigkeitsorganisation, bei der er arbeitete, falsche Geschäftskreditkarten beantragt und eiskalt zweihunderttausend Pfund beiseitegeschafft.

Der Verteidiger wusste, wann ein Fall wasserdicht war,

und hatte sich ganz auf die polizeiliche Ermittlungsarbeit konzentriert, um dort ein Schlupfloch zu finden und die Anklage aufgrund eines Formfehlers zu kippen.

»Hatten Sie das PACE-Buch in der Gesäßtasche?«, fragte Bryant sie jetzt.

Der Police and Criminal Evidence Act von 1984 beinhaltete sämtliche Verordnungen und Verhaltensregeln für die Polizei.

»Nein, aber ich glaube, er schon.«

»Was tippen Sie?«

»Schuldig.« Kim wusste, wann sie alles in ihrer Macht Stehende getan hatte, um dafür zu sorgen, dass ein Gesetzesbrecher im Gefängnis landete. Das Puzzle des Betrugsfalls war komplett. Beim Fall Dunn war sie sich da nicht so sicher.

»Fahren Sie hier rein«, sagte sie, als sie am Brewers Wharf Pub an der Ecke des Waterfront-Komplexes vorbeifuhren, einer Ansammlung von Bars, Restaurants und Büros am Kanal. Früher war auf dem Gelände das Round Oak Stahlwerk gewesen, das zu seinen Hochzeiten 3000 Menschen beschäftigt hatte und bei seiner Schließung 1982 immerhin noch 1200.

»Wie, wollen Sie ein Pint, Guv?«

»Ich nehme einen Kaffee. Sie geben einen aus.«

Bryant stöhnte und parkte den Wagen. In dem Pub herrschte die nachmittägliche Flaute zwischen der Mittagszeit und der Feierabendschicht.

Kim setzte sich ans Fenster, von wo sie einen Blick auf eine schwarzweiße schmiedeeiserne Brücke hatte, die den Kanal überspannte.

Bryant stellte zwei Kaffee auf den Tisch. »Wissen Sie, Guv, mir ging gerade durch den Kopf, dass ich in all der

Zeit noch nie erlebt habe, dass Sie einen Schluck Alkohol trinken.«

»Das liegt daran, dass ich nicht trinke, Bryant.«

Fasziniert beugte er sich vor. »Nicht mal ab und zu ein Glas Wein?«

Sie schüttelte den Kopf.

»Ein Gläschen an Weihnachten?«

Sie senkte den Blick. Er wusste, dass sie Weihnachten hasste.

»Okay, vergessen Sie das. Sie haben also noch nie Alkohol probiert?«

»Das habe ich nicht gesagt.«

»Dann mögen Sie den Geschmack einfach nicht?«

»Nein, das ist es auch nicht. Und jetzt lassen Sie es gut sein.«

Er zog seinen Stuhl näher. »O nein, das kann ich nicht. Sobald Sie sagen, ich soll etwas gut sein lassen, weiß ich, dass es sich lohnt zu bohren.«

Fantastisch, da war sie ja richtig drauf reingefallen. »Also, es war das Zweite. Es hat mir nicht geschmeckt.«

Bryant rieb sich das Kinn. »Nein, das glaube ich Ihnen nicht.«

»Lassen Sie es gut sein, Bryant.« Manchmal ließ er einfach nicht locker. Nur er konnte sie so bedrängen.

»Könnte ja sein, dass Sie sich nicht zum Narren machen wollen, weil dann Ihre Hemmungen zum Teufel gehen. Vielleicht sind Sie ja Alkoholikerin.« Er machte eine Pause. »Sind Sie Alkoholikerin?«

»Nein.«

»Und warum trinken Sie dann nie auch nur einen winzigen Schluck?«

Kim wandte ihm ihre ganze Aufmerksamkeit zu und zwang ihn, ihr in die Augen zu sehen. »Weil ich, wenn ich mal anfange, womöglich nicht mehr aufhöre.«

Mist, das hatte sie nicht sagen wollen.

Sie drehte sich wieder zum Fenster. An dem Abend, an dem Mikeys Grabstein aufgestellt worden war, hatte sie sich eine große Flasche Wodka und eine kleine Flasche Cola gegönnt.

Der anschließende Kater brachte die Erinnerung an alkoholbedingtes Vergessen mit sich. Für ein paar Stunden hatten Schmerz und Verlust sich aufgelöst, und sie war frei gewesen von Schuldgefühlen und Hass. Kim wagte es nicht, noch einmal an diesen glücklichen Ort zurückzukehren, denn sie hatte Angst, dass sie dann nie mehr zurückkommen würde.

»Hühnchenbaguette?«, fragte ein Mann und hielt zwei Teller in der Hand.

Bryant nickte und bedankte sich.

»Bryant«, knurrte sie.

»Sie frühstücken nicht, und wir waren sechs Stunden lang bei Gericht, also weiß ich, dass Sie heute noch nichts gegessen haben.«

»Sie müssen wirklich aufhören, mich zu bemuttern.«

»Na, fangen Sie an, sich um sich selbst zu kümmern, dann muss ich es nicht mehr tun. Also, was liegt Ihnen auf der Seele?«

Kim sah zu, wie er in das krustige Ende des Baguettes biss, und tat es ihm nach, erstaunt darüber, wie ihre Freundschaft funktionierte. Es war wie ein Gummiband, gelegentlich bis zum Geht-nicht-mehr gedehnt, überspannt vor Intensität, und dann, schwups, wieder genau da, wo es hingehörte.

»Irgendetwas an dem Fall Ruth Willis lässt mir keine Ruhe.«

»Ach was. Ist es etwas Persönliches, Guv?«

»Wieso das denn?«

»Es war offensichtlich, dass Sie nicht viel für Alex Thorne übrig hatten. Sie haben sie vom ersten Augenblick an nicht gemocht. Ist das also die Selbsterneuerung Ihrer negativen Ansichten über sie?«

Die Frage hatte Kim sich auch schon gestellt, doch in einem Punkt irrte Bryant. Sie empfand keine Abneigung gegen die Psychologin. Sie hatte überhaupt keine emotionale Reaktion verspürt.

»Mein Bauch will mir was sagen.«

»Normalerweise habe ich den größten Respekt vor Ihrem Bauch, aber ich glaube, diesmal jagt er einem Phantom nach.«

Kim öffnete den Mund, um etwas zu sagen, überlegte es sich dann aber anders. Sie nahm noch einen Bissen ihres Baguettes, als Bryant seins zurück auf den Teller legte.

»Guv, ich muss Sie das jetzt fragen: Ist das etwa ein verdammtes Hundehaar auf Ihrer Jacke oder was?«

Damit war das Gespräch beendet. Kim wusste, wenn sie sich eingehender damit befassen wollte, was sie an Doktor Thorne störte, war sie auf sich gestellt.

31

»Okay, Leute, die neuesten Entwicklungen im Fall Dunn. Dawson?«

»Spermaprobe und Schamhaar sind bei der Analyse. Warten noch auf die Ergebnisse.«

Kim nickte. Nützlich, aber erst dann, wenn sie einen Verdächtigen hatten.

»Mit den meisten seiner Kollegen habe ich inzwischen gesprochen. Aber Leonards Chef kriege ich nicht zu fassen. Seine letzte Arbeitsstelle war die Zweigstelle einer Autoersatzteilkette in Kidderminster. Ich war inzwischen zweimal dort, aber der Typ ist nie da.«

Kim wandte sich an Bryant. »Schreiben Sie das auf.«

»Ich hab mit seiner ganzen Familie gesprochen«, fuhr Dawson fort, »und mit dem größten Teil von Wendys Familie. Nichts als Abscheu für Leonard Dunn. Sein Schwager ist äußerst beschützerisch, er wollte mich nicht mal ins Haus lassen. Aber er hat an der Haustür laut und deutlich seine Gefühle zum Ausdruck gebracht.«

Kim sah Bryant an. Er schrieb es auf.

»Konzentrieren Sie sich auf die Nachbarn, Kev. Ich will

alles über Besucher im Haus wissen. Finden Sie die, die immer hinter den Vorhängen lauert, und laden Sie sich zu einer Tasse Tee ein.«

»Stace?«, fragte Kim.

»Seit der Festnahme keine neuen Nachrichten auf Facebook. Weitere neunzehn Personen haben sich von ihm entfreundet und seinen Account blockiert. Ich geh die noch mal durch, die ihm noch geblieben sind, und schaue, ob sich da etwas Nützliches findet.«

Aus dem Augenwinkel sah Kim, dass Dawson sein Handy aus der Tasche holte und sich von ihr abwandte.

Bryant hustete laut, und Stacey trat gegen das Tischbein.

Kim hob die Hand, um sie zum Schweigen zu bringen, verschränkte die Arme vor der Brust und wartete.

Fast eine ganze Minute lang versank der Raum in Schweigen, bis Dawson sich wieder seinen Kollegen zuwandte.

»Sind Sie bei uns, Dawson?«, fragte sie.

Drei wenig begeisterte Augenpaare richteten sich auf ihn, und er wurde rot wie eine Tomate.

»Tut mir leid, Guv, der Schwiegervater. Er ist …«

»Halten Sie den Mund, Kev. Beschämen Sie sich nicht noch mehr. Unser nächstes Gespräch wird anders ablaufen. Ich warne Sie nicht noch einmal. Klar?«

Er nickte und blickte nach vorn.

»Gut, okay, machen Sie sich an die Arbeit.«

Dawson war als Erster zur Tür hinaus.

Kim blieb sitzen, wo sie war, warf Bryant aber den Autoschlüssel zu.

Er sah sie an und richtete den Blick dann auf Stacey.

»Aha. Bryant, verduften Sie«, sagte er zu sich selbst.

Kim lächelte, als er an ihr vorbeifegte.

»Stace, machen Sie kein so besorgtes Gesicht«, sagte Kim mit einem Lächeln, als nur noch sie beide im Raum waren. »Sie haben nichts falsch gemacht.«

Und das stimmte. Stacey machte nur äußerst selten etwas falsch.

»Aber Sie müssen etwas für mich erledigen. Damit ich aufhören kann, mich damit zu beschäftigen. Können Sie ein paar Nachforschungen über die Psychologin anstellen?«

»Sie meinen Doktor Thorne?«

Kim nickte. Es war kein offizieller Auftrag.

»Suchen Sie etwas Spezielles?«

Kim überlegte einen Augenblick. »Ja, ich will wissen, wie ihre kleine Schwester gestorben ist.«

32

Kim brachte den Golf vor dem Autoersatzteilladen zum Halten. Bryant entspannte sich sichtlich und sah nach, ob er verletzt war.

»Himmel, Guv, ich find's schrecklich, wenn Ihre Fahrtgeschwindigkeit mit Ihrem Hirn Schritt zu halten versucht.«

»Ein kleines Schleudertrauma hat noch niemandem geschadet«, versetzte sie und stieg aus, bevor er etwas erwidern konnte.

Der Eingang zu dem Laden war eine schwere Glastür, die in einen kleinen Empfangsbereich führte, sauber und ordentlich und mit einem Tisch, der ihr bis zum Zwerchfell reichte. Rechts vom Tisch stand ein Leder-Zweisitzer.

»Igitt … riechen Sie mal«, sagte Bryant.

Der Geruch war Kim vertraut. Öl, vermischt mit Fett und einer Kopfnote Schmiermittel. Sie fand ihn köstlich.

Ein Mann trat durch die Tür. Er hatte eine Vorderbremse in den Händen, die er auf den Empfangstisch legte.

Kim schätzte ihn auf Anfang vierzig. Seine Stirnglatze versuchte er mit einem kurzen Stoppelschnitt zu kaschieren, der besser zu einem Teenager gepasst hätte. Er trug ein hellblaues Hemd, das trotz der Umgebung, in der er arbeitete, sauber war. Ein Namensschild mit der Aufschrift »Brett – Filialleiter« verriet ihnen, dass sie den schwer zu fassenden Mann gefunden hatten.

»Kann ich Ihnen helfen?«, fragte er und sah sie an. Sein antrainiertes Kundenservice-Lächeln kam eine Sekunde später als die Worte, was darauf schließen ließ, dass er im Kopf eine Checkliste abarbeitete: grüßen, lächeln.

Bryant zeigte ihm seine Dienstmarke und stellte sie beide vor.

Da es nicht mehr gebraucht wurde, verschwand das Lächeln wieder. »Zweimal war schon jemand hier und hat mit den Männern gesprochen. Ich weiß nicht, was ich Ihnen noch sagen kann.«

»Vielleicht könnten Sie uns einfach ein bisschen was über Leonard Dunn erzählen.«

Dem Mann eine offene Frage zu stellen gab ihnen die Gelegenheit, ihn einzuschätzen, während er frei sprach.

»Er ist über ein Arbeitslosenprogramm zu uns gekommen. Wir haben Geld gekriegt, damit wir ihn einstellen. Ich hab ihn zuerst hier vorn im Laden eingesetzt, aber er hat zu viele Fehler gemacht.«

»Mussten Sie ihn für eine bestimmte Zeitspanne behalten?«, fragte Kim.

Die Regierung hatte immer wieder neue Wiedereingliederungsprogramme aufgelegt, um die Arbeitslosenzahlen zu senken. Was gelungen war. Für eine Weile.

Brett lächelte in ihre Richtung. »Ja, mindestens zwölf Monate, aber es hat einfach nicht funktioniert.«

»Was haben Sie gemacht?«, fragte Bryant.

»Ich hab mit ihm geredet. Aber das hat nichts gebracht, also haben wir ihn in einen Lieferwagen gesteckt.«

»Und?«

»Ich hab zwei Beschwerden über seine Unfreundlichkeit kassiert und eine über seinen Körpergeruch.«

Kim verkniff sich ein Lächeln. »Und dann?«

»Dann habe ich der Regierung angeboten, das Geld zurückzuzahlen.«

»Sie wollten ihn sozusagen zurückgeben?«, hakte Bryant nach.

Normalerweise mochte Kim es nicht, wenn von Menschen gesprochen wurde wie von Waren, doch im Fall von Leonard Dunn machte sie gern eine Ausnahme.

»Irgendwelche seltsamen Angewohnheiten?«, fragte Bryant.

Er schüttelte den Kopf. »Er war übergewichtig und hätte öfter duschen können, aber sonst nichts Auffälliges.«

Kein offensichtlicher Kinderschänder, dachte Kim, wohl wissend, dass es so etwas nicht gab.

Wenn man sie doch nur anhand der Schädelgröße oder des Augenabstands bestimmen könnte, was man einst für einen Hinweis auf kriminelle Neigungen gehalten hatte. Dann bräuchte sie nur ein Maßband und einen Notizblock, und ruck, zuck wären alle hinter Gittern.

»Hatte er Freunde hier?«, fragte Kim.

»Nein, und ich hab ein paar verloren, weil ich ihn empfohlen habe.«

»Wofür?«, fragte Kim.

»Für das Wiedereingliederungsprogramm«, sagte er gereizt.

Bryant übernahm für sie das Stirnrunzeln. »Ich dachte, er wäre von dem Programm vorgeschlagen worden.«

»Ich hab's vorgeschlagen … nachdem ich ihn in einem verdammten Buchclub kennengelernt hatte.«

Bryant warf einen kurzen Blick in Kims Richtung. Sie zeigte keinerlei Reaktion.

»Okay, Brett, vielen Dank.«

Kim nickte ihm zu und ging voraus zur Tür hinaus.

Im Wagen tippte Kim mit den Fingern aufs Lenkrad.

»Also, das war ja wohl die reine Zeitverschwendung«, brummte Bryant.

»Finden Sie?«

»Er hatte nichts Neues.«

»Da muss ich Ihnen aber widersprechen, Bryant«, sagte Kim nachdenklich. »Ich finde, wir sollten uns diesen Buchclub mal etwas genauer ansehen.«

33

Barry sah zu, wie seine Frau, seine Tochter und sein Bruder den Vorgarten durchquerten und *sein* Haus durch den Türrahmen betraten, den *er* gebaut hatte, unter der Überdachung, die *er* entworfen hatte.

Er hatte nur gucken und einen kurzen Blick auf Lisa und Amelia werfen wollen, um nach einem Zeichen zu schauen, einem Hinweis darauf, wie sehr sie litten, bevor er eine Entscheidung traf. Doch wie er jetzt hier stand, wusste er, dass er nicht einfach wieder weggehen konnte. Was zum Teufel glaubte Adam eigentlich, wer er war? Das war seine Familie, und sein Bruder hatte nicht das Recht, sie ihm wegzunehmen. Alles, was er liebte, war in diesem Haus, und er war nicht bereit, es kampflos aufzugeben. Das war er Lisa schuldig. Alex hatte recht.

Barry klopfte an die Tür, genervt, dass er gezwungen war, um Zugang zu seinem eigenen Haus zu bitten. Doch das würde sich bald ändern.

Die Tür ging auf, und das Gesicht, von dem er vier Jahre lang geträumt hatte, blickte ihn voller Entsetzen an.

»Barry, was machst du hier? Du weißt …«

»Ich bin heimgekommen, Lisa.« Er schob sich an ihr vorbei.

Er ging ins Wohnzimmer und ließ Lisa keine andere Wahl, als die Tür zu schließen und ihm zu folgen.

In Barrys Vorstellung war das Haus dasselbe geblieben, mit dem einzigen Unterschied, dass Adam seinen Platz eingenommen hatte. Doch jetzt sah er, dass das nicht der Fall war. In dem Zimmer waren weniger Möbel als früher. Das Ecksofa, das sie über drei Jahre abbezahlt hatten, war weg. An den Wänden standen ein Dreisitzer und ein Zweisitzer. Vor dem Fernseher – dort, wo er immer gesessen hatte – stand nichts, dort war jetzt Platz für einen Rollstuhl.

Barry räumte kurz ein, dass Lisa kurzfristige Veränderungen hatte vornehmen müssen, um Adam aufzunehmen, aber das musste alles nicht von Dauer sein. Es konnte wieder so eingerichtet werden wie früher. Bald hatte er wieder Arbeit und konnte neue Möbel für das Haus kaufen.

Der Kaminsims aus Backsteinen und der Gaskamin waren durch einen eingebauten Elektrokamin ausgetauscht worden, der flach mit der Wand abschloss und auf dem eine künstliche Flamme flackerte.

Auch das war nicht unumkehrbar.

»Wer ist es, Schatz?«, rief Adam aus der Küche.

Als er das Wohnzimmer durchmaß, registrierte Barry aus dem Augenwinkel die tiefer gesetzten Arbeitsplatten und Schränke in der Küche, doch sein Blick richtete sich augenblicklich auf die wuscheligen blonden Locken seiner Tochter. Er schnappte nach Luft. Sie war noch schöner als in seiner Erinnerung.

Angst blitzte in Adams Augen auf, doch er schob beschützerisch einen Arm vor Amelia.

Oh, das tat weh. Er war ihr Vater, niemand musste sie vor ihm beschützen.

In die Augen seines Bruders zog eine Kaltfront ein. »Was zum Teufel machst du hier?«

»Ich bin natürlich hier, um meine Familie zu sehen«, antwortete Barry schlicht. Er musste seinem Bruder gegenüber nicht feindselig sein. Barry war dabei, sich sein Leben zurückzuholen, und dann würde Adam draußen in der Kälte hocken. Er verdiente sein Mitgefühl.

»Amelia, geh in dein Zimmer.«

Sie blickte auf die Schüsseln und die Kuchenmischung, die auf der abgesenkten Arbeitsplatte bereitstand. »Aber Daddy …«

Onkel, dachte Barry, sagte aber nichts. Es spielte keine Rolle. Sie würde bald wieder wissen, wer ihr Vater war.

»Amelia, bitte«, sagte Adam freundlich.

Sie nickte und ging zur Tür.

Barry wuschelte ihr, als sie vorbeiging, durch die weichen Haare. Sie entzog sich seiner Berührung. Er verstand das und machte seiner Tochter keine Vorwürfe. Sie kannte ihn nicht. Das würde sich bald ändern.

»Du weißt, dass du hier nichts verloren hast.«

Seine Frau verschränkte die Arme.

Er ging auf sie zu. »Lisa, wir müssen reden.«

Sie machte einen Schritt nach hinten. »Worüber?«

»Uns.«

Barry hörte den motorisierten Rollstuhl, als Adam von der Küche hereinkam. Allein dieses Geräusch sagte ihm, dass Alex recht daran getan hatte, ihn zu ermutigen, hierherzukommen. Lisa konnte unmöglich glücklich sein.

Er hatte dieses Gefängnis für sie gebaut, und jetzt musste er sie daraus befreien.

»Es gibt kein uns, Barry.«

»Schatz, wir können es noch einmal …«

»Nenn mich nicht so«, fuhr Lisa auf.

»Du solltest jetzt gehen«, warf Adam ein.

»Das hat nichts mit dir zu tun«, wandte Barry sich an seinen Bruder. »Das geht nur uns beide was an.«

Adam griff nach dem Telefon neben dem Sofa. Barry drehte sich ganz um, packte es und riss die Leitung aus der Wand.

»Um Himmels willen, Barry …«

»Ist es zu viel verlangt, um ein bisschen Privatsphäre mit meiner Frau zu bitten?«

»Sie ist nicht deine …«

»Wir sind geschieden, Barry, hast du das vergessen?«, sagte Lisa leise.

Barry wandte sich ihr mit dem Telefon in der Hand zu. »Und ich verstehe, dass du das tun musstest, Lisa. Ich weiß, was ich falsch gemacht habe. Ich habe dafür bezahlt.«

Lisa sah ihn traurig und voller Bedauern an. »In einer Million Jahren hast du nicht für das bezahlt, was du uns angetan hast.«

»Aber wir können wieder ›uns‹ sein. Gib mir nur eine Chance zu zeigen …«

Mit einem Nicken wies Lisa auf Adam. »Nein, ich meinte *uns*.«

Barry trat zu ihr und packte sie an den Oberarmen. »Du kannst nicht auf immer und ewig mit ihm eingesperrt sein, um wiedergutzumachen, was ich getan habe. Du kannst nicht aus Schuld mit dem Mann zusammenbleiben.«

Sie zuckte zusammen, und dann schüttelte sie ihn ab. »Denkst du das?«

»Sieh ihn dir doch an«, fuhr Barry auf. »Er ist ein verdammter Krüppel, und ich lasse nicht zu, dass du ihm dein Leben opferst, wo du doch weißt, dass wir zusammengehören.«

»Du verdammter Scheißkerl«, wütete Adam.

»Halt dich da raus, du diebischer Wichser.«

Lisa bewegte sich aus seiner Reichweite fort. Ihr vertrauter Duft überwältigte ihn schier. Sie legte immer nur Eternity auf.

Seine Frau stand jetzt neben seinem Bruder. »Barry«, sagte sie mit freundlicher, mitfühlender Stimme. »Es wird Zeit, dass du nach vorn siehst. Wir beide sind Geschichte. Du musst dir ein neues Leben aufbauen.«

Der freundliche, geduldige Tonfall war normalerweise dafür reserviert, Kinder zu überreden, ihr Gemüse zu essen.

Er begegnete ihrem ernsten Blick.

Plötzlich drehte er sich um und sah, was ihm beim Hereinkommen nicht aufgefallen war. Fotos. Über dem Elektrokamin hing ein Familienfoto. Es war so aufgenommen, dass man den Rollstuhl nicht sah, doch der Smoking und der Blumenstrauß sprangen ihm so deutlich entgegen wie in einem 3-D-Film. Genau wie Lisas Lächeln. Er kannte dieses Lächeln.

Er schaute noch einmal hin.

Lisa stand neben Adam, die Hand auf seiner Schulter. Kein Schmerz, kein Bedauern, kein gesenkter Kopf, keine Entschuldigung. Fakt.

Adam nahm Lisas Hand und drückte sie. Eine Zurschaustellung von Zusammengehörigkeit, Einheit. Lisas andere Hand, die mit dem goldenen Ring, lag schützend auf ihrem Bauch.

In dem Augenblick endete Barrys Welt. Alle Hoffnung, die Alex ihm gegeben hatte, erstarb in seiner Seele. Sein Körper kam ihm vor wie eine Hülle, sämtlicher Knochen, Muskeln und Organe entleert. Leer.

Alex hatte sich geirrt.

Er betrachtete die beiden, Seite an Seite. Sein Bruder, der alles hatte, was ihm einst gehört hatte: sein Haus, seine Frau, seine Tochter. Sein verkrüppelter Bruder, der ihm sein Leben gestohlen hatte. Der ihn ausradiert hatte. Barry konnte sich vorstellen, wie sie nachts im Bett lagen und darüber lachten, dass er immer noch Gefühle für seine Exfrau hegte.

Der vertraute rote Nebel stieg auf, und er hieß ihn willkommen wie einen alten Freund. Über die Jahre hatte er Techniken perfektioniert, ihn fernzuhalten oder bestenfalls zu kontrollieren. Doch jetzt hieß er ihn willkommen.

Die Welt außerhalb dieser vier Wände verflüchtigte sich in einem Vakuum. Das Hier und Jetzt war alles, was noch existierte. Die Katastrophe war da, alles andere war ausgelöscht.

Barry ging langsam auf die beiden zu und streckte Adam die Hand hin.

Barry sah, wie die Anspannung aus dem Oberkörper seines Bruders wich. Adam wusste, dass es vorbei war. Barry wusste es auch. Adam hob die Hand, um die seine zu schütteln.

In einer einzigen flüssigen Bewegung, erlernt von seinem gnadenlosen Trainer im Boxring, riss Barry Adam mit der rechten Hand aus dem Rollstuhl und ließ ihn zu Boden fallen. Ein gezielter Tritt gegen die Schläfe setzte ihn bewusstlos.

»Du verdammter Scheißkerl«, entfuhr es Barry.

Lisa keuchte einmal kurz auf, bevor Barry sie an der Kehle packte und zum Schweigen brachte. »Und du bist eine betrügerische Hure.«

Er schubste sie an die Wand und sah ihr in die Augen. Wie bei einem Ertrinkenden spielte sich ihr ganzes gemeinsames Leben vor seinen inneren Augen ab.

In ihren Augen lagen Angst und Hass. Gut.

Das Entsetzen seiner Frau feuerte die Raserei, die durch sämtliche Zellen seines Körpers jagte, noch an. Die Nervenenden in seinen Fingern verlangten Befriedigung. Die beiden sollten erleiden, was sie ihn hatten erleiden lassen.

Seine Hände umfassten ihren Hals, den er liebkost, geküsst, gebissen hatte.

Er spuckte ihr ins Gesicht. »Du betrügerische, dreckige Hure. Du hast mir das angetan.«

Er drückte die weiche Haut, quetschte die Luftröhre, die ihr und ihrem ungeborenen Kind Leben gab.

Sie fuchtelte wild mit den Armen, während ihre Lunge nach Luft schrie. Verzweifelt.

Er drückte fester, und dabei brannte sich sein Blick in ihre Augen.

»B...arry ...«

Der Klang seines Namens auf ihren Lippen schoss ihm direkt ins Herz. Es war ein Seufzer, an den er sich erinnerte, aber nicht so.

Tränen schossen ihm in die Augen und verzerrten ihre längst entstellten Züge. Seine linke Hand ließ ihre Kehle los, während die rechte Faust an ihre Schläfe donnerte.

»Fick dich, du Schlampe ...«

Verdammt, er liebte sie immer noch.

Sie hustete und spuckte und hob die Hand an den Hals. »Ame...«

Selbst da hätte Barry ihr noch alles vergeben, ihre Fehler akzeptiert, bis er sah, in welche Richtung sie sich bewegte.

Ihre Nägel gruben sich in den Teppichflor, während sie versuchte, zu dem leblosen Krüppel zu gelangen, ihrem bewusstlosen Ehemann.

»Unser Kind siehst du nie wieder«, sagte er und versetzte ihr einen Tritt gegen den Hinterkopf.

Barry schloss die Wohnzimmertür hinter sich und rief die Treppe rauf: »Alles in Ordnung, Amelia. Du kannst jetzt runterkommen. Komm, komm runter zu Daddy.«

34

Die Wohnung befand sich in einem Mietshaus auf einem kleinen Grundstück am Rand des Einkaufszentrums Merry Hill. Im dritten Stock gelegen, bot sie im Westen den Blick über den Eingang zum Food Court und im Osten auf die Pedmore Road, eine stark befahrene Schnellstraße.

Kim war ungeheuer neugierig, was dahinter für eine Marketingstrategie steckte.

»Besser als so manche Wohnblocks, in denen wir schon waren, was?«, meinte Bryant.

Alles ohne obszöne Schmierereien und Uringestank war eine Stufe besser als die meisten Wohnblocks, die sie schon aufgesucht hatten.

Bryant klopfte an der Tür und wartete.

Kim hörte, dass etwas mit einem Rums an eine Wand schlug, gefolgt von einem Fluchen.

Eine Kette wurde vorgelegt, und ein Mann, den sie kaum wiedererkannte, öffnete die Tür.

Chris Jenks trug eine schlammfarbene Trainingshose, sein University-T-Shirt hatte rechts vom Logo einen Fleck, und seine Bartstoppeln waren dunkel und dicht.

Bei ihrem Anblick machte er ein überraschtes Gesicht.

Bryant beugte sich vor. »Dürfen wir …«

»Natürlich … natürlich …«, sagte Jenks, trat zur Seite und öffnete ihnen die Tür.

Kim trat in den engen Flur, in dem zwei Menschen nicht aneinander vorbeikamen, ohne sich zu berühren. Das trübe Licht einer Energiesparbirne konnte in dem fensterlosen Kabuff nicht viel ausrichten. Zwei geschlossene Türen trennten den engen Raum vollkommen ab.

Sorgfältig trat Kim um das Spielzeug herum, das für die Größe der Wohnung vollkommen überproportioniert wirkte, und steuerte auf ein hellerleuchtetes Zimmer am Ende des Tunnels zu, vermutlich das Wohnzimmer.

»Bitte … setzen Sie sich …«, sagte Jenks und räumte zwei Malbücher und eine Schachtel Filzstifte weg.

Kim nahm den Platz, den er frei geräumt hatte. Bryant hockte sich ans andere Ende des Sofas, rutschte aber unbehaglich hin und her, bis er irgendwo unter sich eine Fernbedienung herauszog.

Jenks nahm sie ihm ab und blieb stehen.

»Kann ich Ihnen was zu trinken anbieten … Kaffee … Tee …?«

Kim schüttelte den Kopf.

»Geht es um die Anhörung?«, fragte er und rang die Hände.

»Nein, da ist noch etwas anderes«, antwortete Bryant.

Mit der Anhörung im Disziplinarverfahren hatten sie nichts zu tun. Jenks und Whiley waren bis zum Abschluss der formellen Ermittlungen vom Dienst suspendiert, und die wurden von ihren Vorgesetzten durchgeführt.

»Sie waren mal bei Leonard Dunn wegen einer Beschwerde über häusliche Gewalt?«, fragte Bryant.

Jenks setzte sich auf einen Sessel, aber nur auf die Kante. Er nickte, die Fernbedienung noch in der Hand.

»Ja, vor zwei Monaten. Warum?«

Kim überließ Bryant bereitwillig die Führung, während sie sich im Zimmer umsah.

Es war ein Zuhause, das von der Ankunft von Kindern überrascht worden war. Der mit Kieselsteinen verkleidete Kaminsims war hinter einem Schutzgitter verschwunden. Bodenvasen, die einst wahrscheinlich den Kamin geschmückt hatten, hockten jetzt klobig auf einem in der Wand eingelassenen Bücherregal. Zwischen den Büchern und Musik-CDs drängten sich jetzt Hustensaftflaschen, eine Windeltasche und zwei Rasseln.

»In den Missbrauch der Dunn-Mädchen war eine zweite Person verwickelt.«

Jenks' Mund klappte auf, als er den Blick von Bryant auf Kim richtete und wieder zurück.

»Wir wissen noch nicht, in welchem Umfang«, fuhr Bryant fort, »aber wir wissen, dass die andere Person bei den Videoaufzeichnungen des Missbrauchs anwesend war.«

Jenks fuhr sich mit einer Hand durch die Haare und rieb sich die Stirn. »Mist.«

»Wir möchten wissen, ob Ihnen an dem Abend etwas aufgefallen ist, irgendetwas, was uns helfen könnte herauszufinden, wer das war.«

Jenks' Blick sank zu Boden, und er schüttelte den Kopf. »Nein, nichts. Ich meine, es war Routine ... es war ...«

»Erzählen Sie uns von dem Abend«, schlug Kim vor.

Er nickte. »Der Anruf kam gegen halb acht. Ein Nachbar beschwerte sich über den Krach, aber er machte sich auch Sorgen. Als wir hinkamen, konnten wir Dunn schon am Tor brüllen hören. Wir haben geklopft ...«

»Worum ging es bei dem Gebrüll?«, fragte Kim.

Jenks überlegte. »Vom Tor aus war nicht viel zu verstehen, aber ich glaube, es ging um eine Lehrerin.«

Kim nickte und bedeutete ihm fortzufahren. Das war wohl der erste Versuch der Lehrerin gewesen, mit den Eltern über Daisys Verhalten zu sprechen. Soweit Kim sich erinnern konnte, hatte die Frau bei drei verschiedenen Gelegenheiten das Gespräch gesucht, bevor sie das Jugendamt anrief. Die nachfolgenden Ermittlungen waren vom Sozialamt unterstützt worden, doch es hatte fast zwei Monate gedauert, bis es zu einer Verhaftung gekommen war.

»Dunn hat uns reingelassen. Man sah, dass er noch tobte. Mrs. Dunn telefonierte gerade.«

»Wissen Sie, mit wem sie sprach?«

Jenks nickte. »Mit einem gewissen Robin. Ihr Bruder, glaube ich. Whiley hat Dunn in die Küche geschoben, und ich bin zu Mrs. Dunn ins Wohnzimmer. Ich bat sie, den Hörer aufzulegen und mit mir zu sprechen.«

»Was hat sie gesagt?«

»Nur dass ihr Mann sich über eine übereifrige Lehrerin aufgeregt hat. Weiter ausgeführt hat sie es nicht.«

Bis hierher war der Einsatz lehrbuchmäßig verlaufen. Die Polizeibeamten hatten die Parteien getrennt, um die Situation zu entschärfen.

»Sobald wir da waren, hat sich alles sehr schnell beruhigt. Ich habe Mrs. Dunn gefragt, ob es zu Gewalt gekommen sei, was sie energisch verneint hat. Ich habe sie gefragt, ob sie Anschuldigungen gegen ihren Mann vorbringen möchte, und sie hat Nein gesagt. Sie ist dabei geblieben, dass es nur ein Streit war, der ein bisschen laut geworden war.«

Kim erinnerte sich an die Zeugenaussage der Lehrerin. Sie wusste, dass es das erste Mal gewesen sein musste, als sie das Gespräch mit den Dunns gesucht hatte. Sie hatte kaum Gelegenheit gehabt, ihre Besorgnis zum Ausdruck zu bringen, denn Leonard Dunn war sehr aufgebracht gewesen, dass die Frau die Mädchen nach Hause brachte.

»Whiley hat dasselbe Gespräch mit Leonard Dunn im anderen Zimmer geführt«, fuhr Jenks fort. »Wir waren nicht länger als fünfzehn Minuten dort. Als wir gingen, war alles ruhig.«

»Wo waren die Mädchen?«

Zum ersten Mal wirkte Jenks gequält, als er nickte. »Sie saßen zusammen auf dem Sofa. Daisy hatte den Arm um die Kleine gelegt.«

Sie hörte, dass Bryants Handy in seiner Tasche vibrierte. Er legte eine Hand darüber. Ihr Handy meldete den Eingang einer SMS. Verdammt, ihre Leute wussten doch, wo sie war.

Bryants Handy klingelte wieder. Sie wies mit einer Kopfbewegung in den Flur.

Bryant ging hinaus.

»Gibt es sonst noch etwas?«

»Wissen Sie, Madam, ein Bild will mir einfach nicht aus dem Kopf«, sagte er, den Blick immer noch auf einen Teddybären mitten im Raum gerichtet. »Wenn ich jetzt zurückdenke, dann hat das Mädchen mich die ganze Zeit angestarrt. Daisy. So intensiv … als wollte sie mir etwas sagen. Und ich weiß nicht, ob ich richtigliege oder ob ich es mir nur einbilde wegen dem, was ich jetzt weiß.«

Eine Sekunde lang war Kim versucht ihm zu sagen, dass er recht hatte. Dieser Blick war auch schon auf sie gerichtet gewesen.

Doch Jenks kämpfte um seinen Job, seine Karriere und darum, für seine junge Familie sorgen zu können. Suspendierung vom Dienst war kein Urlaub. Er hatte einen Verdächtigen geschlagen, und das würde Konsequenzen haben. Ihm noch einen über die Rübe zu geben, wo er eh schon am Boden war, würde nichts ändern. Er wusste längst, dass er die Situation aufmerksamer hätte analysieren müssen, und einen anderen Rat konnte Kim ihm auch nicht geben.

Sie hörte Bryant im Flur fluchen. Er tauchte am Rand ihres Blickfelds auf und winkte ihr.

Sie bedachte Jenks mit einem Nicken und stand auf.

»Was ist?«

»Wir müssen los.«

»Was zum …?«

»Vorfall im Parkhaus Brierley Hill.«

Kim holte ihr Handy heraus. Was zum Teufel dachte die Zentrale sich dabei, sie und Bryant anzurufen?

Bryant legte eine Hand auf ihre. »Die sind alle bei der Demonstration in Dudley.«

Wegen des geplanten Baus einer neuen Moschee war es in letzter Zeit häufig zu Gewaltausbrüchen zwischen der Englischen Verteidigungsliga und den islamischen Bewohnern von Dudley gekommen.

»Ziemlich schlimm. Es ist in sämtlichen sozialen Medien. Beide Seiten rufen Unterstützer auf, sich zu beteiligen. Bis jetzt sieben Verletzte.«

Kim knurrte.

Bryant hob eine Augenbraue. »Nichts für ungut, Guv, aber das hier ist ein potenzieller Selbstmord. Meinen Sie wirklich, die würden Sie schicken, wenn sie die Wahl hätten?«

Sie drehte sich zu Jenks um, der jetzt hinter ihr stand.

»Okay, Jenks, wir müssen es für heute dabei belassen. Wenn Ihnen noch etwas …«

»Ich hätte es nicht verhindern können, oder, Madam? Ich meine, ich hätte nichts tun können, oder?«

Darauf hatte Kim nichts zu sagen.

35

»Ich fahre«, sagte sie und eilte an Bryant vorbei.

»Bei dieser Gelegenheit wollte ich das sogar vorschlagen.«

Kim warf den Motor an, bretterte los und überholte alles, was ihr in den Weg kam. Mit Blaulicht und jaulender Sirene waren sie in Rekordzeit am Stadtrand von Brierley Hill.

»Aus dem Weg, verdammt«, schrie sie einen schwarzen Range Rover an, dessen Fahrerin am Handy telefonierte.

»Ich weiß, dass Sie sie gern einbuchten würden, Guv, aber das Wichtigste zuerst, ja?«

Kim manövrierte um das Fahrzeug herum und parkte an der Absperrung, die im Augenblick von zwei uniformierten Polizeibeamten bewacht wurde. Ein rascher Blick in die Runde sagte Kim, dass sie die einzigen Polizisten vor Ort waren.

Das vierstöckige Gebäude war nicht älter als sechs Monate, es war Teil eines Stadtsanierungsprojekts, um Kunden von den kostenlosen Parkplätzen eines nahegelegenen Einkaufszentrums wegzulocken. Die Zufahrt für Autos war von vorn, doch die Absperrung war am oberen Ende einer Anliegerstraße, die auf der rechten Seite an der ganzen Länge des Parkhauses entlanglief.

Kim kämpfte sich durch die wachsende Menschenmenge, lief die dunkle Anliegerstraße hinunter und blieb auf halbem Wege stehen.

Sie blickte hinauf in die Dunkelheit und konnte dank einer Straßenlampe leicht die Gestalt ausmachen, die über den Eisenzaun auf der obersten Ebene des Parkhauses geklettert war und auf der falschen Seite an der Absperrung hing.

Bryant holte sie ein. »Vier unserer Männer sind gerade eingetroffen. Zwei bewachen die Einfahrt und zwei gehen noch mal durch alle Parkebenen, um sicherzugehen, dass das Parkhaus vollständig evakuiert ist. Eine Augenzeugin hat gesagt, dass er inzwischen seit zwölf Minuten in dieser Position ist.«

»Exakt?«

Bryant nickte. »Ja, sie zeichnet es mit dem Handy auf.«

Na klar. »Hat er jemanden um etwas gebeten?«

Bryant schüttelte den Kopf, wurde jedoch einer Antwort enthoben, als ein lässig gekleideter Mann ihnen von der Absperrung etwas zurief. Super, genau das, was sie brauchten.

»Gehen Sie rüber und sehen Sie, was der Verrückte will.«

Bryant lief zur Absperrung, während Kim überlegte, welche Strategie angebracht war, damit der Mann dort blieb, bis ein Erstsprecher kam. Sie hatten Kollegen, die eigens dafür ausgebildet waren, potenziellen Springern ihr Vorhaben ohne großes Tamtam auszureden. Kim wusste, wenn sie den Mund aufmachte, würde er jeden Lebensmut verlieren und sich augenblicklich hinunterstürzen. Sie wusste kaum, wie sie sich mit Menschen unterhalten sollte, die nicht an der Schwelle zum Selbstmord standen, also hatte sie hier den Mund zu halten.

»Guv, das ist David Hardwick vom Hardwick House. Er kennt den Typ.«

Der Mann war fünf Zentimeter größer als sie und wirkte ernst und außer Atem. »Die kurze Version oder die lange?«

»Na ja, er ist inzwischen seit ungefähr fünfzehn Minuten da oben, also würde ich sagen, die kurze.«

Bryant berührte sie am Arm. »Ich gehe und weise rasch die Leute ein«, sagte er mit einem Nicken in Richtung Absperrung, wo gerade zwei Streifenwagen und ein Krankenwagen vorgefahren waren.

»Er heißt Barry Grant. Er hat mich vor ungefähr einer Stunde angerufen, um mir zu sagen, dass er nicht mehr wiederkommt, ich soll seine Sachen verschenken. Er hat gesagt, nach dem, was er getan hat, verdient er es nicht weiterzuleben.«

»Was hat er getan?«

Der Mann zuckte die Achseln. »Ich weiß es nicht, aber einer der Männer im Haus hat sich daran erinnert, dass er dieses Gebäude mal als den idealen Ort für einen Selbstmord bezeichnet hat, also bin ich hergekommen, um zu sehen, ob ich ihn finde. Ich hab mehrfach versucht, ihn anzurufen, aber sein Handy ist ausgeschaltet.«

Kim blickte hinauf. »Hat keinen Sinn, es noch mal zu versuchen, er kann wirklich nicht rangehen. Was können Sie mir über ihn sagen?«

»Er wurde vor ein paar Monaten aus dem Gefängnis entlassen. Er hat gesessen wegen schwerer Körperverletzung gegen seinen Bruder, weil der eine Affäre mit seiner Frau hatte. Der arme Kerl sitzt jetzt im Rollstuhl.«

»Reizend.«

»Es ist ein ehemaliger Boxer, er weiß also, wie man zuschlägt. Er hat seine Zeit abgesessen, ohne sich in irgendwas reinziehen zu lassen, und was er getan hatte, schien ihm ehrlich leidzutun. Deswegen habe ich ihn im Hardwick House aufgenommen.«

Kim kannte das Hardwick House nicht, doch den Namen hatte sie in irgendeinem Zusammenhang schon mal gehört.

»Hat er irgendwann mal geäußert, er wolle sterben?«

»Nein. Er hatte sich gut an das Leben außerhalb des Gefängnisses gewöhnt. Wir wollten ihm einen Job als Fahrer besorgen, und er schien akzeptiert zu haben, dass sein altes Leben vorbei war.«

»Und was hat sich verändert?«

David schüttelte ratlos den Kopf.

Als Kim sich umwandte, sah sie, dass Bryant auf eine weitere Person zuging.

»Das kann ja wohl nicht wahr sein«, sagte Kim, als ihr Blick auf die vertraute Erscheinung von Doktor Thorne fiel.

Die Frau nickte ihr zu. »Detective Inspector.«

»Doktor Thorne«, grüßte Kim.

Bryant trat zu Kim, während David der Psychologin berichtete, worum es ging.

»Sie sagt, der Typ hat sie angerufen. Anscheinend arbeitet sie ehrenamtlich in diesem Obdachlosenheim oder Wiedereingliederungsprogramm oder so.«

»Ehrlich?«, fragte Kim überrascht.

Bryant nickte und zuckte die Achseln.

Kim trat ein Stück zur Seite. Bryant folgte ihr. »Wie sieht's aus?«

»Ähm ... der Kollege ist noch bei einem anderen Einsatz am anderen Ende von Birmingham. Ein Alkoholisierter mit einem Messer lässt seine Frau nicht aus dem Haus.« Bryant sah auf seine Uhr. »Selbst wenn er jetzt losfahren würde, bräuchte er bei dem Verkehr mindestens vierzig Minuten.«

Ja, um halb sechs die Stadt zu durchqueren war kein Zuckerschlecken. »Verdammt. Sonst noch was?«

»Die Presse rückt an. Sie sind alle eifrig damit beschäftigt, Zeugen zu interviewen, und die erzählen bereitwillig, was bis jetzt passiert ist. Der Bereich ist so gesichert, wie er nur sein kann, und für den Fall, dass wir ihn vom Pflaster kratzen müssen, ist ein Reinigungstrupp unterwegs.«

Dass Bryant das sagte, war nicht herzlos. Es war möglich, dass der Mann irgendwann stürzte oder sprang.

Ein rascher Blick bestätigte, dass die Presse und die Passanten vom Ende der Straße gute Sicht auf die Szenerie hatten. Und wenn nichts passierte, würde sich Enttäuschung breitmachen.

Kim betrachtete die gespannten Gesichter an der Absperrung. Sie hatte kurz erwogen, die Leute nicht von dort wegzuschaffen. Falls sie das Glück hatten, den Aufprall seiner Knochen mitzuerleben, die splittern würden wie Stöckchen, hätten sie das Vergnügen, es über Monate immer wieder in ihren Träumen zu durchleben. Allein die Verfahrensvorschriften bewegten sie dann doch zu einem anderen Vorgehen.

»Bryant, wir brauchen eine zweite Absperrung. Und sorgen Sie dafür, dass die Leute um die Ecke gescheucht werden.«

Bryant trat ein paar Schritte von ihr weg und gab die Anweisung lauthals an die wachsende Anzahl fluoreszierender Jacken weiter.

»Lassen Sie mich zu ihm gehen und mit ihm reden«, sagte Alex und sprach damit Kim an.

»Sonst noch irgendwelche hervorragenden Ideen?«

Kim war überzeugt, dass Bryant eine professionellere Antwort parat gehabt hätte, doch dafür hatte sie keine Zeit.

Alex sah sich um und lächelte. »Ich habe Ihr Gespräch mitbekommen ... Viele Möglichkeiten bleiben Ihnen nicht mehr. Ich kenne Barry. Er wird auf mich hören.«

Kim beachtete die Psychologin nicht weiter und wandte sich ab.

Bryant kam zu ihr zurück. »Wir brauchen was, um seinen Sturz abzufangen.«

Kim nickte. Ihr kam eine Idee. Sie hatte kürzlich einen Bericht darüber gelesen, wie Polizeibeamte eine Hüpfburg gemietet und am errechneten Aufschlagpunkt aufgestellt hatten. Aber er stand auf einem Sims, der die ganze Länge des Parkhauses entlanglief, und musste nur einen halben Meter weiterrutschen, um das Ding zu verfehlen.

»Schicken Sie ein paar Beamte in die Läden. Sie sollen so viele Gartenpavillons besorgen, wie sie können.« Sie taxierte die Höhe. »Wenn wir genug zusammenkriegen, reihen wir sie der ganzen Länge nach auf. Es ist kein Hochhaus, also fangen sie den Aufprall vielleicht ein wenig ab, wenn er stürzt.«

»Der Unterschied zwischen tot und nicht.«

»Genau.«

Bryant gab den Beamten an der Absperrung die Anweisung über Funk weiter.

»Madame Freud da drüben hat angeboten, hochzugehen und mit ihm zu reden. Sie kennt ihn und seine Geschichte.«

Bryant sah sich um. »Sieht nicht so aus, als hätten wir groß die Wahl, Guv. Die Uhr läuft.«

Kim fand die Aussicht nicht berauschend, doch viel Sinnvolleres fiel ihr auch nicht mehr ein.

»Thorne ist nicht mal bei uns registriert, Bryant. Können Sie sich vorstellen, was …«

»Im Augenblick male ich mir gerade aus, wie Sie bei einer gerichtlichen Untersuchung aussagen, dass Sie ihr Angebot ausgeschlagen haben.«

Ab und zu war Bryant genau das, was sie brauchte.

Kim drehte sich um. »Doktor Thorne, Sie gehen rauf, und ich komme mit.«

»Detective Inspector, es wäre besser, wenn …«

»Kommt nicht infrage. Und jetzt kommen Sie.«

Kim stieg über das Geländer und lief zu dem Block mitten im Parkhaus, der die Aufzüge und das Treppenhaus beherbergte. Alex lief neben ihr her. Die Elektrik für die Aufzüge war ausgeschaltet worden, um zu verhindern, dass jemand in die unteren Ebenen eindrang und damit nach oben fuhr. Die Beamten traten ihr aus dem Weg.

Sie ging zur Treppe und nahm zwei Stufen auf einmal. Die Psychologin hielt mühelos Schritt.

»Was haben Sie für eine Strategie?«, fragte Kim

»Noch keine. Ich weiß ja nicht mal, was die Krise ausgelöst hat, also muss ich schauen. Aber Sie sagen nichts. Was auch immer ich sage, Sie halten den Mund.«

Kim biss die Zähne zusammen. Schon in guten Zeiten mochte sie es nicht, wenn man ihr sagte, was sie zu tun habe, doch sich von dieser Frau Vorschriften machen zu lassen, war absolut undenkbar.

Als sie den Zugangsbereich des obersten, offenen Parkdecks erreichten, schlug Kim ein eisiger Wind ins Gesicht, der einen leichten Graupel mit sich trug. Sie ließ die Psychologin vorbei, die dahin eilte, wo der Oberkörper von Barry Grant zu sehen war. Er stand mit dem Gesicht vom Parkdeck abgewandt, die Füße auf einem rund zwölf Zentimeter breiten Sims, und hielt sich hinter dem Rücken mit den Händen an dem vergitterten Geländer fest. Kim ging auf, dass allein die Muskeln seiner Boxerarme ihn dort hielten.

»Hi, Barry, wie geht's dir?«, fragte Alex und stützte die Arme an das Geländer, über das er geklettert war.

»Fassen Sie mich nicht an.«

Alex hob die Hände. »Versprochen. Aber wenn Sie unbedingt ein bisschen Zeit mit mir allein wollten, hätten Sie doch nur was sagen müssen, dann hätten wir was ausgemacht.«

Kim war überrascht über den ruhigen Singsang der Psychologin. Kein Zittern in der Stimme, keine Andeutung dessen, dass das Leben dieses Mannes vielleicht tatsächlich von ihr abhing.

Kim nahm sich einen Moment, um die Situation einzuschätzen. Das Geländer, über das er geklettert war, reichte ihm nicht ganz bis zu den Schulterblättern. Selbst wenn Kim versuchte, ihn zu packen, besaß sie niemals die Kraft, um ihn darüber zu ziehen. Sie konnte ihn allenfalls packen und hoffen, dass es ihr gelang, ihn festzuhalten, doch die Schwerkraft war nicht auf ihrer Seite.

»Na, wollen wir ein bisschen über unseren Tag plaudern? Ich würd ja anfangen, aber es sieht so aus, als wäre Ihrer um einiges mieser gewesen als meiner.«

Barry sagte nichts, sondern starrte nur weiter nach unten.

»Kommen Sie, Barry, sagen Sie jetzt nicht, ich bin die ganzen Treppen umsonst hochgerannt. Erzählen Sie es mir wenigstens, bevor Sie springen. Wenn das letzte Bild von Ihnen das ist, wie Sie da unten zermatscht liegen, würde ich wenigstens gern wissen, warum.«

Keine Reaktion.

»Ich meine, sehen Sie mich an. Schäbige, alte Klamotten, kein Make-up. Ich hab noch nie für einen Mann das Haus in so einem Zustand verlassen. Schauen Sie.«

Barry tat, worum sie ihn gebeten hatte, und Kim bemerkte, dass die Psychologin Blickkontakt hergestellt hatte, sodass er nun nicht mehr auf den harten Boden unter ihm starrte. Clever.

»Also, was ist passiert, seit wir uns das letzte Mal unterhalten haben?«

Er antwortete nicht, doch er wandte auch nicht den Blick ab.

»Kommen Sie. Selbst in dieser Situation verspreche ich Ihnen kein Psycho-Gelaber.«

Barry deutete ein Lächeln an, und Kim vermutete, dass das ein privater Witz war.

»Ich bin zu dem Haus«, sagte er leise, und Kim erlaubte sich, einmal Luft zu holen. Immerhin redete er.

»Haben Sie sie gesehen?«

Barry nickte und richtete den Blick wieder zur Erde. »Es ist vorbei.«

»Was haben Sie gesehen?«

»Sie. Sie hat im Vorgarten gearbeitet, Unkraut rausgezupft und so. Sie hat so gut ausgesehen. Und dann ist Amelia rausgekommen, warm eingepackt. Sie ist so ein hübsches Kind, so schön. Ich habe eine Weile von der anderen Straßenseite zugesehen. Da war sie, meine Familie. Es war, als würden sie nur auf mich warten. Ich hab mich daran erinnert, was Sie …«

»Sie haben aber doch nichts Dummes getan, Barry, oder?«

Aus den flüchtigen Einzelheiten, die sie von David erfahren hatte, konnte Kim das Personal auseinanderhalten. Vermutlich war er zu dem Haus gegangen, um seine Familie zurückzugewinnen. Doch niemand hatte etwas von einem verdammten Kind gesagt.

»Ich konnte nicht zulassen, dass das so weitergeht, Alex. Ich habe meine Familie zerstört. Himmel, wie hätte ich …«

Kim hörte die Gefühle in seiner Stimme, während seine restlichen Worte vom Wind davongetragen wurden. Alex schien das Geländer fester zu umklammern. Kim hoffte nur, dass die Psychologin wusste, was sie tat. Er wirkte jetzt sehr viel unsicherer als zu dem Zeitpunkt, da sie gekommen waren.

Hinter sich hörte Kim etwas. Sie wusste, ohne sich umzudrehen, dass es Polizisten waren, die zur Unterstützung gekommen waren. Alex hatte es wohl auch mitbekommen, denn sie wandte sich halb um und schüttelte ganz leicht den Kopf. Kim hob die Hand und bedeutete den näher kommenden Beamten, sich hinter sie zu hocken.

Der Mann war noch auf dem Sims, so weit war es okay.

Alex sah zu ihr herüber. Kim tippte an ihre Lippe und hoffte, dass Alex die Botschaft verstand, sie solle ihn am Reden halten.

»Sie müssen keine Schuldgefühle haben, Barry. Dass Sie Ihr altes Leben wiederhaben wollen, ist doch verständlich.«

Barry schüttelte den Kopf. »Nein, Sie verstehen das nicht. Sie wissen nicht, was ich getan habe. Sie sind fort.«

Die Endgültigkeit seines Tonfalls schlug in Kims Knochen einen Akkord der Angst an. Sie bewegte sich leise außer Hörweite und betrat den Zugangsbereich des Treppenhauses, wo sie ihr Handy herausholte.

Bryant hob nach dem zweiten Klingeln ab. »Bryant, haben Sie über Funk etwas über einen Vorfall irgendwo in der Nähe gehört?«

»Ja, Beamte wurden von den Krawallen bei der Demo zu einem brennenden Haus in Sedgley abgezogen. Ein Toter, ein Schwerstverletzter.«

»Nur zwei Bewohner?«

»Ja, warum?«

»Ich bin mir ziemlich sicher, dass es Mord war und dass der Typ hier der Täter ist. Überprüfen Sie die Einzelheiten und rufen Sie mich zurück. Vermutlich gibt es noch ein drittes Opfer.«

Kim bewegte sich wieder in Alex' Sichtfeld. Die Psychologin drehte den Kopf ein wenig zur Seite, sodass Barry weiter ihre Aufmerksamkeit genoss, sie Kim aber aus dem Augenwinkel sehen konnte.

Kim machte das einzige Zeichen, das Alex vermutlich verstehen würde: Sie zog einen Finger über die Kehle, um anzudeuten, dass es Tote gab. Falls die Psychologin sie verstand, gab sie es nicht zu erkennen, sondern wandte sich wieder ganz Barry zu.

Das Handy in Kims Tasche vibrierte. Sie ging zurück ins Treppenhaus.

»Eindeutig zwei, Guv«, bestätigte Bryant.

»Wo zum Teufel ist dann das Kind?«

36

»Was für ein Kind?«, fragte Bryant.

»Ich bin im Eingangsbereich des obersten Parkdecks, kommen Sie hoch.«

Kim hörte Schlüssel und Kleingeld klimpern, während er leichtfüßig die Treppe heraufkam.

»Von welchem Kind sprechen Sie?«

»Unser Typ da draußen ist zu seiner Exfrau, die jetzt mit seinem behinderten Bruder verheiratet ist, weil er sie zurückgewinnen wollte. Hat nicht funktioniert, aber es gibt eine Tochter, deren biologischer Vater er ist.«

»Himmel …«

»Gehen Sie zu diesem David und fragen Sie ihn, was für einen Wagen Barry fährt und wie alt das Kind ist. Ich sehe mich rasch hier oben um, ob mir irgendetwas ins Auge sticht.«

»Sie meinen, ein kleines Mädchen, das allein in einem Auto sitzt?«

Kim wusste, dass das weit hergeholt war, aber sie konnte nicht herumstehen und nichts tun. »Hey, von uns beiden bin ich die Pessimistin.«

Kim verließ den Eingangsbereich und wandte sich nach rechts, um zuerst die Seite abzusuchen, die am weitesten von Barry entfernt war. Von da, wo sie stand, fiel ihr in der Nähe von Barry kein Wagen auf, in dem ein Kind saß. Sie wollte die wacklige Balance zwischen der Psychologin und dem Mann auf dem Sims nicht stören, doch wenn sie näher an ihn ran musste, um ein vermisstes Kind zu finden, dann konnte er ihretwegen ruhig springen.

In weniger als drei Minuten hatte sie die ganze rechte Seite abgesucht und war wieder im Eingangsbereich. Neben Bryant, der telefonierte, stand Detective Inspector Evans.

»Soll ich die Suche fortsetzen oder hier übernehmen?«, fragte Evans.

Sie hatten den gleichen Dienstgrad, doch sie war zuerst hier gewesen. Es war ihr Tatort.

»Übernehmen Sie hier. Ich suche.«

Er zeigte durch die große Fensterscheibe auf die zwei Beamten draußen, die hinter dem Geländer hockten. »Ich versuche, die beiden dort im Windschatten ein bisschen näher ranzubringen. Zwei haben vielleicht eine Chance, ihn über das Geländer zu ziehen. Glauben Sie, die Psychologin kann ein paar Handsignale erkennen?«

»O ja, sie ist ziemlich clever.«

Bryant beendete sein Telefonat. »Wir suchen nach einem dunklen alten Mondeo. Mit Stufenheck. Das Kind ist vier Jahre alt. Und, Guv, die Dame mit dem Handy ist beinahe mit ihm zusammengeknallt, als er ins Parkhaus fuhr. Sie sagt, in dem Auto war kein Kind.«

»Mist.« Entweder war das Mädchen woanders, oder sie war im Kofferraum des Wagens, wo ihr womöglich bald der Sauerstoff ausging. »Okay, geben Sie die Information weiter. Die können Parkdeck eins und zwei übernehmen, wir suchen auf Deck drei.«

»David hat Barrys Schwester Lynda als nächste Verwandte in den Akten. Sie ist hier.«

»Sie soll vorerst bleiben, wo sie ist. Wir haben nichts für sie.«

Kim eilte die Treppe hinunter aufs nächste Parkdeck. Bryant holte sie ein, nachdem er die Informationen an die Kollegen unten weitergegeben hatte.

»Ich such rechts, Sie links«, wies sie ihn an.

Kim lief durch die Reihen, an einer Heckklappe nach der anderen vorbei.

Die gruselige Stille verstärkte ihre Sinneseindrücke. Das Kind war hier irgendwo. Sie wusste es. Sie wusste nur nicht, in welchem Zustand es sich befand.

Als sie so durch die Reihen lief, entdeckte sie in der Ecke plötzlich ein dunkles Fahrzeug mit Stufenheck. Sie beschleunigte ihre Schritte. Als sie näher kam, sah sie, dass es ein Mondeo war. Aber ein neuer. Mist, sie hatte gedacht, sie hätte ihn gefunden. Auf diesem Deck waren nicht mehr viele Autos übrig.

Die Türen zum Treppenhaus flogen auf, und vier Beamte kamen heraus. Zwei hielten direkt auf sie zu, die anderen beiden liefen in die entgegengesetzte Richtung.

»Die anderen Decks sind nur halb voll, Guv. Nichts«, sagte Bryant, als er neben ihr auftauchte.

Verdammt, sie musste hier irgendwo sein.

»Gehen Sie zum Eingangsbereich und suchen Sie noch einmal alles ab«, wies sie ihn an.

»Madam, hier drüben«, rief Hammond.

Kim lief in die hintere rechte Ecke des Parkdecks, in den Schatten der Rampe.

Hammond stand neben einem marineblauen Mondeo, der auf einem durchkreuzten Bereich stand. Bingo.

»Hammond, was haben wir für Möglichkeiten?« Der Beamte kam überall rein.

Er holte einen Satz Dietriche aus seiner Tasche, setzte sie aber nicht gleich ein, sondern zog aus der anderen einen Minihammer. »Präzision oder Schnelligkeit?«

Mit einem Nicken wies sie auf den Hammer. »Alle zurücktreten.«

Zwei Schläge, und das Fenster barst. Glassplitter regneten auf den Fahrersitz. Hammond langte hinein und öffnete die Tür. Innerhalb von Sekunden hatte er die Abdeckung der Lenksäule abgerissen und das Auto kurzgeschlossen.

Er sah Kim an. Sie nickte, und er drückte auf den Knopf.

Der Kofferraumdeckel schwang auf.

Und Kim blickte in die Augen eines verängstigten kleinen Mädchens. Sie zitterte vor Angst am ganzen Körper, eingerollt in das Durcheinander eines vollgemüllten Kofferraums.

Kim stieß langsam die Luft aus. Verängstigt, aber lebendig. Damit konnte sie leben.

Bryant trat vor. Das Kind stieß ein Wimmern aus, und das Entsetzen in seinen Augen wuchs.

»Treten Sie zurück, Bryant. Ich mach das.«

Kim beugte sich über den Kofferraum und schirmte das Kind vor den Blicken der anderen ab. »Hi, Schatz. Ich heiße Kim, und wer bist du?«

Das Mädchen sah sich um. Sein Blick schoss hin und her in dem Versuch, etwas Sicheres oder Vertrautes zu finden, woran es sich halten konnte. Über ihre Wangen zogen sich Tränenspuren.

Kim wandte sich zu den beiden Polizeibeamten und Bryant um und bedeutete ihnen, sich weiter zu entfernen. Dann hockte sie sich hin, um auf Augenhöhe mit dem Mädchen zu sein.

Kim lächelte und senkte ihre Stimme zu einem Flüstern. »Sieh mich an, Schatz. Jetzt ist alles gut. Hier wird dir niemand was tun, okay?«

Kim hielt Blickkontakt mit dem Mädchen. Das Entsetzen in ihren Augen ließ ein wenig nach.

Kim langte in den Kofferraum und zog dem Mädchen einen dieseldurchtränkten Lappen aus den Haaren. Sie zuckte nicht zusammen, verfolgte ihre Bewegungen aber mit wachsamem Blick.

»Schatz, Tante Lynda ist auf dem Weg hier rauf, um dich zu holen. Jetzt musst du mir sagen, ob du verletzt bist.« Es gab keine offensichtlichen Anzeichen für Verletzungen, doch sie musste ganz sicher sein, bevor sie sie herausholte.

Ein leichtes Kopfschütteln, kaum zu unterscheiden von dem Zittern, aber dennoch ein Zeichen.

»Braves Mädchen. Kannst du alle Finger und Zehen bewegen? Kannst du mit Fingern und Zehen wackeln?«

Kim sah, dass sie alles bewegen konnte.

Sie nahm wieder Blickkontakt auf. Das Entsetzen wich weiter. »Kannst du mir sagen, wie du heißt, Schatz?«

»Amelia«, flüsterte sie.

»Also, Amelia, du machst das ganz hervorragend. Wie alt bist du?«

»Viereinhalb.«

In Amelias Alter war das halbe Jahr extrem wichtig.

»Ich hätte dich auf mindestens sechs geschätzt. Also, ist es okay, wenn ich dich jetzt aus dem Auto hole?« Ihr Anblick, wie sie da zwischen öligem Werkzeug und dreckigen Schwämmen lag, schmerzte Kim.

Amelia nickte langsam.

Kim langte hinein, fasste sie unter den Achseln, hob sie heraus und zog sie in die Arme. Instinktiv schlang Amelia die Arme um Kims Nacken und die Beine um ihre Taille. Den Kopf vergrub sie an Kims Hals.

»Es ist alles gut, Amelia. Alles wird gut«, sprach sie tröstend in die Haare des Mädchens und hoffte nur, dass sie recht hatte.

Die Tränen des Mädchens liefen ihr nass am Hals hinunter. Sie fragte sich, was das Kind mit angehört hatte.

Kim hörte, wie die Tür zum Treppenhaus aufging. Zwei Polizeibeamte, der Mann von dem Wiedereingliederungsprogramm und eine blonde Frau kamen auf sie zugelaufen.

»Amelia, ich muss jetzt gehen.«

Amelia klammerte sich mit den Muskeln einer Boa constrictor an sie.

»Es ist alles gut, Schatz, Tante Lynda ist da.«

Mit aller Kraft befreite Kim sich von der anhänglichen Vierjährigen und gab sie in die wartenden Arme der Tante.

Ein letztes Mal strich Kim dem Mädchen über das blonde Haar.

»Detective Inspector, vielen Da…«

Kim lief schon über das Parkdeck. Die ganze Suche und Rettung hatte keine elf Minuten gedauert, doch es kam ihr vor wie Stunden.

Sie nahm die Treppe zwei Stufen auf einmal. Detective Inspector Evans hockte jetzt da, wo sie vorher gehockt hatte.

»Alles in Ordnung mit dem Kind?«, flüsterte er.

Sie nickte. »Unten alles vorbereitet?«

»Sieht aus wie eine Gartenparty. Ungefähr drei Meter an einem Ende sind ungeschützt. Da habe ich meine nutzlosesten Beamten postiert. Die sollten seinen Sturz abfedern.«

»Was hält die Psychologin da fest?«

»Eine Absturzsicherung. Nugent hat sie am Bein der Psychologin hochgeschoben, während sie geredet hat. Schätze mal, sie weiß, was sie damit machen muss, und wartet entweder auf eine Gelegenheit, ihn damit zu sichern, oder es gibt nichts, woran sie sie festhaken kann.«

»Was ist am anderen Ende befestigt?«

»Nugents Gürtel.« Evans zuckte die Achseln. »Entweder kann er verhindern, dass der Typ abstürzt, oder er geht selbst mit rüber.«

»Korrekte Verfahrensweise?«, fragte Kim.

»Verdammte Gartenzelte?«

»Alles klar.«

Manchmal musste man einfach mit dem arbeiten, was man hatte. Wenn es nicht funktionierte, drohte ein Disziplinarverfahren, aber wenn es funktionierte, war man der Held des Tages.

Kim sah auf die Uhr. Nach ihrer Rechnung war er jetzt seit fünfundvierzig Minuten auf dem Sims. »Lange kann das so nicht mehr gehen.«

»Ich geh runter und servier Tee und Scones.«

Er zog sich zurück, und Kim nahm ihren Posten wieder ein. Der Wind legte zu, weshalb sie nur Fetzen des Gesprächs zwischen den beiden aufschnappte.

»Was nützt es … springen … Amelia?«

Barrys Antwort konnte Kim nicht verstehen.

»Wenn Sie … Richter erklären … verstehen.«

Da friert eher die Hölle zu, dachte Kim.

»Sie ... Amelia ... gemeinsames Leben.« Plötzlich legte der Wind sich ganz. In die Stille hinein rutschte Alex der Haken der Absturzsicherung aus der Hand und fiel zu Boden.

Barry zuckte zusammen und ließ vor Schreck beinahe das Geländer los. Er versuchte sich umzudrehen und über das Geländer zu blicken. »Was war das? Wer ist da?«

»Nichts, Barry«, tröstete Alex ihn ruhig. »Ich hab nur mein Handy fallen lassen.«

Während Alex sprach, bedeutete sie den beiden Polizeibeamten, sich dahin zurückzuziehen, wo Kim mit angehaltenem Atem hockte.

Sie sahen sie fragend an. Sie nickte. Das Klappern hatte Barry erschreckt, und er sah aus, als könnte er jeden Augenblick loslassen.

Die beiden Beamten kehrten an ihren ursprünglichen Platz hinter Kim zurück.

Barry versuchte immer noch, die Füße zu verschieben, um sich auf dem Sims umzudrehen. Alex bedeutete ihnen, sich noch weiter zurückzuziehen.

Barry hatte sich jetzt ganz umgedreht und sah Alex über das Geländer an.

Kim hoffte ernstlich, dass die Psychologin wusste, was sie tat. Ihre Fähigkeiten wurden hart auf die Probe gestellt, und nun trug sie allein die Verantwortung.

37

Jetzt standen sie einander von Angesicht zu Angesicht gegenüber. Alex' zweite Enttäuschung, aus nächster Nähe. Das Hardwick House hatte sich allmählich zu einer wahren Plage entwickelt. Kaum war Shane fein säuberlich in Featherstone verstaut, versuchte schon der nächste Verlierer, ihre Aufmerksamkeit zu erregen.

Alex war sich bewusst, dass sie Barry bei drei verschiedenen Gelegenheiten hätte überreden können, zurück über das Geländer zu klettern, doch sie war noch nicht fertig. Sie wollte Antworten.

Hinter der Mauer konnte Barry Kim nicht sehen, doch Alex konnte, wenn es sein musste, Blickkontakt zu der Polizistin aufnehmen. Vor allem aber war die Frau außer Hörweite. Das war Alex nur recht. Sie konnte keine Einmischung gebrauchen.

»Sie haben Amelia gefunden«, sagte sie.

Barry wirkte verdutzt. »Jetzt erst? Ich habe Ihnen doch gleich als Erstes gesagt, wo sie war.«

O ja, das hatte er tatsächlich. Es war ihr wohl entfallen. Natürlich hatte er es ihr sofort gesagt, doch Alex hatte sich recht darüber amüsiert, wie die Polizeibeamten herumliefen und das kleine Mädchen suchten. Sie hatte die Information gehabt, die Detective Inspector Stone gebraucht hätte, und hatte sie ihr absichtlich vorenthalten. Alex hatte noch nie gut etwas hergeben können.

»Also, sie haben sie jedenfalls.« Es war ihr herzlich gleichgültig.

»Geht es ihr gut?«

»Barry, ich glaube, Sie müssen sich vor allem auf sich konzentrieren. Über Amelia reden wir gleich.«

»Ich will sie sehen.«

Und schon segelte die nächste Gelegenheit vorüber, ihn sicher zurück über das Geländer zu kriegen. Bye bye.

Dies war ihre erste Chance, einen Probanden unmittelbar nach der Tat zu befragen. Ruth hatte sie mit ihrem jämmerlichen Geständnis dieser Möglichkeit beraubt. Solange Kim in der Nähe gewesen war, hatte sie Vorsicht walten lassen. Es war wichtig, den Respekt der Polizistin zu erringen. Doch jetzt, da sie und Barry unter vier Augen sprachen, galt ihre oberste Priorität der Erhebung von Daten.

»Wie geht es Ihnen, Barry?«

Er wurde sichtlich blass. Für Alex war das, was sich ereignet hatte, jenseits ihrer wildesten Träume. Dass ihre Manipulationen so stark waren, einen derart heftigen Ausbruch von Gewalt zu evozieren, war für sie eine Eins plus. Das perfekte Ergebnis wäre es gewesen, wenn das Kind auch tot wäre und Barry nicht dieses öffentliche Selbstmorddrama inszeniert hätte, doch sie würde mit dem arbeiten, was sie hatte.

»Ich erinnere mich nicht daran, wie ich es getan habe.« Er schüttelte den Kopf. »Ich weiß, was ich gemacht habe, aber ich kann mich nicht daran erinnern. Ich weiß noch, wie ich Amelia aus dem Haus gezerrt habe. Sie hat geweint, und da habe ich Panik bekommen und sie in den Kofferraum gesperrt. Dann bin ich zurück und habe das Haus in Brand gesteckt. Ich wollte alle Spuren von dem, was ich getan hatte, beseitigen. O mein Gott, was habe ich mir dabei bloß gedacht?«

Er begegnete ihrem Blick, und in seinen Augen sah sie einen lächerlichen Funken Hoffnung. »Sie sind tot, oder?«

»O ja, Barry. Sie sind tot.« Die Gesten der Polizistin hatten nicht bestätigt, wer tot war, aber irgendjemand hatte den Tod gefunden. Alex zog es vor, wenn er nichts mehr hatte, wofür es sich zu leben lohnte.

»Und was hat Sie in den Selbstmord getrieben? Nur die Angst, erwischt und bestraft zu werden?«

Bitte, sag ja, betete sie. Die Angst, erwischt zu werden, war nur Sorge um die Folgen des eigenen Handelns. Darum, was für Auswirkungen es auf ihn hätte. Echte Reue war etwas ganz anderes.

Er überlegte einen Augenblick, und sie hatte Mühe, ihre Neugier zu zügeln. Am liebsten hätte sie ihm die Antworten aus dem Mund geschüttelt. Sie brauchte endlich ein positives Ergebnis.

Er nickte, und Alex hätte ihn am liebsten durch das Geländer hindurch geküsst. Barry hatte es getan. Er hatte bewiesen, dass sie recht hatte. Er hatte ein abscheuliches Verbrechen begangen und dabei keine Schuld empfunden. Die Rückschläge, die Enttäuschungen, sie hatten sich gelohnt.

Barry sprach weiter.

»Zuerst ja. Ich war noch in Panik wegen dem, was ich getan hatte, und fand den Gedanken, wieder im Bau zu landen, unerträglich. Aber kaum war ich hier oben, sind die Erinnerungen wiedergekommen. Da hab ich Lisas Gesicht gesehen, voller Angst und Hass, wie sie nach Luft geschnappt hat.«

Eine Träne löste sich aus seinem linken Auge und rollte ihm über die Wange. Andere folgten, und in Sekunden weinte er wie ein Baby.

Ekel überkam sie. Einen kurzen Moment lang war er ihr Triumph gewesen. Er hatte das Ergebnis geliefert, auf das sie gewartet hatte. Kurz hatte er bewiesen, dass sie recht hatte, doch jetzt stand ihm die Schuld ins Gesicht geschrieben.

»Oh, Barry, wie schade.«

»Ich weiß nicht, wie ich ihr das antun konnte. Ich liebe sie. Und Adam ist mein Bruder. Wie konnte ich sie dort dem sicheren Tod überlassen? Was bin ich für ein Mensch, dass ich Menschen, die ich liebe, so etwas antue? Und Amelia wird meinetwegen ohne Mutter aufwachsen.«

Das hatte Alex gar nicht gemeint. Ihre Enttäuschung galt allein der Tatsache, dass er so jämmerlich versagt hatte, doch sie ließ sie fahren, zusammen mit den Hoffnungen auf einen positiven Ausgang.

Zum zweiten Mal war ihre Forschung durch ihre verdammte Nemesis zunichtegemacht worden: Schuldgefühle.

Wie sehr sie Enttäuschungen hasste!

»Nein, das wird sie nicht, Barry.«

»Was?«

»Amelia wird nicht ohne Mutter aufwachsen.«

Diese lächerliche Hoffnung, schon machte er wieder große Augen. »Sie meinen, Lisa ist nicht …«

Alex schüttelte den Kopf. »Ich meine, Amelia wird gar

nicht aufwachsen. Sie ist im Kofferraum des Wagens gestorben. Sie haben auch Ihre Tochter umgebracht, Barry. Sie sind alle tot.«

Sie sprach die Worte leise und endgültig.

Abgrundtiefe Verzweiflung entstellte seine Züge.

Er sah ihr in die Augen, als suchte er dort nach der Wahrheit. Ein leichtes Nicken war die Antwort, und die Kälte in ihrem Blick entsprach der Schwere seines Tuns.

Er ließ das Geländer los und stürzte zu Boden.

»Nein, Barry«, rief sie und streckte die Hand nach ihm aus. Eine leere Geste. Sie war froh, dass er losgelassen hatte.

Kim lief zu ihr. »Verdammt, was ist passiert?«, schrie sie und blickte über das Geländer.

Alex entfernte sich vom Rand des Parkdecks und dem Anblick unten. Sie setzte ein schockiertes Gesicht auf.

Kim packte sie grob am Arm und drehte sie so, dass sie einander ansahen. Kim zitterte vor Wut am ganzen Körper. »Sagen Sie mir, was zum Teufel da gerade passiert ist.«

»O Gott … o … nicht zu fassen … o Gott …«

»Was hat er gesagt? Warum ist er gesprungen?«

Alex rang ihre zitternden Hände. »Ich weiß nicht. Ich weiß nicht, was passiert ist. Ich glaube, ihm ist klar geworden, was er getan hat, und er konnte nicht damit leben.«

Alex sah, dass die Polizistin ihr das nicht recht abkaufte.

»Aber er wusste doch, was er getan hat. Ich habe schon vor einer Stunde gehört, wie er es Ihnen erzählt hat. Warum ist er jetzt gesprungen?«

Alex drückte ein paar Tränen heraus. »Ich weiß es nicht.«

Kim öffnete den Mund, doch das Klingeln ihres Handys unterbrach sie.

»Ja, Bryant?«

Sie hörte ein paar Sekunden zu und schaute dann über das Geländer. »Sie machen Witze. Es hat funktioniert?«

Sie lauschte seiner Antwort, trennte die Verbindung und steckte das Handy wieder in ihre Jackentasche.

»Ein Partyzelt hat seinen Sturz abgefangen. Er ist nicht tot. Noch nicht.«

»Gott sei Dank«, flüsterte Alex, während sie innerlich schrie: Mist. Mist. Mist.

Kim packte sie am Arm. »Sie kommen mit mir. Wir beide haben die eine oder andere Frage zu beantworten.«

Alex ließ sich von der Polizistin wegführen. Dieses eine Mal.

38

Police Constable Whiley wohnte in einer Doppelhaushälfte mit drei Schlafzimmern aus den Fünfzigern. Vorgebaut war eine ordentliche Veranda mit einem farblosen Trockenblumenstrauß als Dekoration.

Der Tag war trocken gewesen, und im Vorgarten war der Rasen offensichtlich das erste Mal für dieses Jahr gemäht worden.

Kim tippte darauf, dass Mrs. Whiley die freie Zeit ihres Mannes bestens zu nutzen wusste. Training für seine bevorstehende Pensionierung.

»Gut, mal rauszukommen, was?«, fragte Bryant und klopfte an die Tür.

Kim nickte zustimmend. Der Vorfall mit Barry hatte einen ganzen Berg Papierkram nach sich gezogen, mit dem sie fast den ganzen Tag beschäftigt gewesen waren.

Eine Frau in einer marineblauen Baumwollhose und einem Sweatshirt öffnete ihnen die Tür. Am Saum ihrer Hose klebten ein paar feuchte Grashalme. Vielleicht hatte sie doch nicht ihren Mann auf Trab gehalten.

Ihr Gesicht war rund und freundlich, gerahmt von

einem haselnussbraunen, mit erstem Grau durchsetzten Bob, der ihr zwei bis drei Zentimeter über die Ohren reichte.

»Kann ich Ihnen helfen?«

»Detective Sergeant Bryant. Detective Inspector Stone. Können wir mit Ihrem Mann sprechen?«

Ihre Miene veränderte sich leicht.

»Er hat Urlaub.«

Bryant zögerte keinen Augenblick.

»Es geht nur um ein paar Fragen im Zusammenhang mit einem Fall …«

»Lass sie rein, Barbara«, rief Whiley vom Ende des Flurs.

Kim trat ein und ging der Stimme nach in den hinteren Bereich des Hauses. Neben der schmalen, langen Küche lag ein zweites Wohnzimmer. Es war klein, aber ordentlich. Vor dem Fenster stand ein einzelner Sessel, an der Wand zur Küche ein passender Zweisitzer.

Kim und Bryant setzten sich gleichzeitig. Sie passten gerade so drauf.

»Sie haben ihr nicht erzählt, dass Sie vom Dienst suspendiert worden sind?«, fragte Bryant, sobald Whiley die Tür geschlossen hatte.

Whiley schüttelte den Kopf und setzte sich auf den Sessel. »Bringt doch nichts. Ich will nicht, dass sie sich Sorgen macht.«

Er nahm seine Lesebrille ab und legte sie auf einen kleinen Tisch links neben seinem Sessel.

»Barbara arbeitet seit zweiundvierzig Jahren als Putzfrau. Sie zählt die Tage bis zu meiner Pensionierung. Die Hypothek ist abbezahlt, und mit meiner Rente und dem bisschen, was wir gespart haben, sollten wir zurechtkommen.«

»Wie lange können Sie diese Geschichte aufrechterhalten?«, fragte Bryant.

»Keine Ahnung. Ich hoffe, die kapieren bald, dass es nichts mit mir zu tun hatte. Ich hätte ihn nicht daran hindern können.«

Kim sann über sein ruhiges Verhalten nach. Whiley machte sich viel mehr Sorgen darum, wie seine Frau reagieren würde, als um das Ergebnis des Disziplinarverfahrens.

Bryant beugte sich gerade vor, da ging die Tür auf.

Barbara kam herein. »Tee ... Kaffee ...?«

Bryant schüttelte den Kopf.

»Kaffee mit Milch, ohne Zucker, bitte«, antwortete Kim. Whiley war sicher froh, wenn seine Frau beschäftigt war, solange sie sich hier unterhielten.

Sie hatte Mitgefühl mit diesem Beamten. Er hatte sein ganzes Arbeitsleben in den Dienst der Polizei gestellt, und jetzt war wegen den Handlungen eines anderen seine Pension in Gefahr.

Barbara ließ die angrenzende Tür offen. Whiley stand auf, um sie zu schließen. Ein Schatten strich über die Türöffnung.

»Ha, junge Dame, so gehst du mir nicht aus dem Haus«, sagte Whiley und betrachtete die Gestalt von Kopf bis Fuß.

Kim reckte den Hals und sah, dass ein Mädchen von ungefähr achtzehn Jahren die Treppe herunter kam. Ihr Rock war eng und schwarz und kaum so breit wie ein Küchenhandtuch. Schwarze Strümpfe, eine Lederjacke und ein mit einem Fleischtunnel gedehntes Ohrläppchen vervollständigten den Look.

Kim hatte schon Schlimmeres gesehen, und Whileys

Tochter, dem mörderischen verachtenden Blick nach zu urteilen, mit dem sie ihn bedachte, ebenfalls.

Die junge Frau sagte nichts zu ihrem Vater, richtete nur murmelnd ein paar Worte an ihre Mutter und verließ das Haus.

Whiley seufzte, bevor er die Tür schloss und sich auf den Sessel setzte.

Kim dachte darüber nach, dass Whiley da draußen in den Straßen des Black Country Respekt und Gehorsam genoss. Als Vertreter des Gesetzes war er eine Autoritätsperson. In seinen eigenen vier Wänden tischte er seiner Frau Lügen auf und hatte bei seiner Tochter nichts zu sagen.

»Wir müssen mehr über den Abend erfahren, an dem Sie bei den Dunns vorbeigeschaut haben«, sagte Kim, um das Gespräch voranzubringen.

Er zog die Nase kraus. »Da gibt's nichts weiter, ehrlich. Das war Routine.«

Kim wartete ab, doch mehr kam nicht.

»Es war noch jemand involviert, und wir müssen …«

»Was meinen Sie mit ›noch jemand‹?«, unterbrach Whiley sie und beugte sich vor.

»Im Keller. Als Dunn Daisy missbraucht hat.«

Er stieß einen Pfiff aus. »Himmel!«

Bryant rutschte auf dem Sofa nach vorn. »Wenn Sie uns einfach noch einmal von dem Abend vor zwei Monaten erzählen, als Sie bei den Dunns waren. Mit Jenks haben wir schon gesprochen. Er hat uns gesagt, die Eheleute hätten sich wegen einer Lehrerin gestritten. Können Sie uns dazu noch etwas sagen?«

Whiley richtete den Blick an die Decke, als Barbara mit einem Becher Kaffee für Kim hereinkam. Sie nickte zum

Dank, bevor Barbara das Zimmer wieder verließ und die Tür schloss.

»Der Anruf kam am späten Nachmittag oder so. Jenks fuhr. Er wusste, wo es war, und wir waren in ein paar Minuten da. Ich weiß, dass Dunn noch rumbrüllte, als wir hinkamen.«

»Sind Sie mit ihm in die Küche gegangen?«

»Ja, das Übliche«, sagte er rechtfertigend.

»Natürlich«, erwiderte Bryant. »Hat er was gesagt, als Sie mit ihm in der Küche waren?«

»Ist bloß über diese Lehrerin hergezogen, die sich um Daisy Sorgen machte. Ich konnte mich in den Mann reinversetzen. Uns hat man gesagt, Laura hätte Lernschwierigkeiten, und es war der reinste Blödsinn. Manche Lehrer mischen sich einfach zu sehr in die Angelegenheiten der Leute ein. Also habe ich ihn beruhigt und ihm gesagt, ich wäre ganz seiner Meinung.«

»Jenks sagte, Mrs. Dunn habe telefoniert, als Sie hinkamen?«, warf Bryant ein.

»Ja, aber ich weiß nicht, mit wem. Jenks hat sich um sie und die Kinder gekümmert, bis ich Dunn wieder reinbrachte.«

»Jenks erwähnte einen seltsamen Blick von Daisy. Er hatte wohl den Eindruck, sie versuchte, ihm etwas zu sagen. Ist Ihnen etwas aufgefallen?«

Whiley verdrehte die Augen. »Das hat er sich eingebildet. Ich habe sie ins Bett geschickt, und ich habe keinen Blick gesehen.« Er lächelte nachsichtig. »Er ist ein junger Bursche, der überall irgendwas zu sehen glaubt. Die Mädchen waren natürlich wegen der Brüllerei ein bisschen durcheinander, aber das war nicht weiter ungewöhnlich.«

Kim stand auf. Sie erfuhren nichts Neues.

Bryant tat es ihr nach. »Also, wenn Ihnen noch etwas einfällt …«

»Ja, ich erinner mich da grad an was. Der Grund, warum Dunn so aufgebracht war. Das lag daran, dass die Lehrerin zu ihnen nach Hause gekommen war. Ja, das war der Grund. Er war stocksauer, weil die Lehrerin die Mädchen heimgebracht hatte.«

Draußen drehte Kim sich zu Bryant um.

»Dawson hat die Lehrerin während der Ermittlungen befragt, richtig?«

»Ja, klar.«

»Also, ich denke, es könnte sich lohnen, noch mal mit ihr zu sprechen«, sagte Kim und merkte, dass ihre Stimmung stieg.

Am Ende hatten sie doch noch etwas erfahren.

Kim wusste schon, dass die Mutter nicht die Person in dem Keller gewesen war, doch falls die Lehrerin bei diesem ersten Besuch ihre Besorgnis zum Ausdruck gebracht hatte, hatte die Frau ihren Mann da gedeckt? Und wenn ja, kannte sie dann die Identität der zweiten Person im Raum?

Diese Fragen verlangten dringend nach Antworten.

39

Kim parkte den Wagen, blieb aber noch einen Augenblick sitzen, um sich gegen den Wind zu wappnen, der das Auto kräftig hin und her schaukelte.

Vom ersten Tag ihrer Ausbildung an war Kim der festen Überzeugung gewesen, dass die Menschen für die von ihnen verübten Verbrechen bezahlen sollten. Jeder ungelöste Fall im Laufe ihrer Karriere war wie eine offene Wunde in ihrer Haut. Sie glaubte nicht an mildernde Umstände. Es war schwarz und weiß, man zahlte für das, was man tat.

Sie wusste, dass Bryant sie für verrückt hielt, weil sie Doktor Thorne in Verdacht hatte, irgendetwas mit der Ermordung von Allan Harris zu tun zu haben, und teils gab sie ihm recht, doch die Ereignisse um Barry Grant ergaben ihrer Meinung nach einfach keinen Sinn.

Sie selbst musste sich keiner internen Untersuchung stellen, denn man hatte das Gefühl, sie habe alle »vernünftigerweise praktikablen Schritte unternommen, um für einen guten Ausgang zu sorgen«. Die Gartenzelte aufzustellen hatte ihr und Bryant sozusagen den Arsch gerettet.

Und dass sie Amelia gefunden hatten, war ein zusätzlicher Pluspunkt gewesen.

Die Psychologin hatte sich ihre Sporen damit verdient, dass sie Barry so lange auf dem Sims gehalten hatte, dass die Gartenzelte aufgestellt werden konnten.

Objektiv konnte Kim das nachvollziehen. Doch sie war ebenfalls da oben gewesen, und gegen Ende des Gesprächs zwischen Barry und der Psychologin war er redselig gewesen, lebhaft. Und das war ganz und gar nicht das Verhalten eines Menschen, der sich das Leben nehmen wollte. Sie war schon zu anderen Springern gerufen worden – da zählte jede Minute. Sie hatte noch keinen erlebt, der fast eine Stunde da oben stand, um dann noch zu springen.

Sie wandte sich dem Hund auf der Rückbank zu. »Okay, Barney, das war's. Bell ein Mal, wenn du jemanden kommen siehst.«

Sie stieg aus dem Auto, kletterte über das Eisentor und betrat den Friedhof. Je weiter sie den Hügel hinaufspazierte, desto matter wurde das Licht der Straßenlaternen. Sie hielt sich an den Weg, bis sie zu der Bank kam, auf der sie vor einer Woche mit Alex gesessen hatte. Sie waren ein paar Schritte hügelan gegangen, also fing Kim dort mit ihrer Suche an. Sie holte die Taschenlampe heraus und schritt die Grabsteinreihen ab, traurig über die abgekürzten Leben.

Sie ging bis zum Fuß des Hügels hinunter und wieder hinauf, langsam, denn sie wollte ganz sicher sein. Als sie wieder in der Reihe auf Höhe der Bank ankam, wusste sie, dass in dem ganzen Bereich kein einziger Grabstein stand, der jünger war als zehn Jahre, und sich dort auch keine letzte Ruhestätte von einem Mann und zwei Jungen befand.

Sie warf eine Kusshand den Hügel hinauf zum Grab ihres Bruders.

40

Die Reize der Cotswolds waren an Alex vergeudet. Nachdem sie durch ein verschlafenes Dorf nach dem anderen gefahren war, hatte sie das letzte Wort des Slogans »Landschaft von außerordentlicher Schönheit« durch »Langeweile« ersetzt. Ihre Reise endete in Bourton-on-the-Water. Alex erinnerte sich, gelesen zu haben, dass es in der Gegend viele Fossilien gab. Und die meisten scheinen hier noch zu leben, dachte sie, als sie sich in der Dorfmitte umsah.

Steinhäuser säumten beide Seiten der Straße, kleine eigentümergeführte Läden, die wahrscheinlich hier schon seit zweihundert Jahren ihre Waren feilboten. Ein kurzer Blick bestätigte, dass es hier keinen einzigen Kettenladen gab, nicht einmal Costa oder Starbucks. Für Alex sagte das alles. Wie zum Teufel überlebten diese Menschen?

Doch die achtzig Kilometer auf der Straße hatten sie immerhin von ihrer Enttäuschung über Barry Grant befreit. Als sie die Nachricht bekam, dass er versucht hatte, seine geliebte Frau und seinen Bruder umzubringen, hatte das ihre Erwartungen zunächst weit übertroffen.

Ein paar Augenblicke lang hatte Alex, als sie im beißenden Wind da oben auf dem Parkhaus gestanden hatte, gedacht, er könnte derjenige sein. Ein echter Soziopath empfand niemals moralische Verantwortung, konnte niemals wider seiner inneren Natur Schuldgefühle empfinden. Sie brauchte für ihr Experiment nur einen einzigen Erfolg. Für einen kurzen Augenblick war Barry ihr Triumph gewesen.

Und dann hatte er noch einmal den Mund aufgemacht.

Bei seinem erbärmlichen Gejammer über »roten Nebel« und die überwältigenden Schuldgefühle, die ihn niederdrückten, hatte es ihr in den Fingern gejuckt, ihn runterzuschubsen. Zum Glück hatte Alex' kleine Lüge über seine Tochter ausgereicht, um das gewünschte Ergebnis zu erzielen.

Sie war überrascht gewesen, dass er den Sturz überlebt hatte, aber nur gerade so. Er hing an Apparaten, die ihn am Leben hielten. Er war zwar nicht tot, aber es fehlte auch nicht mehr viel. Die Ärzte hatten keine Hoffnung auf Genesung. Das reichte ihr vollkommen.

Ihre Faszination für Kim milderte ihre Enttäuschung über Barry ein wenig ab. Die Polizistin war ein reizvolles Projekt, in das sie sich weiter vertiefen musste. Ihr Interesse für Kim hatte sie auch in dieses gottverlassene Kaff geführt.

Alex ging zu dem vereinbarten Treffpunkt, einem Lokal, das für jede Tageszeit etwas bereithielt: Frühstück, Brunch, Mittagessen, Nachmittagstee, Kaffee sowie Cappuccino und Paninis – was für das Kaff hier sicher die neuesten exotischen Errungenschaften waren.

Sie trat durch ein hüfthohes Tor. An dem einzigen besetzten Tisch saß ein stämmiger Mann. Bis auf einen Haarkranz, der von Ohr zu Ohr um seinen Hinterkopf lief, war er kahl. Er trug eine Brille auf der Nasenspitze und wirkte vollkommen vertieft in den Kindle, den er in der Hand hielt. In der Linken hielt er eine Zigarette, was erklärte, warum er hier draußen hockte.

Alex tippte, dass er derjenige war, und trat an den Tisch. »Henry Reed?«

Der Mann blickte hoch und lächelte, bevor er aufstand und ihr die Hand reichte. »Doktor Thorne?«

Sie erwiderte sein Lächeln.

Er setzte sich wieder. »Hoffentlich stört es Sie nicht, wenn wir uns hier draußen unterhalten. Ich bin hoffnungslos nikotinabhängig, was mich zum gesellschaftlichen Außenseiter macht.«

Alex hatte nichts dagegen. Ab und zu kam ein Sonnenstrahl durch, doch der Wind blies unvermindert, und es war immer noch bitterkalt. Aber sie wollte etwas von diesem Mann, also spielte sie mit.

»Natürlich nicht. Kann ich Ihnen noch etwas zu trinken mitbringen?«

»Einen Latte, vielen Dank.«

Alex ging hinein und bestellte zwei Latte. Sie bezahlte, und man sagte ihr, die Getränke würden nach draußen an den Tisch gebracht.

»Dickens als E-Book, wer hätte das gedacht?«

Alex lächelte, auch wenn es ihr herzlich egal war.

»Also, Doktor Thorne, was genau kann ich für Sie tun?«

Alex war zu dem Schluss gekommen, dass sie mit Schmeichelei in dieser Situation sicher etwas erreichte. »Ich arbeite an einem speziellen Thema und bin in diesem Zusammenhang auf Ihr Buch gestoßen. Wie es heißt, erlaubt es einen tiefen Einblick in den Bereich. Sämtliche Besprechungen, die ich gelesen habe, erwähnen, dass Ihr Buch zu seiner Zeit Neuland erschlossen hat.«

Das stimmte nur zum Teil. Rezensionen des Buches hatte sie keine gefunden. Alex hatte den Namen Michael Stone recherchiert und sehr viel aus Zeitungsartikeln erfahren. Ein kurzer Absatz in Wikipedia hatte erwähnt, dass ein junger Reporter im Eigenverlag ein Buch herausgebracht hatte, in dem er die Vorfälle beschrieb, doch sie hatte nirgends ein Exemplar auftreiben können. Da das Buch sich rarmachte, hatte Alex beschlossen, sich gleich an den Autor zu wenden. Zeitungsausschnitte waren das eine, doch der Mann, der jetzt vor ihr saß, hatte vor achtundzwanzig Jahren Menschen interviewt, die in den Fall involviert gewesen waren, als die Sache noch frisch war.

Er schien sich über ihre Worte zu freuen und zuckte die Achseln. »Meiner Meinung nach war das eine Geschichte, die erzählt werden musste, aber das Lesepublikum war anderer Meinung und das Buch hat sich insgesamt nur siebenhundert Mal verkauft.«

Alex nickte, als die Kellnerin hohe Gläser auf den schmiedeeisernen Tisch stellte.

»Also, wie kann ich Ihnen helfen, Doktor Thorne?«

»Alex, bitte«, sagte sie mit einem Lächeln. Sie wollte so viele Informationen wie nur möglich aus ihm herauslocken. »Ich habe eine Patientin – ins Detail kann ich natürlich nicht gehen –, die einer ähnlich traumatischen Erfahrung ausgesetzt war wie die, die Sie in Ihrem Buch beschreiben, und auch wenn es vor über zwanzig Jahren verfasst wurde, glaube ich doch, dass Sie mir helfen können.«

»Selbstverständlich, wenn ich tatsächlich etwas tun kann.«

Alex bemerkte, dass seine rötlichen Wangen noch röter geworden waren. Gut, er war geschmeichelt.

»Wo soll ich anfangen?«

»Wo immer Sie wollen.« Alex würde ihn schon zu lenken wissen, wenn er vom Kurs abkam.

»Ich war damals dreiundzwanzig und habe in Dudley für die Lokalredaktion des *Express and Star* gearbeitet. Am Sonntag, den zweiten Juni, schrieb ich gerade über den Tombolagewinner eines Schulfestes in Netherton, und am nächsten Tag hatte ich es mit dem schlimmsten Fall von Vernachlässigung zu tun, den das Black Country je erlebt hatte. Zwei Tage später brannte in Pensnett eine Fabrik, was drei Feuerwehrleute das Leben kostete und die Geschichte rasch wieder aus den Schlagzeilen verdrängte.«

»Aber Sie haben sich nicht so schnell dem nächsten Thema zugewandt?«

Er schüttelte den Kopf. »Ich war jung und voller journalistischer Ideale. Ich fand, dass viele Fragen unbeantwortet geblieben waren. Ich wollte wissen, wie es dazu hatte kommen können und wer die Schuld trug. Also sprach ich, sooft ich konnte, mit Nachbarn, Freunden und Sozialarbeitern, die mit mir reden wollten. Ich holte Aussagen von Psychologen ein und setzte die ganze Geschichte zusammen.

Der Prozess war keine Sensation und bekam wenig Aufmerksamkeit von den Medien, und danach interessierte sich niemand mehr für die Geschichte. Es gab keinen öffentlichen Aufschrei nach weiteren Ermittlungen, und das war den Behörden durchaus recht. Irgendwann wurde mir klar, dass das ganze Material, das ich zusammengetragen hatte, ein Buch füllen würde. Ich konnte keinen Verlag dafür interessieren, also habe ich es selbst herausgebracht.«

Alex hatte das Gefühl, sie hatte ihm genug geschmeichelt. »Können Sie mir von dem Fall erzählen?«

Er trank sein Glas aus und ergriff wieder das Wort.

»Patricia Stone hatte eine schwere Kindheit. Ihr Vater war Roma, doch er heiratete eine Gorja. Als Patty fünf war, verließ der Vater die Familie und kehrte in die Gemeinschaft der Roma zurück. Mit siebzehn wurde Patty in eine psychiatrische Klinik in der Nähe von Bromsgrove eingewiesen, weil sie willkürlich Leute auf der Straße verprügelte. Ihre Mutter brachte sie hin und ließ sie einfach dort, erleichtert, ein Maul weniger stopfen zu müssen. Als die Ärzte schließlich dazu kamen, sich mit ihr zu befassen, diagnostizierten sie Schizophrenie. Es dauerte fünf Jahre, um die richtige Mischung aus Medikamenten zu finden und ihre Situation zu stabilisieren. Da war Patty zweiundzwanzig.

Kurz nach ihrer Diagnose geschah unter der Thatcher-Regierung etwas Verhängnisvolles. Die ›Care in the Community‹-Initiative, die es da schon seit zwanzig Jahren gab, nahm Fahrt auf. Viele Einrichtungen wurden geschlossen, und einige sehr kranke Menschen wurden in eine Gesellschaft entlassen, die sehr schlecht auf sie vorbereitet war.«

Alex schwieg. Sie war dankbar für diese Regelung, sorgte sie doch für einen nicht endenden Zustrom labiler Gestalten. Doch Orte wie die überholten psychiatrischen Anstalten hatten bewiesen, dass sie keine fesselnden Subjekte zu Forschungszwecken hergaben.

Während Henry die Regierungsentscheidung beklagte, erinnerte Alex sich an ein Experiment, das in den 1950er-Jahren in Amerika in solchen Einrichtungen durchgeführt worden war. Doktor Ewan Cameron hatte Geld von der CIA erhalten, um die Theorie des Depatterning, der Aufhebung sozialer Verhaltensmuster, zu erforschen. Sein Ziel war es, das Bewusstsein und die Erinnerung von Menschen zu löschen, was sie auf die Ebene von Kleinkindern reduzierte, um ihre Persönlichkeit dann nach einer Methode seiner Wahl wieder aufzubauen. Dazu hatte er sie mit Medikamenten ins künstliche Koma versetzt und ihnen starke Elektroschocks verabreicht, bis zu 360 Anwendungen pro Person.

Zudem hatte er das Psychic Driving entwickelt, bei dem die Patienten zum Zwecke der sensorischen Deprivation in einen schwarzen Helm gesteckt und mittels der in den Helm eingebauten Lautsprecher an bis zu hundert Tagen sechzehn Stunden am Tag einer aufgenommenen Botschaft ausgesetzt wurden.

Obwohl alle Patienten durch diese Experimente dauerhafte Schäden erlitten, hatte Alex doch das Gefühl, solche Einrichtungen hätten über die Jahre einen unschätzbaren Dienst erwiesen.

Alex wandte sich wieder ihrem Gesprächspartner zu, der immer noch schwafelte.

»... dass der Nutzen die Kosten nicht aufwog. Einige Patienten lebten ein ›relativ‹ normales Leben, während andere zu Mördern und Vergewaltigern wurden und grausame Taten begingen.« Er wies mit einem Nicken auf sie. »Aber das ist ein anderes Thema. Patty wurde in die Gemeinschaft entlassen, denn man ging davon aus, dass sie weder für sich noch für andere eine Gefahr darstellte. Sie bekam eine Sozialwohnung in einem Hochhaus in Colley Gate und verschwand aus dem System.

Eigentlich sollten die Patienten überwacht werden,

doch die Sozialarbeiter waren außerstande, alle zu besuchen, also fielen die ruhigeren Patienten, die keine Probleme machten, schnell durchs Netz.

Innerhalb eines Jahres war Patty schwanger. Niemand wusste, wer der Vater war. Patty war als komischer Kauz bekannt, die Bekloppte vom Viertel, wenn Sie so wollen. Eine Nachbarin hat sich ihrer angenommen und dafür gesorgt, dass man ihr nicht zu sehr zusetzte. Sie war Patty so etwas wie eine Freundin und die Einzige, die sie besuchte, als sie die Zwillinge zur Welt brachte.

Sie bekam einen Jungen und ein Mädchen, die Michael und Kimberley getauft wurden. Wegen Pattys Vorgeschichte stellte man sie unter Aufsicht. Sie verließ das Krankenhaus, und die nächsten Jahre sind lückenhaft, doch die Kinder wurden immer mal wieder als ›gefährdet‹ eingestuft. Offensichtlich gab es wohl kaum Körperkontakt zwischen Mutter und Kindern, und der Junge entwickelte sich körperlich wie geistig recht langsam.

Die Kleinkindjahre verliefen ruhig, doch irgendwann fiel auf, dass die Kinder nicht zur Schule gingen. Wieder wurden die Behörden eingeschaltet und die Kinder wurden, zwei Trimester später als alle anderen, eingeschult. Das Mädchen holte schnell auf, sie war zwar in sich gekehrt, aber intelligent. Der Junge besuchte die Förderklasse.

Es gab Berichte über die Kinder: ihr Gewicht, Sauberkeit, ihre Weigerung zu interagieren. Das Mädchen wurde befragt, doch sie sagte nichts. Sie stand nur da und hielt die Hand ihres Bruders.«

»Sie erinnern sich mit erstaunlicher Präzision an die Vorfälle«, bemerkte Alex. Das war alles immerhin schon fast dreißig Jahre her.

Ihr Kompliment wurde mit einem traurigen Lächeln quittiert. »Ich bin während der Recherchen für das Buch vollkommen in diesen Fall eingetaucht. Die Geschichte der beiden Kinder hat mich nie mehr ganz losgelassen.«

»Haben die Behörden denn nicht eingegriffen?«, fragte Alex.

»Das Mädchen sprach nicht. Ich habe eine Miss Welch interviewt, eine von Kimberleys Lehrerinnen. Sie erinnerte sich an eine Stunde, in der dem Mädchen der Ärmel am Kleid hochrutschte und einen roten Striemen am Handgelenk bloßlegte. Das Mädchen sah der Lehrerin ein paar Sekunden lang in die Augen, als versuchte es, eine Botschaft zu übermitteln, bevor es den Ärmel ruhig wieder runterzog.

In der Pause suchte Miss Welch Kimberley, um sie nach der Verletzung zu fragen, doch die schwieg.«

»Hatte das Mädchen denn keine Freundinnen?«, fragte Alex voller Interesse.

»Anscheinend nicht. In der Pause hat sie immer ihren Bruder gesucht und ihn an der Hand gehalten. Sie haben zusammen irgendwo auf dem Schulhof gestanden oder gesessen. Kinder können unglaublich grausam sein, und die beiden wurden aus vielen Gründen gnadenlos verspottet: Sie waren schmuddelig, sie rochen, er war unterentwickelt und viel kleiner als die anderen Kinder, und ihre Kleider waren grässlich und passten nie richtig. Reichlich Futter für die Grundschule.«

Er sah Alex mit echten Gefühlen im Blick an.

O Gott, errette mich vor netten, besorgten Menschen, dachte Alex.

»Und wissen Sie was, das Mädchen hat sich nicht ein Mal gewehrt. Sie hat die Hand ihres Bruders nur noch fester gepackt und ist davongegangen, hat sie einfach ausgeblendet.«

Detective Inspector Stone hatte also vor langer Zeit ihre Mauern aufgebaut. Alex' Interesse wuchs. Neugierig auf den Rest seiner Geschichte sah sie zu, wie Henry tief Luft holte.

»Die Frühjahrsferien 1987 kamen, und als sie zu Ende gingen, kehrten die Kinder nicht in die Schule zurück. Man bemühte sich vergeblich, Kontakt zu Patty herzustellen. Eine Sozialarbeiterin, die sich nicht um die Vorschriften scherte, überredete einen Nachbarn, ihr zu helfen, die Tür aufzubrechen.«

Er senkte den Kopf, doch er fuhr fort. »Es ist mir gelungen, diesen Nachbarn zu interviewen, einen ein Meter achtzig großen nigerianischen Drogenhändler, der weinte, als er mir erzählte, was sie vorfanden. Im Schlafzimmer hinter einer weiteren verschlossenen Tür waren die beiden Kinder, an das Heizungsrohr angekettet. Michael war direkt an das Rohr angekettet und Kimberley an ihn. Es war eine sehr warme Woche, und die Heizung lief. Auf dem Boden lagen eine leere Packung Cracker und eine knochentrockene Colaflasche.

Der Junge war tot und das Mädchen war kaum bei Bewusstsein. Sie hatte zwei ganze Tage neben ihrem toten Bruder gelegen. Da war sie sechs Jahre alt.«

Alex setzte ein entsetztes Gesicht auf, wo sie doch in Wirklichkeit nichts empfand als Aufregung.

»Haben Sie den Fall danach noch weiterverfolgt?«

»Ich habe es versucht, doch aus den Menschen, mit denen ich damals wirklich gern gesprochen hätte, war nicht viel rauszukriegen. Die Behörden haben eine interne Untersuchung durchgeführt, die nicht mehr war als eine

Übung in wechselseitigen Schuldzuweisungen und keine wirklichen Erkenntnisse brachte. Die Nachrichten waren ja nicht das, was sie heute sind. Die Leute haben ihre Zeitung gekauft, sie gelesen, in den Mülleimer geworfen und nicht mehr daran gedacht. Es gab keinen öffentlichen Aufschrei, und das hat dem Jugendamt sehr gut in den Kram gepasst. Wenn man das mal mit dem Fall Victoria Climbié vergleicht, der eine öffentliche Anhörung auslöste und als Katalysator für viele wichtige Veränderungen im Kinderschutz im ganzen Land diente.«

»Was ist nach dem Prozess aus Kimberley Stone geworden?«

»Soweit ich weiß, ist sie von einer Pflegefamilie zur nächsten gekommen. Sie können sich leicht vorstellen, dass das arme Kind ernsthaft gestört war und es eine ganz besondere Familie gebraucht hätte, die wusste, wie man ihr helfen konnte. Ich habe keine Ahnung, wo sie jetzt ist, aber ich denke immer noch an sie und hoffe, dass sie ein gewisses Maß an Glück gefunden hat.«

Also, Alex wusste, wo sie war, doch sie bezweifelte ernsthaft, dass man sie auch nur entfernt so etwas wie glücklich nennen konnte. Sie erinnerte sich an ein Zitat aus *Das verlorene Paradies* von John Milton: »Es ist der Geist sein eigner Raum, er kann in sich selbst einen Himmel aus der Hölle, und aus dem Himmel eine Hölle schaffen.« Alex fragte sich, was Kims Geist aus sich geschaffen hatte.

Da sie das Gefühl hatte, mehr als emotionales Gejammer war hier nicht mehr zu holen, griff Alex nach ihrer Handtasche, stand auf und reichte ihm die Hand.

»Vielen Dank, dass Sie sich Zeit für mich genommen haben. Sie haben mir sehr geholfen.«

Henry bückte sich und holte ein Buch hervor. »Bitteschön, meine Liebe, ein paar habe ich noch. Wenn es Ihnen bei Ihrem Fall hilft, gebe ich Ihnen gern ein Exemplar.«

Alex bedankte sich noch einmal und verabschiedete sich. Der Mann hatte keine Ahnung, dass der Schwung in ihren Schritten von seiner detaillierten Erinnerung kam. Er hatte ihr ein ganzes Arsenal an Munition zur Verfügung gestellt, und sie konnte es kaum erwarten, die größte Herausforderung von allen in Angriff zu nehmen.

41

»Alles in Ordnung, Guv?«, fragte Bryant und parkte vor dem Schultor.

Selbst im Wageninnern war der Lärm vom Schulhof deutlich zu hören, eine universelle Symphonie, die überall auf der Welt gespielt wurde. Lautes, aufgeregtes Geplapper von Gruppen, die sich bewegten, veränderliche Ströme. Spielen, kreischen, fangen in den letzten paar Minuten Freiheit, bevor der Tag begann.

Schon wurden Gurte gelöst, Rucksäcke in die Ecke gestellt, um sie auf den Weg nach drinnen mitzunehmen.

Kim kannte diesen Schulhof gut. Sie richtete den Blick auf die Eiche, die immer noch die obere rechte Ecke dominierte. Sie erwartete halb, sich selbst dort zu sehen, wie sie mit Mikey um den Baum herum Fangen spielte. Nur sie beide.

Wie aufs Stichwort läutete die Schulglocke und riss sie aus ihren Gedanken. Die Tür war wie ein Staubsauger, der die vielen kleinen Menschen ins Gebäude saugte.

»Himmel, Sie sehen aus, als hätten Sie einen Geist gesehen«, bemerkte Bryant.

Sie brauchte den Geist nicht zu sehen. Er lebte jede Minute in ihr. Worauf sie gut hätte verzichten können, war die wohlvertraute Umgebung. Deswegen hatte sie zuerst Dawson geschickt, um die Lehrerin zu befragen. Deswegen hatten sie Miss Browning auch gebeten, sich mit ihnen am Schultor zu treffen. Um die Kinder nicht zu stören.

»Guv, alles …«

»Sieht so aus, als wäre das unser Mädchen«, sagte Kim und öffnete die Wagentür. Als sie auf die junge Frau zuging, erkannte Kim, dass die Bezeichnung »Mädchen« beängstigend gut passte.

Sie trug einen marineblauen ausgestellten Rock, der ihr gerade mal über die Knie reichte. Wohlgeformte Beine waren bis hinunter zu den Pumps in schwarze Strumpfhosen gehüllt. Ihr Oberkörper steckte in einer North-Face-Jacke, deren Reißverschluss bis zum Hals zugezogen war. Das blonde Haar war zu einem Pferdeschwanz gebunden, und sie hatte wenig Make-up aufgelegt. Trotz ihrer unauffälligen Aufmachung konnte nichts die raue Schönheit ihrer Züge verbergen.

»Miss Browning?«, fragte Kim.

Die Frau lächelte, und ihr ganzes Gesicht strahlte. »Keine Sorge, ich bin älter, als ich aussehe.«

Kim lachte. In ihrem späteren Leben würde sie dankbar sein für das, was jetzt eher ein Nachteil war.

Kim stellte sich und Bryant, der neben sie getreten war und die Hände in die Jackentaschen geschoben hatte, vor.

Damit machte sie ihrem Partner unauffällig klar, dass sie diese Befragung leiten wollte. Besser als den Erinnerungen nachzuhängen, die sie bestürmten.

»Ich weiß, dass Detective Sergeant Dawson vor einer

Weile schon mit Ihnen gesprochen hat, als wir die Ermittlungen zu dem Missbrauch im Hause Dunn aufgenommen haben.«

Sie nickte.

»Können Sie mir sagen, was ursprünglich Ihren Verdacht erregt hat?«

»Sie ist ständig auf ihrem Stuhl herumgerutscht. Zuerst dachte ich, Daisy wäre nur zappelig, aber dann ist es doch auffällig oft passiert. Besonders wenn sie beide Hände auf dem Tisch hatte.«

Kim runzelte die Stirn. »Ich verstehe nicht, was das …«

»Jucken, Detective Inspector. Eines der körperlichen Symptome von Missbrauch, zusammen mit Schmerzen, Blutungen, Schwellungen und so weiter. Ohne es zu merken, hat Daisy versucht, ihre Geschlechtsteile über den Stuhl zu reiben, um das Jucken zu lindern.«

Sehr gut beobachtet, dachte Kim.

»Also habe ich von da an aufmerksamer darauf geachtet, ob es andere Verhaltensänderungen gab. Sie hat in der Schule deutlich weniger mitgemacht, und ihre Leistungen haben nachgelassen. Sie hat weniger mit ihren Mitschülern gespielt, und ihr Notendurchschnitt ist von einer Eins minus auf eine Drei plus gefallen.«

»Andere Anzeichen?«

Miss Browning nickte. »Ein weit verbreiteter Hinweis auf Missbrauch ist auch die Regression in ein kindlicheres Stadium. Drei Tage hintereinander habe ich gesehen, wie sie am Daumen gelutscht hat.«

Kim konnte nicht anders als beeindruckt sein über die Achtsamkeit der Frau.

»Haben Sie versucht, mit ihr zu reden?«

»O ja, mehrfach, aber sie hatte sich so weit in sich zurückgezogen, dass kaum ein Wort aus ihr herauszukriegen war.«

»Hat sie je jemand anders erwähnt? Auch vor dem inneren Rückzug.«

Dawson hatte das sicher noch nicht gefragt. Sie hatten sich ja nur auf Dunn konzentriert.

Die Lehrerin stellte rasch die Verbindung her.

»Es war noch eine weitere Person in den Missbrauch verwickelt?«

Kim nickte.

Miss Browning schloss die Augen und schüttelte den Kopf, während sie diese Information verdaute.

»Sooft ich versucht habe, mit ihr zu reden, hat sie immer geschwiegen. Sie konnte wie auf Kommando eine Mauer hochziehen, die ich nicht durchdringen konnte. Einmal habe ich sie leicht an der Schulter berührt, da ist sie schrecklich zusammengefahren. Einmal wollte ich mit ihrer Schwester reden, doch Daisy hat mich nicht an sie herangelassen.« Die Frau schüttelte noch einmal den Kopf. »Die armen Mädchen.«

Kim kam zu der Frage, auf die sie unbedingt eine Antwort wollte.

»Als Sie die Mädchen nach Hause gebracht haben, sind Sie da dazu gekommen, Ihre Besorgnis gegenüber den Eltern zu äußern?«

»Nicht wirklich. Sobald Mr. Dunn die Tür geöffnet und mich gesehen hat, hat er die Mädchen ins Haus gezerrt. Ich konnte nicht viel ausrichten.«

»Und Mrs. Dunn?«

Sie zuckte die Achseln. »Ich weiß nicht mal, ob sie zu Hause war.«

Damit war ihre Theorie zunichte. Aus dem, was sie erfahren hatten, war Kim der Verdacht gekommen, Wendy Dunn könne sich aufgeregt haben, weil ihr Mann die Lehrerin so unhöflich behandelt hatte.

Plötzlich kam Kim ein Gedanke.

»Warum haben Sie die Mädchen eigentlich an dem Tag nach Hause gebracht? Das ist doch nicht Usus, oder?«

Die Frau lächelte. »Nein, aber ich wollte mal mit den Eltern sprechen. Ich hatte ihnen ausrichten lassen, dass ich mir Sorgen um die Mädchen machte, aber das ist wohl nie bei ihnen angekommen.«

»Wen haben Sie damit betraut?«

»Mrs. Dunns Bruder Robin.«

»Ihr Bruder hat Daisy von der Schule abgeholt?«

»O ja, er hat die Mädchen oft abgeholt.«

Kim sah Bryant an, der bei der Antwort die Augenbrauen hochzog. Das hatten sie bis jetzt nicht gewusst, und es war ein sehr erhellendes Detail.

42

Kim löste das Halsband, und Barney tapste zu seiner Wasserschale und schlurfte zwei Mal.

Es war weit nach Mitternacht, und sie waren gerade von ihrem langen Spaziergang zurückgekommen. Kim gestaltete den Ausflug abwechslungsreich: Manchmal gingen sie nachts durch die Straßen, ein andermal nahm sie ihn mit in den Park und ließ ihn von der Leine.

Die nächtliche Einsamkeit hatte eine tröstliche Wirkung auf sie. Sie hatte schnell gelernt, dass Barney nichts fürs Spielen übrig hatte. Sie hatte einen Tennisball für ihn geworfen, und er hatte sie angesehen, als wollte er sagen: Und jetzt? Sie hatte den Ball selbst geholt und es noch ein paar Mal probiert. Für sie war es ein kleines Work-out gewesen, für den Hund weniger. Schließlich hatte sie begriffen, dass Barney ein Begleiter war. Wenn sie ging, ging er auch. Wenn sie lief, lief er ebenfalls.

In dieser Nacht waren sie fast anderthalb Stunden gegangen. Sie hatte das Gefühl, er müsste hungrig sein.

»Komm, Junge, versuch eins, nur eins?«

Sie hielt ihm eine von den Miniquiches hin, die sie am

Abend gebacken hatte. Der Hund wich rückwärts aus, sprang aufs Sofa und legte den Kopf aufs Kissen.

»Na komm schon, versuch wenigstens einen Happen.«

Er vergrub den Kopf in den Ritzen.

Sie seufzte. »Weißt du, Barney, du bist ungefähr das einzige männliche Wesen in meinem Leben, das nicht tut, was ich sage. Und dafür respektiere ich dich.«

Die Quiche landete mit einem Rums in der Spüle.

»Okay, dann nimm halt einen davon.«

Freudig sprang er zu ihr und nahm den knackigen Apfel aus ihrer Hand.

Irgendwie beunruhigend, wie leicht er sich ihrem Lebensstil angepasst hatte.

Doch was sie am meisten irritierte, war, wie viel sie mit ihm sprach.

An jenem ersten Abend hatte er sie an einen Ort gebracht, den sie nur selten aufsuchte. Sein kleiner, warmer Hundekörper, der sich an sie kuschelte, hatte Gefühle hervorgeholt, die sie vollkommen verschlangen: die Schuldgefühle, nicht zusammen mit ihrem Bruder gestorben zu sein, die Wut, dass sie seinen Tod nicht hatte verhindern können, den Zorn auf ihre Mutter, dass sie ihnen das angetan hatte.

Augenblicklich war sie zurückversetzt worden in die Wohnung und die Erinnerungen an den letzten Atemzug ihres Bruders, doch davon riss sie sich zurück. Die Vergangenheit konnte sie nur kurz besuchen, um sich an Mikeys offenes, vertrauensvolles Gesicht zu erinnern. Sie wollte sich nur an sein Lächeln erinnern oder an seine kleine Hand in ihrer, doch ihr Geist drückte unausweichlich den Schnellvorlauf zu jenen letzten paar Tagen.

Sie hatte nie darüber gesprochen und würde nie darüber sprechen. Ihre ganze Welt baute darauf auf.

Sie nahm einen Kaffee mit in die Garage und setzte sich zwischen die verstreuten Einzelteile ihres neuesten Restaurierungsprojekts. Im Hintergrund spielten die Flöten von Beethovens 2. Sinfonie.

Sie hatte sich bis heute Abend Zeit gegeben, um zu entscheiden, ob sie wegen der Psychologin noch irgendetwas unternehmen würde.

Kim hatte den Verdacht, dass Doktor Thorne ihr Zusammentreffen auf dem Friedhof inszeniert hatte, aber zu welchem Zweck? Und woher hatte sie wissen können, dass Kim dort war? War sie ihr etwa gefolgt?

Himmel, rügte sie sich. Wenn das noch lange so weitergeht, verdächtige ich Alexandra Thorne noch der Kennedy-Ermordung.

Sie amüsierte sich über sich selbst, als ihr Handy über die Arbeitsplatte vibrierte. Es war kurz vor eins mitten in der Nacht.

Das Handy leuchtete auf: eine SMS von Stacey. Sie las sie voller Interesse. »Falls Sie wach sind, rufen Sie mich an.«

Augenblicklich machte Kim sich Sorgen. Stacey würde sich nie um diese Zeit melden, wenn es nicht dringend war.

Sie drückte sofort die Wähltaste. Stacey war beim zweiten Klingeln dran.

»Alles in Ordnung, Stace?«

»Ja, Chefin. Also, die Psychologin, über die Sie mich zu recherchieren baten. Das hab ich von zu Hause aus gemacht. Nur für den Fall …«

»Danke, Stace.« Auf dem Revier lauerten überall IT-Wachhunde.

»Die Schwester der Psychologin, Sarah. Ich habe eine Geburtsurkunde gefunden, aber keine Sterbeurkunde.«

»Aber es gibt sie?«

Kim war leicht erstaunt darüber.

»O ja, es gibt sie, sie ist gesund und munter und lebt in Wales.«

Kim stützte sich gegen die Werkbank. »Ganz sicher?«

»O ja, verheiratet, ein Kind. Eine Tochter. Zieht öfter um, als wenn sie mit 'nem Soldaten verheiratet wäre. Hat ganz schön lange gedauert, bis ich sie gefunden habe.«

»Stace, Sie sind ein Engel. Ich danke Ihnen.« Kim sah auf die Uhr. »Und jetzt schlafen Sie.«

»Mach ich, Chefin.« Stacey legte auf.

Ein paar Augenblicke stand Kim nur da und drehte das Telefon in der Hand.

Schön und klug zu sein war an sich noch kein Verbrechen, und ihr wurde klar, dass sie sehr sorgfältig über ihren nächsten Schritt nachdenken musste. Ihre eigene Fassade war eine sorgfältige und gewissenhafte Konstruktion, Schicht für Schicht, über viele Jahre aufgebaut, doch jemandem wie Alexandra Thorne war sie noch nie begegnet.

Das Telefon rutschte ihr aus der Hand.

Letztendlich lief es auf eine einzige Frage hinaus: War sie bereit, diesen Kampfplatz zu betreten und ihre eigene zerbrechliche Psyche aufs Spiel zu setzen, um die Wahrheit zu erfahren?

Doch hatte sie unterm Strich überhaupt die Wahl?

43

Kim schaltete den Motor aus und setzte den Helm ab. Das Haus war zwischen den anderen Reihenhäusern nicht weiter auffällig. Das Einzige, was es unterschied, war das »Zu verkaufen«-Schild, das auf halber Höhe des Hauses befestigt war.

Bemerkenswerter allerdings war sein Standort. Llangollen lag auf der Fernverkehrsroute, etwas über die Mitte zwischen dem Black Country und Snowdonia. Die kleine Stadt schmiegte sich an den Fuß des Llantysilio Mountain. Von da, wo sie jetzt stand, hatte Kim einen fantastischen Blick über das Dee Valley, die Clwydian Range und die Berwyns in der Ferne.

Kim genoss den Blick ganze dreißig Sekunden, bevor sie sich umdrehte und an die Tür klopfte.

Ihr Blick wurde nach links gelenkt, wo zwei Finger auftauchten und die Lamellen auseinanderschoben.

Die Tür ging nur ein Stück weit auf. »Ja?«

»Sarah Lewis?«, fragte Kim und versuchte, durch den fünf Zentimeter breiten Spalt zu spähen.

»Und Sie sind?«

Himmel, sie sprach zu einer Haustür. »Detective Inspector Kim …«

Die Tür wurde geöffnet, und Kim trat beinahe einen Schritt zurück vor Überraschung. Die Frau, die vor ihr stand, war Alexandra Thorne wie aus dem Gesicht geschnitten. Es war mehr als eine vage Familienähnlichkeit. Kim hätte sie bei einer Gegenüberstellung sofort herausgepickt.

Kim hielt die Hände hoch, um die Panik zu besänftigen, die ihren Mund verzerrte. »Es ist alles in Ordnung. Ich bin nicht von hier, ich komme aus den Midlands, aus einer Gegend namens …«

»Wie haben Sie mich gefunden?«

»Ähm … Ist das wichtig?«

Die Frau ließ die Schultern ein wenig sinken. »Eigentlich nicht mehr. Was kann ich für Sie tun?«

»Es geht um Ihre Schwester.«

»Natürlich«, sagte sie ohne Gefühl.

Kim sah sich um. »Kann ich hereinkommen?«

»Muss das sein?«

»Ich glaube schon«, antwortete Kim ehrlich.

Sarah Lewis trat zur Seite und ließ sie ein. Kim wartete, bis die Frau die Haustür geschlossen hatte, und folgte ihr dann. Das Haus war einmal ein bescheidenes Cottage gewesen, doch es war ausgebaut worden. Sie gingen durch das Wohnzimmer in die direkt anschließende Küche, die das Haus in den großen Garten hinein verlängerte.

»Setzen Sie sich, wenn Sie möchten«, sagte Sarah und lehnte sich an die Arbeitsplatte.

Ein Esstisch aus Glas blickte auf einen Garten, in dem sich eine Rutsche befand, eine Schaukel und eine Terrasse mit Grill. Ein paar Puppenteile waren auf dem Rasen verstreut. Diese weggeworfenen Glieder boten Kim die Analogie, die sie gesucht hatte.

Sarah war ungefähr fünf Zentimeter kleiner und ein paar Pfund schwerer als ihre Schwester. Und so schroff sie jetzt auch war, zeigten sich in ihren schönen Zügen doch echte Gefühle. Alex war die Puppe, perfekt und aus Plastik und mit einer Verpackung zum Schutz; und Sarah war der Teddybär in der fleckigen Latzhose, der heiß geliebt und geknuddelt wurde.

Kim spürte, wie ihre Faszination wuchs. Sie konnte nicht umhin, sich zu fragen, seit wann offensichtlich war, dass die Schwestern das genaue Gegenteil waren.

»Ich darf mir vermutlich keine Hoffnungen darauf machen, dass sie tot ist?«

Ein kleines Mädchen kam hereingehopst und enthob Kim einer Antwort. Unter einer Wollmütze und Tiger-Ohrschützern quollen dunkle Locken hervor. Ein handgestrickter Schal war hastig um ihren Hals geschlungen, und aus den Ärmeln ihrer Jacke baumelten Fausthandschuhe.

Das Mädchen blieb abrupt stehen und sah seine Mutter an. Kim war überrascht, in den Augen des Kindes Panik zu sehen.

Beim Anblick ihrer Tochter wurden Sarahs Züge weicher. Alles andere war vergessen.

»Braves Mädchen«, sagte Sarah und wickelte ihr den Schal zwei Mal ordentlich um den Hals. »Du hast dich hübsch eingepackt.«

Sarah nahm das Gesicht des Mädchens in die Hände und bedeckte es mit Küssen.

»Was ist mit mir, hab ich mich auch hübsch eingepackt?«

Hinter dem Mädchen tauchte ein Mann auf. Kim sah

die Wollmütze und die gepunkteten Ohrschützer, bevor er sie sah.

Als sein Blick auf sie fiel, runzelte er die Stirn und sah Sarah an.

Sarah deutete ein Kopfschütteln an und schob sie zur Tür. »Habt einen schönen Spaziergang und vergesst die Beef Oggies nicht.«

Kim hatte keine Ahnung, was Oggies waren, doch sie hörte einen geflüsterten Wortwechsel an der Haustür.

Sarahs Gesicht war wieder hart, doch Kim hatte einen Eindruck dieser Familie erhalten. Die Überraschung in den Augen des Kindes. Die Besorgnis um den Mund des Ehemannes.

Sie hatten keine zehn Sekunden in der Tür vom Wohnzimmer gestanden, doch Kim konnte sagen, dass sie eine Einheit waren, ein Team, und dass sie glücklich waren.

Aber im Kern dieser Familie saß die Angst.

»Also ... ist sie tot?«, kehrte Sarah zu ihrer ursprünglichen Frage zurück.

Kim schüttelte den Kopf.

»Wie kann ich Ihnen dann helfen?«

»Ich muss mehr über sie erfahren.«

»Und was hat das mit mir zu tun?«, fragte Sarah und biss sich auf die Lippe.

»Sie sind ihre Schwester. Sie kennen sie doch sicher am besten?«

Sarah lächelte. »Ich habe meine Schwester nicht mehr gesehen, seit sie ihr Zimmer geräumt hat und auf die Uni gegangen ist. Niemand von uns hat sie mehr gesehen. Und ich wünsche mir nichts sehnlicher, als sie nie wiederzusehen.«

»Sie haben überhaupt keinen Kontakt?«

Sarah ließ die Arme sinken, doch ihre Hände fanden sofort einen Platz in den Vordertaschen ihrer Jeans.

»Wir stehen uns nicht nah.«

»Aber Sie ...«

»Also, ich weiß nicht, warum Sie hier sind, aber ich kann Ihnen wirklich nicht helfen. Ich denke, Sie sollten ...«

»Wovor haben Sie alle Angst?«, fragte Kim und rührte sich nicht vom Fleck.

»Verzeihung ...«

Sie hatte mit der Frage nicht so direkt herausplatzen wollen, doch jetzt, da sie ausgesprochen war, musste sie dabei bleiben.

»Ihre Tochter ist Besuch nicht gewöhnt, oder?«

Sarah konnte ihr nicht in die Augen sehen.

»Wir sind gerne für uns, mehr nicht. Wenn Sie jetzt bitte ...«

Kim schob den Stuhl nach hinten und sah sich um. Sie ließ den Blick über die Sammlung von Fotografien schweifen: die drei auf der Brücke über den Fluss Dee, über die sie auch gefahren war; das Mädchen in einem von einem Pferd gezogenen Schiff; das Mädchen und sein Vater auf der Dampflok, die am Fluss entlangfuhr.

Kim entschied sich für einen anderen Ansatz. »Ja, Sie können es kaum erwarten, hier wegzukommen. Ein verdammt schrecklicher Ort, um ...«

»Es ist ein sehr schöner ...«

»Und warum ziehen Sie dann weg, Mrs. Lewis?«

Sarah ballte die Hände in den Taschen zu Fäusten.

»Es ist Nicks Arbeit, er ist ...«

Kim wartete auf den Rest der Antwort, doch es war klar, dass Sarah ihren Schnitzer bemerkt hatte. Ihr war so schnell kein Beruf eingefallen, und so klang sie jetzt wie eine Frau, die nicht wusste, womit ihr Mann sich seinen Lebensunterhalt verdiente.

»Mrs. Lewis … Sarah, eine Mitarbeiterin aus meinem Team hat gemeint, nicht mal Frauen von Soldaten ziehen so oft um wie Sie. Wovor laufen Sie weg?«

Sarah bewegte sich zur Haustür, doch ihre Schritte waren alles andere als sicher.

»Ich möchte jetzt wirklich, dass Sie gehen. Ich habe nichts, womit ich Ihnen helfen könnte.«

Kim folgte ihr durchs Wohnzimmer.

»Ich glaube Ihnen nicht. Sie haben Angst. Ihre ganze Familie hat Angst vor irgendetwas. Ihre erste Frage war, ob sie tot ist. Ich habe Ihre Angst gesehen, als ich das mit Nein beantwortet habe. Warum wollen Sie mir nicht sagen …«

»Bitte, gehen Sie.«

Die Hand der Frau zitterte am Türknauf.

»Sarah, wovor haben Sie Angst?«

»Gehen Sie.«

»Warum reden Sie nicht mit …?«

»Weil sie es erfährt, wenn ich mit Ihnen über sie rede.«

Schweigen senkte sich herab.

Dies war nicht die Sarah, die ihr die Haustür geöffnet hatte. Diese Frau war zuerst feindselig gewesen und dann hoffnungsvoll bis ängstlich, doch das Gespräch über ihre Schwester hatte sie zu einer kampfesmüden Hülle zusammenschrumpfen lassen.

»Sarah …«

»Ich kann nicht«, versetzte sie, den Blick zu Boden gerichtet. »Sie verstehen das nicht.«

»Da haben Sie recht. Aber ich würde es gern verstehen. Ich will mich in Ihre Schwester hineinversetzen.«

Sarah schüttelte den Kopf. »Nein, das wollen Sie nicht. In ihr sieht es nicht gut aus.«

»Ich weiß nicht, welche Macht sie über Sie besitzt, aber ist das wirklich das, was Sie wollen? Wollen Sie Ihrer Tochter beibringen wegzulaufen?«

Sarah erwiderte ihren Blick. Ihre Augen loderten auf, als Kim ihre Tochter erwähnte.

»Sie hat nicht mal Freunde, nicht wahr? Sie bleiben nirgends lange genug, um Freundschaften zu schließen. Wie alt ist sie … sechs … sieben?«

»Sechs.«

»Sie muss doch mal zur Ruhe kommen. Also, warum können Sie nicht bleiben?«

»Weil sie uns gefunden hat.«

»Sarah, ich würde Ihnen gern helfen, aber irgendetwas müssen Sie mir an die Hand geben.«

Sarah lächelte. »Mir kann niemand helfen. Ich habe noch nie mit jemandem gesprochen, der …«

»Sie haben noch nie mit mir gesprochen«, sagte Kim und trat von der Haustür weg. »Ich beobachte ihr Verhalten mit Argwohn, und wenn ich recht habe, werde ich nicht eher ruhen, bis ich sie erwischt habe.«

Sarah beäugte sie voller Interesse. »Was läuft zwischen Ihnen?«

Kim lächelte. »Hey, ich habe zuerst gefragt.«

Sarah überlegte eine ganze Weile. Sie atmete tief durch und schloss die Tür. »Wenn ich Ihnen etwas zeige, lassen Sie mich dann in Ruhe?«

Kim nickte und folgte ihr zurück in die Küche. Sarah bedeutete ihr mit einem Nicken, sich wieder zu setzen.

Dann öffnete sie die Besteckschublade und holte einen Umschlag heraus. »Deswegen.«

Sie reichte Kim den Brief. »Lesen Sie ihn.«

Kim faltete das Blatt auseinander, las es und las es noch einmal und zuckte dann die Achseln. Wenn sie gegen Alexandra Thorne nicht mehr in der Hand hatte, war sie angeschmiert.

»Es kommt mir vor wie ein ganz normaler Brief von einer älteren Schwester.«

»Ich lebe seit neun Monaten mit meinem Mann und meiner Tochter hier. So lange hat sie diesmal gebraucht, mich zu finden.«

»Diesmal?«

»In sieben Jahren bin ich mit meiner Familie fünf Mal umgezogen, um mein Kind vor dieser Frau zu verstecken, und sie findet mich jedes Mal. Lesen Sie den Brief noch einmal. Beachten Sie, dass sie genau erwähnt, wo das Haus liegt und wo Maddies Schule ist, sie erwähnt sogar den neuen Haarschnitt meiner Tochter. Sie verhöhnt mich. Spielt mit meinen Ängsten – weil sie genau weiß, was ich als Nächstes tue.«

Kim las den Brief ein drittes Mal und hörte hinter den Worten jetzt die Alex, die sie in Verdacht hatte. In jedem Satz versteckte sich eine Drohung.

»Aber warum laufen Sie weg?«, fragte Kim.

»Sie kennen sie nicht so gut, wie ich gehofft hatte.«

Sarah nahm den Brief wieder an sich und seufzte schwer.

»Meine Schwester ist eine Soziopathin. Sie wissen bereits, dass sie eine sehr attraktive, geheimnisvolle Frau ist. Sie ist intelligent und charmant. Sie ist auch skrupellos und vollkommen gewissenlos. Sie ist eine gefährliche Frau, die vor nichts haltmacht, um zu kriegen, was sie will.«

Sarah faltete den Brief zusammen und richtete den

Blick darauf. »Mit einfachen Worten, sie besitzt nicht die Fähigkeit, sich mit einem anderen Lebewesen verbunden zu fühlen.«

»Wie kommen Sie darauf, dass Ihre Schwester eine Soziopathin ist?«

»Sie hatte noch nie im Leben eine emotionale Bindung zu irgendetwas oder irgendjemandem.«

»Was ist mit ihrem Mann und ihren zwei Jungen?«, fragte Kim.

Sarah runzelte die Stirn. »Sie war nie verheiratet, und Kinder hat sie auch keine. Soziopathen heiraten und haben Kinder, als Trophäen und als Tarnung, aber sie haben keine emotionale Bindung zu ihnen.«

Kim hob eine Augenbraue.

Sarah lächelte. »Sehen Sie? Sie glauben nicht, dass jemand ein Kind als Statussymbol benutzt wie ein neues Auto oder ein größeres Haus, und darauf bauen Soziopathen. Menschen wie wir verstehen ihre Motive nicht und finden daher Ausreden für sie. So bleiben sie unerkannt.« Sie schüttelte traurig den Kopf. »Und deswegen wird man sie niemals aufhalten.«

»Sie hat mir erzählt, Sie wären tot«, sagte Kim.

Sarah wirkte nicht überrascht. »Ich wünschte, für sie wäre ich es. Vielleicht würde sie mich dann in Ruhe lassen.«

Die Frau bedachte Kim mit einem resignierten Blick. Dies war ihr Leben, und niemand konnte daran etwas ändern. Sie lief seit Jahren vor ihrer Schwester davon, und so würde es auch bleiben.

Sarah sah zur Haustür. Sie hatte der Frau den Brief gezeigt, und jetzt sollte sie gehen.

»Sarah, ich glaube, sie führt Experimente mit ihren Patienten durch«, platzte Kim heraus. »Und ich würde ihr gern das Handwerk legen. Ich würde Ihre Schwester gern hinter Schloss und Riegel bringen.«

Sarah neigte den Kopf zur Seite, und Kim entdeckte einen Funken Interesse.

»Kommen Sie, Sarah«, flehte Kim. »Helfen Sie mir, Ihnen Ihr Leben zurückzugeben.«

Kim sah zu, wie Sarah damit kämpfte, ob sie jemandem, den sie gar nicht kannte, vertrauen sollte.

Sie hoffte, dass sie genug gesagt hatte.

Schließlich schenkte Sarah ihr ein mattes Lächeln. »Detective Inspector, ich glaube, wir brauchen Kaffee.«

44

Zwei Tassen dampfenden Kaffees standen auf dem Tisch zwischen ihnen.

»Sie müssen verstehen, dass das für mich nicht leicht ist«, sagte Sarah und stützte die Ellbogen auf den Tisch. »Ich weiß schon mein ganzes Leben lang, dass mit meiner Schwester irgendetwas nicht stimmt, aber mir hat nie jemand geglaubt.« Sie zuckte die Achseln. »Deswegen laufe ich weg.«

Kim verstand das. Ihre Kollegen und ihr Chef hatten ihr Misstrauen abgetan.

»Sie sind der erste Mensch, der mich nicht für vollkommen verrückt hält«, bemerkte Kim.

»Dito«, versetzte Sarah leicht ironisch.

»Also, halten Sie es für möglich … was ich gesagt habe?«

»Nein, ich halte es für wahrscheinlich.« Sarah legte die Hände um die Kaffeetasse und schauderte. »Ich weiß noch, dass mir, als ich gerade fünf geworden war, auffiel, dass Alex sehr viel Zeit in ihrem Zimmer verbrachte und es nur für die Mahlzeiten und die Schule verließ. Eines

Nachts hat sie mich dann ganz aufgeregt geweckt und in die Hände geklatscht. Sie hat mich aus dem Bett in ihr Zimmer gezerrt, mich auf ihre Bettkante gesetzt und ein großformatiges Lexikon entfernt, das vor dem Hamsterkäfig stand.

Der Hamster war zwischen den senkrechten Stäben des Käfigs gefangen, tot. Neben dem Käfig, außer Reichweite des Tieres, aber in Sichtweite, standen Futter und Wasser. Er war einen qualvollen Tod gestorben in dem Bemühen, nicht zu verhungern oder zu verdursten.«

»Himmel«, sagte Kim entsetzt.

»Zuerst habe ich es wirklich nicht verstanden. Ich dachte, sie würde irgendein Spiel spielen, aber dann erklärte sie mir, welche Fortschritte der Hamster gemacht hatte, sobald sie die Stäbe ein bisschen weiter auseinandergebogen hatte. Sie hatte Diagramme gezeichnet und alles.«

Kim schwieg.

»Sie hatte tagelang zugesehen, wie er immer schwächer und hungriger wurde, bevor er die vergrößerte Lücke bemerkte.«

»Aber warum?«, fragte Kim.

»Damit sie sehen konnte, wie weit er gehen würde, um zu kriegen, was er wollte«, antwortete Sarah und schloss die Augen. »Ich habe so geweint. Das verzweifelte, gequälte Gesicht des Hamsters hat mir monatelang Albträume bereitet.«

Kim war entsetzt über das, was Sarah ihr da erzählte, doch sie interessierte noch etwas anderes.

»Hat sie Ihrer Mutter oder Ihrem Vater besonders nahegestanden?«

Sarah schüttelte den Kopf. »Meine Mutter hat Alex kaum berührt. Sie waren höflich zueinander, aber ihre

Herzlichkeit war distanziert, nicht wie Mutter und Tochter. Inzwischen bin ich zu dem Schluss gekommen, dass meine Mutter vor allen anderen gewusst hat, was für ein Mensch einmal aus Alex werden würde.

Ich weiß noch, dass Mum mich einmal gekitzelt und auf meinen Bauch geprustet hat. Wir haben so gelacht, dass uns die Tränen kamen, und dann sah ich Alex in der Tür stehen. Ich schwöre, ich sah Tränen in ihren Augen, doch sie drehte sich um und ging weg, bevor meine Mutter sie überhaupt bemerkte. Da kann sie nicht älter gewesen sein als sechs oder sieben, doch diesen Blick habe ich nie wiedergesehen.«

»Aber was will sie denn von Ihnen?«, fragte Kim.

»Mich quälen. Sie weiß, dass ich Angst vor ihr habe, und sie findet es amüsant, mit mir zu spielen. Ich weiß nur, dass sie bisher damit zufrieden war, mit meiner Angst zu spielen. Ihre Drohbriefe haben immer ausgereicht.«

»Glauben Sie, sie würde weiter gehen?«

»Ich weiß es nicht, aber ich habe auch keine Lust, es herauszufinden. Sie hasst mich und hat Spaß daran, mich durch das Land zu jagen, und das ist okay, denn solange wir weiterziehen, sind wir in Sicherheit.«

Sarah begegnete Kims Blick. Sie verzog die Lippen zu einem freudlosen Lächeln. »Jämmerlich, was?«

Kim schüttelte den Kopf. »Ich glaube, Sie sind stärker, als Ihnen bewusst ist. Sie tun alles, was Sie können, um Ihre Familie zu schützen. Sie haben trotz allem ein wunderschönes Heim, einen Mann und ein Kind. Sie mag kleine Schlachten gewinnen, aber den Krieg gewinnen Sie.«

Auf Sarahs Gesicht machte sich jetzt ein richtiges Lächeln breit. »Danke. Das bedeutet mir sehr viel.«

»Nur eine letzte Frage. Sarah, warum hasst sie Sie so sehr?«, fragte Kim und trank ihren Kaffee aus.

»Weil sie mich mit an Bord haben wollte. Sie wollte, dass ich bin wie sie. Man könnte auch sagen, sie wollte eine Freundin.«

45

»Okay, Leute, kurze Zusammenfassung des Dunn-Falls, bevor wir uns alle wieder an die Arbeit machen.« Sie wandte sich an Dawson. »Irgendetwas von den Nachbarn?«

Er schüttelte den Kopf. »Nichts. Die ganze verdammte Straße versteckt sich hinter Gardinen, und ich kann keinen Tee mehr sehen.«

Er klang wie ein Sechsjähriger, dem man gesagt hatte, er solle sein Lego wegräumen, doch sie pflichtete ihm bei. Es gab wenige Jobs, bei denen man dafür bezahlt wurde, stundenlang Tee zu trinken, aber es gab auch kaum Polizisten, die besonders erpicht darauf waren.

»Das Dunn-Haus. Haben wir abgesehen von der Faser und der Flüssigkeit noch etwas anderes gefunden?«

»Ja, ich hab herausgefunden, dass Kev immer noch ein Arschloch ist.«

Niemand im Raum sagte ein Wort.

Dawson sah Kim und Bryant an. »Ach, kommen Sie, einer von Ihnen könnte ihr widersprechen.«

Kim unterdrückte ein Lächeln. Ob die beiden wussten, was für ein gutes Team sie waren?

»Immer noch nichts aus dem Labor, Guv«, warf Stacey ein.

Kim war nicht überrascht. Sie hätte alles gegeben, wenn sie die Technik gehabt hätten, mit der in Fernsehkrimis Spuren wie Haare, Fasern und Flüssigkeiten innerhalb kürzester Zeit ausgewertet werden konnten, damit alles in 45 Minuten Sendezeit passte.

»Was wissen wir über den Buchclub, Stace?«

»Er wird von einem Ladenbesitzer in Rowley Regis geleitet, Charles Cook. Sie treffen sich jeden ersten Dienstag im Monat im Druckers in Merry Hill. Es gibt einen traurigen Versuch einer Facebook-Seite mit drei Likes und zwei Posts, aber seit vier Monaten tut sich da nichts Neues. Ich habe den beiden, die gepostet haben, eine Nachricht geschickt.«

»Antworten?«

Stacey nickte. »Der eine Typ war bei einem Treffen, aber dann hat er eine andere Arbeit angenommen und konnte nicht mehr hin. Der andere war ein bisschen interessanter. Er meinte, mit diesem Cook würde irgendetwas nicht stimmen. Er mochte ihn nicht, also ist er nach drei Treffen nicht mehr hin.«

Kim öffnete den Mund, doch Stacey fuhr fort. »Ich hab ihm schon eine Nachricht zurückgeschickt, um ein bisschen zu bohren. Er hat sie vor zwei Stunden gelesen, aber noch nicht geantwortet.

Ich hab mit Cook gesprochen und herausgefunden, dass die Gruppe weniger als ein Dutzend Mitglieder hat. Und dass ich nicht mitmachen kann, weil ich eine Frau bin.«

»Autsch, Stace«, warf Dawson ein. »Du hättest ihm sagen sollen, dass man das kaum merkt.«

Stacey feuerte einen finsteren Blick in seine Richtung, während er über seinen Witz grinste. »Und wenn das sprechende Skrotum das Maul halten würde, könnte ich noch hinzufügen, dass sie diesen Monat *The Longest Road* lesen.«

Kim runzelte die Stirn. Der Titel kam ihr irgendwie bekannt vor, aber sie wusste nicht, warum.

»Beliebtes Buch, Stace?«, fragte sie.

»Ja, war bei Amazon sieben Monate unter den Top Ten.«

Also deswegen. Wahrscheinlich hatte sie irgendwo Werbung dafür gelesen oder so.

»Jenks und Whiley hatten nicht viel für uns. Wir wissen, dass die Lehrerin die Mädchen an dem Tag nach Hause gebracht hatte, als es dort Palaver gab, und dass Wendys Bruder die Mädchen oft von der Schule abgeholt hat.«

Dawson zog eine Augenbraue hoch. Jeder Mann, der mit den Mädchen Kontakt gehabt hatte, war ein potenzieller Verdächtiger.

»Besorgen Sie mir seine Privatadresse und die von seiner Arbeitsstelle«, sagte Kim zu Stacey. »Dawson, Sie gehen die alten Akten noch einmal durch. Schauen Sie nach allem, was wir womöglich übersehen haben. Und Bryant …« Kim zögerte. Was sollte sie mit Bryant machen, der sie normalerweise begleitete? Diesmal nicht. »Helfen Sie Dawson. Ich habe einen Zahnarzttermin.«

Sie ging zu ihrem Platz, um ihre Jacke zu holen, bevor ihr Gesicht sie verriet.

Diesen speziellen Termin wollte Kim allein wahrnehmen.

46

Um 9.30 Uhr bog Kim auf einen Parkplatz um die Ecke von Alexandra Thornes Wohnort. Sie kam sich vor wie ein Schulmädchen, das zum ersten Mal schwänzt. Als sie Bryant gesagt hatte, sie hätte einen Zahnarzttermin, hatte sie ihn zum ersten Mal angelogen. Sie hoffte, dass es auch das letzte Mal war, doch in diesem besonderen Fall musste sie einen Alleinflug machen.

Die Tür wurde prompt geöffnet.

Da sie um das Treffen gebeten hatte, hielt Kim es für angebracht, ein paar Manieren an den Tag zu legen.

»Vielen Dank, dass Sie mich empfangen, Doktor Thorne.«

»Selbstverständlich, Detective Inspector Stone.« Alex lächelte breit. »Doch da Sie darauf bestanden haben, dass dies kein dienstlicher Besuch ist, bestehe ich darauf, dass Sie mich Alex nennen.«

Kim nickte zum Zeichen, dass sie einverstanden war, und folgte Alex ins Büro. Die Psychologin sah in einer gut sitzenden cremefarbenen Hose und einer meerblauen Seidenbluse makellos aus. Sie trug keinen Schmuck, und ihre Haare waren perfekt frisiert.

»Bitte, setzen Sie sich, wohin Sie wollen.«

»Keine Patienten heute Vormittag?«, fragte Kim und merkte, dass ihre Worte wie eine Frage bei einer Vernehmung klangen. Eigentlich hatte sie sagen wollen, »Ich hoffe, ich halte Sie nicht auf«, doch wie es schien, war ihr Vorrat an guten Manieren schon aufgebraucht.

»Nein, dies ist eine Freistunde, die ich normalerweise nutze, um Rechnungen zu schreiben.« Ein leichter Widerwille zog über ihr Gesicht. »Nicht gerade meine Lieblingsbeschäftigung, aber wir müssen alle leben.«

Und nicht schlecht, dachte Kim, die wusste, dass die Psychologin das ganze Gebäude gemietet hatte, was vermutlich nicht gerade billig war.

Kim war bewusst, dass sie etwas über ihr letztes Zusammentreffen sagen sollte, wo sie sich nicht gerade dankbar gezeigt hatte, dass Alex Barry Grant so lange auf dem Sims gehalten hatte. »Hören Sie, wegen neulich …«

Alex hob eine Hand und lachte. »Bitte, sagen Sie nichts. Ich weiß nicht, ob ich ein Kompliment aus Ihrem Mund annehmen könnte.«

Kim wunderte sich über Alex' Annahme, sie wollte ihr ein Kompliment machen. Natürlich, was hätte Kim sonst sagen wollen?

Alex war ganz anders als bei ihren früheren Begegnungen. Bei dem ersten Besuch war sie professionell und streng gewesen mit einem leichten Anflug von Geziertheit für Bryant. Auf dem Friedhof war sie in sich gekehrt und verletzlich gewesen. Bei Barry hatte Alex sich initiativ und engagiert gezeigt. Jetzt im Augenblick wirkte sie beinahe verspielt und zum Flirten aufgelegt.

»Ich muss aber ganz sichergehen können, dass dieses Gespräch unter uns bleibt«, betonte Kim.

Um die Neugier der Psychologin anzustacheln, hatte Kim Alex gesagt, es gebe Dinge, über die sie gern reden wolle, doch sie könne in ihrer Akte keinen offiziellen Termin gebrauchen. Jeder andere Psychologe hätte ihr gesagt, sie solle sich trollen, doch sie war nicht überrascht gewesen, dass Alex ihr großzügig einen Termin vorgeschlagen hatte. Alex wollte etwas von ihr, auch wenn Kim sich noch nicht sicher war, was.

»Natürlich, Kim. Was mich angeht, sind wir nicht mehr als zwei Bekannte, die bei einer Tasse Kaffee ein wenig plaudern. Apropos Kaffee: mit Milch, ohne Zucker?«

Kim nickte. Ihr fiel auf, dass Alex sie ganz en passant mit Vornamen angesprochen hatte, ohne um Erlaubnis zu fragen. Nur wenige Menschen nannten sie Kim. Sie fühlte sich dabei ein wenig unbehaglich, doch unter dem Vorwand ihres Besuches konnte sie sich nicht beschweren.

Als Alex den Kaffee zwischen sie auf den Tisch stellte, ging Kim auf, dass Alex, als sie gesagt hatte, sie solle sich setzen, vor dem einzigen anderen Stuhl gestanden hatte. So war Kim gezwungen gewesen, auf dem Patientenstuhl Platz zu nehmen. Sie musste auf der Hut sein.

»Und was kann ich für Sie tun?«

Kim wählte ihre Worte mit Sorgfalt. »Als wir uns auf dem Friedhof unterhielten, haben Sie etwas gesagt, was mich zum Nachdenken gebracht hat.«

Kim hob den Blick. Ein weniger scharfsinniger Beobachter hätte womöglich den Triumph nicht mitbekommen, der ganz kurz auf Alex' Miene aufschien, rasch gefolgt von einem entschuldigenden Kopfschütteln. Doch Kim hatte alles gesehen.

»Es tut mir leid. Was ich da gesagt habe, hätte ich niemals sagen dürfen. Ich wollte nicht, dass Sie sich unwohl fühlen. Ich habe nur wenige Freunde, und an so einem Ort ist man wohl sehr verletzlich.« Alex lächelte und legte den Kopf in den Nacken. »Außerdem finde ich, dass man sich mit Ihnen sehr gut unterhalten kann.«

Und die nächste Schmeichelei, dachte Kim. Zum Glück war sie unempfänglich dafür, besonders da sie wusste, dass sie die Wärme und den Charme eines Diktators aus dem Nahen Osten besaß.

Kim nickte nur und schwieg, wodurch Alex gezwungen war fortzufahren.

»Niemand ist vollkommen. Wir haben alle unsere Unsicherheiten, doch gewöhnlich verbergen wir unsere Schwächen vor den Menschen um uns herum aus Angst, ihren Respekt zu verlieren. Nehmen wir zum Beispiel Sie: Das, worüber Sie reden wollen, ist wahrscheinlich etwas, was Sie nicht mit Ihren Arbeitskollegen besprechen möchten.«

Alex hatte recht. Sie hatte um diesen Termin gebeten unter dem Vorwand, über ihre Schlafstörungen sprechen zu wollen, und auch wenn es nur eine List war, hätte sie doch niemals mit sonst jemandem über dieses Problem gesprochen.

Kim trank einen Schluck Kaffee, und wieder war Alex gezwungen weiterzureden.

»Eine Frau in Ihrer Stellung, die Autorität über ein Team aus größtenteils Männern innehat, kann es sich nicht leisten, Verletzlichkeit zu zeigen. Sie denken vielleicht, Ihre Leute würden Sie dann weniger respektieren, und so geben Sie sich größte Mühe, Ihre Schwächen zu verbergen. Die Meinung Ihrer Leute mag Ihre Fähigkeit, Ihren Job zu machen, nicht beeinträchtigen, aber ihre Wertschätzung und ihr Respekt ist aus vielen Gründen für Sie unabdingbar; aus mehr Gründen, als Sie zugeben möchten.«

Kim hielt es für eine gute Idee, die Psychologin jetzt am Weiterreden zu hindern. Ihre Theorie war ein wenig zu dicht dran, um tröstlich zu sein.

»Sie haben über Schlafstörungen gesprochen. Da könnte ich ein paar Ratschläge gebrauchen.«

»Oh, Kim, es tut mir leid. Ich habe Sie in Verlegenheit gebracht. Tut mir leid. Berufsrisiko, fürchte ich.«

Kim spürte in den Worten mehr Amüsement als Ehrlichkeit und nahm das Stochern als milden Rüffel: *Siehst du, was passiert, wenn du mir das Reden überlässt?*

»Keineswegs«, erwiderte Kim lächelnd. Das gezwungene Lächeln fühlte sich fremd an auf ihrem Gesicht, also setzte sie es wieder ab.

»Haben Sie je Hilfe für Ihr Problem gesucht?«

Kim schüttelte den Kopf. Sie suchte keine Heilung. Das hatte sie vor vielen Jahren aufgegeben. Nein, sie war aus einem ganz bestimmten Grund hier: um Alex Thornes Mitschuld oder Verwicklung in ein Verbrechen nachzuweisen.

Alex lehnte sich auf ihrem Stuhl zurück, schlug ein Bein über das andere und lächelte. »Also, die gute Nachricht ist die, dass Menschen mit Schlafstörungen einen höheren Grundumsatz haben und länger leben als Menschen, die sieben bis acht Stunden pro Nacht schlafen. Schwere Schlafstörungen liegen dann vor, wenn jemand jede Nacht weniger als dreieinhalb Stunden schläft.«

»Dazu gehöre ich.«

»Haben Sie Sachen ausprobiert wie Dunkeltherapie oder kognitive Verhaltenstherapie? Haben Sie Schlafhygiene durchgeführt?«

Kim schüttelte den Kopf. Sie hatte über all das gelesen, es jedoch nie ausprobiert. Sie war nicht hier, weil sie Hilfe bei ihren Schlafstörungen suchte.

»Also, es gibt verschiedene Arten von Schlafstörungen. Probleme mit dem Einschlafen resultieren oft aus Ängsten. Manche schlafen gut ein, wachen aber in der Nacht immer wieder auf, andere stehen sehr früh auf, egal um welche Zeit sie zu Bett gehen.«

»Ich kann nicht einschlafen«, sagte Kim ehrlich. Es konnte nicht schaden, ein paar Informationen zu liefern.

»Das kann ein Symptom einer posttraumatischen Belastungsstörung sein. Es kann eine paradoxe Intention bestehen, wach zu bleiben.«

»Vertrauen Sie mir, ich möchte schlafen.«

Alex wirkte nachdenklich. »Wann haben die Probleme angefangen?«

»Vor Jahren«, antwortete Kim ausweichend. Eine ehrliche Antwort, aber ohne genaue Zeitangabe.

»Haben Sie schon einmal den Begriff Somniphobie gehört?«

Kim schüttelte den Kopf und versuchte, ruhig zu atmen. Vielleicht war das hier doch keine so gute Idee gewesen.

»Das ist eine abnormale Angst vor dem Schlaf, die oft nach einem Trauma in der Kindheit entsteht.«

Kim hätte schwören können, dass die Psychologin ganz leicht die Stimme gesenkt hatte, ganz behutsam. Oder sie war vollkommen paranoid. Die Worte Kindheit und Trauma waren ihr eher wie geflüstert vorgekommen.

»Nein, ich glaube, es war im College.«

Die Psychologin sagte nichts.

»Ich hatte eine ziemlich normale Kindheit«, sagte Kim mit einem angedeuteten Lächeln. »Ein Faible für Süßigkeiten, Abneigung gegen Kohl und ganz normale Streitereien mit den Eltern wegen Zu-spät-nach-Hause-Kommen.«

Alex lächelte sie an und nickte.

»Ich glaube, es könnte der Examensstress gewesen sein.«

Gerade rechtzeitig ging Kim auf, dass die Psychologin ihre eigene Technik des Schweigens gegen sie eingesetzt hatte. Zum Glück hatte sie es bemerkt, bevor sie irgendetwas Wahres über ihre Kindheit verraten hatte.

»Wissen Sie, Kim, es ist überraschend, wie oft Sie den Begriff ›normal‹ benutzt haben. Die meisten Leute sagen das über ihre Kindheit, aber eigentlich gibt es so etwas nicht, es sei denn, man lebt in einer Fernsehwerbung. Was haben Ihre Eltern gemacht?«

Kim überlegte kurz und wählte Pflegeelternpaar Nummer sechs aus. »Meine Mutter hatte eine Teilzeitstelle bei Sainsbury's und mein Vater war Busfahrer.«

»Geschwister?«

Kims Mund wurde trocken, und sie wagte nur ein Kopfschütteln.

»Keine größeren Verluste oder traumatischen Ereignisse im Alter bis zu zehn Jahren?«

Wieder schüttelte Kim den Kopf.

Alex lachte. »Dann hatten Sie wahrlich eine gesegnete Kindheit.«

»Wie lange nach dem Verlust Ihrer Familie haben Ihre Schlafstörungen angefangen?«, fragte Kim, um das Gespräch von sich abzulenken. Vielleicht würde sie etwas erfahren, wenn die Psychologin anfing, über sich selbst zu sprechen.

Im ersten Augenblick war Alex verdutzt, doch sie fing sich rasch. Ihr Blick wanderte zu dem Foto auf dem Schreibtisch, und ihre Stimme war kaum noch zu vernehmen. Da Kim inzwischen wusste, dass sie gar keine Familie gehabt hatte, beobachtete sie sie mit hellwachem Interesse.

»Robert und die Jungen zu verlieren hat mich beinahe zerstört. Robert war mein Seelengefährte. Im Gegensatz zu Ihnen hatten wir beide keine leichte Kindheit und fühlten uns zueinander hingezogen. Wir haben es zwei Jahre lang probiert, bis Michael auf die Welt kam. Er war still und sensibel. Neunzehn Monate später kam Harry, der das genaue Gegenteil seines Bruders war.« Alex sah sie an, die Augen gerötet vor Tränen. »Damit war meine Familie komplett, und dann wurde sie eines Tages von einem LKW-Fahrer, der mit einem gebrochenen Handgelenk davonkam, ausgelöscht.«

Gegen ihren Willen war Kim hingerissen von Alex – sie konnte nicht anders, als alles infrage zu stellen, was sie dazu veranlasst hatte, dieses Treffen zu verabreden. Ihre Darbietung stellte Paltrow, Berry und Streep alle miteinander weit in den Schatten. Und dennoch fehlte etwas. Und jetzt war Kim sich sicherer denn je.

»Hatten Sie denn keine Familie zur Unterstützung?«

Alex schüttelte den Kopf und sammelte sich. »Meine Eltern waren schon tot, und ich glaube, ich habe schon erwähnt, dass meine Schwester starb, als ich neun war.«

Wenn sie die Fakten nicht gekannt hätte, hätte Kim ihr jedes Wort geglaubt. Doch sie kannte die Wahrheit – und das machte Alex' Vorstellung umso gruseliger.

»Das ist schrecklich. Es tut mir leid. Haben Sie Ihrer Schwester …«

»Sarah. Sie hieß Sarah. Sie war jünger als ich und ist mir auf Schritt und Tritt nachgelaufen. Eines Tages habe ich ihr gesagt, sie solle sich verziehen. Sie ist zum Teich gegangen und ist reingefallen. Meine Mutter war … ähm, sagen wir mal, nachlässig und hat nicht auf sie aufgepasst. Es geht sehr tief, als Kind ein Geschwister zu verlieren, besonders wenn man irgendwie das Gefühl hat, man hätte es retten sollen.«

Kim biss die Zähne zusammen und versuchte, die Benommenheit zu ignorieren, die sie zu überwältigen drohte. Sie musste hier raus, bevor sie keine Luft mehr bekam.

»Aber das können Sie nicht verstehen mit Ihrer normalen Kindheit.«

Das Summen der Türklingel rettete Kim. Gereiztheit huschte über Alex' Züge, als Kim aufstand.

»Ich muss wirklich …«

»Es tut mir leid, Kim. Mein Halb-elf-Termin ist wohl zu früh dran.«

»Vielen Dank, dass Sie sich Zeit für mich genommen haben, Mrs. Thorne. Ich glaube, ich sehe mir mal ein paar der von Ihnen erwähnten Techniken an.«

»Sie können jederzeit wiederkommen. Ich habe unser kleines Gespräch sehr genossen.«

Kim nickte zum Dank und folgte der Psychologin zur Tür. Im Vorbeigehen streifte ihr Blick kurz die Frau, die geklingelt hatte, doch hauptsächlich war sie darauf konzentriert, in die Sicherheit ihres Wagens zu gelangen, bevor sie zusammenbrach.

Kim schaffte es, in den Golf einzusteigen, doch den Schlüssel in die Zündung zu stecken erwies sich als eine Spur zu schwierig, sodass der Schlüsselbund in den Fußraum fiel.

Kim mochte zwar um das Treffen gebeten haben, doch es stand außer Frage, dass Alex den Kurs des Gesprächs bestimmt hatte.

Kim schlug mit dem Kopf auf das Lenkrad. Verdammt,

das war ganz und gar nicht so gelaufen, wie sie es sich vorgestellt hatte.

Die Psychologin hatte ihr wieder Lügen aufgetischt über die Familie, die es nicht gab, und eine ganze Geschichte über eine tote Schwester fabriziert. Kim war kotzübel.

Sie hatte gewusst, dass Alex eine ernstzunehmende Gegnerin war. Ihre Intelligenz und ihr fehlendes emotionales Empfinden gaben ihr schon eine gewisse Schärfe. Trotzdem war Kim bereit gewesen, mit den Mitteln, die ihnen beiden hier und jetzt zur Verfügung standen, in die Schlacht zu ziehen. Ein fairer Kampf wurde in der Gegenwart gekämpft.

Wenn Kim nur zur Hälfte recht hatte, was Alex' Manipulationen anging, dann katapultierte das Wissen, das Alex über Kims Vergangenheit gesammelt hatte, sie in eine ganz neue Situation.

Alex hatte eindeutig einen Grund dafür gehabt, Kims Geschichte zu recherchieren. Und jetzt musste Kim sich fragen, was es sie kosten würde, wenn sie herausfand, was dieser Grund war.

47

Alex bat ihre nächste Patientin, ein paar Minuten in dem kleinen Flur zu warten. Sie musste sich erst sammeln. Sie war verärgert, aber gleichzeitig triumphierte sie auch. Jessica Ross hätte für ihr zu frühes Erscheinen kein schlechteres Timing wählen können.

Der Anruf von Kim am Vortag hatte sie überrascht. Sie hatte schon überlegt, wie sie ihr nächstes Zusammentreffen einfädeln sollte. Alex war extra früh aufgestanden, um sich vorzubereiten, nervös und aufgeregt wie bei einem ersten Date. Dass Kim sich bei ihr gemeldet hatte, ohne weitere Intervention ihrerseits, hatte Alex' Überzeugung gestärkt, dass es zwischen ihnen eine Affinität gab.

Sie hatte gewusst, dass sie bei jedem Treffen mit Kim mehr Munition sammeln konnte, und heute hatte sie sehr viel erfahren. Allmählich bekam sie eine Idee, wie die Detective Inspector in ihre Pläne passte.

Alex war begeistert, dass Kim ihre schreckliche Kindheit geleugnet hatte. Dabei war der Schmerz, den die damaligen Ereignisse ausgelöst hatten, deutlich zu spüren. Es war klar, dass sie keine Hilfe gesucht hatte gegen die

Dämonen, die sie quälten, und Kim bildete sich zwar ein, ihre Gefühle hinter ihrer starren Fassade zu verbergen, doch nicht vor jemandem, der schon sein ganzes Leben lang Menschen und ihre Gefühle studierte.

Kim hatte sich nicht mit dem Schmerz ihrer Kindheit auseinandergesetzt, und das hieß, dass ihre psychische Stabilität stets in Gefahr war. Wenn sie es täte, würden die Erinnerungen immer noch Verlust und Schmerz heraufbeschwören, aber nicht das bedrohliche Gefühl, ganz davon verschlungen zu werden. Alex konnte nicht umhin, sich zu fragen, wie weit sie Kim treiben konnte, bis sie in den Abgrund ihrer fragilen Psyche stürzen würde. Das Einzige, was sie stabilisierte, war die Distanz, die sie zwischen sich und die schmerzlichen Erinnerungen zu bringen versuchte.

Die Sache mit der Polizistin würde für Alex am Ende bestenfalls fruchtbar und lehrreich sein, im allerschlimmsten Fall unterhaltsam.

Sie langweilte sich schnell und suchte immer wieder größere Herausforderungen. Und jemand wie Kim forderte sie heraus. Da war so viel Konfliktpotenzial, es strahlte aus wie ein Leuchtfeuer. Kim hatte Probleme, von denen sie nichts ahnte, und das fand Alex interessant. Sie war ein neues Spielzeug, mit dem sie sehr lange spielen konnte.

Doch jetzt verbannte sie Kim mit Macht aus ihren Gedanken, atmete tief durch und rückte ihre Brille zurecht. Verärgerung war etwas, was sie ihren Patienten auf keinen Fall zeigen wollte. Nicht bei dem, was sie pro Stunde verlangte.

»Mrs. Ross, wenn Sie bitte hereinkommen möchten«, sagte sie freundlich und öffnete die Verbindungstür. Die Frau schlurfte herein, ohne sie richtig anzusehen.

Viele Patienten, die aufgrund eines Gerichtsbeschlusses zu ihr kamen, waren am Anfang so. Nicht besonders glücklich, psychologische Hilfe in Anspruch nehmen zu müssen, doch sie hatten keine große Wahl.

Rasch taxierte sie die Frau. Sie hatte noch einen leichten Bauch, wo das Baby geruht hatte, und obwohl ihr Kind inzwischen sieben Monate alt war, hatte Jessica Ross sich nicht bemüht, das zusätzliche Gewicht wieder loszuwerden. Ihr Haar war nicht frisiert und hing ihr strähnig bis auf die Schultern. Die Fünfundzwanzigjährige hatte den Gang einer Wohnungslosen, bar jeglicher Hoffnung. Sie hatte kein Make-up aufgelegt, und ihr müder Teint machte sie zehn Jahre älter, als sie eigentlich war.

Dieser Fall war für Alex von keinem besonderen Interesse. Sie würde damit den neuen Laptop finanzieren, den sie haben wollte, und wenn sie es ein wenig streckte, reichte es vielleicht auch noch für eine Inspektion des Wagens.

Sie setzte sich sofort hin. Für diese Patientin würde sie keinen Kaffee kochen. Colombian Gold war teuer.

»Also, Jessica, nach einem gewalttätigen Zwischenfall mit Ihrem Neugeborenen hat das Gericht verfügt, dass Sie in Therapie gehen?«

Obwohl Alex mit sanfter Stimme sprach, taten ihre Worte doch weh, und die Frau zuckte sichtlich zusammen. Alex war zufrieden, dass sie der Frau ein bisschen Schmerzen zugefügt hatte. *Danke, dass du mein Gespräch unterbrochen hast, du Schlampe*.

Alex legte den Notizblock auf den Tisch und lehnte sich zurück. Es konnte nicht schaden, diesen Fall gleich von Anfang an ein wenig zu entschleunigen.

»Ich sehe, dass Sie gestresst sind und sich nicht gut fühlen, also lassen Sie uns nichts überstürzen. Warum erzählen Sie mir nicht ein wenig von sich?«

Jessicas Schultern entspannten sich etwas vor Erleichterung, dass es nicht gleich ans Eingemachte ging.

»Erzählen Sie mir, wie Sie aufgewachsen sind«, forderte Alex sie auf, »Familie und so weiter.«

Jessica nickte dankbar.

Gott, die Leute sind echt jämmerlich, dachte Alex und schaltete ab. Transparenz bot keinerlei Anreiz.

»... in den Ferien normalerweise nach Blackpool. Ich erinnere mich, einmal am Strand ...«

Alex driftete noch weiter ab, während auf Jessicas Gesicht ein Lächeln erschien. Himmel, sie durchlebte eine schöne Erinnerung. Gelegentlich nickte Alex, damit sie fortfuhr, während sie über die Enttäuschungen nachdachte, die sie bisher erlebt hatte.

Ruth war bei Weitem die größte Enttäuschung für sie gewesen – nicht zuletzt weil sie so viel Zeit in sie investiert hatte. Sie war ihr als Kandidatin nicht in den Schoß gefallen wie Barry. Auch er hatte anders agiert, als es Alex gefallen hätte, aber wenigstens hatte er seinen Anteil daran gehabt, ein unerwartetes Zusammentreffen zwischen Kim und ihr herbeizuführen.

Shane war anfangs ein vielversprechender Kandidat gewesen, doch wie instabil er war, hatte sich bei ihr zu Hause wieder gezeigt. Sie schauderte bei der Erinnerung daran. Nicht wegen der Angst, die sie zunächst empfand, als er ihr auflauerte, sondern weil sie es nicht hatte kommen sehen. Shane würde ihr immer als Ermahnung dienen, Fälle ordentlich abzuschließen.

Alex hatte bereits beschlossen, dass das Hardwick House der Vergangenheit angehörte. Der Zeitaufwand stand in keiner Relation zu dem, was für sie dabei herauskam. Sie hatte gehofft, die Einrichtung würde einen steten Strom von Versuchsobjekten hervorbringen, aus denen sie frei wählen könnte, doch sie hatte sowohl die Qualität als auch die Quantität der angebotenen Ware unterschätzt. Für eine Weile war die Herausforderung, David Hardwick zu verführen, verlockend gewesen und hatte ihr die Besuche in dem Haus der Außenseiter ein wenig versüßt. Doch auch diese Herausforderung hatte mit der Zeit an Reiz verloren. Dass er sich so zierte, war irgendwann nur noch ermüdend gewesen.

Sie würde David in nächster Zeit einen Brief schicken und ihm erklären, die letzten Vorfälle hätten sie emotional so in Mitleidenschaft gezogen, dass sie sich nicht mehr in der Lage sehe, dort zu arbeiten. Inzwischen machte sie sich eine Notiz auf ihrem Block, die Anrufe von dort abzuweisen.

»… vom College abgegangen wegen Angst- und Panikanfällen …«

Immer noch war keine Reaktion ihrerseits erforderlich, und Alex brauchte alle Kraft, um nicht die Augen zu verdrehen. Diese Frau hatte »schwaches, armes Opfer« quer übers Gesicht gepflastert. Alex hatte das Gefühl, dass die einzige Herausforderung bei dieser speziellen Patientin die war, sie nicht hochkant rauszuschmeißen.

Plötzlich ging ihr auf, warum sie die Frau so nervig fand. Sie hatte etwas, was Alex an Sarah erinnerte. Alex machte sich eine Notiz. Sie hatte seit zwei Tagen die Online-Makler nicht mehr gecheckt. Sie war überzeugt, dass in Llangollen inzwischen ein neues Haus auf dem Markt war. Ja, ein hübsches Reihenhaus-Cottage mit zwei Schlafzimmern, wahrscheinlich als »besonderes Schnäppchen« angepriesen, weil der Verkauf drängte.

Normalerweise genügten ein paar Briefe, damit ihre Schwester aktiv wurde. Wenn nicht, hatte Alex noch ein paar Tricks im Ärmel, um Sarah auf Trab zu bringen. Auf die Plätze, fertig, los. Lauf, Schwesterchen.

Obwohl ihre Schwester keine Überraschungen mehr bereithielt, setzte Alex das Spiel fort – weil sie es konnte und weil es ihr ein gewisses Maß an Amüsement verschaffte, auf diese Weise noch etwas mit Sarahs Leben zu tun zu haben. Dass die jämmerliche Närrin sich alle paar Jahre entwurzeln ließ, war an sich schon amüsant genug.

»... es fing zwei Wochen nach der Geburt an ...«

Laber, laber, laber. Alex überlegte, ob sie ihrer Langeweile entkam, wenn sie sich die feinen, hellen Härchen an den Armen einzeln auszupfte. Es wäre wahrscheinlich weniger schmerzhaft.

Gütiger Gott, errette mich aus dieser Ödnis. Alex fand, postnatale Depression wurde wahllos diagnostiziert und verkam allmählich zum modischen Accessoire von Erstgebärenden. Baby-Blues und eine Zeit des Aneinandergewöhnens waren aus der Mode gekommen.

»... ich fühlte mich wertlos und wollte begreifen, was diese Gefühle ausgelöst hatte ...«

Wahrscheinlich dein Unterbewusstsein, das ehrlich mit dir war, dachte Alex, während sie ob der Qualen der Frau nickte.

»... fühlte mich schuldig für die negativen Gedanken. Ich hatte das Gefühl, meinen Mann zu enttäuschen. Er war so aufgeregt und freute sich so über das Baby, und ich konnte ihm nicht die Wahrheit sagen.« Sie schüttelte den Kopf, kämpfte mit den Tränen. »Ich dachte, ich würde verrückt ...«

Alles ganz lehrbuchmäßig, dachte Alex, auch wenn Jessica schneller in dem Stadium angekommen war, als sie gedacht hätte. Alex war jetzt gezwungen, die Monotonie des Fragenstellens zu erdulden.

»Hatten Sie Selbstmordgedanken?«

Jessica zögerte, nickte dann und wischte sich die Augen. »Noch was, weshalb ich Schuldgefühle hatte: dass ich überhaupt darüber nachdachte, sie zu verlassen.«

»Was ist an dem Tag passiert?«, fragte Alex. Sie wollte jetzt nur noch, dass diese nutzlose Frau ging. Wenn sie raten müsste, würde sie darauf tippen, dass das Kind einfach nicht aufhörte zu weinen und sie es zu fest an den Armen gepackt hatte oder sonst irgendetwas Banales.

»An welchem?«, fragte Jessica.

Die Frage überraschte Alex. Sie hatte angenommen, es habe nur einen gewalttätigen Ausbruch gegenüber dem Kind gegeben und das Jugendamt sei von Anfang an involviert gewesen.

»Dem ersten.« Alex sah sie aufmerksam an. Jetzt wurde es doch interessant.

»Es war einer meiner schlimmsten Tage. Am Tag vorher hatte ich mich absolut obenauf gefühlt, richtig gut, fast zu gut, voller Energie und in Hochstimmung. Und dann, rums, der nächste Tag schwärzer als die Nacht. Ich hatte vor allem und jedem Angst. Der Wasserkessel brauchte nur auszugehen, und ich klapperte mit den Zähnen. Ich weiß noch, dass ich mich nicht erinnern konnte, wo ich das Waschpulver aufbewahrte. Das war echt verrückt. Ich habe es im Gartenschuppen gesucht.

Jamie fing an zu weinen, und zuerst habe ich sein Schlafzimmer nicht gefunden. Das war so schräg. Wir wohnten seit drei Jahren in dem Haus, und ich fand das Kinderzimmer nicht.«

Alex legte ihren Notizblock weg und beugte sich vor. »Fahren Sie fort«, sagte sie und konzentrierte sich nun voll und ganz auf die neue Patientin.

»Ich stand über seinem Bettchen, und da hörte er auf zu weinen. Ich blickte auf ihn hinunter, und plötzlich hörte ich Stimmen, zuerst ganz leise, die mir sagten, ich solle ihn kneifen. Sie waren schwer zu verstehen, aber sobald ich sie hörte, wusste ich, dass alles sich besser anfühlen würde, wenn ich seine Haut zwischen meine Finger nahm und zudrückte.«

Alex achtete auf jedes einzelne Wort. »Und das haben Sie dann getan?«

Jessica wurde rot, Tränen traten ihr in die Augen, und sie nickte.

Alex hätte am liebsten in die Hände geklatscht. Das überarbeitete Jugendamt hatte ihr ein Geschenk ins Haus geschickt. Bei dieser Frau war eine postnatale Depression diagnostiziert worden, und sie hatte alle Anzeichen an den Tag gelegt. Doch obendrein hatte Jessica noch Euphorie erlebt, Verwirrung und akustische Halluzinationen. Jessica Ross litt unter einer postnatalen Psychose, und das war etwas ganz anderes. Und machte sie plötzlich sehr interessant.

»Oh, meine Liebe, ich sehe gerade«, sagte Alex freundlich und erhob sich von ihrem Stuhl, »dass ich ganz vergessen habe, Ihnen einen Kaffee anzubieten. Haben Sie Geduld mit mir, während ich die Kaffeemaschine anwerfe.«

Beruhigend lächelte sie Forschungsobjekt Nummer vier an.

48

Bryant parkte den Wagen hinter dem Supermarkt in der Stadtmitte von Blackheath.

»Also, *die* konnten Sie vielleicht an der Nase herumführen, aber ich bin nicht so dumm, wie ich aussehe.«

»Definitiv nicht«, scherzte sie.

»Ich weiß, dass Sie nicht beim Zahnarzt waren«, sagte er und starrte nach vorn.

»Also, ich besitze aber Zähne«, stellte Kim klar und tippte an ihre Oberlippe.

»Ja, ich hab schon mit angesehen, wie Sie erwachsene Männer damit in Stücke gerissen haben, aber das habe ich nicht gemeint. In drei Jahren haben Sie noch nie einen Arzttermin während der Arbeitszeit gemacht. Kein einziges Mal.«

Sie hatte die Erwiderung schon auf der Zungenspitze, doch dann überlegte sie es sich anders. Bryant wusste, dass sie gelogen hatte, und Kim wusste, dass er es wusste. Sie wollte das Ganze nicht noch schlimmer machen.

»Ich will nur sichergehen, dass Sie wissen, was Sie tun«, fuhr er fort, ohne sie anzusehen.

Kim war versucht, ihm eine Hand auf den Arm zu legen, um ihn zu beruhigen, doch sie tat es nicht, und der Augenblick verstrich.

»Kommen Sie, Sorgenpeter, wir müssen ein Phantom finden.«

Der Schuhladen lag in der Haupteinkaufsstraße zwischen einem Metzger und dem Eingang zur Markthalle.

Es klingelte, als Kim Bryant die Tür aufhielt.

Während der Geruch von Autoteilen einladend auf sie wirkte, hatte dieser kleine Ladenraum etwas Abweisendes an sich. Die Luft war modrig, als hätten die Waren sehr lange Zeit unberührt dagelegen und wären nicht zum Kauf dargeboten, sondern vielmehr konserviert worden.

Handgeschriebene Preisschilder lösten sich von Wänden voller altmodischer Handtaschen. In einer Ladentheke in der Mitte wurden unter einer Glasplatte Geldbörsen und Brieftaschen ausgestellt. Es war ein Laden mit multipler Persönlichkeitsstörung. Oder einer, der bloß ums Überleben kämpfte.

Ein Mann kam aus dem Hinterzimmer und schob sich hinter die Theke. Kim schätzte ihn auf Ende vierzig. Seine graue Jeans war zerknittert, den Hosenbund hatte der Bauch verschluckt. Ein schwarzes T-Shirt hatte Schwitzflecken unter den Armen. Unwillkürlich fragte Kim sich, ob die Kleider hier so oft gewechselt wurden wie die Ware. Das Bild vervollständigte sich, was die Beliebtheit des Ladens anging. Auch der Besitzer wirkte nicht einladend.

Bryant trat vor. Kim hielt sich im Hintergrund und beobachtete den Mann aufmerksam.

»Wir möchten mit Ihnen über Leonard Dunn reden. Er ist Mitglied des Buchclubs, den Sie leiten.«

Kim sah, wie sich über dem Ausschnitt des T-Shirts am Hals des Mannes ein roter Fleck bildete.

»Sie wissen natürlich, dass er festgenommen wurde unter dem Verdacht, seine zwei Töchter missbraucht zu haben?«

Bryant hatte zwar einen freundlichen Tonfall angeschlagen, doch die Frage war schonungslos.

Charlie Cook schüttelte energisch den Kopf. »Darüber weiß ich nichts. Wir treffen uns nur ab und zu und reden über Bücher.«

Sein Blick schoss zwischen ihnen hin und her.

Bryant nickte zum Zeichen, dass er verstanden hatte.

»Ja, ich bin auch in einem Buchclub. Toll, sich ab und zu mit den Jungs zu treffen.«

Kim zeigte sich nicht überrascht über seine Lüge.

Bryant trat vor und beugte sich über die Ladentheke. »Die Frau denkt, es ist Tarnung für was anderes.«

Der rote Fleck wanderte nach Norden.

»Das ist keine Tarnung ... ich schwöre ... wir lesen Bücher ... und dann reden wir drüber. Mehr machen wir nicht ... ehrlich ...«

»Ja, meine Frau denkt, wir gehen saufen.«

Charlie entspannte sich sichtlich. Er lächelte, und die Röte wurde eine Spur heller.

»Aber, sehen Sie, die Sache ist die: Wir wissen, dass noch jemand in das verwickelt war, was Leonard Dunn getan hat.«

Die Röte stieg auf wie eine Nebelwand.

Charlie schüttelte energisch den Kopf. »Nein, Mann ... ausgeschlossen. Von uns keiner. Ausgeschlossen. Krank, Mann. Nein, keine kleinen Mädchen ... mir wird übel. Wir reden nur über Bücher. Allein der Gedanke ...«

»Okay, Charlie«, sagte Bryant und hob eine Hand. »Aber fragen mussten wir.«

»Oh, ja … ja … klar. Verstehe.«

»Also, wenn Ihnen noch was einfällt, was uns helfen könnte, melden Sie sich.«

Bei der Aussicht, dass die beiden bald gingen, nahm Charlies Haut wieder ihren normalen Farbton an.

Er reichte ihnen eine zitternde Hand über die Ladentheke, und Bryant war so mutig, sie zu schütteln.

Kim ging zur Tür. Bryant folgte ihr ein paar Schritte und drehte sich noch mal um.

»Oh, wir haben letzten Monat *The Longest Road* gelesen«, sagte Bryant, indem er den Titel nannte, den Stacey erwähnt hatte.

»Ja, ja. Gutes Buch.«

Bryant zuckte die Achseln. »Ich war nur enttäuscht, dass Amy Blake am Ende gestorben ist. Ich mochte die Figur.«

Charlie nickte energisch. »Ja … ja … wirklich schade.«

Kim schüttelte den Kopf und ging weiter zur Tür.

Bryant holte sie ein, als sie einer Gruppe von Schulkindern auswichen.

Sie warf ihm von der Seite einen Blick zu. »Wissen Sie, Bryant, ich wollte Ihnen ja schon ein Kompliment machen, aber es ist da stecken geblieben.« Sie zeigte auf ihre Kehle.

»Danke, Guv. Wenn das so ist, dann passen Sie mal gut auf. Buchclub, ha, von wegen. Ich hab das Buch gründlich studiert, während Sie beim Zahnarzt waren. Und eine Figur namens Amy Blake gibt's darin gar nicht.«

49

»Ich hätt mich weigern sollen, verdammt«, stöhnte Dawson und lehnte sich an die Wagentür.

Stacey lachte. »Ja, sag mir Bescheid, wenn du Nein zur Chefin sagen willst. Ich buch ein Lokal und verkauf Eintrittskarten und so weiter.«

»Na klar, für dich ist das hier ja auch so gut wie ausgehen«, versetzte er.

Kim hatte sie gebeten, Charlie Cook im Auge zu behalten. Schauen, was er im Schilde führte. Nach dem Gespräch mit ihm bestand der Verdacht, dass irgendetwas mit ihm faul war.

Vor einer Stunde hatte er seine kleine Sozialwohnung betreten, und seither hielten sie Wache.

»Nur zu deiner Information, Kev. Kann gut sein, dass ich bald mal ausgehe.«

Er wandte sich um und sah sie an.

»Ausgeschlossen. Du hast tatsächlich eine Verabredung? Eine richtige?«

»Vielleicht.«

»Na los, Stace, spuck's aus: Mann oder Frau?«

Ihre Kollegen wussten, dass sie bisexuell war, auch wenn sie damit nicht hausieren ging. Ihre Eltern waren altmodisch und hielten an bestimmten Glaubenssätzen fest. Etwas anderes als Heterosexualität stand nicht zur Debatte.

Doch sie war nicht aus Afrika, ihre Eltern waren von dort. England war das einzige Zuhause, das sie je gekannt hatte.

»Frau«, antwortete Stacey.

In seinen Augen dämmerte die Erkenntnis. Und wandelte sich zu einem hämischen Grinsen.

»Ich weiß, mit wem.«

»Sei nicht sauer, dass sie mich lieber hat als dich.«

Er schüttelte den Kopf. »Nein, Fairplay, Stace. Trish ist eine tolle Frau.«

Stacey war sich noch nicht ganz sicher, aber sie tendierte zu Ja.

»Hey, Cook hat sich auf den Weg gemacht.«

Stacey griff nach dem Zündschlüssel.

»Langsam«, warnte Kev. »Es sieht ganz so aus, als würde er zu Fuß gehen.«

»Mist«, sagte sie, als beide aus dem Wagen stiegen.

Die Straße führte mitten durch eine Wohnsiedlung, Gassen und Wege zweigten in alle Richtungen ab. Als Teenager hatte Staceys beste Freundin zweihundert Meter von da gewohnt, wo sie jetzt standen. Die beiden waren damals stundenlang ziellos durch diese Straßen gelaufen.

Sie waren hinter eine Ligusterhecke getreten. Stacey streckte den Kopf hinaus. »Er hält auf eine Gasse zu, die unter einer Eisenbahnbrücke durchführt.«

»Können wir ihm folgen?«, fragte Dawson.

Stacey schüttelte den Kopf. »Sie ist nicht lang genug. Wenn er sich umdreht, sieht er uns sofort.«

Sobald er außer Sichtweite war, schossen sie über die Straße. Stacey blickte schnell um die Ecke. Es war nicht genug Abstand zwischen ihnen.

»Wo führt sie hin?«, fragte Dawson.

»Zur Sutherland Road. Wenn er links abbiegt, kommt er durch ein Gewerbegebiet. Rechts sind ein paar Reihenhäuser und gegenüber ein Spielfeld und ein Park.«

Sie sah noch einmal um die Ecke. Er war am Ende der Gasse angekommen.

»Lauf«, sagte Stacey. Sie mussten unbedingt mitkriegen, wohin er sich wandte.

Sie liefen zum Ende der Gasse. Stacey sah sich vorsichtig um. Wenn er nach links oder nach rechts abgebogen wäre, müsste er noch zu sehen sein.

Sie überquerte die Straße. »Er ist über das Spielfeld gegangen. Wenn wir zu weit zurückbleiben, verlieren wir ihn aus den Augen, und der Park hat drei Ausgänge.«

»Mist«, sagte Dawson.

Stacey verstand, was er meinte. So einen sicheren Abstand konnten sie nicht beibehalten. Da, wo keine Straßenlampen standen, würde ihre Zielperson bald außer Sichtweite verschwinden.

Sie liefen über das Spielfeld, bis sie ihn wieder im Blick hatten. Sie waren gerade mal noch sechs Meter hinter Charlie Cook, als sie ihre Schritte verlangsamten und seinen anpassten.

Dawson berührte sie am Arm.

»Kev … was zum …?«

»Stacey, nimmst du meine Hand?«

Muss ich?, überlegte sie. Ehrlich, bei dem wusste man doch nie, wo er seine Finger überall reingesteckt hatte.

Sie nahm sie und drückte fest zu und spürte, wie seine

Fingerknochen aneinanderrieben. Zu seiner Ehre gab er keinen Laut von sich.

»Wo führt das hin?«, fragte er, als Cook zum ersten Ausgang vom Spielfeld eilte.

»Häuser und eine Schule. Die Bibliothek ist am unteren Ende der Straße und gegenüber ein paar Läden.«

Cook trat in den Lichtschein der Straßenlaternen. Sie passten augenblicklich ihr Tempo an, denn jetzt hatten sie wieder freie Sicht und von der Straße ging nur eine rechts ab.

Sie verharrten in der Dunkelheit des Spielfelds, als er zum Ende der Straße ging und rechts abbog.

Wieder liefen sie das Stück, das er zurückgelegt hatte.

Diesmal blickte Dawson um die Ecke.

»Er hat die Straßenseite gewechselt«, sagte er und sah Stacey fragend an.

Sie kramte in ihren Erinnerungen. »Da ist ein Pub, The Wagon and Horses, glaube ich, ein Elektroladen und ... oh, warte ...«

»Was?«, zischte Dawson.

»Die alte Schule, Reddal Hill, ist jetzt ein Gemeindezentrum.«

»Gleich ist er weg«, sagte Dawson.

Sie gingen den Bürgersteig hinunter, aber auf der anderen Straßenseite.

Weitere fünfzehn Meter, und Stacey konnte den Eingang zu der alten Schule sehen. Cook war keine drei Meter mehr weg und bog ab.

Stacey blieb stehen. »Also, wenigstens wissen wir es jetzt.«

Dawson ging weiter. »Wieso bleibst du stehen?«

»Weil wir wissen, wohin er gegangen ist.«

Er schenkte ihr ein wissendes Lächeln. »Ja, aber wir wissen nicht, wozu.«

Stacey ging weiter und holte Dawson ein.

Eine Minute später bogen sie auf den Hof der ehemaligen Schule. Gleich hinterm Tor stand eine Anzeigentafel.

Darauf bunte A4-Blätter, mit verschiedenen Schriften in unterschiedlichen Größen bedruckt.

»Verdammt, das liest sich ja wie der Stundenplan eines Ferienlagers«, bemerkte Dawson.

Stacey las einige angebotene Aktivitäten laut vor. »Boxen, Karate, Modelleisenbahn, Videoclub, Sanfter Sport, oh, und für dich, Kev, gibt's auch Bingo …«

»Schau, was heute Abend im Angebot ist, Stace.«

Ihr Blick fand seinen Finger auf der Tafel.

Auf dem Zettel stand »Jugendclub«.

50

Eine Stunde nachdem sie angerufen hatte, parkte Kim vor dem Besucherzentrum des Eastwood Park Prison. Ein Auffahrunfall mit sechs Wagen in der Nähe von Bristol hatte sie gezwungen, von der Autobahn abzufahren und die Panoramastraße durch die Malvern Hills zu nehmen.

Bevor Kim den Motor abschaltete, kurbelte sie das Fenster der Fahrertür fünf Zentimeter hinunter, damit Barney genug Luft bekam, solange sie drin war. Er schien zu wissen, dass er den Wagen nicht verlassen würde, und drehte sich zweimal im Kreis, bevor er es sich auf der Rückbank bequem machte.

Die Einrichtung war vorher eine Jugendstrafanstalt für Jungen und ein Jugendgefängnis gewesen, bevor sie zum geschlossenen Frauengefängnis für 360 Insassinnen umgenutzt worden war. Doch so viel Mühe man sich auch gegeben hatte, die Einrichtung an ihre Umgebung anzupassen, der Stacheldraht zeigte an, dass es nach wie vor etwas zu fürchten gab.

Kim fand nicht, dass ein Gefängnis schön aussehen musste. Blumen und Sträucher, um die harten Kanten abzumildern, waren überflüssig. Baut sie hoch und baut sie solide, war ihre Meinung. Gefängnisse waren dazu da, Menschen zu beherbergen, die Straftaten und Verbrechen begangen hatten, und um andere davon abzubringen, dasselbe zu tun. Bemühungen, sie aussehen zu lassen wie Sozialwohnungssiedlungen, waren unangebracht und ein ernster Fall von irreführender Werbung.

Sie erinnerte sich an eine Fernsehsendung mit Ross Kemp über ein Gefängnis in Südamerika, in dem die schlimmsten Kriminellen steckten, die man sich vorstellen konnte. Die Regierung schickte jede Woche Nahrungsmittel und andere notwendige Dinge hinein und ließ es von außen bewachen, um sicherzugehen, dass niemand entkam. Weniger kostenaufwendig als die Einrichtungen in England, doch Kim hatte den Verdacht, so ein System wäre in einem »zivilisierteren« Land nicht durchzusetzen.

Zum Glück war für das Untersuchungsgefängnis keine Besuchserlaubnis notwendig, und ihr Anruf beim Gefängnisleiter hatte dafür gesorgt, dass man großzügig über die 24-Stunden-Anmeldefrist hinwegging. Kim zeigte am Tor ihren Dienstausweis vor, und sobald sie bestätigt hatte, dass in ihrer Hosentasche nicht mehr war als ein wenig Wechselgeld, wurde sie oberflächlich abgeklopft. Sie stand pflichtbewusst still, während die Drogenspürhunde kurz an ihr vorbeigeführt wurden, wonach man sie – frei von Schmuggelware – in den Besucherraum führte.

Das Erste, was sie wahrnahm, war das »Geschnatter«. Einige Menschengruppen unterhielten sich mit gedämpften Stimmen, doch ihr schlug ein allgemeiner Schwall falscher Munterkeit entgegen. Es war ein Gefängnis, aber der Raum hier verströmte die Atmosphäre eines Cafés in einer Marktstadt am Samstagvormittag.

Es schien, als wäre das alles aufgesetzt. Als sprächen die Insassen mit übertriebener Fröhlichkeit, um ihre Freunde und Familien nicht zu beunruhigen, und die Besucher verhielten sich wie bei einem Picknick am Flussufer – als gäbe es keinen Ort, an dem sie das Wochenende lieber verbringen würden. Kim fragte sich, wie viele Papiertaschentücher später wohl auf beiden Seiten der Mauern gebraucht wurden.

Sie entdeckte Ruth an einem Tisch ein Stück runter auf der linken Seite. Beinahe hätte Kim die Frau nicht erkannt. Sie nickte einem vorbeigehenden Vollzugsbeamten zu.

Ruth hatte ein wenig zugenommen und war nicht mehr so hager wie bei ihrer letzten Begegnung. Ihre Haare waren gewaschen, und auch wenn sie nicht besonders gut frisiert waren, fielen sie ihr offen und kräftig um die Schultern. »Detective Inspector«, sagte Ruth und reichte ihr die Hand.

Kim setzte ein Lächeln auf, etwas, womit sie sich nie wirklich wohlfühlte, doch ihr lag daran, ihr Gegenüber für sich zu gewinnen.

»Kein anderer Besuch heute?«

Ruth schüttelte den Kopf. »Meine Mutter und mein Vater waren gestern hier«, sagte sie, als gäbe es sonst niemanden.

»Wie geht es Ihnen?«

Ruth zuckte die Achseln. »Denen setzt das hier mehr zu als mir.« Sie sah sich um. »Ich kann verstehen, warum manche ihre Familien bitten, nicht herzukommen. Das Gesicht meiner Mutter sagt alles. Gefängnis ist für die Kinder anderer Leute. Die Besuche sind das Schwerste in der ganzen Woche.«

»Die meisten scheinen sich zu freuen.«

»Das meinen Sie. Sie tun's für die Besucher, aber später tut's höllisch weh, dass man etwas getan hat, was die Menschen, die man liebt, zwingt, herzukommen, ihr Wochenende mit einem Besuch im Knast zu verbringen.«

»Möchten Sie einen Kaffee?«

Ruth nickte. »Milch und zwei Stück Zucker, bitte.«

Kim entfernte sich vom Tisch. Sie empfand die Situation als leicht unwirklich. Sie unterhielten sich höflich und umgänglich, obwohl Kim Ruth doch festgenommen hatte. Eine leichte Feindseligkeit wäre durchaus angemessen gewesen, doch Kim spürte nichts dergleichen. Ja, ihre Sinne erfassten nichts als Akzeptanz.

Während sie darauf wartete, dass die Maschine den Kaffee aufbrühte, spürte Kim, dass Blicke auf sie gerichtet waren. Sie drehte sich um und entdeckte eine übergewichtige Frau, auf der im Augenblick drei kleine Kinder herumkletterten. Sie starrte sie zornig an. Kim kannte die Frau nicht, doch alterfahrene Kriminelle erkannten einen Polizisten leicht auf fünfzig Meter.

Kim kehrte zum Tisch zurück und stellte die Kaffeebecher ab.

»Wie kommen Sie zurecht?«

Ruth zuckte die Achseln. »Es geht. Man braucht nicht lange, um sich an das Gefängnisleben zu gewöhnen. Alles wird kontrolliert: das Aufstehen, Sport, wann man duscht, isst und zu Bett geht. Sehr wenig Veränderung von Tag zu Tag. Man gewöhnt sich an die Vollzugsbeamten, die anderen Insassinnen und die Ecke des Zimmers, die einem gehört. Es gibt wenig, worum man sich sorgen muss, und man muss keine Entscheidungen treffen.«

Im letzten Satz entdeckte Kim eine Spur von Erleichterung.

Ruth sah sich um. »Es könnte schlimmer sein. Ich hab mich der Morgenspaziergangstruppe angeschlossen und mich für zwei Kurse eingetragen, und ab und zu gibt es einen geselligen Abend.«

»Sie scheinen sich sehr gut eingewöhnt zu haben«, sagte Kim, die davon ausging, dass sie die »Touristen«-Seite der Einrichtung zu sehen bekam. Trotz der Sachen, die Ruth erwähnt hatte, sowie einer anständigen Mutter-und-Kind-Abteilung hatte die Strafanstalt die vierthöchste Selbstmordrate im Land.

Ruth lächelte. »Ich werde sehr lange hier sein. Große Wahlmöglichkeiten habe ich nicht. Und wenn Sie deswegen gekommen sind, kann ich Ihnen bestätigen, dass ich auf schuldig plädieren werde. Um das Strafmaß müssen die Anwälte sich kümmern, aber ich werde mich nicht gegen die Strafe wehren.«

Sie sagte es, als ginge es darum, dass sie womöglich ein Schachspiel verlor und nicht Jahre ihres Lebens.

Ruth lachte leise. »Tut mir leid, aber es sieht so aus, als hätte es Ihnen die Sprache verschlagen.«

Dies war nicht die Frau, die Kim festgenommen hatte. Die Frau, die vor ihr saß, wirkte stabil, ergeben, fast zufrieden.

»Aber Sie haben Anrecht auf einen Prozess.« Kim vertraute dem Justizsystem.

Ruth schüttelte den Kopf. »Es wird keinen Prozess geben. Das werde ich weder meiner Familie zumuten noch seiner Mutter. Sehen Sie mich nicht so schockiert an. Ich bin nicht geistig umnachtet. Ich habe es getan, und ich bin bereit, mich den Folgen meines Tuns zu stellen. Jemandem das Leben zu nehmen kann nicht ungestraft bleiben. Ich muss die Schuld begleichen, die die Gesellschaft mir auferlegt, und dann noch einmal von vorn anfangen.«

Kim hatte lange auf jemanden gewartet, der ihre eigenen Ansichten so deutlich vertrat, doch sie hatte nicht erwartete, dass es jemand sein würde, den sie persönlich festgenommen hatte, und sie hatte gewiss nicht damit gerechnet, dass es ihr ein leichtes Unbehagen bereiten würde. Die Frau nahm die Strafe ein wenig zu leicht an, und Kim konnte sich des Gefühls nicht erwehren, dass sie nicht die Einzige war, die Schuld daran trug.

»Ich hoffe, ich habe Ihre Frage beantwortet«, sagte Ruth und schickte sich an aufzustehen.

Kim schüttelte den Kopf. »Bitte bleiben Sie noch sitzen. Deswegen bin ich nicht hier.«

Die gemessene Ruhe schien einen Augenblick ins Wanken zu geraten, und eine tiefe Falte zog sich quer über ihre Stirn.

»Können wir über Doktor Thorne reden?«

Ruth kniff die Augen zusammen. »Verzeihung, das verstehe ich nicht.«

Kim wusste, dass sie äußerst vorsichtig vorgehen musste. »Es würde mir helfen, wenn Sie mir ein wenig über Ihre Sitzungen mit ihr erzählen könnten.«

»Inwiefern?«

Die plötzliche Schärfe in ihrem Ton entging Kim nicht.

»Es würde der Staatsanwaltschaft helfen, die Sache besser zu verstehen.«

Ruth wirkte nicht überzeugt, sie verschränkte die Arme vor der Brust. »Also, wir haben geredet, darum geht es ja. Wir haben viele Themen angesprochen in unseren Sitzungen.«

»Können Sie mir von Ihrer letzten Sitzung erzählen? Es wäre wirklich hilfreich.«

»Wir haben eine Weile geredet, und dann hat sie eine symbolische Visualisierungsübung mit mir gemacht.«

Ruth machte den Eindruck, als wäre ihr unbehaglich zumute, und Kim spürte, dass sie sich zurückzog. Bitte nicht jetzt, flehte sie stumm. Sie musste wissen, was zum Teufel eine symbolische Visualisierungsübung war. Ihr Bauchgefühl sagte ihr, dass es in diesem Fall nichts Gutes war. Sie ließ alle Spitzfindigkeit fahren. Wenn sie hier irgendetwas erfahren wollte, musste sie damit herausrücken.

»Ruth, gab es in dieser letzten Sitzung irgendetwas, was Sie dazu inspiriert haben könnte zu tun, was Sie getan haben?«

»Es war allein mein Werk. Ich habe das Messer mitgenommen, ich habe auf ihn gewartet, ich bin ihm gefolgt, und ich habe auf ihn eingestochen.«

Kim sah, wie sich in der Frau, die ihr gegenübersaß, Gefühle aufbauten. Eine Röte breitete sich in ihrem Ausschnitt aus, und die Muskeln in ihrem Gesicht waren angespannt.

»Aber halten Sie es für möglich, dass Sie von Doktor Thorne manipuliert worden sind? Benutzt? Ich meine, dadurch dass sie Sie dazu gebracht hat, sich vorzustellen, wie Sie Allan Harris umbringen, indem sie in der symbolischen Übung ein Messer benutzte … Ist es möglich, dass die Psychologin mit Absicht …?«

»Reden Sie keinen Unsinn. Woher soll sie denn gewusst haben, dass ich ihre Bemühungen, mir zu helfen, als …?«

Ruths Stimme verhallte, als ihr aufging, dass sie gerade bestätigt hatte, was Kim nur als wilde Vermutung in den

Raum gestellt hatte: Das Verbrechen spiegelte die Sitzung.

»Ruth, bitte, reden Sie mit mir.«

Ruth schüttelte energisch den Kopf. »Detective Inspector, ich werde kein Wort gegen Doktor Thorne sagen. Sie ist eine erfahrene intuitive Psychologin, die mir in der schwersten Zeit meines Lebens geholfen hat. Ich weiß nicht, was Sie glauben, was sie getan hat, aber ich kann Ihnen sagen, dass sie meine Rettung war. Ich glaube, Sie sollten jetzt gehen und mich mit Ihren scheußlichen Anschuldigungen in Ruhe lassen.«

»Ruth ...«

»Bitte gehen Sie und kommen Sie nicht wieder her.«

Mit einem letzten aufgebrachten Blick verließ Ruth den Tisch.

Kim fluchte leise. Die verdammte Frau war so in ihrer Selbstgeißelung gefangen, dass sie nichts hören wollte von der Andeutung, es könnten noch andere für das Verbrechen mitverantwortlich sein. Sie hatte sich der Reue unterworfen und würde sich durch nichts davon abbringen lassen.

Kim ging zum Auto zurück. Immerhin wusste sie jetzt, was sie bisher nur vermutet hatte: Alex hatte Ruth manipuliert. Doch sie wusste nicht, warum.

Kim überlegte, ob die Psychologin irgendein krankes Machtspielchen spielte, um zu sehen, wie weit sie Menschen treiben konnte, doch sie glaubte nicht, dass es das war. Sie erinnerte sich daran, wie sie Alex das erste Mal nach Allans Tod getroffen hatte und Alex sie gefragt hatte, ob sie Ruth sehen könne. Hatte sie ihre Spuren verwischen wollen, oder war da noch mehr? Wenn es nur darum gegangen wäre, Ruth zu manipulieren, wäre das Wissen darum, was Ruth getan hatte, doch Triumph genug gewesen. Aber das war es nicht. Sie hatte Ruth nach der Tat sprechen wollen.

Nein, so simpel wie Gedankenkontrolle war es nicht. Alex war auf irgendetwas aus, und Kim musste versuchen herauszufinden, was genau sie interessierte. Dafür musste sie eine Reise in ihre Vergangenheit unternehmen.

Kim konnte nicht übergehen, wie viel Macht Alex inzwischen in Händen hielt. Dass sie Zugang zu den entsetzlichen Erlebnissen in Kims Vergangenheit hatte, machte es eindeutig zu einem unfairen Kampf. Alex konnte diese Vorfälle offen untersuchen, ohne verrückt zu werden. Diesen Luxus hatte Kim nicht.

Alex konnte sämtliche Fakten benutzen, um Kim weiter in die Dunkelheit zu ziehen, und Kim wusste nicht einmal, wie sie sich zur Wehr setzen sollte. Sie brauchte ein tieferes Verständnis dafür, gegen wen sie hier antrat.

Und sie vermutete, dabei konnte ihr nur ein Mensch helfen.

51

Das Bardsley House, gut sechs Kilometer östlich vom Stadtzentrum von Chester, diente der Unterbringung psychisch kranker Straftäter. Ende des 19. Jahrhunderts eröffnet, hatte es für die Reichen keine Tagesausflüge dorthin gegeben und auch keine geführten Touren in die Welt der Verrückten. Das Bardsley House hielt seine Patienten seit jeher abgesondert, hinter verschlossenen Türen, geschützt vor neugierigen Blicken. Äußerlich machte es einen völlig normalen Eindruck.

Die achthundert Meter lange gekieste Auffahrt schlängelte sich zwischen saftigen, wogenden Rasenflächen durch einen fast 300 Hektar großen Wildpark, bevor sie vor einem imposanten Gebäude endete.

Während Alex auf den Eingang zuging, sinnierte sie, dass es weit schlimmere Orte gab, um geisteskrank zu sein.

Der Empfangsbereich erinnerte in nichts an ein normales Krankenhausfoyer. Überall standen bequeme Ohrensessel, dazwischen kleine Tische. Landschaftsaquarelle mit Szenen aus der Gegend schmückten die Wände, und aus einem Lautsprecher, der über einer Überwachungskamera an der Wand hing, drang leise Panflötenmusik.

Alex' Finger schwebte über dem Klingelknopf, als die Tür aufging und eine übergewichtige Frau Ende fünfzig vor ihr stand. Ein rascher Blick sagte ihr, dass die Frau schon geraume Zeit in der Einrichtung war. Sie trug eine schwarze Hose aus einem billigen Polyestermischgewebe, ein weißes T-Shirt und darüber ein einfaches blaues Trägerkleid. Ihre Fingernägel waren bunt lackiert, und knallgelber Modeschmuck zierte ihr Handgelenk und ihren Hals. Die kurzen Haare leuchteten in einem kräftigen Lila. Ein schlichtes Namensschild verriet, dass sie »Helen« war. Weder Titel noch Aufgabenbereich, nur Helen.

Alex reichte ihr die Hand. »Hallo, ich bin …«

»Doktor Thorne«, vervollständigte Helen den Satz mit einem breiten, offenen Lächeln. Sie war eindeutig zugänglich und vertrauensvoll. Eine Frau, ganz nach Alex' Geschmack.

»Doktor Price hat uns informiert, dass Sie kommen. Er hat uns gebeten, Sie in jeder erdenklichen Hinsicht zu unterstützen.«

Selbstverständlich hat er das, dachte Alex. Doktor Nathaniel Price war der Arzt der Einrichtung, und ihre »Freundschaft« ging auf das gemeinsame Medizinstudium zurück, als Alex dahintergekommen war, dass er eine homosexuelle Beziehung mit einem Dozenten hatte. Sein Geheimnis war damals für sie von geringem Nutzen gewesen, und sie neigte nicht zu kindischer Bosheit, sie musste etwas davon haben, wenigstens ein bisschen Spaß und Unterhaltung. Damals hätte sein Geheimnis keine größeren Auswirkungen gehabt; ein oder zwei Wochen hätten sich alle die Mäuler darüber zerrissen und sich bald wieder der universitären Seichtheit zugewandt. Doch jetzt besaß es Gewicht, besonders für seine Frau und seine drei Töchter.

Zum Glück hatte Alex die Drohung gar nicht aussprechen müssen. Sie surrte auch so durch die Telefonleitung. Ihm reichte es, dass sie es wusste, und wenn er so klug war, wie sie vermutete, wusste er auch, dass sie es benutzen würde. Wahrscheinlich trieb er es immer noch heimlich. Sie machte sich im Geiste rasch eine Notiz, es herauszufinden. Eine kleine Zusatzversicherung konnte nie schaden.

»Sehr nett von Ihnen, Helen«, sagte sie, lächelte und schüttelte der Frau freundlich die Hand. Hässliche dicke Menschen badeten sich gern in der Aufmerksamkeit schöner Menschen.

Helen führte sie aus dem Foyer einen kurzen Flur hinunter und bog links in ein kleines, ordentliches Büro.

»Nehmen Sie bitte Platz.«

Alex tat, wie ihr geheißen. Der Raum war funktional und klein, ein Fenster gewährte den Blick auf einen verzierten Springbrunnen im östlichen Bereich des Geländes. Das Maul des Delfins sah aus, als hätte er in fünfzig Jahren keinen einzigen Tropfen Wasser ausgespuckt.

»Ich bin seit zweiundzwanzig Jahren hier Pflegedienstleiterin, wenn ich Ihnen also mit irgendetwas behilflich sein darf, fragen Sie nur.«

Alex lehnte sich zurück. »Ich weiß nicht, wie viel Doktor Price Ihnen erzählt hat.«

»Nur dass Sie im Augenblick einen ähnlichen Fall haben und jeder Einblick hilfreich sein könnte.«

Alex nickte bedauernd. »Sie wissen, dass ich nicht ins Detail gehen kann, aber wenn Sie mit mir über Patricia Stone sprechen könnten und wenn ich sie kurz sehen könnte, würde mir das, glaube ich, bei der Behandlung meiner Patientin sehr helfen.«

Helen schien bereit, ihr alles zu erzählen. »Okay, ich fange mal irgendwo an, und wenn Sie Fragen haben, unterbrechen Sie mich einfach.«

Alex holte ein Notizbuch heraus. Helen trank einen Schluck aus einer Dose Cola light – amüsant, wenn man ihren Körperumfang bedachte.

»Die Eckdaten von Pattys früherem Leben kennen Sie vermutlich. Sie kam nach der Tragödie 1987 hierher.

Schon Jahre vorher war bei ihr Schizophrenie diagnostiziert worden, doch sie sprach gut auf die Medikamente an und wurde im Zuge der Deinstitutionalisierung entlassen.

Als sie in unsere Obhut kam, zeigte sie viele charakteristische Symptome für Schizophrenie. Sie litt unter Wahnvorstellungen, Halluzinationen, desorganisierter Sprache und Katatonie. Sie war sozial dysfunktional. Die Symptome bestanden schon über sechs Monate. Der Ausschluss bekannter organischer Ursachen war bestätigt worden.«

»Können Sie mir Genaueres über die Art der Wahnvorstellungen und Halluzinationen sagen?«, fragte Alex. Dieser medizinische Vortrag für Erstsemester war wenig erhellend.

»Also anfangs hörte sie Stimmen, die sich in ihrem Kopf stritten, vollkommen unabhängig von ihr selbst. Sie war, wenn Sie so wollen, die Schiedsrichterin, die Friedensstifterin. Die Stimmen wollten immer, dass sie sich auf eine Seite schlug. Sie litt auch unter Wahnwahrnehmungen. Es gibt Aufzeichnungen, vor meiner Zeit, dass ein Mitpatient ihr während des Mittagessens den Wasserkrug über den Tisch schob, und das hieß für sie, das

Pflegepersonal versuchte, sie umzubringen, und sie konnte sich nur damit schützen, dass sie mitten in den Speisesaal urinierte.

Kurz nachdem ich herkam, entwickelte Patty eine Phobie vor Fenstern. Sie hatte Angst, wenn ein Fenster offen stünde, würden ihr die Gedanken aus dem Kopf gesogen.«

»Hatte sie gewalttätige Phasen?«

Helen nickte traurig. Es war klar, dass diese Frau Patricia Stone sehr mochte. Wie unprofessionell, solche Gefühle für eine Patientin zu entwickeln, sinnierte Alex.

»Leider ja. Sie ist nicht von Natur aus gewalttätig, doch es gibt Zeiten, da ist sie schwer zu kontrollieren.«

»Können Sie mir etwas über diese Vorfälle erzählen?«

Helen griff nach der Akte, um Einzelheiten nachzuschlagen.

»1992 griff sie eine Mitpatientin an und behauptete, die ältere Frau würde ihr Gedanken in den Kopf schießen, und sie müsste dafür sorgen, dass das aufhört. Im Juni 1997 griff sie einen Patienten an und behauptete, er projiziere Gefühle in sie hinein. Ein paar Monate später beharrte sie darauf, ein Patient würde ihre Gedanken laut lesen. Vor sechs Jahren hat sie einen Besucher angegriffen und behauptet, er habe mentale Kontrolle über sie erlangt und sie dazu gebracht, so lange ihr Knie zu kratzen, bis es blutete. Und vor Kurzem hat sie eine junge Krankenschwester zu Boden geworfen, weil sie Impulse in ihr Hirn geschickt hat.«

Alex war fasziniert. Patty Stone hatte fast die ganze Palette der Symptome ersten Ranges nach Schneider abgedeckt, von denen jedes einzelne auf Schizophrenie deutete.

Helen schloss die Akte. »Bitte verstehen Sie mich nicht falsch. Diese Episoden sind selten. Ansonsten ist sie eine

Musterpatientin, kooperativ und recht umgänglich. Solche Episoden führen dazu, dass wir ihre Medikation anpassen müssen. Ursprünglich bekam sie Chlorpromazin, doch jetzt ist sie auf Clozapin.«

Clozapin wurde oft schizophrenen Patienten verabreicht, die schwer zu behandeln waren. Das Medikament hatte weniger Nebenwirkungen.

»Gibt es eine Verbindung zwischen ihrem Verhalten oder diesen Episoden und Besuchen ihrer Familie?«

»Patty hatte in all den Jahren noch nie Besuch.«

Alex gab sich überrascht. »Oh, ich dachte, ihre Tochter …«

»Leider nicht. Sie ruft jeden Monat an, das macht sie, seit sie achtzehn ist, aber sie besucht sie nie.«

»Das muss hart sein für Patty.«

Helen öffnete die Hände. »Es steht uns nicht zu, uns in Familienbeziehungen einzumischen. Wir tun einfach unser Bestes für die Patienten, die in unserer Obhut sind.«

»Besteht Hoffnung, dass Patty irgendwann einmal entlassen werden kann?«

Helen überlegte. »Das ist eine schwierige Frage, Doktor Thorne. Es gibt Zeiten, da ist Patty sehr stabil und man kann sich leicht vorstellen, dass sie ein Leben außerhalb der Einrichtung führt, doch ihre periodischen Gewaltausbrüche machen das sehr unwahrscheinlich. Vergessen Sie nicht, dass sie seit über einem Vierteljahrhundert hier ist. Das Leben hier ist sicher und vertraut. Wir sind keine Kurzzeiteinrichtung. Wir haben es nicht auf einen raschen ›Umsatz‹ der Patienten abgesehen. Wir kümmern uns um die, die uns brauchen, und wir akzeptieren, dass das bei manchen über lange Zeit so ist und bei einigen auch für den Rest ihres Lebens.«

Alex nickte ernst und dachte: Wenn diese Frau nicht verantwortlich für das Verfassen der PR-Broschüre ist, dann sollte man ihr die Aufgabe übertragen.

»Aber Pflege ist teuer. Ich meine, diese Einrichtung ist anders als viele, die ich besucht habe.«

»Wir haben eine Mischung aus Privatpatienten, die ihren Aufenthalt hier selbst finanzieren, und solchen, für die die Sozialfürsorge aufkommt.«

Klar tut sie das, dachte Alex, besonders bei Patienten, die von diesem System fallen gelassen worden waren und am Ende andere vernachlässigt oder gar getötet hatten.

»Vielen Dank, Helen. Sie haben mir sehr geholfen. Es ist deutlich, dass Sie ein wesentlicher Eckpfeiler der hier angebotenen Pflege sind.«

Helen wirkte angemessen geschmeichelt. »Und Sie würden Patty gern kennenlernen?«

Das war sicher leichter gesagt als getan. »Wenn das möglich ist.«

»Ich habe Doktor Price schon erklärt, dass ich sie nicht zwingen werde, sich mit Ihnen zu treffen. Wie ich schon sagte, sie hat noch nie Besuch bekommen, und wenn sie sich nicht wohlfühlt dabei oder Sie nicht treffen möchte, dann ist das ihre Entscheidung.«

Alex nickte zum Zeichen ihrer dankbaren Einwilligung. Unter dem ganzen Geblubber besaß die Frau also Rückgrat.

»Und ich bleibe die ganze Zeit dabei. Haben Sie das verstanden?«

Alex nickte. Die Frau wurde ihr mit jeder Minute unsympathischer.

Helen stand auf und bedeutete Alex, ihr zu folgen. Wieder ging es durch den Flur mit den Panflöten. Gruseligerweise war sonst nichts zu hören. Helen trug keinen Schlüssel bei sich, die Türen ließen sich mittels eines durch lange Gewohnheit flink eingetippten Zahlencodes öffnen.

Vor einer schweren Eichentür blieb Helen stehen. »Es wäre mir lieber, Sie würden die Wohnräume nicht betreten. Unsere Patienten brauchen ihre Routine. Sie wissen, wann Besuchsstunde ist, und ich will sie nicht durcheinanderbringen.«

Alex wurde in einen riesigen Raum geführt, der wirkte, als hätte er weder mit der Einrichtung noch mit ihren Insassen etwas zu tun.

»Nehmen Sie bitte Platz. Ich gehe und spreche mit Patty.«

Alex bedankte sich bei ihr, setzte sich jedoch nicht gleich hin. Sie spazierte durch den Raum, der an zwei Wänden von Bücherregalen gesäumt wurde, die vom Boden bis zur Decke reichten. An der dritten Wand hing Kunst, und sie erkannte Gainsborough, van Dyck und Sir Peter Lely.

Sorgfältig wählte Alex einen Stuhl dem Fenster gegenüber, sodass Patty hoffentlich ihr gegenüber Platz nahm und nicht von dem abgelenkt wurde, was draußen passierte. Trotz Helens Worten war Alex zuversichtlich, dass Patty sich mit ihr treffen würde. Ihre Fahrt hierher hatte sich jetzt schon gelohnt. Dass Kim ihre Mutter noch nie besucht hatte, aber weiterhin jeden Monat hier anrief, war äußerst faszinierend.

Alex war sich nicht sicher, welche weiteren Einsichten sie gewinnen würde, aber sie war trotzdem erpicht darauf, die Frau kennenzulernen, die Kim geboren hatte und die einen entscheidenden Anteil daran gehabt hatte, die komplexen Charakterzüge der Polizistin zu formen. Kims Familie kennenzulernen zementierte ihre Beziehung weiter. Von den Menschen in Kims Umgebung war vermutlich noch nie jemand ihrer einzigen lebenden Verwandten begegnet, und das machte dieses Zusammentreffen ganz einzigartig.

Die Tür ging auf, und Alex verbarg ihre Überraschung über Patty Stones äußere Erscheinung. Die Frau war schmächtig, aber nicht gebrechlich. Ihre Haare waren vollkommen grau und kurz geschnitten. Sie trug eine weite Jeans und einen Pullover mit Blumenmuster, und ihre Füße steckten in hellblauen Pumps. Als hätte man sie aus einem Cottagegarten geholt – fehlten nur der Sonnenhut und der Blumenkorb.

Alex lächelte, als die Frau mit steifen, langsamen Bewegungen näher kam.

»Hallo, Patty. Wie geht es Ihnen heute?«

Patty ließ sich von ihr die Hand schütteln. Ihre Hand war warm, aber schlaff. Äußerlich sah die zierliche Frau mittleren Alters älter aus als achtundfünfzig und schien kaum fähig zu gewalttätigen Ausbrüchen, doch Alex wusste, dass Äußerlichkeiten leicht täuschen konnten.

Sie setzte sich und fixierte Alex mit einem entnervenden Blick. Alex blickte in die unnatürlich dunklen Irides, die Patty ihrer Tochter vererbt hatte. Plötzlich schlug Patty, ohne zu blinzeln oder einen anderen Muskel zu bewegen, mit der flachen Hand auf ihren eigenen Oberschenkel.

Alex beachtete es nicht weiter. »Also, Patty, ist es okay, wenn wir uns ein bisschen unterhalten?«

Patty schien zuzuhören, aber nicht ihr. Nach sechs oder sieben Sekunden nickte sie.

»Ich würde, wenn das möglich ist, gern mit Ihnen über Ihre Tochter Kim sprechen.«

»Sie kennen Kimmy?« Kein Zögern, doch ein weiterer Schlag auf den Oberschenkel.

Alex schaute zur Seite, wo Helen saß und eine Zeitschrift las. Weit genug weg, um nicht zu stören, doch so nah, dass sie alles hören konnte, was gesagt wurde. Und Pattys Reaktionen abschätzen konnte. Alex musste ihre Fragen sehr sorgfältig formulieren.

Sie nickte und begegnete dem Blick der Frau, schockiert über die Intensität, die sie dort für einen Sekundenbruchteil sah, bevor sie fortgeblinzelt wurde.

»Ich habe Kim vor Kurzem kennengelernt. Ich glaube, Sie haben sie eine ganze Weile nicht gesehen.«

Stirnrunzelnd blickte Patty nach links oben.

»Tut mir leid, Patty. Sie haben *Kimmy* eine ganze Weile nicht gesehen?«

Eine Träne lief ihr über die Wange, und ihre Hände bewegten sich, als würde sie stricken. »Kimmy sicher?«

»Ja, Patty, Kimmy ist sicher. Sie hat einen sehr wichtigen Job als Polizeibeamtin.«

»Kimmy sicher.«

Alex nickte, obwohl Pattys Blick über ihren Kopf hinwegschoss.

»Kimm ruft an, ich bin sicher.«

Alex nickte weiter. Es war oft zwecklos, die desorganisierte Sprache Schizophrener verstehen zu wollen. Alex bemerkte, dass Helen keine einzige Seite ihrer Zeitschrift umgeblättert hatte.

»Können Sie mir etwas über Kimmys Kindheit erzählen?«, hakte Alex nach, auch wenn sie nicht davon ausging, dass sie etwas Nützliches erfahren würde.

Die Hände strickten schneller. »Mikey sicher, Kimmy sicher. Teufel kommt, Teufel nimmt.«

Patty verharrte mitten in der Bewegung, wandte den Kopf nach links und lauschte, obwohl im Raum sonst nichts zu hören war. Oh, um Himmels willen, Frau, mach schon, dachte Alex.

Sie schüttelte den Kopf. »Nein, Kimmy Freund. Kimmy sicher.« Sie verharrte, um auf eine Erwiderung zu lauschen, die nur in ihrem Kopf war.

Patty hörte lange genug auf zu stricken, um sich auf den Oberschenkel zu schlagen, und dann strickte sie weiter, schneller jetzt.

»Nein, Kimmy Freund. Freund Kimmy. Kimmy sicher?«

Sie fixierte Alex mit einem starren Blick, der ihr vorkam wie ein Röntgenstrahl. »Nicht wahr?«

Die dunklen, grüblerischen Augen schienen direkt in ihre Seele zu blicken. Alex nickte.

Mit der Schnelligkeit einer Gazelle stürzte Patty sich auf sie. Doch Alex brauchte eine Sekunde, um zu reagieren. Pattys Hände krallten sich in ihre Haare, ihre Nägel kratzten ihr die Haut auf. Instinktiv hob Alex die Arme, um sie abzuwehren. Vage bekam sie mit, dass Helen schrie, Patty solle aufhören.

Pattys Hände waren überall, grapschten nach ihrer Kopfhaut. Ihrem Mund entwich ein gutturaler Laut. Spucke landete auf Alex' Wange. Als der Speichel in Richtung ihrer Lippen tropfte, hätte sie sich beinahe übergeben. Sie senkte den Kopf, um ihr Gesicht zu schützen, doch sie spürte schon den Schmerz in den Wangen und Schläfen.

Alex versuchte noch einmal, Patty wegzuschieben, doch die zierliche Frau stand über ihr und war damit klar im Vorteil.

Alex sah, dass Helen Patty von hinten mit den Armen um die Taille packte, um sie wegzuziehen. Die rechte Faust hatte Patty fest um eine Haarsträhne geschlossen. Als Helen Patty nach hinten zog, schrie Alex auf, denn die riss ihr die Haare mit den Wurzeln aus. Pattys andere Hand grapschte verzweifelt nach mehr Haaren.

»Schnappen Sie sich ihre andere Hand, und ich ziehe«, rief Helen.

Alex packte Pattys linke Hand. Der Griff um ihre Haare war eisern. Alex traten Tränen in die Augen, als Patty zog. Sie löste die Finger einen nach dem anderen.

»Ziehen Sie«, rief sie Helen zu.

Patty schlug weiter mit den Armen nach Alex, auch als Helen sie längst nach hinten zog.

Alex sah zu, wie Patty aus dem Raum gebracht wurde. Pattys Augen starrten Alex böse nieder. Verschwunden war die zierliche Gestalt aus dem Cottagegarten, dies war eine spuckende, wilde Bestie.

»Warten Sie hier, ich hole jemanden, der Sie sich ansieht«, sagte Helen, als sie Patty zur Tür hinausschleifte.

Kaum wurde die Tür geschlossen, strich Alex ihre Haare glatt und verließ den Raum. Sie hatte nicht die Absicht, noch länger hier zu verweilen. Ihr reichte es. Von dieser psychotischen Verrückten würde sie nichts mehr erfahren.

Im Auto begutachtete sie den Schaden. Ein langer Kratzer führte von der Schläfe zum Kiefer. Der dünne Strich war rot, blutete aber nicht. Rote Flecken von Pattys Nägeln überzogen ihr ganzes Gesicht. Die meisten Verletzungen aber waren unter den Haaren.

Ihr gesamter Kopf fühlte sich an, als stünde er in Flammen.

Der Besuch hatte sehr viel mehr eingebracht, als sie erwartet hatte, doch sie musste sich fragen, ob es die Sache wert gewesen war.

Irgendetwas an Patty ergab in Alex' Augen keinen rechten Sinn. Sie holte ihr Notizbuch hervor.

Die Bewegungsstörungen waren trotz der Medikamente recht ausgeprägt. Eine so methodische Reise durch die Mehrzahl der von Schneider genannten Symptome ersten Ranges der Krankheit wie bei Patty hatte Alex selten beobachtet. Die periodischen Gewaltausbrüche, die mit einer präzisen Regelmäßigkeit auftraten, waren faszinierend, ebenso wie die schwer verständlichen, anscheinend sinnlosen Worte, die sie sprach.

Alex tippte mit den Fingernägeln auf das Lenkrad. »Natürlich«, sagte sie zu sich selbst, als sich die Stücke aneinanderfügten. Alex musste über die Gerissenheit dieser Verrückten schmunzeln, als die Puzzleteile endlich an die richtigen Stellen rückten. Trotz der Verletzungen konnte Alex nicht umhin, sich über die Ironie zu amüsieren, dass die einsichtigste Person, die ihr seit Jahren begegnet war, ausgerechnet eine paranoide Schizophrene war.

Als sie den Rückwärtsgang einlegte, lächelte Alex in sich hinein. Am Ende hatte die Fahrt sich doch gelohnt.

52

Das zweistöckige Haus in Brockmoor hatte sich seit Kims letztem Besuch kaum verändert. Die Haustür hätte einen Anstrich vertragen, und der Messingknauf war stumpf und an einigen Stellen schwarz. Sie wusste nicht mit Sicherheit, ob er noch an dieser Adresse wohnte und arbeitete, doch sie musste es versuchen.

Sie zögerte, bevor sie den Klingelknopf drückte, unsicher, wie er ihren Besuch aufnehmen würde und ob er sich überhaupt an sie erinnerte.

Vorsichtig klingelte sie und hielt die Luft an. Schwere Schritte und ein tiefes Grummeln zupften an ihren Mundwinkeln.

Der Mann, der ihr die Tür öffnete, war kleiner und breiter, als sie ihn in Erinnerung hatte. Sein drahtiges graues Haar spross in alle Richtungen, wie bei Einstein. Die Brille hatte er um den Hals hängen. Er hatte sich kaum verändert.

»Es tut mir leid, Miss, aber ich kaufe …« Seine Worte verstummten, als sein Blick ihre Augen fand. Er setzte sich die Brille auf die Nasenspitze. »Kim?«

Sie nickte und wartete auf seine Reaktion. Sie hatte aus einem einfachen Grund aufgehört, zu ihm zu gehen: Er war zu gut bei dem, was er tat, und war ihr ein wenig zu nah gekommen. Sie hatte sich weder bedankt, noch sich erklärt oder verabschiedet.

»Kommen Sie rein, kommen Sie«, sagte er und trat zur Seite. In seiner Stimme lag keinerlei Verärgerung oder Enttäuschung. Ja, sie hätte es wissen müssen.

Sie folgte ihm ins Sprechzimmer. Was für ein Kontrast zu Alex' Behandlungszimmer. Doktor Thorne bot die Illusion von Behaglichkeit. Geschickt platzierte teure Sessel, ein Orientteppich, Plastikblumen, Kerzen, Samtvorhänge vor den Schiebefenstern. Doch in diesem Raum hier standen alte Sessel, die vom Sitzen bequem geworden waren, hier und da ein bisschen abgewetzt, aber sauber. Im Raum verteilt standen Bonsaibäume in verschiedenen Stadien der Bearbeitung. Keine Urkunden, die von den Wänden seine Verdienste hinausschrien. Das war nicht nötig.

»Wie geht es Ihnen, meine Liebe?«, fragte er. Aus dem Mund der meisten Menschen war das eine banale Frage, eine höfliche Floskel. Bei ihm war es eine ehrliche Frage voller Wissen und Verständnis.

»Ich komme zurecht, Ted.«

»Ich zügele meine Neugier so lange, bis ich Ihnen eine Tasse Kaffee gemacht habe.«

Sie folgte ihm in die Küche im hinteren Teil des Hauses. Es war ein altmodischer Raum mit alten Eichenschränken, die den kleinen Raum düster machten. Eine bunte Sammlung an Geschirr trocknete auf der Spüle.

»Keine zweite Frau?«

»Nein, meine Liebe, das wäre nicht fair gewesen. Keine

Frau hätte Eleanor das Wasser reichen können. Es wäre nicht recht gewesen. Ich hätte meine Erwartungen niemals herunterschrauben können. Es gab über die Jahre hier und da mal eine, aber da ich mich stets weigerte, den nächsten Schritt zu tun, war's das.«

Kim sagte nichts, als er kochendes Wasser in zwei Tassen schenkte und ihr dann eine überreichte. Sie nahm den Kaffee und ging zurück in das behagliche Zimmer.

»Also, wie ist es Ihnen ergangen, seit Sie mir vor zwanzig Jahren den Laufpass gegeben haben?«

Himmel, sein Erinnerungsvermögen war topp. Sich jetzt zu entschuldigen war sinnlos. Sie setzte sich in den Sessel, der ihr vertraut war. Es fühlte sich genauso an wie damals.

»Ich war auf dem College und bin dann zur Polizei gegangen. Ich liebe meine Arbeit.«

»Welchen Rang bekleiden Sie?«

»Detective Inspector.«

»Hmm ... gut gemacht, aber warum geben Sie sich damit zufrieden?«

Himmel, dieser Mann war wirklich eine Herausforderung. Nicht die harmloseste Tatsache blieb unbemerkt. Was natürlich seinen Teil dazu beitrug, dass er so ein ausgezeichneter Psychologe war.

»Wer behauptet das?«

»Wenn Sie weiter Karriere machen wollten, hätten Sie's getan.«

Es war eine schlichte Feststellung, die absolut der Wahrheit entsprach. Sie war noch keine zehn Minuten hier, und schon las er sie wie ein offenes Buch.

»Und was ist mit Ihnen? Haben Sie sich endlich zur Ruhe gesetzt oder stecken Sie die Nase immer noch in die Angelegenheiten anderer Leute?«

Er lächelte. »Oh, sehr gut gemacht, meine Liebe. Ablenkung und der Versuch, einen Witz zu machen, in einem Satz. Sie sind weit gekommen, aber ich lasse es Ihnen durchgehen, da Sie zu mir gekommen sind und Ihre Gründe dafür irgendwann schon offenbaren werden.« Er trank einen Schluck Kaffee. »Ich bin wohl so etwas wie im Halbruhestand. Ich empfange ab und zu zwei oder drei Patienten, und wenn es sein muss auch mehr.«

Kim vermutete, dass das »wenn es sein muss« hieß, wenn die Sozialfürsorge ihn darum bat. Ted hatte immer für den Staat gearbeitet, hauptsächlich in Fällen von Kindesmissbrauch und -vernachlässigung. Kim konnte sich nur schwer ausmalen, was für Horrorgeschichten er zu hören bekommen hatte, was für verstörende Bilder er hatte ertragen müssen.

»Wie machen Sie das, Ted?«

Er überlegte einen Augenblick. »Ich bilde mir gern ein, helfen zu können. Dann kann ich nachts besser schlafen.«

Er macht es sicher nicht wegen des Geldes, dachte Kim. Er lebte in den beiden Zimmern im Obergeschoss. Er war wirklich einer von den Guten.

Er kicherte. »Wissen Sie, ich erinnere mich an dieses kleine Mädchen, das hierherkam, so zornig, so defensiv, dass sie drei ganze Sitzungen lang kein einziges Wort sagte. Ich glaube, da war sie sechs. Nichts hat funktioniert. Ich hab's mit Lutschern probiert, mit Spielzeug, einem Spaziergang durch den Garten, doch sie machte einfach nicht den Mund auf.«

Kim erstarrte. Daran wollte sie nicht erinnert werden.

»Als ich sie das nächste Mal sah, war sie neun, zwischen zwei Pflegefamilien, sie konnte sich weder auf etwas einlassen, noch sich irgendwo anpassen. Als ich ihr einen

Haferkeks anbot, waren die ersten Worte, die ich je aus ihrem Mund hörte: ›Was ist los, Doc, sind die Lutscher alle?‹ Und dann sah ich sie wieder, als sie fünfzehn war und sich kategorisch weigerte, über das zu reden, was in der letzten Pflegefamilie passiert war, obwohl …«

»Ted, ich brauche Ihre Hilfe«, unterbrach sie ihn. Sie vertraute fraglos auf das Können dieses Mannes, doch sie konnte nicht zulassen, dass er auch nur in die Nähe dieses abgezäunten Terrains kam. Er war zu gut in dem, was er tat.

Er suchte ihren Blick und hielt ihn fest. »Ich wünschte nur, Sie würden mich Ihnen helfen lassen. Ihr Leben könnte …«

»Doc, bitte.«

Er nahm eine Pfeife vom Beistelltisch und hielt ein Streichholz an den Tabak. Schwefelgeruch erfüllte den Raum. »Sie können mich um alles bitten, Kim.«

Kim spürte, dass sie sich entspannte. Er hatte sie nie zu sehr unter Druck gesetzt, und dafür war sie ihm dankbar.

»Ich arbeite an einem Mordfall. Kann sein, dass Sie es in den Nachrichten gesehen oder etwas darüber gelesen haben.«

»Das Vergewaltigungsopfer?«

Kim nickte. »Mag sein, dass es vollkommen absurd ist, aber die Frau war in Behandlung einer Psychologin, einer sehr kultivierten und intelligenten Frau. Bei unserem ersten Zusammentreffen haben sich mir an irgendeinem Punkt die Nackenhaare aufgestellt, aber ich konnte den Finger nicht drauflegen. Ich glaube, die Psychologin hatte bei der Sache irgendwie die Finger im Spiel.«

Kim sah den Zweifel in Teds Miene.

»Ich weiß, ich weiß, dass das unwahrscheinlich erscheint. Doch nach dem ersten beruflichen Zusammentreffen bin ich ihr das nächste Mal auf dem Friedhof begegnet. Es wirkte wie zufällig, doch mir kam es vor, als hätte sie es eingefädelt. Wir hatten seither noch ein, zwei Mal miteinander zu tun, und nach jedem Zusammentreffen habe ich das Gefühl, dass sie alles über mich weiß, dass sie Recherchen über mich angestellt hat.«

»Vielleicht reagieren Sie bloß übertrieben auf jemanden, der einfühlsam ist und eine gute Intuition besitzt. Fragen Sie sich nie, warum Sie eine Abneigung gegen Menschen wie sie haben? Sie sind Ihr Leben lang von Menschen unter die Lupe genommen worden, die Sie analysieren wollten.«

Kim zuckte die Achseln. »Ihre Schwester findet, Alex ist eine Soziopathin, und teils glaube ich, dass sie recht hat, doch im Augenblick habe ich keinen Schimmer, womit ich es zu tun habe.«

Ted stieß ein langes Pfeifen aus. »Und wenn sie eine ist, wie genau kann ich Ihnen dann helfen?«

»Ich muss in den Kopf eines Soziopathen gehen, um mich auf ihr Spielchen einzulassen.«

»Das wäre für jeden eine verwegene Expedition, aber für Sie ist es geradezu selbstmörderisch. Sie sind schlecht gerüstet, um sich mit so einer Frau anzulegen, Kim. Ich kann Ihr Vorhaben nicht billigen.«

Kims Augen loderten auf angesichts dessen, dass er ihr so wenig zutraute. »Sie weigern sich also, mir zu helfen?«

Ted überlegte einen Augenblick. »Wenn Sie recht haben und diese Psychologin weiß etwas über Ihre Vergangenheit, dann kann ihre einzige Motivation nur darin bestehen, dieses Wissen irgendwie gegen Sie einzusetzen. Und das wäre schon gefährlich genug, wenn Sie sich mit Ihrer Vergangenheit auseinandergesetzt hätten. Um Ihre

Frage also zu beantworten: Jedem anderen würde ich raten, wegzulaufen und nicht stehen zu bleiben. Ihnen rate ich, *den Sprint Ihres Lebens hinzulegen.*«

Sie sah ihn direkt an. »Ich frage noch einmal: Weigern Sie sich, mir zu helfen?«

Er hielt ihrem Blick stand. »Ja, meine Liebe.«

Kim schnappte sich ihre Jacke und stürmte zur Tür hinaus.

53

Kim zählte die Fische, die auf der Suche nach Futter im Teich kreisten.

»Moby ist gestorben«, sagte Ted und reichte ihr einen frischen Kaffee. »Erinnern Sie sich?«

Kim nahm die Tasse und nickte. Sie erinnerte sich an eine andere Gelegenheit, bei der sie hinausgestürmt und in den Garten geflüchtet war.

»Sie haben mich gefragt, wie sie heißen, und ich sagte, sie hätten keine Namen. Oh, das hat Ihnen nicht gefallen. Sie haben darauf bestanden, dass alles einen Namen haben muss.« Er kicherte. »Wenn ich mich recht erinnere, war es Moby, Willy und …«

»Jaws.«

»Natürlich. Und dann kamen die Türkentauben, und Sie wollten jede einzelne …«

»Ted, ich mach's eh, ob mit Ihrer Hilfe oder ohne.«

»Ich weiß.«

Sie sah ihn an. »Also, helfen Sie mir … bitte?«

»Setzen wir uns.«

Er führte sie zu der Gartensitzgruppe unter einem Sonnenschirm, der nie zusammengeklappt wurde, damit die Holzstühle bei jedem Wetter trocken blieben.

»Spielen wir zwei für eine.«

Himmel, der Mann vergaß aber auch gar nichts. Eine seiner Techniken bestand darin, den Patienten so und so viele Fragen stellen zu lassen, bevor er eine stellen durfte. Die Zahl gab das Fragenverhältnis an.

»Drei für eine«, versetzte sie.

Bei ihren kurzen Begegnungen hatte sie mehr über ihn erfahren, als er je über sie. Das hatte sie zumindest damals geglaubt.

Sie wusste, dass die Liebe seines Lebens im viel zu frühen Alter von siebenunddreißig Jahren den Kampf gegen den Krebs verloren hatte. Sie wusste, dass er das Gärtnern über alles liebte und die mickrigen Ableger aus überteuerten Gartenzentren hochpäppelte. Sie wusste, dass er seine Sammlung von Terry-Pratchett-Romanen in seinem Schlafzimmer versteckte, um seine Patienten nicht zu beunruhigen, und dass er ewig lange wach blieb, um sich nächtliche Pokerrunden im Fernsehen anzusehen. Ihr war auch bewusst, dass er der einzige Mensch in ihrem ganzen Leben war, bei dem sie je in Versuchung gekommen war, ihm etwas aus ihrer Vergangenheit zu erzählen.

Er nickte zum Zeichen seines Einverständnisses. »Einmal passen.«

»Dreimal passen.« Es gab bestimmte Dinge, über die würde sie mit niemandem reden.

»Ich akzeptiere die Regeln des Spiels. Fangen wir an.«

»Okay, erste Frage, was genau ist ein Soziopath?«

»Das sind Menschen ohne Gewissen. Es fehlt einfach in ihrem genetischen Bauplan. Soziopathen empfinden keinerlei Besorgnis oder Liebe zu einem Lebewesen, und es gibt erstaunlich viele: vier Prozent der Bevölkerung.

Diese Menschen sind oft charismatisch, sexy, amüsant, und sie besitzen einen oberflächlichen Charme, mit dem sie Menschen verführen.«

Kim erinnerte sich daran, dass Bryant anfangs hin und weg gewesen war von Alex' Charisma, und sie selbst musste sich eingestehen, dass die Frau ihr Interesse geweckt hatte.

»Es ist alles Show. Soziopathen haben trotz ihrer Fähigkeit, Menschen anzuziehen, kein Interesse an emotionalen Bindungen.«

»Verstehen sie den Unterschied zwischen richtig und falsch?«

Ted nickte. »Intellektuell natürlich, doch sie haben keinen inneren Leitstern, der ihnen rät, sich daran zu halten. Gewissen ist kein Verhalten. Es ist etwas, was wir empfinden. Sie haben Polizeibeamte, die Ihnen unterstellt sind?«

»Selbstverständlich.«

»Und nach einem Tag, an dem sie alle Überstunden schieben mussten, was machen Sie da?«

»Ich sag ihnen, sie hätten schneller arbeiten sollen.«

Ted lächelte. »Sehr witzig, meine Liebe, aber beantworten Sie bitte meine Frage.«

»Ich besorg was zum Abendessen und sag ihnen, sie sollen am nächsten Tag später zur Arbeit kommen.«

»Warum machen Sie das? Es ist ihr Job.«

»Darum.«

»Machen Sie es, um sich bei Ihrem Team beliebt zu machen?«

»Ja, klar, denn das würde mir sonst schlaflose Nächte bereiten.«

»Ganz genau. Es ist eine Entscheidung, die Sie mit Ihrem Gewissen fällen. Es ist richtig. Es entsteht aus einer emotionalen Bindung.« Er hob die Hand. »Oh, ich weiß, das wollen Sie nicht hören, aber Sie sind keine Soziopathin.«

»Danke, dass Sie mir bestätigen, dass ich nicht verrückt bin, Doc.«

»Das sind Soziopathen auch nicht. Ihr Verhalten ist das Ergebnis einer Entscheidung. Sie verstehen den Unterschied zwischen richtig und falsch, aber sie entscheiden sich, nicht danach zu handeln. Genau wie manche Menschen lernen, ohne ein Bein oder einen Arm zu leben, muss ein Soziopath lernen, ohne Gewissen zu leben.«

»Aber wie wird man überhaupt so?«

»Also, das Böse heftet sich nicht einer bestimmten Ethnie, einem bestimmten Körpertyp oder einer gesellschaftlichen Rolle an die Fersen. Und ich glaube, Sie werden feststellen, dass ich drei Fragen beantwortet habe.«

Kim verdrehte die Augen. »Mist.«

»Was ist bei Pflegefamilie Nummer zwei passiert?«

»Ich passe. Also, ist Soziopathie angeboren oder entwickelt man sie?«

Ted lächelte. Damit hatte er gerechnet. »Studien zeigen, dass wahrscheinlich beides der Fall ist. Eine Prädisposition kann genetisch gegeben sein, doch das Umfeld bestimmt, wie sie zum Ausdruck kommt.«

Kim schwieg, denn sie wusste, dass er das weiter ausführen würde, ohne dass sie noch eine Frage verbrauchte.

»Eine Theorie lautet, mütterliche Zurückweisung kann eine soziopathische Disposition verstärken. Die Bindungstheorie ist relativ neu, aber zusammengefasst kann man sagen: Störungen der Bindung zwischen Eltern und Kind in den frühen Jahren können gewaltige Auswirkungen haben, wenn das Kind erwachsen wird. Das liegt außerhalb meines Spezialgebietes, doch es gibt Beweise dafür, dass die weitere Umgebung eine größere Rolle spielt.«

Kim neigte den Kopf.

»Die westliche Philosophie belohnt das Streben nach allem Materiellen.«

»Wollen Sie damit sagen, dass es in östlichen Gesellschaften weniger Soziopathen gibt?«

»Interessante Frage. In, sagen wir mal, Japan gibt es sehr viel weniger soziopathisches Verhalten.«

Kim war verwirrt.

»Okay«, fuhr Ted fort, »sagen wir mal, Sie sind ein angehender Soziopath, und zum Spaß stecken Sie einer kleinen Katze einen Feuerwerkskörper ins Maul, nur um zu sehen, wie die Blutspritzer sich über die Wand verteilen.«

Kim schauderte.

»Ja, genau. Aber wenn sämtliche Menschen in Ihrer Umgebung der Meinung sind, dass es etwas Schlechtes ist, dann zögern Sie vielleicht eher, das Experiment durchzuführen, oder? Bei Soziopathie geht es genauso sehr um das Verhalten. Also, in dem jungen Soziopathen ist der Wunsch, das Kätzchen in die Luft zu jagen, genauso stark, doch die Entscheidung, es tatsächlich zu tun, ist womöglich abhängig von der herrschenden Kultur, in der er lebt.«

Kim dachte an die nächste Frage in Beziehung zu sich selbst. Sie fürchtete sich fast, sie zu stellen. »Was wollen Soziopathen?«

»Oh, Kim. Warum wollen Sie sich von mir nicht helfen lassen, Ihrer Mutter zu verzeihen?«

»Ich habe noch eine Frage, aber da passe ich. Was wollen Soziopathen?«

Ted schüttelte den Kopf. »Meine Liebe, Indira Gandhi hat gesagt, Verzeihen ist eine Eigenschaft der Starken.«

»Und William Blake sagte, es ist einfacher einem Feind zu vergeben als einem Freund. Und wenn es die eigene Mutter ist, ist es nahezu unmöglich. Das Letzte stammt von mir.«

»Aber wenn Sie …«

»Ich passe, Ted. Was will ein Soziopath?«

Ted öffnete ausdrucksvoll die Hände. »Er will, was er will. Soziopathen sind keine identischen Roboter. Sie haben unterschiedlichste Charaktere. Manche haben einen niedrigen IQ und versuchen, eine kleine Gruppe von Menschen zu kontrollieren. Manche haben einen hohen IQ und streben große Macht an.«

»Was ist mit Mord?«

»Sehr wenige Soziopathen sind Mörder, und wenige Mörder sind Soziopathen. Mord ist nur dann möglich, wenn die betreffende Person gewalttätige Tendenzen hat. Ihr einziges Ziel ist, zu kriegen, was sie wollen, letztendlich zu gewinnen.«

Kim dachte an Ruth. »Können sie andere kontrollieren, wie bei der Hypnose?«

»Bei Hypnose geht es nicht um Gedankenkontrolle. Niemand kann unter Hypnose zu etwas gebracht werden, was gegen seinen innersten Glauben ist.

Manipulation dagegen ist etwas ganz anderes. Absolute Gedankenkontrolle gibt es nur im Kino, aber das Instrumentalisieren eines Gedankens, und sei er noch so tief im Unterbewusstsein vergraben, ist ein sehr gewiefter Zug.«

»Fahren Sie fort«, drängte sie. Das war keine Frage.

»Jemanden zu überzeugen, etwas zu tun, was ihm vollkommen zuwider ist, ist ziemlich schwierig. Sagen wir mal, einen Tag, nachdem Ihr Chef Sie ordentlich abgekanzelt hat, stellen Sie sich für einen Augenblick vor, Sie würden ihm eine heiße Tasse Kaffee in den Schoß schütten. Der Augenblick geht vorüber, und Sie denken nicht mehr daran. In den richtigen Händen gehen Sie womöglich zwei Wochen später in sein Büro und tun's.«

Kim konnte ebenfalls zählen. »Ich weiß, was ich als Nächstes fragen will, aber Sie sind dran.«

»Wo ist Ihr glücklicher Ort?«

Ihr lag auf der Zunge, noch einmal zu passen, doch die Erinnerungen waren zwar schmerzlich, aber nicht lebensbedrohlich.

»Pflegeeltern Nummer vier. Keith und Erica.«

»Warum?«

Kim lachte. »Sie werden zugeben, dass das noch eine Frage ist, aber ich will sie beantworten. Weil sie nicht versucht haben, mich zu reparieren. Drei Jahre lang haben sie mir erlaubt, ich zu sein, ohne Vorwürfe oder Erwartungen. Sie haben mir einfach erlaubt zu sein.«

Ted nickte zum Zeichen, dass er verstand. »Danke, Kim. Nächste Frage.«

Kim riss sich zurück in die Gegenwart. »Was haben Sie mit den richtigen Händen gemeint?«

»Okay, wenn ich wollte, könnte ich Sie dazu bringen, die Demütigung, von Ihrem Chef zusammengestaucht zu werden, noch einmal zu durchleben. Ich würde Sie anstacheln, damit es Ihnen noch schlechter geht, und dann würde ich Sie dazu bringen, die Bestrafung so zu visualisieren, dass Sie es genießen. Dann würde ich Ihnen einen Grund geben, der es rechtfertigt, und mit all dem würde ich Ihnen so gut wie die Erlaubnis geben, hinzugehen und es zu tun.«

»Aber wieso ist das nicht die absolute Gedankenkontrolle?«

»Weil Sie den Gedanken schon hatten und Ihre Handlungen bewusst ausführen. Sie wüssten nicht mal, dass Sie manipuliert worden sind.«

Kim dachte darüber nach. Jetzt ergaben Ruth und das Ganze schon etwas mehr Sinn. Natürlich hatte Ruth fantasiert, dem Angreifer ein Messer in den Bauch zu stoßen. Der Gedanke hatte irgendwo in ihrem Kopf existiert, und Alex hatte das gewusst. Es gab, soweit sie wusste, keine Verbindung zwischen Alex und Allan Harris, was also hatte Alex zu erreichen versucht?

»Haben diese Menschen überhaupt keine Gefühle?«

»Sie haben, was wir primitive Gefühle nennen: Sie können unmittelbaren Schmerz und unmittelbare Freude empfinden, kurzfristige Enttäuschung und kurzfristigen Erfolg. Die höheren Gefühle wie Liebe und Empathie fehlen einem Soziopathen. Fehlende Erfahrung mit Liebe reduziert das Leben auf ein endloses Spiel in dem Versuch, andere Menschen zu dominieren.«

»Vertreiben sie sich damit die Zeit?«

»Oh, Kim, Sie wissen, dass ich jetzt dran bin. Geben Sie jemals Ihre Schuldgefühle wegen Mikeys Tod auf?«

Kim schüttelte den Kopf. »Nein.«

»Aber wünschen Sie sich nicht …«

»Ich habe die Frage beantwortet, Doc.«

»Okay, um Ihre Frage zu beantworten, die Langeweile ist fast schmerzhaft, wie bei einem Kind, das unablässige Stimulation braucht. Bei Soziopathen ist es genauso. Die Spiele werden irgendwann langweilig, ihr Unterhaltungswert nimmt ab, und so muss das Spiel größer und besser werden, ausgeklügelter.«

Kim dachte an Sarah, die unablässig vor ihrer Schwester weglief. Wie viel Unterhaltungswert hatte Alex im Laufe der Jahre aus diesem kleinen Machtspielchen gezogen?

Kim merkte, wie ihr Frust wuchs. »Aber es muss doch eine Möglichkeit geben, sie bloßzustellen.«

»Also, diese Psychologin, für die Sie sich interessieren. Sie glauben, sie hatte bei einem Mord die Finger im Spiel. Was wollen Sie als Nächstes tun?«

Er war nicht dran, aber sie antwortete trotzdem. »Mir einen Haftbefehl besorgen?«

Ted lachte laut. »Mit welcher Begründung? Ich bin mir sicher, dass sie auf ihrem Gebiet sehr angesehen ist. Ich wette, es gab noch nie irgendwelche Klagen darüber, wie sie ihren Beruf ausübt. Die Frau im Gefängnis wird wahrscheinlich nicht gegen sie aussagen, es sei denn, Sie überzeugen sie davon, wie tief sie manipuliert wurde. Also, wie genau wollen Sie einen Haftbefehl erwirken? Ihre Vorgesetzten werden denken, Sie sind durchgedreht, und dann ist Ihre Glaubwürdigkeit dahin.«

»Danke, Doc.«

»Ich bin nur ehrlich. Soziopathen können stürzen, aber dazu braucht es genügend Menschen, die aufstehen und mit dem Finger auf sie zeigen. Hat nicht Einstein gesagt: ›Die Welt ist viel zu gefährlich, um darin zu leben – nicht wegen der Menschen, die Böses tun, sondern wegen der Menschen, die daneben stehen und sie gewähren lassen‹?«

»Können sie geheilt werden?«

»Warum sollten sie das wollen? Verantwortung ist eine Last, die von anderen Menschen akzeptiert wird, aber sie verstehen nicht, warum. Soziopathen leiden nicht unter ihrer Krankheit.«

»Aber eine Therapie …«

»Sie liegen falsch, Kim«, sagte Ted aufgebracht. »Soziopathen sind vollkommen zufrieden mit sich. Sie haben nicht den Wunsch, sich zu verändern.«

»Aber sind sie nicht einsam?«

»Es gibt keinen Referenzrahmen. Es wäre, als würde man jemanden, der von Geburt an blind ist, bitten, die Farbe Blau zu beschreiben. Er hat keinen Bezugspunkt dafür, was blau ist.«

Kim hatte das Gefühl, von all dem, was Ted ihr gesagt hatte, könnte ihr jeden Augenblick der Kopf explodieren.

Er öffnete den Mund, um etwas zu sagen, doch sie hob die Hand, um ihn aufzuhalten. »Ich weiß, dass Sie dran sind, aber ich darf noch einmal passen, und das werde ich auf jeden Fall, also können Sie sich die Frage auch sparen.« Sie lächelte, um ihren Worten die Spitze zu nehmen. Wenn sie je den Wunsch gehabt hätte, mit jemandem über ihre Vergangenheit zu reden, dann mit ihm.

»Sie waren schon immer sehr gut in diesem Spiel, Kim.«

»Was raten Sie mir also, wie ich mit der Frau umgehen soll?«

»Ich wiederhole meinen Rat von vorhin: Halten Sie sich von ihr fern, Kim. Sie sind nicht gerüstet, um das heil zu überstehen.«

Kim merkte, dass das Gespräch sich wieder ihr zuwandte. Sie trank ihren Kaffee aus und stand auf. »Also, Doc, vielen Dank für Ihre Zeit.«

Er blieb sitzen. »Werden Sie je in Erwägung ziehen, noch einmal herzukommen?«

Kim schüttelte den Kopf und ging zum Seitentor des Gartens.

»Wissen Sie, von allen Kindern, die im Laufe der Jahre

zu mir gekommen sind, habe ich Sie immer als mein größtes Versagen betrachtet.«

»Warum, Doc«, sagte sie leise, ohne sich umzudrehen, »weil ich einfach zu kaputt war, um mich zusammenflicken zu können?«

»Nein, aber ich wollte Ihnen so gern helfen, dass es wehtat.«

Kim schluckte die Gefühle herunter, die einen Kloß in ihrem Hals gebildet hatten. Sie wollte nicht einfach so gehen.

»Ich habe einen Hund.«

»Das ist eine gute Neuigkeit, Kim. Freut mich, dass Sie sich einen Hund zugelegt haben. Jetzt müssen Sie nur noch herausfinden, warum.«

54

Kim parkte den Wagen und wandte sich an Bryant. »Ich führe dieses Gespräch. Wir müssen hier sehr behutsam vorgehen.«

Sein Schnauben überspielte er rasch mit einem Husten.

Sie taxierte das Haus, das vor ihnen lag. Eine Reihe von vier dreistöckigen Stadthäusern war dort errichtet worden, wo vorher zwei Bungalows gestanden hatten. Die neuen orangefarbenen Backsteine stachen gegen die restliche Wohnsiedlung, die in den späten Fünfzigern errichtet worden war, ins Auge. In der Einfahrt stand ein glänzender silberner Audi, vorn an der Straße parkte ein Corsa.

»Mein lieber Schwan«, sagte Bryant, drehte sich zur Seite und zwängte sich seitwärts zwischen dem Audi und der Mauer zum Nachbarn durch.

Ein Mann in einem marineblauen Anzug öffnete ihnen die Tür, die burgunderrote Krawatte am Kragen gelockert. Auf dem dominanten Kinn zeigten sich winzige Stoppeln, die wahrscheinlich im Laufe des Tages gewachsen waren.

»Kann ich Ihnen helfen?«

»Detective Inspector Kim Stone, Detective Sergeant Bryant. Können wir einen A…?«

»Verlassen Sie mein Grundstück, Detective Inspector. Ich erlaube nicht, dass Sie meiner Schwester weiter zusetzen.«

Sein Gesicht hatte sich vollkommen verändert. Das tolerante Lächeln, das unerwarteten Besuchern galt, war abgelöst worden von abgrundtiefem Widerwillen.

Kim verstand das gut. Sie war bei ihrem letzten Zusammentreffen wahrlich nicht nett zu seiner Schwester gewesen.

»Mr. Parks, wenn Sie mir nur eine Minute …«

»Was zum Teufel will sie schon wieder hier?«, fragte Wendy, die neben ihrem Bruder aufgetaucht war. Bryant stand zwar neben ihr, doch die Abneigung galt ganz eindeutig nur Kim.

Ein winziger Triumph strich über Robins Miene, und er verschränkte die Arme vor der Brust.

Kim sah sofort, dass Wendy abgenommen hatte. Sie war ohnehin recht schmächtig, und so wie sie die schwarzen Haare aus dem Gesicht frisiert hatte, musste Kim unweigerlich an Olive Oyl aus den Popeye-Comics denken.

In ihrem Blick lag blanker Hass.

Kim erkannte schnell, dass sie eine andere Strategie einschlagen musste. Robin Parks war eindeutig feindselig, er würde keine direkte Frage beantworten, und offensichtlich tat Wendy es ihm gleich. Doch sie musste in dieses Haus.

»Wendy, ich hab die Mädchen gesehen«, sagte sie.

Der Hass schwächte sich ab und wurde abgelöst von Schock und dann Sorge.

»Bist du verrückt? Ich lasse diese Leute nicht in mein …«

Wendy packte die Tür und öffnete sie.

Robin trat zur Seite.

Kim folgte Wendy in ein geschmackvoll eingerichtetes Wohnzimmer, das von einem an der Wand montierten Fernseher beherrscht wurde. Das Ecksofa aus Leder hatte einen Liegesessel an einem Ende.

Wendy setzte sich an den entferntesten Punkt und verschränkte die Hände fest im Schoß. »Sie haben meine Mädchen gesehen?«

Kim ging noch ein Stück weiter, sodass Bryant und sie sich setzen konnten, auch wenn niemand sie dazu aufgefordert hatte.

Kim wusste, dass es die Frau in den Fingern juckte, sich quer durch den Raum auf sie zu stürzen und sie zu Brei zu schlagen, doch stärker war ihr Wunsch, etwas über ihre Kinder zu erfahren.

Kim nickte. »Es geht ihnen gut«, sagte sie und hatte das Gefühl, sie müsste noch mehr sagen. »Daisy trug einen Dalmatiner-Overall und Louisa war als Eule gekleidet.«

Wendy bemühte sich tapfer, gegen die Tränen anzukämpfen, doch sie brachen sich Bahn und liefen ihr die Wangen hinunter.

»Ihre Lieblingsanzüge. Ich hab dafür gesorgt, dass sie ihre Lieblingssachen geschickt bekommen.«

Im Zimmer wurde es still. Kim öffnete den Mund, doch Wendy war schneller.

»Es ist mir inzwischen egal, ob Sie mir glauben. Aber es ist die Wahrheit: Ich habe nichts gewusst. Entweder war er sehr klug oder ich war sehr dumm, aber wenn ich es gewusst hätte, würde der Scheißkerl nicht mehr auf Erden weilen.«

Zwei Tröpfchen Spucke lösten sich beim Sprechen von ihren Lippen.

»Sie verstehen das womöglich nicht, aber ich bin von einem Zorn erfüllt, der so heiß ist, dass ich das Brennen tatsächlich spüre. Ich war noch nie im Leben gewalttätig, aber ich träume davon, ihm die Hände um den Hals zu legen und ihm den letzten Atemhauch herauszuquetschen. Ich kann an nichts anderes denken.«

Robin kam herein und setzte sich neben seine Schwester.

Das hatte Kim ursprünglich nicht so geplant, aber sie konnte improvisieren. Wenn sie versuchte, Robin Parks direkt zu befragen, würde das nur dazu führen, dass sie aus dem Haus geschmissen und gar nichts mehr erfahren würden.

»Ich würde mein Leben dafür geben, wenn ich die Zeit zurückdrehen und es verhindern könnte. Ich würde alles geben, um ihren Schmerz ungeschehen zu machen, und Sie können mir glauben, dass ich es den Rest meines Lebens versuchen werde.«

Robin nahm Wendys Hand und streichelte sie.

Kim glaubte ihr. Und sie wusste, dass sie sich getäuscht hatte. Diese Frau hatte nichts gewusst.

»Wendy, da war noch jemand im Zimmer.«

Kim sprach die Worte so leise wie möglich, doch sie schossen wie Kugeln durch den Raum.

Ein Schrei entfuhr Wendys Lippen, und in ihren Augen flackerte neues Entsetzen auf. Kim hätte gern hinzugefügt, es sei nur ein Zuschauer gewesen, doch sie würde keinen falschen Trost aussprechen.

Obwohl sie direkt mit Wendy sprach, achtete Kim genau auf die Reaktion ihres Bruders. Bryant hatte ihn ebenfalls im Auge. Sie zweifelte nicht daran, dass ihr Partner verstanden hatte, in welche Richtung ihr Besuch jetzt ging.

Robin hörte auf, Wendys Hand zu streicheln. »Ich denke, Sie sollten jetzt …«

»Sind Sie sich ganz sicher?«, unterbrach Wendy flehend.

Kim nickte nur.

»Das ist absurd«, sagte Robin und legte Wendy schützend den Arm um die Schulter.

Kim beachtete ihn gar nicht. In dem Augenblick, in dem sie ihn direkt ansprach, würde er sie sicher auffordern zu gehen.

»Fällt Ihnen irgendjemand aus dem Bekanntenkreis Ihres Mannes ein?«

»Ich glaub das nicht … Wer soll denn … Ich bin …«

»Woher soll denn meine Schwester wissen, wer diese fiktive Person ist? Sie hat Ihnen doch gerade gesagt …«

»Diese Person ist keine Fiktion, Mr. Parks. Es wurde bestätigt.«

Noch keine direkte Frage.

Trotz ihres Schmerzes funktionierten Wendys mütterliche Instinkte.

Ihre Lippen zitterten. »Daisy hat es bestätigt. Deswegen waren Sie bei ihr?«

Kim nickte und atmete tief durch.

»Wendy, es war jemand, den sie kannte.«

Robin sprang auf. »Nein … nein … nein … Ich erlaube das nicht länger. Sie weiß nichts, haben Sie das nicht verstanden?«

Er ging durch den Raum direkt auf sie zu.

Bryant war schon aufgestanden. »Das würde ich nicht tun, Mr. Parks.«

Kim stand auf und sah die beiden an. »Wendy, ich tue es für Ihre Töchter.«

Robin versuchte, sich an Bryant vorbei ihren Unterarm zu schnappen.

Sie zog ihn weg und machte einen Schritt auf ihn zu. »Möchten Sie das noch einmal versuchen?«

»Sie sollten jetzt gehen«, sagte er und trat einen Schritt zurück.

Kim beachtete ihn nicht weiter und wandte sich an Wendy. »Wollen Sie, dass ich den Scheißkerl schnappe, der dabei war?«

»Robin, hör auf«, weinte Wendy und stand auf. Dann ging sie langsam durch das Zimmer.

»Wenn mir etwas einfällt, gebe ich Ihnen Bescheid. Sie sollten jetzt wirklich gehen, und ich hoffe, ich sehe Sie nie wieder.«

Kim sah Robin an, dass es ihn in den Fingern juckte, sie aus dem Haus zu werfen, und Bryant, der nur darauf wartete, dass er es versuchte.

Es kostete Wendy alle Kraft, sich aufrecht zu halten.

Ja, sie waren wirklich lange genug geblieben.

»Gut gemacht, Sie waren da drin wirklich sehr vorsichtig, Guv«, sagte Bryant auf dem Weg zum Auto.

Kim sagte nichts. Am Ende hatte sie erreicht, wofür sie hergekommen war.

55

Seit der letzten Einsatzbesprechung schienen Wochen vergangen zu sein, dabei waren es in Wirklichkeit nur zwei Tage.

»Okay, Stace, gibt's was Neues über Charlie Cook?«

»Nicht viel, Guv. Ich habe mich mit dem Gemeindezentrum in Verbindung gesetzt, aber die führen nur Aufzeichnungen über bestimmte Veranstaltungen. Die meisten Aktivitäten werden von Dritten organisiert, und das Zentrum stellt nur die Räumlichkeiten zur Verfügung. Ich arbeite mich noch durch, um zu sehen, wo Charlie Cook hingegangen ist.«

»Gehen wir noch davon aus, dass es der Jugendclub war?«, fragte Bryant.

Kim zuckte die Achseln. »Der Gedanke gefällt mir nicht«, sagte sie ehrlich. »Jeder, der was mit einem Jugendclub zu tun hat, muss vom DBS überprüft worden sein, aber wir wissen ja alle, was für Probleme es damit gibt.«

Der Disclosure and Barring Service hatte die Zuständigkeit beim Vorstrafenregister abgelöst. Jeder, der mit Kindern arbeitete, musste dort überprüft werden. Der

Name war ein anderer, doch die Löcher im System waren nicht gestopft worden.

»Gibt es etwas Neues über die Flüssigkeit und das Haar?«

Stacey schüttelte den Kopf. »Hab sie heute Morgen noch mal dran erinnert.«

Kim fragte sich, welchen Teil von »so schnell wie möglich« das Labor nicht verstand.

»Was ist mit dem Typ im Autoteileladen, Guv?«

Kim schüttelte den Kopf. Irgendetwas war da ein bisschen schräg gewesen, doch ihr einziger Anhaltspunkt war seine ausbleibende emotionale Reaktion. Und wie Bryant ihr mehr als einmal erklärt hatte, war auf ihr Urteilsvermögen in dem Bereich nicht unbedingt Verlass.

Kim spürte, dass sich unter ihren Leuten Verzagtheit breitmachte. Sie hatten es lieber, wenn ein Fall logisch und methodisch war, wenn eine Spur zur nächsten führte. Doch nicht alle Fälle verliefen so geradlinig. Einige waren chaotisch, als stapfte man in Gummistiefeln durch Treibsand. Noch schlimmer war es, einen Fall neu aufzurollen, der schon einmal aufgeklärt worden war. Dieselben Menschen wurden befragt und verhört, und es kam nichts dabei heraus. Das ließ die Arbeitsmoral schneller sinken als ein Lohnstopp.

»Also, Leute, ich weiß, dass Sie für sehr wenig Geld sehr hart arbeiten. Und ich spüre Ihren Frust. Aber wir knacken diesen Fall. Dieses Team gibt nicht auf.«

Sie nickten.

»Doch dieses Team braucht auch ein wenig Freizeit. Sehen Sie zu, dass Sie hier rauskommen. Ich will Sie erst am Montag wieder hier sehen. Und dann schnappen wir sie uns. Na los, raus mit Ihnen«, knurrte Kim.

Dawson war als Erster zur Tür hinaus, dicht gefolgt von Stacey.

Kim blickte hinter sich. »Das gilt auch für Sie, Bryant.«

»Und Sie selbst auch, Guv?« Er griff nach seiner Jacke.

»Selbstverständlich«, versetzte sie und wandte den Blick ab.

Es war an der Zeit, ein paar Leuten auf die Füße zu treten. Irgendjemand wusste mehr, als er bisher preisgegeben hatte. Es war an der Zeit, ein bisschen was loszurütteln.

56

Alex' Blick fuhr zur Tür, sooft diese aufging, denn sie wartete auf ihre neue beste Freundin. Bei ihrem letzten Zusammentreffen hatte sich ihre Beziehung verändert. Das Projekt nahm zügig Fahrt auf.

Als Kim sie am Vormittag angerufen und gefragt hatte, ob sie sich auf einen Kaffee treffen könnten, hatte sie auch schon über etwas in der Art nachgedacht. Ein weiterer Beweis ihrer wechselseitigen Neugier. Kim hatte das Café in unmittelbarer Nachbarschaft von Alex' Praxis vorgeschlagen, und sie hatte bereitwillig zugestimmt.

Die Tür ging auf, und Alex sah zu, wie Kim – in ihrer typischen schwarzen Kluft gekleidet – näher kam. Alex fragte sich, ob die Frau wusste, wie viel Aufmerksamkeit sie auf sich zog. Ihr Blick gab die Richtung vor, von der ihre Füße nicht abzuweichen wagten.

»Doktor Thorne«, sagte Kim und setzte sich.

Alex entging nicht, dass Kim zum Titel zurückgekehrt war. Bei ihrem letzten Zusammentreffen waren sie zu Vornamen übergegangen, und Alex war keine, die zu Abgelegtem zurückkehrte.

Falls Kim die blassen Kratzspuren unter dem Concealer auffielen, erwähnte sie es nicht.

»Schön, Sie zu sehen, Kim. Ich war so frei, Ihnen einen Latte zu bestellen.«

Kim schlug unter dem Tisch ein Bein über das andere. »Vielen Dank, Doktor Thorne, aber ich ziehe Detective Inspector vor, und ich habe ein paar Fragen an Sie.«

Sie versuchte nicht, den Rüffel mit einem Lächeln abzumildern, und Alex war seltsam enttäuscht. Ob Kims improvisierter Besuch in ihrer Praxis echt gewesen war oder nicht, es wäre befriedigender gewesen, mit der Frau zu spielen, indem sie Freundschaft vorgab. Doch das war egal, sie würde mit dem arbeiten, was sie hatte.

»Dann sprechen wir heute wohl nicht über Schlafstörungen?«

»Also, das können wir gern tun, wenn Sie möchten. Haben Ihre nach dem Tod Ihrer Familie angefangen?«

Alex neigte den Kopf und schwieg, denn es hatte nach einer rhetorischen Frage geklungen.

»Oh, tut mir leid, ich vergaß: Das ist ja gar nicht Ihre Familie, und sie sind nicht tot.«

Alex hielt ihre Überraschung im Zaum. Kurz überlegte sie, Tränen aufsteigen zu lassen und flehentlich über Einsamkeit, ihre Karriere und ein geopfertes Privatleben zu sprechen, doch diesen Punkt hatten sie überschritten. Kim würde nicht darauf hereinfallen, also würde Alex ihre Energie nicht damit vergeuden. Letztlich war sie geschmeichelt, dass Kim sich die Mühe gemacht hatte, ihr auf die Schliche zu kommen.

»Das ist eine Lüge, nicht wahr?«

Alex zuckte die Achseln. »Eine harmlose. Auf meine

Patienten haben meine umfassende Ausbildung und meine Lebenserfahrung eine beruhigende Wirkung.«

»Aber es ist kein korrektes Bild von Ihnen, oder, Doktor Thorne?«

»Sehr wenige Menschen sind ganz sie selbst, ich denke mal, dass wissen Sie so gut wie ich. Das Foto auf meinem Tisch soll Menschen dazu bringen, Mutmaßungen anzustellen, und das tun sie. Wir alle zeigen der Welt eine Fassade. Und mir kam es gelegen, eine Familie zu präsentieren. Selbst Ihnen gegenüber, Kim.«

Kims Augen loderten, als sie wieder ihren Vornamen benutzte, doch sie beherrschte sich.

»Also ist es eine Manipulation.«

»Ja, vermutlich, aber, wie schon gesagt, eine harmlose.«

»Sind alle Ihre Manipulationen harmlos?«, fragte Kim und neigte den Kopf.

»Ich habe keine Ahnung, was Sie meinen.«

»Manipulieren Sie Ihre Patienten auch auf anderem Wege?«

Alex ließ die Mundwinkel ein wenig nach oben wandern, womit sie leichte Verwirrung andeuten wollte. »Was genau werfen Sie mir vor?«

»Es war eine Frage, kein Vorwurf.«

Also analysierte die Polizistin jedes Wort, das sie sagte. Gut. Na, dann schluck das mal, dachte Alex.

»Kim, ich habe viele Patienten. Ich behandele das ganze Spektrum psychischer Probleme und Krankheiten, von ein bisschen Stress bis hin zu paranoider Schizophrenie. Ich behandele Menschen, die sich niemals von in der Kindheit erlittenen Traumata erholen werden. Ich behandele Menschen mit allen möglichen Schuldgefühlen, Überlebende und andere.«

Alex war sich nicht sicher, wie viele Punkte sie gemacht hatte, doch eine leichte Steifheit in Kims Rücken verriet ihr, dass ein oder zwei Giftpfeile ihr Ziel getroffen hatten.

»Also, wenn Sie so freundlich sind, sich etwas präziser zu fassen, bin ich Ihnen gern in jeglicher Form behilflich.«

»Ruth Willis.«

Alex war fasziniert, was Kim alles zu wissen glaubte.

»Manche Menschen können nicht geheilt werden, Kim. Vermutlich gibt es auch bei Ihnen im Laufe der Zeit den einen oder anderen ungelösten Fall – Vorkommnisse, die Sie trotz aller Mühe nicht zu einem erfolgreichen Abschluss bringen. Idealerweise hätte ich Ruth gern in das nächste Stadium ihres Lebens begleitet, doch sie ist eine sehr gestörte junge Dame. Sehen Sie, manchmal gibt Wut auch Sicherheit, und Rache ist oft der Kleber, der den Menschen zusammenhält.« Alex senkte den Blick. »Ruth wird sich niemals von dem erholen, was sie getan hat.«

»Es geht ihr eigentlich ganz gut«, schoss Kim zurück.

Wie erwartet, hatte Alex erfahren, was sie wissen wollte. Die Polizistin war bei Ruth gewesen. Doch das beunruhigte sie nicht. Niemand würde Ruth je Glauben schenken, selbst wenn sie es wagte, etwas zu erzählen.

»Eine interessante Visualisierungsübung haben Sie da bei der letzten Sitzung mit ihr durchgeführt.«

Alex zuckte die Achseln. »Eine Technik, die bei vielen Indikationen angewandt wird: Stressabbau, Erreichung von Zielen. Sie funktioniert sehr gut beim Loslassen negativer Gefühle. Symbolisch.«

»Oder als Blaupause für eine instabile Psyche?«

Alex lachte. So viel Spaß hatte sie nicht mehr gehabt,

seit sie einen ganzen Bulimiker-Chatroom davon überzeugt hatte, sie bekämen das Beste aus beiden Welten.

»Oh, bitte, bei Visualisierungstechniken kann es um alles Mögliche gehen, aber die Leute gehen nicht raus und tun es wirklich. Es ist eine Technik, keine Anleitung.«

»Und Sie konnten nicht ahnen, dass Ruth so instabil war, dass sie das symbolische Rollenspiel nachmacht?«

Alex überlegte einen Augenblick. »Glauben Sie von ganzem Herzen an die Integrität Ihres Berufsstandes und der Individuen innerhalb der Polizei, die das Gesetz hochhalten?«

»Sie beantworten eine Frage mit einer Frage, aber, ja, das tue ich.«

»Sie glauben also an das System, auch wenn es nicht ganz ohne Fehler ist?«

»Natürlich.«

»Auch wenn das vor Ihrer Zeit bei der Polizei war, haben Sie sicher von dem Fall Carl Bridgewater gehört. Ein dreizehnjähriger Zeitungsbote wurde nicht weit von hier auf einem Bauernhof erschossen. Das Dezernat für Schwerverbrechen der Midlands hat sich damals auf eine Gruppe von vier Männern fixiert und schließlich die Verurteilung aller vier erreicht, wenn auch aufgrund einer äußerst dürftigen Beweislage.

Nach der anschließenden Untersuchung ihrer Ermittlungsmethoden wurde das Dezernat für Schwerverbrechen aufgelöst, unter anderem wegen der Fälschung von Beweisen, und viele Schuldsprüche aufgrund ihrer Ermittlungen wurden überprüft. Jahre später wurden die drei noch Überlebenden, die wegen der Ermordung von Carl Bridgewater eingesessen haben, nach einem Berufungsverfahren aus dem Gefängnis entlassen.«

Alex neigte den Kopf nach rechts. »Also, bitte erklären Sie mir, auf welchen Teil dieser Geschichte sind Sie besonders stolz?«

»Einer der Männer hat ein umfassendes Geständnis abgelegt«, versetzte Kim.

»Nach Anwendung ernsthaft fraglicher Verhörmethoden. Was ich mit diesem Beispiel zeigen will, ist, dass diese Polizeibeamten im schlimmsten Falle wussten, dass sie Unschuldigen etwas anhängten. In dem Fall hat das System versagt. Vielleicht waren sie aber auch nur übereifrig in ihren Methoden, hatten aber die richtigen Männer, die dann aufgrund der Berufung freigelassen wurden. Auch in dem Fall hat das System versagt.

Jeder einzelne Beruf hat seine eigenen inneren Widersprüche. Oft sind es die Ausnahmen, die die Regel bestätigen. Ich glaube leidenschaftlich an das, was ich tue, aber akzeptiere ich, dass sich nicht jeder so verhält, wie ich das gern hätte? Selbstverständlich, denn ich glaube, dass es in der Natur des Menschen liegt.«

Kim runzelte die Stirn. »Um bei Ihrem Beispiel zu bleiben: Diese Polizisten haben entweder absichtlich die Beweise manipuliert oder sie waren vollkommen inkompetent. Welche dieser beiden Varianten ist für Ihr Versagen bei Ruth verantwortlich, Doktor Thorne?«

Alex kicherte. So ein anspruchsvoller Schlagabtausch war ganz nach ihrem Geschmack. »Das Versagen lag allein bei Ruth, das kann ich Ihnen versichern.«

Kim fixierte sie mit ihrem entwaffnenden Blick. »Aber das ist genau das, was ich nicht verstehe. Entweder haben Sie absichtlich eine Behandlungsmethode gewählt, von der Sie wussten, dass sie sie zu dem inspirieren würde, was sie schließlich getan hat, oder Sie haben bei dieser Übung einen Fehler gemacht. So oder so sind Sie mitverantwortlich für die darauffolgenden Ereignisse. Pflichten Sie mir nicht bei?«

Alex seufzte schwer. »Haben schon Verdächtige in Untersuchungshaft Selbstmord begangen?«

Kim nickte.

»Warum? Wie war das möglich?«

Kim schwieg.

»Einen Verdächtigen in Gewahrsam zu nehmen ist ein ganz normaler Bestandteil der Polizeiarbeit, also tun Sie es. Sie können nicht wissen, ob ein Individuum die Gelegenheit nutzt, um sich das Leben zu nehmen. Wenn dem so wäre, würden Sie es nicht tun.«

»Vielleicht würde ich es tun, wenn ich sehen wollte, wie er reagiert.«

»Wer sein Leben der Behandlung psychischer Erkrankungen widmet, betrachtet seine Patientinnen und Patienten nicht als Forschungsgegenstände.«

Zum ersten Mal lächelte Kim. »Auffallend neutral formuliert.«

Enttäuschenderweise merkte Alex, dass sie das erste Stadium der Langeweile erreichte.

»Okay, Kim, *ich* würde mein Wissen und meine Erfahrung nicht derart nutzen.«

Kim machte eine Pause und neigte den Kopf. »Hm … Ihre tote Schwester würde Ihnen da sicher widersprechen.«

Im ersten Augenblick war Alex überrascht, dass sie Sarah erwähnte. Dass Kim und ihre Schwester miteinander kommunizierten, hatte sie nicht in Betracht gezogen. Sie hielt ihre Spielchen gern getrennt. Doch sie fing sich rasch wieder.

»Meine Schwester und ich stehen uns nicht nah. Sie ist keine verlässliche Informationsquelle für meine Arbeit.«

»Ehrlich? Ihre Briefe an sie zeigen doch, dass Sie sie gern über die Fortschritte Ihrer Patienten auf dem Laufenden halten.«

Alex spürte, dass sich im Nacken Spannung aufbaute. Wie konnte diese rückgratlose kleine Schlampe es wagen, sich in ihr Leben einzumischen?

»Ja, sie hat das Gefühl, dass Sie sie seit Jahren quälen und belästigen.«

Alex versuchte, die Anspannung in ihrem Kiefer mit einem Lächeln zu vertreiben. »Eifersucht ist ein sehr hässlicher Zug. Wenn man Geschwister hat, ist immer Konkurrenz im Spiel. Ich bin beruflich sehr erfolgreich. Mein IQ ist überdurchschnittlich, und ich wurde als Kind bevorzugt, Sie sehen also, dass sie viele Gründe hat, verbittert zu sein.«

Kim nickte zum Zeichen, dass sie verstanden hatte. »Ja, sie hat sehr ausführlich von Ihrer gemeinsamen Kindheit erzählt. Wir haben über Ihre unterschiedlichen Ansichten zur Haltung von Haustieren gesprochen.«

Alex musste sich sehr zusammenreißen, um nicht aufzustöhnen. Himmel, hatte die jämmerliche kleine Kreatur diesen Vorfall immer noch nicht vergessen?

Alex mochte es nicht, wenn sie überrumpelt wurde. Schon als Kind hatte sie Überraschungen gehasst, und wenn sie sich in die Ecke gedrängt fühlte, ging sie zum Angriff über. Jetzt war sie kurz davor, den Schnellvorlauf zu drücken.

»Ach, Kim, Familienbeziehungen sind so was von kompliziert. Wenn Mikey nicht direkt neben Ihnen gestorben wäre, wüssten Sie das. Der Missbrauch und die

Vernachlässigung in Ihrer Kindheit haben bei Ihnen sehr viel mehr zurückgelassen als Schuldgefühle, weil Sie überlebt haben. Sie sind …«

»Sie wissen gar nichts über mich.«

Das emotionale Lodern in den Augen ihrer Gesprächspartnerin war für Alex Lohn genug.

»O doch«, sagte Alex freundlich. »Ich weiß sehr viel über Sie. Ich weiß, dass Ihre Qualen nicht vorbei waren, als Sie Ihrer Mutter entflohen waren. Wahrscheinlich sind in den Pflegefamilien Sachen passiert, über die Sie noch nie mit jemandem gesprochen haben.«

»Ich sehe, Sie haben Ihre Hausaufgaben erledigt, Doktor Thorne. Zehn von zehn.«

Alex hörte die Veränderung in der Stimme der Frau und wusste, dass sie einen Nerv getroffen hatte.

»Oh, ich mag es, Spitzennoten zu kriegen, Kim. Ich weiß, dass Sie Ihre Bestätigung ausschließlich aus Ihrer Arbeit ziehen. Ich weiß, dass Sie ein einsames Leben führen und dass Sie emotional kalt sind. Wenn Ihr persönlicher Raum verletzt wird, haben Sie das Gefühl zu ersticken und müssen sich frei machen. Ihre Beziehungen laufen nach Ihren Bedingungen oder gar nicht.«

Aus den Wangen der Polizistin wich sämtliche Farbe. Doch Alex hatte Lust, das Messer in der Wunde noch einmal zu drehen.

»Sie können jeden Augenblick in die Finsternis stürzen, die Ihnen auf Schritt und Tritt folgt. Ich weiß, dass es Tage gibt, da sind Sie versucht loszulassen und sich von Ihrer Psyche verschlingen zu lassen.«

Hier hörte Alex auf. Am liebsten hätte sie noch mehr gesagt, doch sie hatte genug getan, um ihren Standpunkt klarzumachen. Der Rest kam später.

Sie nahm ihre Handtasche und stand auf. »Bis zum nächsten Mal, Detective Inspector.«

Die schwarzen Augen blickten sie voller Hass an. Alex war zufrieden, doch einen letzten Hieb konnte sie sich nicht verkneifen.

Als sie hinter Kims Stuhl vorbeiging, beugte sie sich hinunter und drückte Kim einen Kuss auf die Wange.

»Oh, und Kimmy, Mummy lässt grüßen.«

57

Als Kim ins Haus ging, hallte das Treffen noch in ihren Ohren nach. Sie war über zwei rote Ampeln gebrettert und hatte alles überholt, was ihr in den Weg gekommen war. Doch dieser Leichtsinn hatte die Wut nicht aus ihrem Körper vertreiben können, und das Bedürfnis, auf etwas draufzuschlagen, war noch da.

»Dieses verdammte Weib«, schrie sie und warf ihre Jacke auf den Couchtisch. Eine Zeitschrift und zwei Zündkerzen segelten zu Boden.

Barney kam schwanzwedelnd auf sie zu, anscheinend unempfindlich gegen ihre schlechte Laune.

»Wenn du weißt, was gut für dich ist, hältst du dich von mir fern«, riet sie ihm.

Barney folgte ihr in die Küche, als wüsste er, dass ihm von ihr keine Gefahr drohte. Und er hatte recht.

Barney reagierte mit derselben Begeisterung wie immer, wenn sie nach Hause kam. Er wedelte ein paar Mal mit dem Schwanz und setzte sich dann vor die zweite Schranktür: dorthin, wo sein Futter war.

Kim schaltete den Wasserkessel ein und nahm am Esstisch Platz. Sie hatte überlegt, in die Garage zu gehen, doch ihr schossen noch zu viele Fragen durch den Kopf.

Barney setzte sich und lehnte sich an ihr Bein wie damals, als sie ihn in seinem alten Zuhause besucht hatte. Doch diesmal fand ihre Hand den Weg zu seinem Kopf. Er hielt still unter ihrem Streicheln.

Sie gestand sich ein, dass ihre Wut nicht allein der Psychologin galt. Sie hatte sich noch nie so unzulänglich gefühlt. Zwei Fälle glitten ihr immer wieder aus den Händen.

Das Privatleben von Leonard Dunn war unzählige Male unter die Lupe genommen worden. Bei den ersten Ermittlungen, die zu seiner Verhaftung geführt hatten, hatten sie Hunderte von Menschen befragt, und jetzt jagten sie ein Phantom. Jeder war ein potenzieller Verdächtiger, und es graute ihr davor, doch sie wusste, was sie zu tun hatte.

Sie holte ihr Handy heraus und legte eine Liste mit ein paar Namen an.

Brett Lovett von Car Spares National.
Charles Cook aus Blackheath.
Wendy Dunn.
Robin Parks.

Sie wusste, dass ihr für weitere Ermittlungen im Fall Dunn nicht mehr viel Zeit blieb. Jeden Tag landeten neue Fälle auf ihrem Schreibtisch. Jedes Mal, wenn Woody sie zu sehen wünschte, wappnete sie sich gegen die Anweisung, den Fall zurückzustellen. Sie fürchtete sich davor, dass er es aussprach, denn sie wusste, dass sie ihm nicht Folge leisten konnte.

Sie würde erst aufhören, wenn sie die Person gefunden hatte, die in dem Zimmer gestanden und zugesehen hatte, wie ein kleines Mädchen von seinem Vater missbraucht wurde. Diese Person hatte das Haus verlassen in dem Wissen, dass es wieder passieren würde, und war mit diesem Wissen nicht zur Polizei gegangen. Im schlimmsten Fall … also, daran wagte sie gar nicht zu denken.

Kim öffnete den Mund, um den Kiefer zu lockern, wo sich die Anspannung festgesetzt hatte.

Nein, sie würde den Fall nicht ad acta legen. Nicht, solange sie den Scheißkerl nicht gefunden hatte.

Und dann war da dieser Fall, den sie allein bearbeitete.

Ihr nächstes Zusammentreffen würde gewiss nicht so zivilisiert ablaufen. Bis dahin brauchte sie eine Art mentale Rüstung, um sich Alex vom Leib zu halten. Ted hatte ihr geraten, einen weiten Bogen um sie zu machen. Er hatte ihr geraten, »*den Sprint ihres Lebens hinzulegen*«.

Die Frau schien alles über sie zu wissen. Die Sache zwischen ihnen war jetzt ernst, und in gewisser Weise war Kim erleichtert, dass sie in Bezug auf Alex von Anfang an recht gehabt hatte. Jetzt musste sie nur noch einen Weg finden, es zu beweisen.

Kim öffnete die Yahoo-Suche und gab noch einmal den Namen der Psychologin ein. Bei ihrer ersten Recherche hatte sie nur die Webseiten mit offiziellen Artikeln über oder von Alex aufgerufen, doch als sie jetzt durch die Ergebnisse scrollte, entdeckte sie auch Webseiten, auf denen ihr Name irgendwo erwähnt wurde.

Sie sah sich eine Seite nach der anderen sowie zahllose Blogs und Chatrooms an und durchsuchte sie nach Erwähnungen der Psychologin. Vierzig Minuten später erwog Kim, Alex für den Friedensnobelpreis vorzuschlagen. Die Kommentare waren überschwänglich, in einigen Fällen geradezu ehrfürchtig.

Himmel, das ist ja, als wollte ich Mutter Theresa festnageln, dachte Kim und schenkte sich Kaffee nach. Sie setzte sich wieder an den Rechner und fand schließlich einen Post, der sie aufhorchen ließ.

Er war gut versteckt in einem Chatroom, auf den sie über einen Hyperlink von einer Agoraphobie-Webseite gelangt war, und es war auch nur eine Frage, ob jemand schon mal bei Doktor Thorne in Behandlung gewesen sei. Kim zählte siebzehn positive Antworten, doch sie fand keinen weiteren Kommentar von der Person, die die Anfrage eingestellt hatte.

Kim sah ein, dass das noch kein unwiderlegbarer Beweis war, doch DaiHard137 hatte einen Grund gehabt, die Frage zu stellen. Wenn DaiHard137 der Psychologin ein Kompliment machen wollte, warum kein zweiter Post, in dem sie oder er in den Lobgesang der anderen einstimmte?

Ein aufgeregter Knoten grummelte in ihrem Bauch und erstarb dann. Sie hatte keine Möglichkeit herauszufinden, wer DaiHard137 war. Natürlich hätten die Kollegen von der IT den Nutzer innerhalb von Minuten ausfindig machen können, doch ihr Auskunftsersuchen würde einen Prüfpfad generieren, der ohne Umweg in Woodys Büro führen würde.

Sie holte einen frischen Notizblock heraus und machte sich Notizen zu sämtlichen Begegnungen mit der Psychologin. Dabei gab sie sich alle Mühe, sich genau zu erinnern, wo die Gespräche stattgefunden hatten. Kims Stift schwebte über dem Papier, als sie sich an ihr Treffen in Alex' Praxis erinnerte. Die Patientin, der sie auf dem Weg nach draußen begegnet war: die, die zu früh gekommen war und sie gestört hatte. Irgendwie war sie ihr bekannt vorgekommen. Kim kramte in ihren Erinnerungen nach

Einzelheiten, doch sie war abgelenkt gewesen. Sie konnte sich das Gesicht vor Augen führen – nervös, ängstlich –, doch sie konnte es nicht zuordnen.

Kim stand vom Tisch auf, marschierte im Zimmer auf und ab und ging die Möglichkeiten durch. Eine Zeugin war sie nicht. Kim wusste, dass sie noch nie mit ihr gesprochen hatte, also konnte sie die Fälle, an denen sie gearbeitet hatte, ausschließen. Sie überlegte, ob ihr die Frau schon einmal irgendwo in der Stadt begegnet war, doch den Gedanken verwarf sie wieder.

Bei Gericht, schoss es ihr plötzlich durch den Kopf. Es war nicht um einen ihrer Fälle gegangen, doch plötzlich machte es klick.

Sie wählte Bryants Nummer. Er war beim zweiten Klingeln dran.

»Bryant, versuchen Sie sich mal an den Betrugsfall vor ein paar Wochen zu erinnern. Was wurde an dem Tag noch verhandelt?«

Bryant wusste so etwas. Er hatte mit einem Kollegen von der Opferbetreuung gesprochen. Bryant unterhielt sich mit jedem.

»Ähm ... schwerer Einbruchdiebstahl und ein Fall von Kindesmissbrauch.«

Das war es. Die Frau, die ihr begegnet war, als sie aus Alex' Praxis gekommen war, war wahrscheinlich vom Gericht zur Therapie verdonnert worden.

»Danke, Bryant.«

Sie legte auf, bevor er ihr irgendwelche Fragen stellen konnte.

Mit ihrer weiteren Recherche wuchs auch die Angst. Alex behandelte eine Frau, Jessica Ross, die ihrem Kind entweder etwas angetan hatte oder nicht eingeschritten war. Und das, bevor Alex sie in die Finger gekriegt hatte. Kim graute davor, wozu die Patientin unter Alex' »Fürsorge« imstande war.

Sie ließ den Kopf in die Hände sinken. Niemand würde ihr glauben. Was sollte sie tun? Wie konnte sie diese Frau ausfindig machen, und was wollte sie ihr sagen, wenn sie sie fand?

Sie rieb sich die Augen und richtete den Blick wieder auf den Computerbildschirm. »Willst du mich auf den Arm nehmen?«, sagte sie laut.

Barney dachte offensichtlich, sie spräche mit ihm. Er sprang vom Sofa und setzte sich neben sie. Sie ließ den linken Arm sinken und streichelte ihm gedankenverloren den Kopf.

»Ausgeschlossen«, flüsterte sie und las noch einmal den Namen dessen, der die Anfrage gepostet hatte. Sie fand, DaiHard137 war ein ziemlich cleverer Name, besonders, wenn man David Hardwick vom Hardwick House war.

58

Der Mann, der die Tür öffnete, machte ein verdutztes Gesicht. »Detective Inspector?«

Kim hatte erwogen, bei Woody reinzuschauen und ihm von ihren Befürchtungen zu berichten, doch sie hatte immer noch nicht den geringsten Beweis. Sie hoffte, hier etwas zu finden.

»Sie erinnern sich an mich?«, fragte sie.

»Selbstverständlich. Es war ein denkwürdiger Abend für uns alle. Gibt es ein Problem?«

Bei dem Klientel, das in diesem Haus lebte, bestand vermutlich immer die Gefahr, dass die Polizei an die Tür klopfte.

Sie schüttelte den Kopf. »Kann ich reinkommen?«

»Selbstverständlich.«

Er hielt ihr die Tür auf, und sie trat ein. Seiner Haut entströmte der saubere Geruch von Kiefern.

»Kommen Sie mit durch in die Küche.«

Sie folgte ihm und setzte sich. Er nahm auf der anderen Seite des abgenutzten Holztisches Platz. In der Tür tauchte ein großer Mann auf. Er trug helle Jeans und ein Sweatshirt mit dem Namen einer Universität. Seine Augen wanderten nach oben links, und er tippte mit beiden Zeigefingern aneinander.

»Dougie, dies ist … tut mir leid, ich weiß …«

»Detective Inspector Stone.«

»Dougie, diese Dame ist Polizistin, und sie ist hier, weil … also, ich weiß gar nicht so genau, warum sie hier ist, aber es ist alles in Ordnung, okay?«

Er nickte und wanderte von dannen.

»Dougie fühlt sich nicht wohl mit Fremden.«

Kim war verwirrt. »Ist das hier nicht ein Übergangswohnheim für Exknackis?«

»Gut recherchiert, Detective Inspector.«

»Was hat Dougie gemacht?«

»Hm … Dougie ist kein offizieller Bewohner. Für ihn gibt's keinen Übergang nach nirgendwo.«

Kim runzelte die Stirn. Das klang irgendwie lieblos.

»Ich bitte um Verzeihung, das kam gröber raus, als es gemeint war. Ich meine, Dougie kann bei uns bleiben, solange er will. Er taucht nicht in unseren Büchern auf, denn er erfüllt nicht die Kriterien für einen Aufenthalt im Hardwick House, doch Sie werden bemerkt haben, dass er schwer autistisch ist. Er läuft in unserer Buchführung unter ›verschiedene Kosten‹.«

»Was sind die Kriterien, um hier aufgenommen zu werden?«, fragte Kim. Zu seinem Post in dem Chatroom würde sie noch kommen. Zuerst wollte sie erfahren, was Alex an dieser speziellen Einrichtung interessierte.

»Ersttäter und ehrliche Reue für die begangene Straftat oder das begangene Verbrechen. Macht es Ihnen etwas aus, wenn wir draußen reden? Ich arbeite gerade an was.«

Kim folgte ihm zur Hintertür hinaus. Eine Jawa 500,

ein Speedway-Motorrad, lag ramponiert auf dem Boden.

»Sie fahren Speedway?«

Seine Züge wurden hart. »Früher mal, aber ein bisschen zu viel Querdriften in den Kurven hat meine Knie ruiniert.«

Er strahlte eine ganze Palette von Gefühlen aus: Trauer, Bedauern, Sehnsucht. Der Sport war ihm offensichtlich sehr wichtig gewesen.

Er setzte sich auf die Plane, die auf dem Boden lag und das Motorrad vor dem nassen Gras schützte. Kim nahm sich einen weißen Gartenstuhl.

»Hübsche Maschine«, meinte sie.

Er schenkte ihr ein »Was weißt du schon«-Lächeln.

»Und was genau hat die Einrichtung hier zu bieten?«, fragte sie.

»Hauptsächlich Wiedereingliederung. Ich wette, Sie können nicht eine Sache nennen, die sich in den letzten zehn Jahren nicht verändert hat.«

Kim überlegte einen Augenblick. »Cornedbeef.«

David sah sie amüsiert an. »Was?«

»Also, warum ist bei all den technischen Fortschritten am Boden der Dose immer noch so ein verfluchter Schlüssel, der unweigerlich kaputtgeht, wenn man ihn dreht?«

David lachte laut.

»Im Ernst, warum hat sich noch niemand dieses Problems angenommen?«

David lehnte sich zurück und seine Züge entspannten sich. »Ich verstehe, was Sie meinen.« Er unterbrach sich und sah sie an. Kim sah einen Funken Interesse in seinen Augen und war versucht, den Blick abzuwenden, doch sie hielt stand.

»Was haben Sie für eine Geschichte, Detective Inspector? Wie sind Sie Polizistin geworden?«

Ausgeschlossen. So entspannt sie auch war. »Ich bringe gern Bösewichte hinter Gitter.«

»Okay, damit ist dieser Teil des Gesprächs beendet. Würden Sie mir jetzt bitte verraten, warum Sie hier sind?«

Kim sah sich um und entdeckte Dougie, der aus der Hintertür kam und wieder reinging. David achtete nicht auf ihn.

»Waren Sie bei Barry?«

David wirkte gequält. »Ja, er hängt immer noch an der Herz-Lungen-Maschine.«

»Hatten Sie eine Ahnung, dass er zu seiner Exfrau gehen würde?«

David schüttelte den Kopf. »Nein, und wenn, hätte ich es ihm sofort ausgeredet. Ich begreife diesen abrupten Sinneswandel nicht. Er hat den Eindruck erweckt, als wollte er sein Leben wieder in den Griff kriegen und neu anfangen.«

Das klingt mir aber nicht nach einem Mann, der kurz davor ist, seine Familie umzubringen, dachte Kim.

»Ich muss sagen, Doktor Thorne war ziemlich einmalig, dass sie ihn so lange am Reden gehalten hat, finden Sie nicht?«

David nickte und senkte den Blick. Er hatte noch immer kein Motorradteil angerührt, sondern sie nur eingehend betrachtet.

»Sie müssen froh sein, unter Ihren Mitarbeitern eine so geschätzte Psychologin zur Unterstützung zu haben.«

»Sie ist nicht offiziell hier tätig«, korrigierte er sie.

»Ach? Das verstehe ich nicht.« Kim hatte sich das schon gedacht, doch sie wollte die Hintergründe hören.

»Alex ist vor ungefähr achtzehn Monaten zu uns gekommen, nach dem Tod ihres Mannes und ihrer zwei Söhne. Sie waren von einem betrunkenen Autofahrer getötet worden, einem Ersttäter, der zu drei Jahren Gefängnis verurteilt wurde, weil er drei Menschen auf dem Gewissen hatte. Sie wusste alles über unsere Philosophie, Ersttätern zu helfen, und sie sagte, es wäre kathartisch, wenn sie Menschen helfen könnte wie dem Mann, der ihre Familie getötet hatte.«

Das war wohl eine ihrer Lieblingslügen. »Und Sie waren froh darüber?«

»Haben Sie schon mal davon gehört, einem geschenkten Gaul nicht ins Maul zu schauen?«

Kim war sich nicht sicher, ob das eine direkte Antwort war.

Dougie kam aus der Küche und ging wieder hinein, zwei Mal.

»Er hat Alex' Namen gehört. Er hat ein außergewöhnlich gutes Gehör. Er betet sie an. Wenn sie hier ist, folgt er ihr auf Schritt und Tritt.«

Dass Alex noch keine Möglichkeit gefunden hatte, das auszunutzen, wunderte Kim.

»Sie haben offensichtlich großen Respekt für sie.«

»Sie ist eine äußerst erfahrene und berühmte Psychologin.«

Immer noch keine echte Zustimmung, nur die Darbringung von Fakten. Dieses Gespräch entwickelte sich zu einem Tanz, und Kim war sich nicht sicher, wer wen führte.

»Hm … ich finde, es sagt etwas Besonderes über sie, wenn sie bereit ist, ihre Zeit ehrenamtlich zur Verfügung zu stellen, finden Sie nicht?«

»Ich denke, jeder, der seine Zeit …«

»Himmel, würden Sie mir bitte mal eine klare Antwort geben?«

Kim hatte beschlossen, dass sie führen würde.

»Ihre Antworten auf meine Fragen sind so wohlformuliert, damit Sie sich bloß nicht festlegen. Was für ein Eiertanz.«

»Mir war nicht klar, dass das hier eine Vernehmung ist.«

»Es ist ein Gespräch, David.«

»Brauche ich einen Anwalt?«

Seine Augen waren hellgrün und gefühlvoll.

»Nur für Verbrechen gegen Direktheit.«

Er lächelte. »Was genau wollen Sie wissen?«

»Warum Sie Zweifel entweder an den Fähigkeiten oder der Praxis von Doktor Alexandra Thorne haben.«

»Wer hat das behauptet?«

»Ein einziger Post in einem obskuren Chatroom, Mr. DaiHard137.«

David sah sie an.

»Das ist schon eine Weile her.«

»Sie haben wohl nicht die Antwort bekommen, die Sie erwartet haben, was?«

»Ich habe keine spezielle Antwort erwartet. Es war nur eine Frage.«

»Aber warum?«

»Warum ist das so wichtig für Sie?«

Dieser Mann machte sie rasend. Irgendetwas war hier an diesem Ort, Kim musste es nur finden.

»Würde es Sie überraschen, wenn Sie hörten, dass ihre Familie nicht bei einem Autounfall ums Leben gekommen ist, weil sie nie einen Mann und zwei Söhne hatte?«

David runzelte die Stirn. »Woher wissen Sie das? Warum sollte sie sich so was ausdenken?«

»Ich weiß es, weil ich sie damit konfrontiert habe, und sie hat zugegeben, dass sie nie verheiratet war. Warum ist eine ganz andere Frage, aber es gibt Hinweise darauf, dass sie ihre Patienten manipuliert, Dinge zu tun, die sie normalerweise nie tun würden.«

Dougie kam in den Garten und starrte sie ein paar Sekunden lang an, bevor er wieder ging.

»Sie müssen leise sprechen. Er regt sich leicht auf.«

Kim nickte zum Zeichen, dass sie verstanden hatte, und senkte die Stimme. »Ich habe keinen direkten Beweis für irgendetwas von dem, was ich sage, aber ich habe den Eindruck, dass Sie ebenfalls spüren, dass irgendetwas nicht ganz stimmt. Habe ich recht?«

David überlegte. »Ich glaube nicht, dass ich Ihnen etwas Nützliches erzählen kann. Es fällt mir schwer zu glauben, was Sie sagen, und doch habe ich mich in ihrer Nähe nie wirklich wohlgefühlt. Alex hat etwas Unnahbares – sie arbeitet mit Gefühlen, scheint sie aber nicht richtig zu verstehen. Aber wenn Sie meine Frage in dem Chatroom gesehen haben, dann haben Sie auch die Antworten der Leute gelesen, die sie behandelt hat.«

Kim nickte ernüchtert. Hier war doch nichts. David hatte nur so ein Gefühl, dass etwas mit der Psychologin nicht ganz stimmte, doch er hatte keine Beweise dafür, dass sie Menschen zu manipulieren versuchte.

»Wenn stimmt, was Sie sagen, wozu ist sie dann Ihrer Meinung nach fähig?«

»Nach allem, was ich weiß, ist sie zu allem fähig, was sie sich in den Kopf setzt. Mein einziges Problem ist, dass ich nicht weiß, wie ich ihr das Handwerk legen soll.«

Enttäuschung durchflutete sie. Sie würde niemals beweisen können, dass diese Frau etwas mit dem Tod von Allan Harris zu tun gehabt hatte, ganz zu schweigen davon, dass sie bei anderen Verbrechen die Finger im Spiel gehabt hatte.

Es war Zeit, sich zu verabschieden, doch eine Frage hatte sie noch. »David, ich kann nicht umhin mich zu fragen, warum Sie jetzt seit fünfzehn Minuten neben dem Motorrad sitzen und es nicht angefasst haben. Kann ich Ihnen helfen?«

Er schüttelte abweisend den Kopf. »Ähm … nichts für ungut, aber die mechanischen Eigentümlichkeiten eines Speedway-Motorrads sind ein bisschen …«

»Oh, liegt das etwa daran, dass sie nur einen Gang haben und keine Bremsen?«

Sein Tonfall war ihr auf die Nerven gegangen. Ganz gegen ihre Natur hatte sie versucht, behilflich zu sein. Jetzt hatte sie seine Aufmerksamkeit.

»Oder weil der Einsatz von Methanol als Treibstoff ein höheres Verdichtungsverhältnis im Motor erlaubt, wodurch mehr Energie produziert wird als bei anderen Treibstoffen, was beim Kurvenfahren eine höhere Geschwindigkeit ermöglicht? Oder …«

»Wollen Sie mich heiraten?«, fragte David.

»Also, sagen Sie mir jetzt, was das Problem ist?«

»Sie startet einfach nicht. Normalerweise lasse ich sie alle paar Monate kurz laufen, aber diesmal tut sich nichts.«

Kim überlegte einen Augenblick. »Vielleicht hat der Anlasser einen Kurzschluss. Bevor Sie Geld für Ersatzteile ausgeben, könnten Sie versuchen, ein neues Massekabel vom Anlasser zum Rahmen zu legen.«

»Sie haben keine Ahnung, wie erregt ich gerade bin.«

Kim lachte laut, wurde jedoch von Dougie einer Antwort enthoben, der plötzlich neben ihr stand. Sehr behutsam streckte er die Hand aus und berührte ihre linke Hand.

»Dougie …«, warnte David und begegnete ihrem fragenden Blick. »Er fasst nie Menschen an.«

Da haben wir was gemeinsam, dachte Kim.

»Es ist okay«, sagte sie. Seine Haut war kühl und weich. Er schob seine große Hand in ihre viel kleinere, sah sie aber immer noch nicht an.

Eine einzige Träne war ihm über die Wange gerollt. Kim sah David an, was sie tun sollte. Er zuckte die Achseln, eindeutig unsicher, was dieses ungewohnte Verhalten zu bedeuten hatte.

Dougies Griff war fest, als er an ihrer Hand zog. Kim spürte weder etwas Böses, noch Gefahr, nur eine sanfte Traurigkeit.

»Soll ich mitkommen, Dougie?«, fragte sie leise.

Er nickte, den Blick weiter nach oben links gerichtet.

Kim stand auf und ließ sich von ihm durch die Küche in den Flur führen. Sein Griff war fest, aber nicht bedrohlich. David folgte ihnen stirnrunzelnd.

»Was machst du, Dougie?«, fragte David, als die drei die Treppe in den ersten Stock hinaufgingen.

Er antwortete nicht, sondern ging zielstrebig weiter. Oben drehte er den Knauf an seiner Zimmertür und öffnete sie.

»Dougie, du weißt, dass Damenbesuch hier nicht erlaubt ist.«

Dougie ließ ihre Hand los, als sie eintrat. Sein Zimmer erinnerte an das eines Zwölfjährigen. An sämtlichen Wänden hingen Poster mit schnellen Autos, alle exakt in derselben Höhe. Sein Bett war etwa ein Meter zwanzig breit, die Bettwäsche mit Rennwagen bedruckt. Ein Regalbrett war voller *Top Gear*-DVDs. Ein gerahmtes Foto eines der Moderatoren stand auf seinem Nachttisch. Kim drehte sich zu David um, der die Achseln zuckte.

»Er liebt Jeremy Clarkson, was soll ich sagen?«

Auf dem Regalbrett unter den DVDs befand sich eine Reihe von Schulheften. Einige waren billige dünne Hefte, wie man sie in Schreibwarenläden fand, andere hatten Ringbindung und bunte Muster auf dem Deckel.

»Er liebt Kladden. Die billigen sind von mir und die anderen sind Geschenke. Er benutzt sie nicht, er besitzt sie nur gern.«

Bei Davids Worten stampfte Dougie zwei Mal mit dem Fuß auf, offensichtlich missfiel ihm etwas. Kim sah hinter dem Bilderrahmen einen Bleistift.

»Sind Sie sicher, dass er sie nicht benutzt?«

David sah so verwirrt drein, wie sie sich fühlte. Sie drehte sich zu dem schlaksigen Mann neben ihr um. »Möchten Sie mir etwas zeigen, Dougie?«

Dougie zählte die Hefte ab und holte das dritte von links heraus. Er richtete den Blick nicht auf die Seiten, sondern zählte bis zur siebten Seite, schlug sie auf und reichte ihr das Heft.

Die Schrift war furchtbar klein. An Kims Sehschärfe war nichts auszusetzen, doch sie musste die Augen zusammenkneifen, um ein paar Worte zu entziffern. Es war in Dialogform geschrieben, ein Name vorne dran und dann Anführungs- und Abführungszeichen.

Sie blickte auf das Geschriebene und dann auf Dougie. Gänsehaut überkam sie.

»Dougie, haben Sie ein eidetisches Gedächtnis?«

Dougie antwortete nicht.

David war so verdutzt wie sie. »Was zum …«

Sie warf noch einen Blick darauf.

»David, Sie dachten, Dougie wäre liebeskrank. Sie haben gedacht, er heftet sich Alex an die Fersen, weil er sie mag, doch er hat jedes Wort aufgezeichnet.« Sie zeigte mit dem Kopf darauf. »Hier drin.«

Sie blätterte das Heft durch. Die Seiten waren alle vollgeschrieben.

Mit offenem Mund sah sie den Mann an. »Dieser unglaublich begabte junge Mann hat vor allen anderen gewusst, was mit ihr los ist.«

Kim trat vor und berührte behutsam seine Wange. Er entzog sich ihr nicht.

Erleichterung und Dankbarkeit durchfluteten sie. »Danke, dass Sie mir Ihre Arbeit zeigen.«

Kim las einen Absatz und spürte dabei, wie ihr Zorn wuchs.

WEIL SIE DIE REINSTE ZEITVERGEUDUNG SIND. SIE SIND SO GESTÖRT, DASS SIE NIEMALS EIN AUCH NUR ANNÄHERND NORMALES LEBEN FÜHREN WERDEN. BEI IHNEN BESTEHT KEINE HOFFNUNG MEHR. DIE ALBTRÄUME WERDEN NIEMALS AUFHÖREN, UND JEDER MANN MITTLEREN ALTERS MIT HALBGLATZE WIRD IHR ONKEL SEIN. SIE WERDEN NIE FREI SEIN VON IHM UND VON DEM, WAS ER IHNEN ANGETAN HAT. NIEMAND WIRD SIE JE LIEBEN, DENN SIE SIND BESCHMUTZT, UND DIE QUALEN, DIE SIE DURCHMACHEN,

WERDEN SIE PEINIGEN BIS AN IHR LEBENSENDE.

Sie hob den Blick von der Seite. »David, wer um Himmels willen ist Shane?«

59

Die Wohnung lag in einem Haus, das ehemals aus zwei großen Einfamilienhäusern bestanden hatte, die in vier Wohnungen mit je einem Schlafzimmer umgebaut worden waren. Namensschilder und eine Klingel befanden sich in der Türöffnung.

»Komm schon, Charlie«, stöhnte Dawson. »Ist verdammt kalt hier draußen.«

»Jetzt mach dir mal nicht ins Hemd, Kev«, versetzte Stacey.

Sie drückte auf einen der anderen Knöpfe. »Hallo, ist da Mrs. Preece? Könnten Sie bitte die Tür öffnen. Hier ist die Polizei, und wir …«

Stacey hörte auf zu reden, als die Verbindung getrennt wurde. Sie wartete darauf, dass der Türöffner summte. Nichts geschah.

Dawson schob sie aus dem Weg. »Mr. Hawkins, ich habe ein Päckchen von Amazon.«

Der Türöffner summte.

Stacey folgte ihm ins Haus. »Woher zum Teufel …«

»Jeder bestellt bei Amazon.«

Er wandte sich nach links und klopfte an die Tür. Nichts. Dawson klopfte noch einmal.

»Der Typ geht mir langsam auf den Sack. Und wenn ich sauer bin, wird er keinen Spaß an unserer Unterredung haben.«

»Was willst du denn machen, ihn foltern?«

Dawson kicherte. »Das war beinahe witzig, Stace.«

»Das gefällt mir nicht, Kev«, sagte sie, bückte sich und spähte durch den Briefschlitz. Die Jacke und die Schuhe, die Cook vor zwei Tagen getragen hatte, befanden sich in ihrem Blickfeld im Flur.

»Er ist da drin, aber es ist still. Kommt mir irgendwie komisch vor.«

»Ausnahmsweise bin ich mal deiner Meinung, Stace. Ich denke, wir müssen reingehen.«

»Sollen wir die Feuerwehr rufen?«, fragte Stacey.

»Nein, wir nehmen, was da ist.«

Dawson hob den Feuerlöscher und zielte damit auf das Türschloss.

»Haben Sie mein Päckchen?«, fragte eine ältere Stimme von der Treppe.

»Der Briefträger hat gesagt, er hätte sich in der Adresse getäuscht«, rief Dawson.

Er schlug mit dem Feuerlöscher auf die Tür ein. Sie brach auf. Stacey war gegen ihren Willen beeindruckt.

»Hey, was machen Sie da unten?«

»Polizei«, rief Stacey zur Antwort, während Dawson nach Charlie rief.

»Ach … Mist«, sagte Dawson, der in der Tür stand.

Stacey blieb neben ihm stehen. In Gedanken wiederholte sie seine Worte.

Der stark übergewichtige Mann lag, alle viere von sich

gestreckt, bäuchlings auf dem Bett. Er trug hellblaue Boxershorts. Sein rechtes Bein baumelte seitlich vom Bett. Neben einem Glas Wasser lagen mehrere Aspirinschachteln.

Stacey reagierte augenblicklich. Sie tastete seitlich an seinem Hals und zog die Hand erst weg, als sie sich ganz sicher war.

»Ruf einen Krankenwagen, Kev. Er lebt noch. Sag ihnen, er ist bewusstlos, aber er atmet noch.«

Dawson holte sein Handy heraus und setzte den Notruf ab. Stacey schnappte sich die Schachteln und fing an zu zählen.

Dawson gab die Adresse durch und den Zustand des Patienten.

»Das sind ungefähr fünfundzwanzig Tabletten«, sagte sie.

Dawson gab es an die Notrufzentrale weiter, bevor er auflegte.

Sie standen da und sahen einander an.

»Sollten wir nicht was machen?«, fragte Stacey.

Dawson sah sich um. »Du könntest ihm ein Tässchen Tee machen, aber ich glaub nicht, dass er ihn trinkt.«

Stacey bedachte ihn nur mit einem empörten Blick.

Er öffnete die Arme. »Was soll ich denn sagen? Herz-Lungen-Wiederbelebung brauchen wir Gott sei Dank nicht zu machen. Er atmet ja noch.«

»Himmel, Kev, halt's Maul. Wie gefühllos.«

Sie ging zum Bett und beugte sich über sein Ohr. »Charlie, ich bin Detective Constable Wood und …«

»Verdammt, Stace, das brauchst du einem Mann, der kurz vorm Abnibbeln ist, nicht zu erklären.«

Stacey drehte sich um und sah ihn wütend an. Dawson

schob sich an ihr vorbei und drückte die nackte Schulter des Mannes. »Okay, Charlie. Ich bin's, Kev. Alles wird gut. Hilfe ist unterwegs. Die sind jeden Augenblick hier, also bleibst du schön da, bis sie kommen.«

Ja, das war besser, musste Stacey eingestehen, aber nur sich selbst.

»Ein Hilfeschrei?«, fragte sie Dawson.

Dawson schüttelte den Kopf, trat vom Bett weg und senkte die Stimme.

»Nein, das war ernst gemeint. Er wollte sterben. Kein Mann will so gefunden werden und die Sache überleben.«

Und in diesem Moment wussten sie nicht, ob er es überleben würde.

Wovor hatte Charlie Cook davonlaufen wollen?

60

Während sie den aromatischen Colombian Gold einschenkte, dachte Alex über die bevorstehende Sitzung nach, die sie sehr sorgfältig geplant hatte. Idealerweise hätte sie es vorgezogen, länger mit Jessica zu arbeiten, doch sie wurde ungeduldig und wollte Ergebnisse. Sie hoffte, dass Jessica sie nicht so enttäuschen würde wie die anderen.

Dies war das größte Spiel von allen. Wenn sie das hier schaukelte, dann war das Versagen der anderen vergessen. Mit Kim war sie noch mittendrin, aber Jessica spielte in einer ganz anderen Liga.

Wäre Alex daran interessiert, dieser Frau wirklich zu helfen, würde sie sich bemühen, Jessicas Vergangenheit zu durchleuchten, doch das war nicht ihr Anliegen. Sie hatte nicht endlos Zeit. Die meisten Frauen mit postnataler Psychose hatten bereits eine Episode ernster psychischer Erkrankung durchgemacht.

Auch wenn es nur ein Mal bei fünfhundert Frauen vorkam, war Alex immer noch überrascht, dass die Sozialarbeiter Jessicas Psychose nicht erkannt, sondern es als postnatale Depression abgetan hatten. Zwar hatten sie die normalen Symptome einer Depression identifiziert, das, was es zu einer Psychose machte, jedoch übersehen.

Jessica neigte auch zu heftigen Stimmungsschwankungen, Manie, konfusen Gedanken und irrigen Vorstellungen, und sie hörte Stimmen. Die Symptome waren kurz nach der Geburt des Kindes aufgetreten und wiesen alle auf eine postnatale Psychose hin, ein Leiden, das Betreuung rund um die Uhr durch geschultes Fachpersonal erforderte.

Solche Psychosen führten oft zu Kindsmord, und Alex musste herausfinden, welches Hauptmotiv dafür verantwortlich war, dass Jessica ihrem Kind etwas hatte antun wollen. Sie hatte diverse Fälle nachgeschlagen, und sich die verschiedenen Motive gut eingeprägt. Sie war bereit.

Sie stellte den Kaffee auf den Tisch. Sie musste jetzt wirklich loslegen.

»Wenn ich es richtig verstanden habe, haben Sie den Behörden gesagt, Sie wären auf Jamie draufgerollt, als Sie mit ihm zusammen ein Nickerchen gemacht haben. Wir beide wissen, dass das nicht wahr ist, und hier bei mir sollen Sie offen sprechen.«

Jessica wirkte unsicher.

»Was Sie mir sagen, ist vertraulich. Ich bin hier, um Ihnen zu helfen, und das kann ich nur, wenn Sie vollkommen ehrlich zu mir sind. Je schneller Sie mir alles sagen, desto schneller kann ich Ihnen die Hilfe geben, die Sie brauchen.«

Jessica schüttelte den Kopf und blickte in die Tiefen ihres Schoßes.

Alex hatte vermutet, dass es schwierig werden könnte, die Frau davon zu überzeugen, über ihre innersten Geheimnisse zu sprechen. Keine Mutter wünschte sich Jessicas Gedanken, ganz zu schweigen davon, sie laut auszusprechen. Doch für Alex war es wichtig, dass sie ehrlich war. Sie musste die Worte hören.

»Hatte es etwas mit Ihrem Mann zu tun? Waren Sie sauer auf ihn?«, fragte Alex in freundlichem, ruhigem Tonfall. »Rachegelüste gegen den Ehegatten sind viel weiter verbreitet, als man allgemein denkt.« Sie unterbrach sich, um eine Erinnerung hervorzukramen, die gar nicht tief vergraben war.

»Vor ein paar Jahren warf ein Mann namens Arthur Philip Freeman während eines erbitterten Sorgerechtsstreits seine vier Jahre alte Tochter Darcy von der West Gate Bridge in Melbourne. Man geht davon aus, dass er es nur getan hat, um seiner Frau wehzutun.«

Alex hielt dieses Motiv bei Jessica für unwahrscheinlich, denn sie hatte nichts gesagt, was auf eine Feindseligkeit zwischen ihr und ihrem Mann hindeutete. Doch hinter ihrer Verrücktheit steckte etwas Methodisches.

»Waren Sie so wütend auf Ihren Mann, dass Sie beschlossen, ihm wehzutun, indem Sie Jamie wehtun?«

Jessica schüttelte langsam den Kopf. Gut. Sie widersprach nicht, der Vorfall wäre ein Unfall gewesen. Sie hielt den Kopf weiter gesenkt, doch ihr Blick ging nicht mehr tief in ihren Schoß, sondern darauf.

Sie hörte zu, und das war genau das, was Alex wollte. Jessica war noch nicht bereit zuzugeben, dass sie etwas Unrechtes getan hatte. Das Urteil der Gesellschaft und ihrer Familie war verantwortlich für die Ergebenheit, die sie niederdrückte. Was Jessica wollte, war Verständnis, Akzeptanz. Erlaubnis. Und das Wissen, dass sie nicht allein war.

»Darf ich fragen, ob Jamie geplant war?«

»O ja«, antwortete Jessica sofort. Gut, sie war aufmerksam und nahm teil. Und endlich hatte sie etwas gesagt.

Alex hatte nicht ernsthaft in Erwägung gezogen, dass es ein Fall von Tötung eines ungewollten Kindes war, doch für ihren nächsten Schritt spielte es keine Rolle.

Sie lehnte sich auf ihrem Stuhl zurück und redete einfach weiter.

»Sie erinnern sich vielleicht nicht daran, aber Mitte der Neunzigerjahre war es in allen Nachrichten. Eine Frau in South Carolina, ich glaube, sie hieß Susan Smith, berichtete der Polizei, ein Schwarzer habe ihr Auto gestohlen, in dem noch ihre beiden kleinen Söhne saßen.

Neun Tage tränenreiche Appelle im Fernsehen, dass ihre Kinder sicher zurückkehrten, gingen zu Ende, als sie gestand, dass sie ihren Wagen in einen See in der Nähe versenkt und ihre Kinder darin ertränkt hatte. Und das nur, um ihren reichen Liebhaber zu halten.«

Durch den Körper ihrer Patientin lief kein entsetztes Schaudern. Nur eine leichte Neigung des Kopfes, die ihre Aufmerksamkeit signalisierte.

Gut. Sie hatte das erste der drei Stadien erreicht. Verständnis. Jessica brauchte das Gefühl, dass sie nicht allein war.

»Ehrlich, Jessica, das Problem ist viel weiter verbreitet, als die Leute denken. Sie sind nicht die Erste, die mit dieser Krankheit zu mir kommt, und Sie werden gewiss nicht die Letzte sein. Sie müssen sich nicht für Ihre Gefühle schämen. Sie gehören zu Ihnen, und ich verspreche Ihnen, dass Sie hier von mir keine Verurteilung befürchten müssen.«

Endlich hob Jessica den Kopf und nahm Blickkontakt auf. Alex lächelte mitfühlend und fuhr fort.

»Ich verspreche Ihnen, dass ich Ihnen helfen kann, aber Sie müssen mir die Wahrheit sagen.«

Eine leichte Kopfbewegung. Ausgezeichnet, sie näherten sich der Akzeptanz, und zwei mögliche Motive waren noch geblieben, Altruismus und Wahnvorstellungen, und mit beiden konnte Alex arbeiten. Ihr letztes Gespräch hatte keinen Anhaltspunkt dafür ergeben, dass Jessica Wahnvorstellungen gehabt hatte. Blieb also nur Altruismus. Und als sie zu dieser Schlussfolgerung gelangt war, hatte Alex Jessica bereits auf eine Reise durch erfolgreiche Kindsmorde geführt, und jetzt hörte die Frau ihr zu.

Alex beugte sich vor und stützte die Ellbogen auf die Knie.

»Ich glaube, Sie wollten Ihr Kind schützen, Jessica.«

Eine einzelne Träne löste sich und rollte über ihre Wange.

Oh, ihr Idioten, dachte Alex über die Sozialarbeiter. Wenn sie das wahre Ausmaß ihrer Krankheit erkannt hätten, hätte man ihr das Kind höchstwahrscheinlich weggenommen. Das hätte Alex allerdings nicht gefallen. Das Jugendamt hätte ihr kein schöneres Geschenk schicken können, und wenn die Frau mit einer großen, roten Schleife verziert vor ihrer Tür gestanden hätte.

»Sie lieben Jamie so sehr, dass Sie den Gedanken nicht ertragen, ihm könnte etwas passieren. Sie wollen ihn vor allem Bösen in der Welt beschützen. Habe ich recht?«, fragte Alex leise.

Jessica nickte langsam.

»Er ist so schön und vollkommen und unschuldig, dass Sie den Gedanken nicht ertragen, er könnte je Schmerz empfinden.«

Jessica nickte entschiedener.

Eine letzte Information fehlte Alex noch, bevor sie zur dritten Phase des Prozesses übergehen konnte. Erlaubnis.

»Können Sie sich erinnern, wann die Gedanken anfingen?«

Die Tränen trockneten, während sie über die Frage nachdachte.

»Die Nachrichten«, antwortete Jessica mechanisch. Man hatte ihr Medikamente verordnet, die eine dämpfende Wirkung hatten, doch es war natürlich nicht die richtige Medikation für ihren Zustand. Lithium oder Elektroschockbehandlung waren am effektivsten, doch auch diese Information behielt Alex gegenüber den Behörden lieber für sich.

»Fahren Sie fort.«

»Kurz nachdem ich aus dem Krankenhaus heimgekommen war, berichteten sie in den Nachrichten über ein Bombardement in Pakistan. Ich sah die Bilder und hatte Angst vor der Welt, in die ich Jamie hineingebracht habe. Zuerst habe ich nur ab und zu Nachrichten gesehen, doch dann hatte ich den ganzen Tag den Nachrichtensender laufen. Schließlich habe ich Jamie mit einer Hand gehalten und mit der anderen auf meinem Telefon die Nachrichten gecheckt. Es war wie eine Sucht.«

»Wonach haben Sie gesucht?«

»Hoffnung. Aber die ganze Welt war voller Tod, Zerstörung und Hass. Ich begriff nicht, wieso ich das nicht gesehen hatte, bevor ich schwanger wurde. Wie konnte ich ihn in so eine schreckliche Welt bringen?«

Alex nickte zum Zeichen, dass sie verstand. Jessicas Motiv war tatsächlich Altruismus, das am weitesten verbreitete. Sie glaubte wirklich, für ihr Kind wäre es aus einer ganzen Reihe von Gründen besser, wenn es tot wäre. Der Zustand manifestierte sich oft, weil die Mutter das Gefühl hatte, ihr Kind nicht angemessen vor eingebildeten oder realen Bedrohungen schützen zu können.

»Können Sie mir ein paar Dinge nennen, die Ihnen Angst gemacht haben?«

»Eines Tages las ich etwas über Bombenexplosionen und dass in Ländern der Dritten Welt ganze Familien gefoltert und getötet werden. Hungertod, Mangelernährung, Dürren, Bürgerkriege. Ich habe mir gesagt, dass das alles in einem fremden Land passiert, doch dann stieß ich auf Artikel über Autounfälle, Kinder, die von anderen Kindern erstochen werden, einen Mann, der wegen einer Flasche Wein zu Tode geprügelt wurde, und mir wurde klar, dass es näher rückte. Zu nah.«

Ohne zu blinzeln, richtete Jessica den Blick in die Ferne, während sie ihre Ängste aufzählte. Und es waren einige, die man durcharbeiten konnte. Alex war erfreut, dass sie sich darüber keine Sorgen machen musste.

»Und was haben Sie gemacht?«

»Jamie lag auf dem Sofa neben mir, und plötzlich überkam mich das überwältigende Bedürfnis, ihn zu retten, ihn vor all dem Bösen zu beschützen. Ich sah vor mir, wie er einschlief und in Sicherheit war. Ich legte mich einfach über ihn und schloss die Augen. Eine Weile war ich ganz ruhig, als würde ich mich endlich richtig um mein Kind kümmern.«

»Was geschah dann?«

»Mitch kam früher von der Arbeit nach Hause, um nach mir zu sehen. Ich hörte ihn nicht reinkommen. Er schubste mich zur Seite, schnappte sich Jamie und fuhr mit ihm ins Krankenhaus.«

»Wie haben Sie sich da gefühlt? Und bitte, seien Sie ehrlich, damit ich Ihnen wirklich helfen kann.«

Jessica schloss die Augen und zögerte so lange, dass Alex sich schon fragte, ob sie eingeschlafen war.

»Jessica, bitte«, drängte sie. »Ich würde Ihnen wirklich gern helfen, aber das kann ich nicht, solange Sie mir nicht die ganze Wahrheit sagen.«

Jessica seufzte tief, ohne die Augen zu öffnen. »Ich war enttäuscht. Jamie hat sich nicht mal gewehrt. Als wüsste er, was ich versuchte, und verstünde es. Er würde einfach schlafen. Es fühlte sich richtig an.«

Alex staunte, wie einfach es werden würde.

»Hat Mitch es verstanden, als Sie es ihm erklärten?«

Jessica schüttelte den Kopf. »Ich hab's ihm nicht gesagt. Er hat angenommen, ich wäre eingeschlafen und auf das Baby gerollt. Das hat er auch im Krankenhaus erzählt, aber das Jugendamt wurde eingeschaltet und hat mich wegen Kindesvernachlässigung angezeigt.«

Alex hörte den Unglauben in Jessicas Stimme. In ihrem wahnhaften Nebel begriff sie einfach nicht, dass jemand so über sie dachte. Dass sie ihren Mann angelogen hatte, war ein Zeichen dafür, dass sie nach wie vor an ihr Motiv glaubte.

»Der Richter hat angeordnet, dass ich in Therapie gehe, und das war's. Ich habe die Scharade aufrechterhalten, denn es war das, was alle hören wollten. Sie sind die Erste, mit der ich offen reden kann.«

»Und wie ist das?«, fragte Alex freundlich. Vertrauen war wichtig.

»Gut. Um mich herum machen alle dasselbe Gesicht. Selbst meine Mutter sieht entsetzt drein, wenn ich mich meinem Kind auf drei Meter nähere.«

»Ist es gut, dass sie Sie so aufmerksam im Auge haben?«

Jessica zögerte. »Ich würde nie etwas tun, was meinem Kind schaden könnte. Niemals.«

Das Spiel mit Worten entging Alex nicht. Ja, die Motivation war noch da. Alex zwang sich zu einem langsameren Tempo.

Doch Jessica suchte noch die Erlaubnis für das, was sie als richtig empfand. Mühsam unterdrückte Alex ihr Lächeln.

»Seltsamerweise ist es eine westliche Vorstellung, dass Ihre Motive falsch sind. Der Buddhismus glaubt an Seelenwanderung: Ein Kind, das stirbt, wird unter besseren Umständen wiedergeboren.«

Alex nickte mit einem »Stell dir das mal vor«-Ausdruck im Gesicht. Sie erklärte nicht, dass dieser Glauben weit verbreitet war bei Menschen, die zu arm waren, um ihre Kinder zu ernähren, und sich damit trösteten, das Kind werde in bessere Verhältnisse wiedergeboren.

Jessica nickte aufmerksam.

Alex sollte wirklich das Jugendamt informieren, dass diese Frau immer noch eine Gefahr für ihr Kind darstellte. Sie sollte die Behörden davon in Kenntnis setzen, dass sie nicht unter postnataler Depression litt. Sie sollte ihnen sagen, dass die Medikamente, die sie nahm, die falschen waren.

Doch das war dem, was Alex vorhatte, nicht förderlich.

Sie nahm die Brille ab und schaute auf der Suche nach einer Erinnerung, die einstudiert war und nur darauf wartete, abgerufen zu werden, nach links oben. Jessicas Blick löste sich keinen Augenblick von ihrem Gesicht. Alex hätte am liebsten laut gelacht. Sie hätte kein besseres

Drehbuch für diese Sitzung schreiben können, und in ihrem Bauch machte sich freudige Erregung breit. Konnte gut sein, dass Jessica diejenige war.

Sie senkte den Blick und sah in Jessicas erwartungsvolle Augen. »Also, wenn ich es mir recht überlege, erinnert Ihre Situation mich an eine Amerikanerin namens Andrea Yates. Sie hatte ähnliche Ängste wie Sie, doch sie sah überall den Teufel. Sie war streng religiös und liebte ihre Kinder sehr.

Sie hatte jeden Tag Angst, der Teufel würde Anspruch auf ihre Kinder erheben und sie könnte nicht für ihre Sicherheit sorgen, wenn sie älter wurden.

Die Behörden hatten das Gefühl, man könne Andrea keinen Augenblick mit ihren fünf Kindern allein lassen, also hat die Familie sich abgewechselt, damit immer jemand bei ihr im Haus war. Sie wurde, genau wie Sie, auf Schritt und Tritt überwacht. Doch eines Tages kam ihr Mann, der ebenfalls religiös war, zu dem Schluss, die Behörden täuschten sich, und er legte sein Vertrauen in Gott, dass dieser sich um seine Familie kümmerte. Er fuhr zur Arbeit, bevor seine Ablösung da war, und Andrea nutzte die Gelegenheit und ertränkte ihre Kinder eines nach dem anderen in der Badewanne.«

Alex forschte in Jessicas Zügen nach Schock, doch sie entdeckte nur ungeteilte Aufmerksamkeit.

»Während des Prozesses blieb Andrea dabei, sie habe es aus Liebe zu ihren Kindern getan, um sie zu beschützen. Die Gesellschaft hat sie verurteilt, sie täusche sich, doch ich möchte, dass Sie bis zu unserer nächsten Sitzung darüber nachdenken, wie Sie zu diesem Fall stehen.«

Wie aufs Stichwort klingelte der Wecker ihrer Armbanduhr. »Okay, Jessica, das war's für heute.« Sie seufzte schwer. »Mein nächster Termin ist ein fünfjähriges Mädchen, dem ein Hund das ganze Gesicht entstellt hat.« Alex schüttelte den Kopf. »Das arme Kind hat nur im Park gespielt.«

Am liebsten hätte Alex ein Foto von Jessicas entsetztem Gesicht gemacht. Sie brachte ihre Patientin zur Tür und öffnete diese. »Dann sehen wir uns nächste Woche. Passen Sie gut auf sich auf.«

Jessica nickte und ging hinaus.

Alex schloss die Tür. Mit ein wenig Glück würde es in der nächsten Woche keine Sitzung geben. Wenn sie Jessica das nächste Mal sah, dann vorzugsweise in den Abendnachrichten.

61

Jessica Ross wankte aus dem Haus. Sie musste heim. Jamie brauchte sie. Die Nachbarn hatten einen Hund, den sie oft raus in den Garten ließen. Er konnte über den Zaun springen und ins Haus gelangen.

Sie legte einen Gang ein und dankte Gott stumm dafür, dass er sie zu Alex geführt hatte, dem einzigen Menschen, der verstand, was sie durchmachte. Sich öffnen zu können und vollkommen ehrlich zu sein gegenüber Alex hatte sie von den lähmenden Selbstzweifeln befreit, die sie gequält hatten. Die Geschichte, die Doktor Thorne ihr über die Amerikanerin, Andrea Soundso, erzählt hatte, ging ihr immer wieder durch den Sinn. Die Zeit wurde knapp.

... und sie könnte nicht für ihre Sicherheit sorgen, wenn sie älter wurden.

Überall lauerten Gefahren. Die Ampel, an der sie jetzt hielt, konnte leicht einen Defekt haben und dann würden die Autos, die den Hügel herunterrasten, von der Seite in ihren Citroën krachen. Vor zwei Jahren war das in Gornal passiert und da war ein kleines Mädchen über eine Stunde in dem Wrack eingeklemmt gewesen.

Hinter ihr wurde gehupt. Die Ampel war grün. Jessica bog ab und fuhr an dem Gartenzentrum zu ihrer Linken vorbei. Zwei kleine Mädchen hüpften lachend auf dem Parkplatz herum. Sie konnten leicht auf die Straße laufen und unter die Räder kommen. Erst letzten Monat war auf dieser Straße ein Teenager auf dem Fahrrad ums Leben gekommen.

Sie passierte ein Schild, das anzeigte, dass sie jetzt hundert fahren durfte, doch sie fuhr mit fünfzig weiter durch die Felder auf beiden Seiten der Straße. Wenn vor ihr etwas über die Straße lief, hatte sie noch Zeit zu bremsen.

Von hinten näherte sich im Rückspiegel ein Wagen mit hohem Tempo. Sie sah die rüden Handzeichen des Fahrers, als seine Stoßstange ihrer immer näher rückte. Sie konzentrierte sich ganz auf die Straße vor sich.

Vorsichtig lenkte sie das Auto mitten auf die Straße, um rechts in die Einfahrt zu biegen. Das Auto hinter ihr hupte und preschte links an ihr vorbei, wobei ein solcher Sog entstand, dass ihr Wagen leicht ins Schaukeln geriet. Sie schaute auf das Armaturenbrett. Verdammt, sie hatte vergessen zu blinken.

Sie fuhr an einer Frau vorbei, die einen Buggy schob. Rechts war die Leine eines braunen Labradors am Kinderwagengriff festgebunden. Links neben ihr lief ein Kleinkind, das sich an dem anderen Griff festhielt. Der Hund war auf der Innenseite, zu den Häusern hin, das Kind war der Straße am nächsten. Jede Sekunde konnte der Hund eine Katze sehen und losstürmen und die ganze Familie mit sich reißen. Warum sahen die Leute so etwas nicht? Selbst ein einfacher Gang in den Park war voller Gefahren.

Fünfjähriges Mädchen … Gesicht entstellt … Hund.

Jessica parkte den Wagen vor dem Ford Ka ihrer

Schwester und atmete aus. Das kleine Mädchen mit dem halben Gesicht hatte sie auf dem ganzen Heimweg verfolgt.

Sie schaute zu ihrem Haus und wusste, was sie zu tun hatte. Das Treffen mit Alex hatte nur Klarheit über das geschaffen, was sie längst gewusst hatte.

»Hi, Schwester, ich bin wieder da«, rief sie von der Haustür. Jamies Weinen schlug ihr entgegen.

Jessica kämpfte gegen das dringende Bedürfnis an, ins Wohnzimmer zu stürzen, sich ihr Kind zu schnappen und es zu beschützen. Sie musste es richtig machen. Es war ihre einzige Chance.

Emma ging im Wohnzimmer herum und schaukelte Jamie auf den Armen vor und zurück. »Er hat die ganze Zeit geweint. Ich kann ihn nicht beruhigen.«

Jessica schenkte ihrer Schwester ein, wie sie hoffte, strahlendes Lächeln und streckte die Arme aus. »Komm, gib ihn mir.«

Jessica nahm das Kind in die Arme und schaukelte es sanft. Sie spürte, wie Jamie sich entspannte und an sie schmiegte. Zufrieden. Er wusste es.

Jessica sah, dass kurz Erleichterung über das Gesicht ihrer Schwester strich. Sie fand es schrecklich, dass alle dachten, sie könnte ihrem Kind wehtun, wo sie doch so liebevoll mit ihm war. Jedes Zeichen der Zuneigung zu ihrem Kind wurde mit heimlichem Nicken und Geflüster in den Ecken quittiert.

»Guter Termin?«, fragte Emma und setzte sich aufs Sofa.

Jessica nickte. »Mit Alex zu reden hilft mir sehr. Ich fühle mich schon viel besser.« Sie streichelte ihrem Sohn übers Haar. »Nicht wahr, kleiner Munchkin?«

Sie ging weiter durchs Zimmer und wiegte den kleinen Burschen in ihren Armen. »Ich würde ihm niemals wehtun, Emma«, sagte sie und fixierte ihre Schwester mit einem, wie sie hoffte, klaren Blick.

Emma schluckte. »Ich weiß, Jess.«

Ihr Blick wurde weicher. »Schau, er weiß, dass ich ihm niemals wehtun würde, nicht wahr, Engelchen?«

Er gurgelte wie zur Antwort. Emma lachte.

Jamie fielen bei all dem Wiegen die Augen zu. Jessica drückte ihm einen Kuss auf den Kopf und legte ihn in sein Körbchen.

... bevor seine Ablösung da war ... nutzte die Gelegenheit.

Sie wandte sich ihrer Schwester zu. Es war Zeit, dass sie ging. »Also, ich werd ein schönes langes Bad nehmen, solange Jamie schläft. Du kannst gern sitzen bleiben und warten, wenn du willst.«

Sie sah, dass Emma rasch zu der Uhr über dem Kamin blickte. Sie hatte drei Kinder zu Hause und sehr viel zu tun.

»Mum ist in zwanzig Minuten hier, Em. Ich komme zurecht.«

Emma wirkte unschlüssig.

Jessica lächelte beruhigend. »Emma, ich komme wirklich zurecht, versprochen. Es geht mir viel besser.«

Emma wandte den Blick ab. »Kein Problem. Ich warte einfach noch ein bisschen, bis ich sicher bin, dass er wirklich schläft.«

Jessica zuckte die Achseln und ging die Treppe hinauf. Wenn ihre Schwester doch bloß endlich ginge. Die Zeit wurde knapp. Sie war auf der halben Treppe, als sie ihren Namen hörte.

und in diesem Augenblick konnte nichts und niemand ihm etwas tun. Als Mutter oblag es Jessica, ihn zu beschützen. Und das würde sie.

Ein Kind, das stirbt, wird unter besseren Umständen wiedergeboren.

In einer anderen Zeit würde die Welt nicht voller Grausamkeit und Gewalt sein. Kinder hatten die Freiheit, ohne Angst und Einschüchterung aufzuwachsen. In einem anderen Leben war ihr Sohn sicher.

Jessica blickte in die Augen ihres Sohnes und streckte die Hand nach dem Kissen aus.

Jamie gurgelte zu ihr hinauf, und Arme und Beine schossen glücklich und aufgeregt in alle Richtungen.

»Ich liebe dich so sehr, dass es wehtut, mein Schatz. Ich weiß, dass du verstehst, dass ich dich vor dieser Welt beschützen muss. Ich kann nicht zulassen, dass dir irgendjemand wehtut oder dich verletzt. Überall lauern Gefahren, ich muss dafür sorgen, dass du sicher bist. Ich weiß, du empfindest es auch so, nicht wahr, mein Schatz?«

Er quietschte vor Vergnügen, und Jessica wusste ohne den geringsten Zweifel, dass sie das Beste tat – das einzig Mögliche, um ihr Kind zu beschützen.

Sie beugte sich über ihn und drückte ihm einen Kuss auf die runden Wangen, die Stirn und die Nasenspitze.

»Bald sind wir zusammen, mein Schatz, mein süßester Engel.«

Jessica ließ das Kissen auf das Gesicht ihres Sohnes sinken.

62

Mist, dachte Kim, als sie zusah, wie Jessica Ross die Rollos herunterzog. Irgendetwas stimmte nicht an diesem Bild.

Als sie bei Alex' Praxis vorgefahren war, um die Psychologin zu den Gesprächen, die Dougie aufgezeichnet hatte, zu befragen, war gerade Jessica aus dem Haus gekommen. Kim wusste nicht viel über solche Sitzungen, doch sie wusste, dass eine Patientin beim Verlassen der Praxis einer Psychologin nicht aussehen sollte, als wäre der Teufel persönlich hinter ihr her.

Jessicas unberechenbarer Fahrstil und ihre Miene, als sie die andere Frau zum Abschied umarmte, hatten die Angst, die sich in Kims Bauch breitmachte, nicht beruhigen können. Ob der heiteren Miene, mit der Jessica aus dem Fenster des Kinderzimmers blickte, war Kim das Blut in den Adern gefroren.

Kim konnte keine andere Bewegung im Haus ausmachen und vermutete daher, dass die Frau jetzt allein daheim war.

Sie schluckte, während ihr Herzschlag sich beschleunigte. Sie wusste nicht, was sie da mit ansah, doch sie wusste, dass irgendein Entschluss gefasst worden war, seit Jessica Alex' Praxis verlassen hatte.

Himmel, wen sollte sie anrufen … Bryant? Und was sollte sie ihm sagen? *Eine Frau steht an ihrem Schlafzimmerfenster und sieht sehr zufrieden aus.* Bryant hatte schon genug Beweise, mit denen er Kim in die Psychiatrie einweisen lassen könnte, sie würde ihm gewiss nicht noch mehr liefern.

Konnte sie das Jugendamt anrufen? Dort kannte man Jessicas Geschichte, doch die Behördenvertreter kamen selten mit Blaulicht angebrettert. Falls Kim als besorgte Bürgerin anrief, würde man ihr vermutlich raten, sich an die Polizei zu wenden. Die Ironie des Szenarios entging ihr nicht. Doch sie konnte nicht einfach nur hier sitzen. Irgendetwas stimmt da definitiv nicht.

»Fuck«, sagte sie, schließlich war sie allein. Sie öffnete die Fahrertür und lief über die Straße zum Haus, drückte auf die Klingel und hämmerte gleichzeitig gegen die Tür. Wenn Jessica die Tür aufmachte und fragte, was zum Teufel los war, würde Kim sie um Schutz vor dem macheteschwingenden Irren bitten, der sich zufällig gerade in Luft aufgelöst hatte.

Sie öffnete den Briefschlitz, um zu sehen, ob Jessica zur Tür kam, doch durch das Haus hallte eine Stille, dass ihr fröstelte bis ins Mark. Kein Laut, weder von dem Kind, noch von der Mutter. Verdammt, sie wusste doch, dass die beiden da drin waren. Warum zum Teufel kam sie nicht an die Tür?

Kim versuchte es an dem Tor seitlich vom Haus. Es war abgeschlossen. Sie sah sich um und entdeckte eine Schubkarre halb voll mit ausgerupftem Löwenzahn. Sie schob sie vor das Tor und kletterte mit ihrer Hilfe darüber. An dieser Seite des Hauses waren keine offenen Fenster, und drinnen war auch niemand zu sehen.

Sie lief hinters Haus und versuchte es an der Terrassentür, doch die war abgeschlossen. Kim hatte das Gefühl, dass ihr nicht mehr viel Zeit blieb. Sie sah sich im Garten um und schnappte sich eine Schaufel, mit der sie weit ausholte und auf die Scheibe einschlug. Beim zweiten Versuch ging sie zu Bruch. Scherben regneten auf sie nieder, zwei bohrten sich in ihre rechte Hand. Ohne auf die Schmerzen zu achten, zog sie den Ärmel ihres Pullovers über die Faust, um sich eine Öffnung freizuschlagen, die groß genug war, dass sie ins Haus kam.

Falls Jessica nichts Schlimmeres tat, als eine Dusche zu nehmen, steckte Kim tief in der Tinte. Doch in diesem Fall hätte sie nichts dagegen.

Sie rannte durch die Küche nach vorn und stolperte beinahe über einen Spielteppich voller Spielsachen. Die Treppe nahm sie zwei Stufen auf einmal. Das Blut rauschte ihr in den Ohren. Oben stieß sie auf eine geschlossene Tür.

Sie stürmte hinein und verharrte augenblicklich, denn es dauerte einen Augenblick, bis ihr Gehirn begriff, was sie vor sich sah.

Jessica stand im Bademantel da und blickte aufs Bett hinunter, ein Kissen baumelte in ihrer Hand.

Der kleine, reglose Junge in einem Dino-Spielanzug blickte mit leeren Augen an die Decke.

Jessica nickte und lächelte sie ruhig an. »Jetzt ist er in Sicherheit.«

Kim erinnerte sich an ein anderes unschuldiges Augenpaar, das blicklos an die Decke gestarrt hatte, schön aber leblos, wie eine vollkommene Puppe. Damals hatte sie nicht gewusst, was sie tun sollte. Als ihr Bruder seinen letzten Atemzug tat, hatte sie nur dasitzen, ihn schütteln und ihn anflehen können, zu ihr zurückzukommen. Sie hatte alles probiert, doch es hatte nichts genützt. Als sie spürte, dass sein Körper immer kälter wurde in ihren Armen, hatte sie ihm schließlich einen Kuss auf die Wange gedrückt und Mikey die Augen geschlossen.

Kim riss sich zusammen. Sie brauchte einen Krankenwagen, doch sie hatte keine Zeit, den Notruf zu wählen und die Einzelheiten durchzugeben.

Sie lief zum Fenster, riss es auf und schrie so laut um Hilfe, wie ihre Lunge es erlaubte. Auf der Straße waren Menschen, die sich umdrehten und hochschauten.

»Rufen Sie einen Krankenwagen, totes Kind.« Rasch wandte sie sich vom Fenster ab und schob Jessica gewaltsam aus dem Weg. Die Frau stolperte wie in Trance nach hinten.

Kim verlor jedes Bewusstsein für ihre Umgebung, während sie ihre zitternden Hände beruhigte. Sie wischte sich die blutige Hand an der Jacke ab, bevor sie dem Jungen zwei Finger an den Hals drückte, um zu bestätigen, was sie bereits wusste. Er war tot. Doch sie konnte nicht aufgeben. Ausgeschlossen.

Sie kniete sich neben das Bett, füllte die Wangen mit Luft, bedeckte Mund und Nase des kleinen Jungen mit ihrem Mund und blies die Luft behutsam in seine Lunge. Sie sah zu, wie sich seine Brust durch den Druck hob, und wartete, bis sie sich senkte, bevor sie das Ganze vier Mal wiederholte. Dann legte sie ihm zwei Finger auf die Brust und drückte sie bis etwa zu einem Drittel ein. Das machte sie dreißig Mal und legte dann das Ohr an seine Lippen. Nichts.

Sie hielt inne, um ihn noch zwei Mal zu beatmen, während sie gegen den Frust ankämpfte, wie langsam es ging. Bei einem Erwachsenen hätte sie kräftiger pusten können.

»Komm schon«, flüsterte sie, als sie ihm zum zweiten Mal Herzmassage gab.

Kim hatte keine Ahnung, wie lange sie am Werk war, doch in der Ferne hörte sie mehrere Sirenen.

»Komm schon, Schatz, du kannst das.«

Kim beatmete ihn noch zwei Mal und verharrte dann, den Blick auf den winzigen Brustkorb gerichtet, der sich unmissverständlich von selbst hob und senkte. Das Leben kehrte in seine Augen zurück, und seinen winzigen Lippen entfuhr ein leises Wimmern. Es war das Schönste, was Kim je gehört hatte.

Das Wimmern schien zu Jessica durchzudringen. Sie erwachte aus ihrem tranceähnlichen Zustand und machte einen Schritt auf das Bett zu.

»Keinen Schritt weiter«, knurrte Kim und umschloss das Baby schützend mit den Armen. Von ihrer rechten Hand war Blut auf den Bettüberwurf getropft.

Jessica verharrte mitten in der Bewegung und starrte auf ihren Sohn. Ihr Gesicht war ein einziges Fragezeichen. Kim wusste nicht, ob das daran lag, dass sie versucht hatte, ihr Kind umzubringen, oder ob sie sich fragte, wieso der Junge noch lebte.

Kim hörte, wie die Haustür aufgebrochen wurde, gefolgt von donnernden Schritten auf der Treppe. Erleichterung durchströmte sie. Sie ertrug es nicht, noch lange mit dieser Frau in einem Raum zu sein.

Ein Sanitäter und ein Polizeibeamter, den sie nicht kannte, betraten den Raum. Der Sanitäter trat um sie herum und bückte sich, um das Kind zu untersuchen, das weiteratmete.

»Das Blut ist von mir«, sagte Kim und machte ihm Platz.

Der Constable schaute zu Jessica, die das Kissen an die Brust drückte. Dann sah er Kim an, ob seine schlimmsten Befürchtungen wahr waren. Kim nickte.

»Detective Inspector?«

Sie tat seine Frage mit einer Handbewegung ab. »Ich mache später eine umfassende Aussage, aber im Augenblick genügt es zu wissen, dass die Mutter sehr krank ist und das Kissen über das Kind hielt, als ich den Raum betrat.«

»Wir bitten das Jugendamt, sich mit uns im Krankenhaus zu treffen. Aber warum sind Sie …?«

»Später, Constable«, sagte Kim, als Erschöpfung sie umhaute und ihr Adrenalinspiegel wieder herabsank.

Der Sanitäter begegnete ihrem Blick. »Er ist schwach, aber stabil.« Sein Blick wanderte zu ihrer blutenden Hand. »Zeigen Sie mal her …«

»Das ist nichts«, fuhr Kim ihn an und schob die Hand in die Jackentasche.

Mit einem letzten Blick zum Bett drehte Kim sich um und verließ das Haus.

Sie zweifelte nicht daran, dass Alex Jessica manipuliert hatte, so eine grausame Tat zu begehen, genau wie bei Ruth, Barry und sogar Shane.

Jetzt reichte es ihr. Sie musste Alex das Handwerk legen. Egal um welchen Preis.

63

»Sir, würden Sie mich bitte ausreden lassen?«, bat Kim.

Woody donnerte mit der Faust auf den Tisch. Kim hätte ihren Frust auch gern so rausgelassen, doch der frische Verband verhinderte das.

»Nein, Stone, das werde ich nicht. Sie haben sich lange genug mit dieser Frau befasst, und Sie haben nicht den Hauch eines Beweises, dass sie sich überhaupt irgendetwas hat zuschulden kommen lassen.«

»Ich habe die Hefte. Dougie hat alles aufgeschrieben …«

»Und das wird er im Zeugenstand bestätigen, ja?«, tobte er und sah sie wütend an.

Kims Handy klingelte in ihrer Tasche. Sie ignorierte es, und Woody ebenfalls.

»Glauben Sie mir, sie tut Menschen weh. Nicht direkt, aber sie manipuliert Menschen, Dinge zu tun. Ruth Willis …«

»… hat Allan Harris aus Rache umgebracht.«

»Aber Jessica hat sie manipuliert.«

»Das ist lächerlich. Jessica Ross ist schwer krank. Sie können nicht wissen, ob es etwas mit der Psychologin zu tun hat.«

Kim fragte sich, ob er sie je einen Satz zu Ende sprechen lassen würde.

Ihr Handy gab Laut, dass eine Nachricht auf der Voicemail war.

Woodys Gereiztheit legte noch einen Gang zu.

»Ich weiß, dass sie ihre Patienten für irgendeine kranke Forschung …«

»Das klingt schon hier in meinem Büro lächerlich und würde in einem Gerichtssaal geradezu absurd klingen.«

Ihr Handy meldete den Eingang einer SMS, und über Woodys Gesicht zogen Gewitterwolken.

»Stone, Ihre Leute habe ich schon nach Hause geschickt, und ich schlage vor, Sie tun es ihnen nach. Ich werde diese Angelegenheit nicht weiter mit Ihnen diskutieren.«

Sie stand auf, da fing ihr Handy wieder an zu klingeln.

»Und gehen Sie um Himmels willen an Ihr verdammtes Telefon.«

Wenn ihr Chef anfing zu fluchen, hieß das, dass er nur noch ein paar Grad vor dem Kochen war. Der nächste Satz würde das Ende ihrer Karriere bedeuten. Sie musste es dabei belassen. Vorerst.

Bis sie Woodys Bürotür hinter sich geschlossen hatte, hatte der Anrufer es aufgegeben.

Die zwei verpassten Anrufe waren von David Hardwick.

Sie rief sofort die SMS auf.

Den ersten Satz überflog sie nur.

TUT MIR LEID, SIE ZU STÖREN, WENN SIE BESCHÄFTIGT SIND.

Doch der zweite Satz sprang ihr entgegen.

ABER DOUGIE IST NICHT VON SEINEM SPAZIERGANG HEIMGEKOMMEN.

Kim drückte die Rückruftaste und lief die Treppe hinunter. David hob beim zweiten Klingeln ab.

»Danke, dass Sie zurückrufen …«

»Wie lange ist er überfällig?«, fragte sie und schob mit der Schulter die Eingangstür auf.

»Zwanzig Minuten, aber er verspätet sich nie.«

»Sie glauben doch nicht, es ist Alex?«, fragte sie und schluckte das Unbehagen in ihrer Kehle herunter.

»Nach dem, was wir gelesen haben? Ich weiß es einfach nicht«, antwortete er wahrheitsgemäß.

»Aber sie weiß doch nichts von den Büchern«, sagte Kim. Sie war nicht dazu gekommen, sie damit zu konfrontieren. Sie war zu sehr damit beschäftigt gewesen, Jessica Ross zu verfolgen.

»Sie könnte es wissen«, gestand David.

Kim wurde schwindelig. O nein.

»Nachdem Sie weg waren, habe ich Malcolm dabei erwischt, wie er hinter der Tür gelauscht hat.«

»Ach, Mist«, sagte sie und trennte die Verbindung.

64

Kim warf das Motorrad an und legte die Hand um den Gasgriff. Der Schmerz schoss durch alle fünf Finger und ganz hinauf in ihre Schulter. Sie ignorierte ihn und verschob die Hand so, dass die Sicherheitsnadel des Verbands nicht ausgerechnet in die Wunde drückte.

Sobald sie ihre Jacke und ihren Schlüssel geholt hatte, hatte sie David nochmals angerufen und in Erfahrung gebracht, dass Dougie normalerweise am Kanal entlang von Netherton nach Brierley Hill spazierte, wo er hochkam und nach Hause ging. Dabei kam er an einem Fish & Chips vorbei, wo er immer eine Tüte Fritten geschenkt bekam.

Sie hatten verabredet, dass David in Netherton losging und sie in Brierley Hill, sodass sie sich irgendwo in der Mitte treffen würden.

David hatte gesagt, wahrscheinlich sei alles in Ordnung, doch sein Tonfall hatte dagegengehalten.

Sie wussten beide, dass es allen Grund gab, sich Sorgen zu machen, wenn Alex Dougie in die Finger bekam. Die Psychologin mochte keine Probleme, und Dougie war ein Problem.

Kim hielt an der Ampel am oberen Ende der Thorns Road und wischte Wassertropfen vom Visier.

Der Winter war nicht so schneereich gewesen wie der letzte, doch nun ging der frühe Märzregen ganz leicht in Graupel über.

Sie fuhr am hell erleuchteten Merry-Hill-Einkaufszentrum vorbei. Die Brücke, von der David gesprochen hatte, lag vor einer ausgedehnten Siedlung, aus deren Mitte sieben Wohnblöcke aufragten.

Sie parkte das Motorrad auf einem unbefestigten Stück Land. Ihre Handschuhe steckte sie in den Helm und schloss den Helm dann am Sitz an.

Sie trat um das Motorrad herum und ging den Hang zum Treidelpfad am Kanal hinunter. Weggeworfene Windelpäckchen und Fast-Food-Abfall säumten den Weg.

Jeder Schritt führte sie weiter weg vom Licht der einzigen Straßenlampe. Mit dem linken Fuß trat sie gegen einen platten Fußball, stolperte und streckte die Hände aus, um sich abzustützen. Ein Stachel bohrte sich in ihre Haut.

Unter leisem Fluchen ging Kim weiter in die Dunkelheit hinein. Der Straßenlärm verhallte irgendwo in der Ferne.

Sie konnte allenfalls sechs Meter weit sehen, dahinter würde sie in pechschwarze Finsternis eintauchen. Sie hatte keine Ahnung, wie weit es so finster sein würde. Sie bewegte sich im Dunkeln weiter. Bald würde sie den Weg nicht mehr vom Kanal unterscheiden können.

Sie bewegte sich langsam, ab und zu von einer Bewegung vom Wasser aufgeschreckt. Wahrscheinlich Ratten.

Sie holte das Handy heraus und richtete es auf den Boden. Um sie herum hätte es nicht dunkler sein können, selbst wenn sie die Augen geschlossen hätte, doch im Licht der Handy-Taschenlampe konnte sie einen Fuß vor den anderen setzen.

Im Weitergehen spürte Kim, dass sich der Boden unter ihren Füßen veränderte. Als sie die linke Hand ausstreckte, ertastete sie tropfenden Schleim auf Backsteinen. Sie war in einem Tunnel. Der Uringestank haute sie schier um, doch darunter lag noch etwas Ekligeres in der Luft, etwas Fauliges.

Eine Straßenlampe auf der Brücke beschien den Ausgang des Tunnels. Dort lag ein umgekippter Tretabfalleimer, in dem verfaultes Fleisch war. Etwas Kleines huschte vor ihrem neugierigen Lichtkegel davon. Sie hielt sich die Nase zu und beeilte sich, daran vorbeizukommen.

Von Neuem tauchte sie in die Dunkelheit ein.

Alex spielte Katz und Maus mit ihr, und im Augenblick hatte Kim das Gefühl, die Maus zu sein.

»Na, komm schon, Dougie, wo bist du?«

65

Dawson seufzte schwer und lehnte den Kopf an die Wand.

Stacey ging weiter auf und ab. Sie hatte sämtliche Poster an der Anschlagtafel ein Dutzend Mal gelesen und kannte sich jetzt bestens aus mit den Symptomen von mindestens fünfzehn Krankheiten.

Die Stationstür ging auf. Stacey verharrte, und Dawson hob erwartungsvoll den Kopf. Sie warteten seit über vier Stunden.

Die Krankenschwester nickte. »Sie können jetzt zu ihm. Er ist schwach und müde, aber er lebt. Ich kann Sie aber nicht lange zu ihm lassen.«

Stacey nickte zum Zeichen, dass sie einverstanden war, und Dawson hievte sich vom Stuhl hoch.

»Verdammt, Charlie, einen Moment lang haben wir ja gedacht, das war's«, sagte Dawson, als sie eintraten.

Stacey war erstaunt über sein Aussehen. Er war stark übergewichtig, doch das hatte ihm wahrscheinlich das Leben gerettet. Ob eine Acetylsalicylsäurevergiftung tödlich endete, war abhängig von dem Verhältnis des Wirkstoffs zum Körpergewicht. Und Gewicht hatte er reichlich.

Sein Teint entsprach mitnichten der Tatsache, dass sein Herz noch schlug. Nicht das geringste bisschen Farbe zierte sein Gesicht. Doch er war jünger, als Stacey ursprünglich gedacht hatte. Jetzt schätzte sie ihn auf Mitte bis Ende dreißig.

»Was ist los, Charlie?«, fragte Dawson und setzte sich auf den Stuhl neben dem Bett. Stacey hockte sich auf die Fensterbank.

»Ich hatte einfach genug.«

»Gibt's was, was Sie uns gern sagen würden, Kumpel?«, fragte Kev.

»Ich weiß nicht, was Sie meinen.«

»Kommen Sie, Charlie. Irgendwas geht doch hier ab. Es gibt doch einen Grund, warum Sie sterben wollten. Erzählen Sie es uns, dann können wir Ihnen helfen. Sie werden sich besser fühlen, wenn Sie's mal ausgespuckt haben.«

Stacey sah zu, wie er schluckte und den Kopf schüttelte.

»Charlie, wir wissen, dass Sie es waren, Kumpel. Sie waren im Keller bei den Mädchen, nicht wahr? Sie haben zugesehen, wie ihr Vater …«

»Nein«, erwiderte er und schloss die Augen. »Ich war das nicht. Ich schwöre es.«

Dawson rückte näher und senkte die Stimme. »Ach, Charlie, jetzt hören Sie auf mit den Lügen, ja? Wir wissen, dass der Buchclub nur Tarnung ist. Sie lesen die Bücher nicht mal.«

Allmählich schlich sich ein Hauch Farbe in die bleiche Haut. »Ich hab nicht immer die Zeit …«

»Sie überschlagen sich im Laden nicht gerade. Vertrauen Sie mir, Charlie, Sie fühlen sich besser, wenn Sie es einfach gestehen. Wir wissen, dass Sie neulich Abend im Jugendclub im Gemeindezentrum waren. Es war das Einzige, was an dem Abend dort stattfand. Warum begeben Sie sich in eine Gruppe von zwölfjährigen Mädchen, wenn Sie …«

»Ich war nicht im Jugendclub.« Er schloss die Augen.

»Charlie, wir haben es überprüft. Da hat sonst nichts anderes …«

»Es gibt Gruppen, die werden nicht angezeigt.«

Bei Stacey machte es zuerst klick.

»Anonyme Alkoholiker«, sagte sie leise.

»Sie sind Alkoholiker?«, fragte Dawson.

Es gab eine sehr lange Pause, und eine Träne löste sich aus seinem Augenwinkel. Er schüttelte langsam den Kopf.

Dawson sah Stacey an, und sie zuckte die Achseln.

»Ich behaupte, ich wär einer«, gestand er.

Stacey trat näher. »Weil die niemanden abweisen.«

»Sie gehen zu Treffen der Anonymen Alkoholiker, um unter Leute zu kommen?«, fragte Dawson ungläubig.

Beschämt deutete Charlie ein Nicken an.

»Und der Buchclub? Genauso? Sie gehen da hin, um einmal die Woche ein paar Typen zu treffen und zu reden?«

»Da kommen alle möglichen Leute zusammen, aus allen Berufen. Die haben alle was zu sagen. Meistens höre ich nur zu.«

Dawson sank matt gegen die Stuhllehne. Er hatte wirklich gehofft, sie hätten ihn, doch Charlie war nur ein verzweifelt schüchterner und einsamer Mann, der jede Gelegenheit ergriff, um Freunde zu finden.

»Warum? Und warum jetzt?«, fragte Stacey.

Er zuckte die Achseln. »Nachdem Sie anfingen, Fragen zu stellen, war klar, dass der Buchclub auseinanderfällt. Es ist nicht viel, aber es ist ein bisschen Gesellschaft ab und zu.«

»Sie müssen sich eine Frau besorgen, Kumpel«, sagte Dawson und stand auf.

Charlie gelang ein Lächeln, doch es wirkte verzweifelt. »So wie ich aussehe, was?«

Stacey war an der Tür. Ihre Arbeit hier war getan. Charlie Cook war nicht ihr Mann.

Dawson zögerte noch. »Kennen Sie Fitness Gym in Dudley?«

Charlie schüttelte den Kopf.

»Ein Stück die Straße hoch von der Markthalle. Montag- und Mittwochabend bin ich meistens da. Schauen Sie doch mal rein. Da fällt uns schon was ein.«

Stace ging hinaus, und Dawson folgte ihr.

Sie drehte sich zu ihm um und schüttelte den Kopf.

»Warum lächelst du mich an, Stace?«

»Nur so, Kev. Einfach nur so.«

Er zuckte die Achseln und schob die Hand in die Tasche. »Hast du dein Handy überprüft?«

Stacey holte es heraus, schaute nach und runzelte die Stirn.

»Irgendwas von der Chefin?«

Sie schüttelte den Kopf.

Ihre Blicke begegneten sich und übermittelten eine stumme Botschaft. Es war Stunden her, seit sie das letzte Mal von der Guv gehört hatten. Und das passierte sonst nie.

Ohne ein Wort bogen sie nach links und fuhren in Richtung Revier.

66

Alex schenkte Dougie ein vergnügtes Lächeln. Er war nicht schwer zu finden gewesen. David hatte ihr oft von den Spaziergängen des Einfaltspinsels erzählt. Er war ein Gewohnheitstier und wich nie von seiner Route ab.

Die Delph Locks waren eine Reihe von acht Schleusen, die Dudley und Stourbridge miteinander verbanden. Die Schleusen waren je 21 Meter lang und 26 Meter tief. Ein schöner Ort zum Sterben, wo Dougie doch so viele Stunden hier verbracht hatte.

Zuerst hatte sie sich über den Anruf gewundert, nicht zuletzt, weil sie keine Ahnung gehabt hatte, dass Malcolm ihre Nummer kannte. Doch jetzt war sie froh darüber. Während ihrer Sitzung mit Jessica waren sieben verpasste Anrufe auf ihrem Handy eingegangen, und aus Neugier hatte sie die Nummer zurückgerufen.

Zuerst hatte sie ihm nicht geglaubt. Ausgeschlossen, dass so ein tollpatschiger Esel wie Dougie so klug sein konnte, doch Malcolm hatte geredet und geredet, und sie hatte zugehört.

Sauer war sie am Anfang hauptsächlich auf sich selbst

gewesen. Wie dumm von ihr, Dougie abzuschreiben und davon auszugehen, dass er ihr so viel Aufmerksamkeit schenkte, weil er sie mochte. Doch die Wut war bald von leichter Verärgerung abgelöst worden, denn ihr war klar geworden, dass das Problem Dougie leicht zu lösen war.

Er hatte geglaubt, Kim wolle mit ihm reden. Deswegen stand er jetzt hier.

Mit Entzücken bemerkte sie, dass er heimlich nach links und nach rechts schaute.

»Oh, Dougie.«

Sie schien ihm mit der Taschenlampe ins Gesicht. Graupel rieselte zwischen ihnen zu Boden. Er blinzelte und hielt sich die Hand vor die Augen.

Sie lächelte. »Du drolliger, dummer Mann. Dein Leben wird sich bald ändern. Du musst keine Angst haben. Zum ersten Mal im Leben bekommst du die Gelegenheit, dich nützlich zu machen. Du bist unnütz und wertlos, aber mit dir werde ich deiner geliebten Kim eine Nachricht schicken.«

Sie spuckte ihm den Namen förmlich ins Gesicht und schüttelte den Kopf.

»Und ich hab gedacht, du wärst komplett dämlich, doch du hast mich überrascht, Dougie. Aber ich bin kein Fan von Überraschungen.«

Sie trat einen Schritt näher. Schien mit der Taschenlampe zwischen sie. Als der Lichtkegel über seinen Körper strich, lachte sie laut auf.

Sie richtete die Lampe auf seinen Schritt. »Oh, Dougie, du hast dich nass gemacht. Wie peinlich.«

Sie amüsierte sich über sein Unbehagen und ergötzte sich an seiner Angst.

»Es wäre viel besser gewesen, wenn du nicht nur zurückgeblieben wärst, sondern auch noch ein Analphabet.«

Sie schwenkte den Lichtstrahl wieder auf sein Gesicht. Er hatte den Kopf leicht geneigt und blickte nach oben links. Er bewegte die Lippen, als versuchte er, ein Wort zu formulieren, doch soweit Alex wusste, hatte er noch nie gesprochen.

Seine Hände bewegten sich verstohlen, als wollte er sie auswringen.

Sie fasste Dougie am Arm, um ihn näher an den Rand zu bringen.

Er bot wenig Widerstand, und das Zittern ging von seinem Körper auf ihre Hand über.

Körperlich hätte er sie leicht überwältigen können, aber genau wie ein Schäferhund wusste er nicht, dass er größer und stärker war. In Dougies Vorstellung war sie die Überlegene, und so wehrte er sich erst gar nicht.

Seine Füße scharrten über den Kies, als Alex ihn in Richtung Schleuse schob. Es kostete sie kaum Mühe, so wenig Widerstand bot er.

»Ach, komm schon, Dougie, stell dich nicht an«, sagte sie und drängte ihn an den Rand der Schleuse.

Sie richtete den Lichtstrahl in die Tiefe. Ein kleiner Schrei entfuhr seinen Lippen. Alex schätzte, dass es bis dahin, wo das Wasser an den Wänden leckte, neun Meter senkrecht nach unten ging.

Lächelnd legte sie die Hand zwischen seine Schulterblätter.

Sie musste ihn nur ganz leicht schubsen, da stolperte Dougie nach vorn.

67

Aus der Ferne drang ein Platschen an Kims Ohr. Von dem Kanal, an dem sie entlanglief, waren allerlei Geräusche zu hören gewesen, doch nichts so Lautes.

Sie verharrte und lauschte aufmerksam, doch das Einzige, was sie vernahm, war das Blut, das durch ihre Adern rauschte.

Rasch ging sie weiter. Sie hatte noch etwa drei Kilometer Kanal vor sich, bis sie den mit David verabredeten Treffpunkt erreichte. Hier war sie auf sich gestellt.

Zeit zum Nachdenken blieb ihr nicht. Sie musste herausfinden, was da so laut geplatscht hatte.

Als sie um eine leichte Biegung im Treidelpfad kam, fiel ihr Blick auf eine Gestalt, die sich nach vorn beugte und mit einer Taschenlampe in die Schleusenkammer leuchtete.

Wenn sie bis dahin noch nicht gewusst hatte, wozu Doktor Thorne fähig war, so bestand jetzt nicht mehr der geringste Zweifel. Sie hatte Dougie hineingeschubst.

Kim hörte Planschen, wie wenn jemand mit den Armen im Wasser herumfuchtelte.

Wenn sie versuchen würde, Dougie zu retten, hätte Alex Zeit, sich davonzumachen, und Kim hatte es hier nicht mit einer gewöhnlichen Kriminellen zu tun.

Kim kniff die Augen zusammen und schätzte rasch die Entfernung zwischen ihnen ab. Fünfzehn Meter.

Wenn sie sich einmal in Bewegung setzte, musste sie sehr schnell sein und das Überraschungsmoment nutzen, doch sie wusste, was sie zu tun hatte.

Eilig zog sie ihre Jacke aus und ließ sie zu Boden fallen. Die Stiefel musste sie anbehalten. Dazu war keine Zeit. Das Planschen wurde schon leiser.

Sie atmete tief durch, zählte bis drei und stürzte los.

Kim behielt Alex die ganze Zeit fest im Auge. Obwohl sie ihr Gesicht nicht sehen konnte, konnte sie sich ihre schockierte Miene gut vorstellen. Gut, das war genau die Ablenkung, die sie brauchte.

Noch drei Meter, zwei, und wusch, segelte Alex ins Wasser.

Kim holte tief Luft und sprang direkt hinterher.

68

Bryant sah Robin Parks über den Tisch hinweg an.

Er urteilte nicht vorschnell und hörte auch nicht auf seinen Bauch. Das überließ er der Chefin. Wenn Bryant jemanden auf den ersten Blick nicht mochte, gab er ihm immer die Gelegenheit, ihn eines Besseren zu belehren.

Der Mann lehnte sich auf seinem Stuhl nach hinten und hob die beiden vorderen Stuhlbeine an. Sein rechter Fuß lag auf seinem linken Knie. Er trug eine dunkle Jeans und einen Pullover mit V-Ausschnitt.

»Mr. Parks, vielen Dank, dass Sie sich bereit erklärt haben, heute Abend mit mir zu sprechen.«

Er öffnete großmütig die Arme. »Wenn ich Ihnen helfen kann.«

Bryant hörte darunter ein höhnisches Feixen, doch er zwang sich, ruhig zu bleiben.

»Detective Inspector Stone und ich haben kürzlich mit …«

»Detective Inspector? Sie meinen die Bulldogge? Die dürfte doch eigentlich nicht ohne Maulkorb auf die Menschheit losgelassen werden.«

Bryant trat unter dem Tisch gegen seinen eigenen Knöchel. Oh, oh, das lief aber gar nicht gut.

»Wir haben Sie darüber informiert, dass wir herausgefunden haben, dass bei mindestens einer Gelegenheit noch eine zweite Person zusammen mit Ihrem Schwager im Raum war.«

»Kann sein, dass Sie das erwähnt haben, während Sie meine Schwester terrorisiert haben.«

Er schaukelte auf dem Stuhl vor und zurück.

»Haben Sie eine Ahnung, wer das gewesen sein könnte, Mr. Parks?«

»Ehrlich, ich glaube nicht, dass es diese Person gibt. Ich denke, Ihre Bulldogge hat sich diese Geschichte ausgedacht, um Wendy das Leben weiter zur Hölle zu machen.«

»Und warum sollte sie das tun, Mr. Parks?«

Verdammt, er hatte angebissen.

Robin Parks beugte sich vor. »Weil sie eine verbitterte, einsame Frau ist, die sich wünscht, sie wäre als Mann zur Welt gekommen, und ihren Frust an Unschuldigen auslässt. Deswegen.«

Er schaukelte wieder vor und zurück, durch und durch zufrieden mit sich.

»Das mag ja Ihre Meinung sein, Mr. Parks«, sagte Bryant, um einen ruhigen Tonfall bemüht.

»Sie sind doch sicher mit mir einer Meinung. Sie ist ungehobelt, widerlich …«

»Und sie hat offensichtlich großen Eindruck auf Sie gemacht, denn seit ich mich hingesetzt habe, haben Sie nicht aufgehört, über sie zu reden.«

Das Schaukeln hörte auf, doch Bryant pflügte weiter.

»Mr. Parks, wir haben forensische Beweise sowie ein

Haar sichergestellt. Und weder das eine noch das andere gehört Leonard.«

Die Vorderbeine des Stuhls landeten auf dem Boden. »Ehrlich?«

Bryant nickte und sagte dann wegen der Tonbandaufnahme: »Ja. Wie Sie wissen, hat Daisy bestätigt, dass sie die Person kannte, die dort war. Können Sie mir irgendwie weiterhelfen?«

Die Stimmung im Raum war umgeschlagen.

»Ich war schon mal in dem Keller.«

»Wenn Sie uns eine Speichelprobe geben, kann ich ...«

»Ausgeschlossen. Ich hab gesehen, wie Sie arbeiten. Ihre Chefin hätte meiner Schwester was angehängt, wenn sie nur gekonnt hätte.«

Robin Parks schob seinen Stuhl nach hinten und stand auf.

»Ich denke, ich bin aus freien Stücken hier?«

Bryant nickte. Er machte sich nicht die Mühe, es zu bestätigen.

»Ich sehe, wohin das läuft, also verabschiede ich mich jetzt.«

Bryant stand auf.

»Mr. Parks, bitte. Wir sprechen hier über Ihre Nichten. Ich weiß, wie sehr Sie Ihre Schwester lieben, aber vergessen Sie bitte nicht, dass sie nicht das Opfer ist. Lassen Sie nicht zu, dass Ihre Empörung über meine Chefin unsere Ermittlungen behindert.«

Schockiert sah Bryant zu, wie sich Wut auf dem Gesicht des Mannes breitmachte. »Kapieren Sie das nicht? Auf irgendjemanden muss ich wütend sein. Das ist meine Familie, und ich liebe diese Mädchen, als wären es meine eigenen. Ich würde mein Leben geben, um sie zu beschützen. Ich hab meine liebe Mühe damit, dass ich nicht kapiert habe, was mein Scheißschwager mit ihnen gemacht hat, aber ich weigere mich zu glauben, dass da noch jemand war. Das hätte ich mitgekriegt.«

»Mr. Parks, ich verstehe …«

»Den Teufel tun Sie«, versetzte er und stürmte hinaus.

Bryant ließ sich auf seinen Stuhl plumpsen. War Parks' Ego so aufgebläht, dass er deswegen die Ermittlungen behinderte? Er konnte nicht akzeptieren, dass er nichts von dem Missbrauch seiner Nichten mitbekommen hatte, doch angesichts der Beweise fehlten ihm die Worte. Doch dass er nicht mitbekommen hatte, dass noch jemand darin verwickelt war? Oder gab es einen viel schlimmeren Grund dafür, dass er sich weigerte, diese Möglichkeit überhaupt in Betracht zu ziehen?

Es war Zeit, mit der Chefin zu sprechen.

69

Das Wasser schlug Kim ins Gesicht wie eine Eiswand.

Ihre linke Hand traf auf einen Arm oder ein Bein, als sie untertauchte, doch sie wusste nicht, wessen.

Links hörte sie Planschen und Bewegung. Rechts spürte sie langsamere, weniger hektische Bewegungen, doch sehen konnte sie nichts.

Sie ließ es darauf ankommen, trat nach links aus und schwamm nach rechts.

Ein Schmerzensschrei von Alex belohnte sie. Sie hatte vermutet, dass die schwächeren Bewegungen irgendwo zu ihrer Rechten von Dougie kamen, dem schon die Kräfte schwanden.

Das Kanalwasser umströmte sie in alle Richtungen. Kim nahm sich eine Sekunde, um sich zu orientieren, und setzte an der Stelle an, wo oben die Taschenlampe hingefallen war. Sie schwamm quer durch das Schleusenbecken.

Komm schon, Dougie, wo bist du?

Ihr Fuß blieb an etwas Metallenem hängen, und hilflos versuchte sie freizukommen. Es fühlte sich an wie ein

Spinnennetz um ihren Knöchel. Sie langte ins Wasser und befreite ihr Bein von den Speichen eines Fahrrads.

Bei der dritten Querung stieß sie mit Dougie zusammen, der sich kaum noch über Wasser halten konnte. Er patschte noch mit den Armen wie ein Hund, doch sein Kopf hing unter der Wasseroberfläche. Er gab überhaupt keinen Laut von sich.

Sie packte Dougie am Hals und hievte ihn hoch, sodass sein Gesicht aus dem Wasser tauchte und er hustete und Wasser spuckte. Doch statt sich zu entspannen und sich ihr anzuvertrauen, schien Kims Berührung ihn schlagartig aktiv werden zu lassen und ihm zusätzliche Kraft zu verleihen. Er kämpfte um sein Leben. Toll, er dachte, sie wäre Alex.

»Dougie, ich bin's, Kim«, sagte sie.

Sie hob die linke Hand aus dem Wasser und legte sie behutsam an seine Wange, während ihre Beine hektisch arbeiteten, um sie beide über Wasser zu halten. Sie musste ihm irgendwie zu verstehen geben, dass er in Sicherheit war.

Sie spürte, wie die Erschöpfung ihn übermannte.

»Es ist okay, Dougie, mach dich ganz schlapp. Wehr dich nicht gegen mich.«

Wie aufs Stichwort entspannte er sich vollkommen, und Kim dankte ihm stumm für sein Vertrauen.

Sie legte ihm die rechte Hand unters Kinn und drehte sich auf den Rücken. Ihre Beine arbeiteten unter Wasser wie Dampfkolben, denn sie waren die einzige Antriebsquelle, um sie beide in Sicherheit zu bringen.

Mit dem Kopf schlug sie gegen die Schleusenwand.

Sie manövrierte so, dass sie sich an der Wand entlangbewegten, zog Dougie mit der rechten Hand mit und führte mit der Linken.

An den Schleusentoren waren irgendwo Leitern, doch Gott allein wusste, wo.

Nach zwei weiteren Zügen schlug ihre Hand gegen eine Eisenstange. Endlich. Sie klammerte sich daran, doch bevor sie Dougie an sich ziehen konnte, spürte sie etwas an ihrer Wange. Zu spät begriff sie, dass es Leder war, da sauste schon ein Absatz mit voller Wucht auf ihren Kopf nieder. Der Schmerz ließ für einen Sekundenbruchteil alles vor ihren Augen verschwimmen. Erst da realisierte sie, was das bedeutete: Alex war über ihr. Sie kletterte schon die Leiter hoch.

Kim konnte nicht zulassen, dass die Frau davonkam.

»Paddel, Dougie!«, schrie sie und ließ ihn los.

Sie drehte sich um und langte nach oben. Mit der linken Hand erwischte sie einen bestrumpften Knöchel, der zu entkommen versuchte.

Kim schloss die Finger darum und riss mit aller Kraft daran.

Sie hörte Alex aufkeuchen, und auch wenn sie sie nicht ganz von der Leiter losgerissen hatte, war sie doch ein paar Sprossen heruntergekommen.

Die Metallkante der Leiter drückte sich in Kims Wange.

Sie grapschte nach Dougie, und als sie seine Kapuze erwischte, klammerte sie sich mit der einen Hand an die Stange und zog ihn mit der anderen näher. Sämtliche Muskeln in ihrem Körper brannten.

»Kletter die Leiter rauf, sobald ich oben bin, aber komm nicht raus, verstanden?«

Sie spürte, wie er nickte.

Sobald sie sicher war, dass er sich an der Eisenstange festhielt, bestieg sie die Leiter. Als sie aus dem Wasser tauchte, liefen zahllose Liter Wasser aus ihren Kleidern, die sie beinahe zurück in die Schleuse rissen.

Sie hielt sich an den Sprossen fest und zwang einen Fuß über den anderen. Ihre Bewegungen waren die einzigen auf der Leiter, Alex war also schon draußen. Der Aufstieg schien ewig zu dauern, und bei jeder Stufe schrien ihre Muskeln lauter auf.

Als sie sich dem Rand näherte, nahm sie einen matten Schein wahr von der Taschenlampe, die dort immer noch am Boden lag. Doch von Alex keine Spur.

Kim löste sich von der Leiter. Ihre Beine waren kraftlos, und das Wasser in ihren Kleidern war so schwer, als trüge sie jemanden auf dem Rücken.

Sie stolperte nach vorn und richtete sich auf. Jetzt konnte sie sehen, dass Alex nur drei, vier Meter Vorsprung hatte.

Kim zwang ihre Beine, sich schneller zu bewegen. Sie flog über den Kiesweg und holte mit jeder Sekunde auf.

Mit einem letzten Satz warf sie sich nach vorn und riss Alex zu Boden.

70

Als Kims Arme Alex' patschnasse Hose umschlangen und nicht ihre Taille, merkte sie, dass sie sich verschätzt hatte. Doch sie hatte etwas zu packen gekriegt und würde nicht mehr loslassen.

Alex keuchte und stürzte nach vorn. Kim klammerte sich ordentlich fest und drückte Alex' Beine wie einen harterrungenen Rugbyball fest an ihren Körper.

Alex wand sich jetzt auf dem Boden und versuchte, sich aus Kims Griff zu befreien und nach vorn zu ziehen.

Kim spürte, wie der Stoff von Alex' Hose ihr durch die Arme rutschte und bestrumpfte Füße gegen ihre Brust schlugen. In dem Moment war sie dankbar, dass Alex die Schuhe verloren hatte.

Sie packte Alex' linken Knöchel und verdrehte ihn scharf nach rechts.

Alex schrie auf vor Schmerz, rutschte aber weiter unter ihr weg. Es war nutzlos, Kim brauchte etwas anderes.

»Alex … ich … habe die Antwort … die Sie suchen.« Kim stieß die Worte mit kurzen, scharfen Atemzügen aus.

Eine Sekunde lang hörte Alex auf zu kämpfen. Mehr brauchte Kim nicht.

Sie drehte Alex auf den Rücken, zog sich an ihr hoch und stemmte ihr die Knie fest in die Rippen.

Sie waren am Rand des Lichtkegels von der Straßenlaterne auf der Brücke.

Kim spürte, wie Alex' Brust sich hob und senkte, als sie nach Luft rang. Dass sie dieser Frau körperlich so nah war, hinterließ in ihrem Mund einen ekligeren Geschmack als das Wasser.

»Gehn … Sie … runter … verdammt«, wütete Alex.

Kim schüttelte den Kopf. »Ausgeschlossen … Sie durchgeknallte Psychopathin.«

Am liebsten hätte Kim die Frau zu Tode geprügelt und getreten, doch zuerst mussten sie reden.

Kim hatte ein Gefühl, als hätten sie einander seit Wochen über die Tanzfläche angestarrt. Sie wischte sich eine nasse Haarsträhne aus dem Auge.

»Ich hab die Antwort, die Sie suchen.«

»Wovon reden Sie?«

Kim lächelte. »Ich hab Jessicas Haus vor zwei Stunden verlassen.«

»Na und?«

Kim lachte. »Mehr nicht?«

»Das ist mir zu hoch.«

»Sie haben Ruth manipuliert, Allan Harris zu töten. Sie steckten hinter dem, was Barry Grant getan hat. Jessica Ross ist hilfesuchend zu Ihnen gekommen, doch sie war viel kränker, als den Behörden bekannt war. Sie wissen, was sie getan hat, aber es ist Ihnen scheißegal. Es geht darum, wie sie sich hinterher gefühlt hat. Nicht wahr?«

Kim spürte, wie Alex sich unter ihr versteifte.

»Waren Sie von Ruth genauso enttäuscht wie von Shane?«

»Ich hab Ruth nicht gesehen, seit …«

»Das brauchten Sie auch nicht. Bryant und ich haben Ihnen gesagt, was Sie wissen wollten. Danach haben Sie nicht mehr gefragt, ob Sie Ruth sehen könnten.«

Alex schwieg.

»Jessica, Ihr letztes Versuchskaninchen. Die Frau hat heute Morgen Ihre Praxis verlassen und ist nach Hause gegangen, um ihr Kind zu ersticken.«

»O mein Gott, sie …«

»Lassen Sie den Scheiß, Alex. Sie wollten mich in diesem Spiel haben, und ich bin hier, also beleidigen Sie mich nicht. Ich kann nichts dagegen tun, und das ist genau das, was Sie wollten.«

Kim spürte, wie sie sich unter ihr entspannte.

»Wenn Sie es sagen.«

»Wollen Sie wissen, was passiert ist?«

Alex hielt still, und Kim spürte, dass sie es unbedingt wissen wollte. Die Frau war nass bis auf die Haut, lag rücklings auf einem Treidelpfad am Kanal und bot keinerlei Widerstand. O ja, sie wollte es wirklich wissen.

»Fragen Sie mich, dann sag ich es Ihnen.«

Kim sah die Spannung in ihrem Kiefer.

»Na los, Alex. Fragen Sie mich.«

»Wie fühlt Jessica sich?«, fragte sie leise.

»Beweis erbracht. Wollen Sie gar nicht wissen, ob das Baby lebt oder tot ist? Ich sag's Ihnen, auch wenn es Ihnen scheißegal ist. Jamie lebt, Alex. Aber Sie wollen nur wissen, was Jessica empfindet.«

Alex' Blick brannte sich in ihre Augen.

»Also, ich sag's Ihnen. Sie hat Schuldgefühle wie der Teufel.«

Alex sträubte sich, doch damit hatte Kim gerechnet. Sie legte sich mit ihrem ganzen Gewicht auf Alex und beugte den Oberkörper vor, als säße sie auf ihrem Motorrad, wodurch sie den Schwerpunkt verlagerte. Als die fuchtelnden Arme ihr Gesicht trafen, schnappte sie sie sich und hielt sie fest.

»Ihr ganzes Leben lang haben Sie noch nie so etwas wie ein Gewissen gehabt ... ein Verantwortungsgefühl. Sie wissen, dass Soziopathen kein Gewissen entwickeln können, und das wollten Sie umkehren. Sie wollten die Macht, Gewissen zu nehmen. All das nur, um einen verletzlichen Menschen in einen gefährlichen Soziopathen zu verwandeln, ihn dazu zu bringen, verachtenswerte Taten zu begehen, ohne Schuldgefühle zu haben.«

Alex' Lippen hatten sich zu einem hasserfüllten Strich verzogen. Sie versuchte auch nicht mehr, Kims Behauptungen zurückzuweisen.

»Sie haben gewusst«, fuhr Kim fort, »dass Sie Ihre Versuchskaninchen so manipulieren konnten, dass sie taten, was Sie wollten, doch Sie wollten, dass sie dabei keine Schuldgefühle empfinden. Sie waren so überheblich zu denken, Sie könnten die menschliche Natur unter Ihre Kontrolle bringen.«

»Viel Glück vor Gericht. Sie haben keinerlei ...«

Mitten im Satz hob Alex mit einem Ruck den Körper, sodass Kims rechtes Knie abrutschte.

Kim versuchte, sie wieder zu Boden zu drücken, doch Alex drosch mit voller Kraft um sich ergibt. Kim wollte Alex' rechte Hand packen, doch die war schneller.

Sie ergriff Kims verbundene Hand und grub die Finger fest in ihren Handteller. Augenblicklich sah Kim Sterne, und der Schmerz schoss ihr bis in den Kopf.

Sie wollte die Hand losreißen, doch Alex drückte noch einmal zu.

In Kims Bauch stieg Übelkeit auf.

Alex drückte noch einmal, und Kim fiel unter Höllenqualen zur Seite.

In einer einzigen Bewegung hockte Alex rittlings auf ihr. Jetzt hatte sie die Oberhand.

»Gut, Kimmy, dann reden wir jetzt mal über dich.«

71

Bryant stürmte ins Gemeinschaftsbüro.

»Sagt mir, dass einer von euch von ihr gehört hat?«

Dawson und Stacey schüttelten den Kopf.

Bryant holte sein Handy heraus.

»Himmel, Bryant, wahrscheinlich ist ihr Akku leer von unseren vielen verpassten Anrufen.«

Bryant probierte es trotzdem noch einmal. Ohne Erfolg.

Eine Beklommenheit kollerte in seinem Bauch herum, die sich in den Gesichtern seiner Kollegen widerspiegelte. Er hatte das seltsame Gefühl, Kim im Stich gelassen zu haben.

Er hatte gewusst, dass sie immer noch zu Doktor Thorne ermittelte, weil sie es einfach nicht lassen konnte. Mehrfach hatte sie versucht, mit Bryant über ihren Verdacht zu sprechen, und er hatte sie abblitzen lassen und ihr gesagt, sie bilde sich da etwas ein. Doch er hatte ihre Entschlossenheit unterschätzt. In Kims Welt kam niemand davon.

Und jetzt wusste keiner, wo sie war.

»Sollen wir sie suchen gehen?«, fragte Stacey.

»Und wo fangen wir an?«, versetzte er.

Wenn die drei in den West Midlands herumfuhren, um ihre Chefin zu suchen, kam das unweigerlich Woody zu Ohren, und das wäre gar nicht gut für Kim.

»Mist, Leute, wir müssen ihr einfach vertrauen.«

Vielleicht machten sie sich auch völlig unnötig Sorgen. Sie durfte doch mal ihr Handy ausschalten. Ein bisschen Zeit für sich haben. Es war ein netter Gedanke, doch einer, an den er nicht glauben konnte.

Er wusste einfach, dass seine Freundin in Schwierigkeiten steckte, und er konnte nichts tun, um ihr zu helfen.

72

»Nennen Sie mich verdammt noch mal nicht so!«, schrie Kim Alex an.

Die lächelte zur Antwort, fand sie diese Position doch um einiges behaglicher. Sie zog es vor, oben zu sein und nach unten zu blicken.

Jetzt würde sie sich ein bisschen amüsieren.

»Tut mir leid, so darf Sie ja nur Ihre Mutter nennen.«

Den reinen Hass, der in den Augen ihrer Gegnerin aufschien, empfand Alex als angemessene Belohnung. Liebe, Hass, so deutlich verwoben. Damit wurde sie fertig.

Kim wehrte sich mit aller Kraft, doch Alex besaß die Oberschenkelmuskulatur einer Reiterin und hatte Kim fest im Griff. Die ganze Zeit, während Kim geredet hatte, war Alex klar gewesen, dass sie, wenn sie nur nach oben kam, die Sache im Sack hatte.

Gewalt war noch nie ihre Stärke gewesen. Und im körperlichen Kampf lag nicht Kims Schwäche. Alex hatte nicht den Wunsch, Kim die Knochen zu brechen. Denn die würden irgendwann heilen und sie würde ohne bleibenden Schaden aus ihrem Spielchen hervorgehen. Nein, die Schwächen der Frau unter ihr lagen köstlicherweise in ihrer Vergangenheit. Mit den Gedanken anderer zu spielen war ihre Kunst, und es war an der Zeit, die Polizistin zu zerbrechen.

»Sie machen mich neugierig, Kim. Sie sind hochintelligent, aber ganz in sich isoliert. Sie kämpfen unablässig gegen das Leben, das das Schicksal Ihnen vorgezeichnet hat.«

»Tolle Einsichten, aber können wir zur Sache kommen? Ich hab zu tun.«

»Sarkasmus, Kim, Ihre Verteidigungswaffe der Wahl. Aber denken Sie nicht die ganze Zeit daran? Jeden Tag kämpfen Sie gegen das an, was Sie hätten werden sollen.«

»Und was hätte ich werden sollen, Madame Freud?«

»Alkoholikerin, Drogenabhängige. Die Tatsache, dass der einzige Mensch, den Sie je wirklich geliebt haben, auf so schreckliche Weise in Ihren Armen gestorben ist, hätte ein verbittertes, gemeines Individuum voller Hass aus Ihnen machen müssen. Ihre frühen Lebenserfahrungen, auf Gedeih und Verderb Ihrer Mutter ausgeliefert …«

»Ist das Ihre Vorstellung von einem Weitpisswettbewerb?« Kim drehte sich zur Seite.

Alex reagierte. Sie beugte sich vor und nagelte Kim mit den Unterarmen an den Boden, sodass sie ausgestreckt war wie am Kreuz.

Ihre Gesichter waren jetzt ganz nah.

Alex machte eine Pause, um sich an Kims Hass zu ergötzen. Sie senkte die Stimme zu einem Flüstern. »Ich habe das Buch gelesen, und ich verstehe, wie Sie leben. Sie werden bis ans Ende Ihrer Tage niemals einem anderen Menschen vertrauen, und wer wollte es Ihnen verübeln? Ihr Bruder …«

»Halten Sie den da raus, Sie verd…«

»Mikey war der einzige Mensch, den Sie je geliebt haben, und Ihre Mutter hat ihn Ihnen genommen. Sie hat sie misshandelt und vernachlässigt, bis er es nicht mehr ertragen hat. Und trotzdem rufen Sie Ihre Mutter einmal im Monat an, nicht wahr, Kimmy?«

Alex schwelgte in dem Triumphgefühl, das sie durchströmte. Diese Frau war so voller Narben von der Vergangenheit, dass jede Reise dorthin sie für immer brechen konnte.

»Ihr Hass auf sie hält Sie in Gang. Bei jedem Fahndungserfolg, bei jedem Sieg gegen das Verbrechen heben Sie im Geiste die Hand zum Victory-Zeichen gegen Ihre Mutter. Sie fragen nicht mal, warum sie getan hat, was sie getan hat. Das können Sie sich nicht leisten. Denn dann wären Sie womöglich gezwungen, ihr zu vergeben. Also muss sie für immer und ewig durch und durch böse sein, richtig?«

»Sie wissen gar nichts über …«

»Ich weiß, dass Ihre Mutter unmittelbar vor jeder Bewährungsanhörung gewalttätige Episoden hat. Ja, Kimmy, Ihre Mutter sorgt dafür, dass sie für Sie eingesperrt bleibt. Es ist das einzige Geschenk, das sie ihrer Tochter machen kann. Also, wie passt das zu dem Bild, das Sie sich von ihr zurechtgezimmert haben?«

Keine Antwort in ihren Augen. Nicht einmal ein Zucken oder Blinzeln.

Alex war wie elektrisiert, dass die Geschosse ihr Ziel trafen. Jedes einzelne.

»Die blauen Flecken und Krankenhausaufenthalte sind in dem Buch dokumentiert. Die Wahnvorstellungen Ihrer Mutter haben sie davon überzeugt, Mikey wäre der Teufel, und sie hat immer wieder versucht, ihn zu töten. Sie mussten ständig auf der Hut sein, um auf ihn aufzupassen.«

Alex lächelte in sich hinein, als die Augen, die so dicht vor ihren waren, sich aller Gefühle entleerten. Kim begab sich auf die Reise in die Vergangenheit, und Alex wies ihr bereitwillig den Weg.

»Und doch konnten Sie am Ende nichts anderes tun, als zuzusehen, wie er Ihnen entglitt. Sie lagen neben ihm mit ein paar Crackern und einem Schluck Cola. Sie haben die Vorräte eingeteilt und Mikey gefüttert und selbst kaum was genommen, aber es hat trotzdem nicht gereicht, nicht wahr? Sie haben ihm gesagt, es wäre okay, es würde jemand kommen, aber es kam niemand, nicht wahr? Und Sie lagen da und hielten ihn, als er still und leise den Kampf ums Leben verlor.

Wie lange haben Sie neben Ihrem toten Bruder gelegen, bis Hilfe kam, Kim?«

Alex erwartete, dass ihre Gegnerin sich wehrte, doch zwischen ihren Oberschenkeln rührte sich nichts. Blind sah sie an ihr vorbei. Alex wusste, dass sie die Frau gebrochen hatte. Sie hatte mit ihren Schwächen gespielt wie mit einer Geige. Kein Hauch von Bewegung oder Gefühl war wahrzunehmen. Sie hatte Kim in die Vergangenheit geführt und sie dort zurückgelassen. Alex betete, dass sie nie wieder zurückkam.

Kim Stone würde nie mehr dieselbe sein.

73

Kim hielt den Blick auf die Straßenlaterne gerichtet, während ihr Zeigefinger sich weiter bewegte.

Nur … einmal … noch … geschafft. Sie hatte die Sicherheitsnadel aus dem Verband gelöst.

Sie konzentrierte den Blick wieder und lächelte. »Mehr haben Sie nicht zu bieten, Doc?«

Sie genoss die Verwirrung in Alex' Gesicht für eine Sekunde, bevor sie die verbundene Hand vom Boden losriss.

Ihr Handteller landete auf Alex' Hals. Kim spürte, wie die Nadel durch die Haut drang, und drückte weiter, um sie so tief wie möglich hineinzutreiben.

Alex schrie auf vor Schmerz und wollte sich zur Seite werfen, doch Kim packte sie am Hals und schlängelte sich unter ihr raus.

Sie stand auf und zog Alex mit in die Senkrechte. Alex krallte nach ihren Händen, doch Kim würde unter keinen Umständen loslassen.

Sie hielt die Frau aufrecht und sah ihr tief in die Augen, die voller Panik waren.

»Ich hätte einiges mehr von Ihnen erwartet, Alex.«

Alex versuchte noch einmal, sich aus Kims Griff zu befreien.

»Aber hierfür wollte ich Ihnen gegenüberstehen.«

Kim zog die linke Hand nach hinten und ließ sie mit aller Kraft in Alex' Gesicht schießen.

Bei dem Schlag flog Alex' Kopf nach hinten, und Kim musste loslassen.

Sie taumelte nach vorn. Sie ragte über Alex auf, bereit für einen neuerlichen Angriff.

Aus dem linken Augenwinkel nahm sie eine Bewegung wahr. Eine Gestalt kam auf sie zugelaufen.

»Kim ... Kim ... was zum Teufel ...?«

Kurz vor der Gestalt, die reglos am Boden lag, blieb David stehen.

Kims Beine gaben nach vor Erschöpfung, und er stützte sie.

Kim schüttelte den Kopf. »Holen Sie Dougie, er ist auf der Leiter.«

David warf ihr noch einen Blick zu, und dann lief er in die Richtung, in die sie zeigte.

Kim wusste, dass Dougie genau das getan hatte, was sie gesagt hatte. Hier draußen wäre er verletzlich gewesen, und Kim hatte Alex' ganze Aufmerksamkeit gebraucht.

Dougie war sicher kalt und nass, verängstigt und erschöpft. Aber er lebte.

Kim sank neben Alex zu Boden und sah zu, wie sie ihre blauen Augen aufschlug. Blut sickerte an ihrem Hals hinunter in ihr Haar.

Die Schlacht war vorüber.

Kim richtete den Blick in die Dunkelheit, aus der zwei Gestalten auftauchten.

»Ich werde niemals von Ihnen ablassen«, sagte Alex leise.

Kim sah zu, wie David Dougie auf festen Boden führte. »Und das war Ihr Verderben.«

Die beiden Gestalten tauchten neben ihr auf.

»Alexandra Thorne, ich nehme Sie fest wegen Verdachts des versuchten Mordes an Douglas Parry. Sie müssen nichts sagen, aber es kann Ihrer Verteidigung schaden, wenn Sie bei der Befragung etwas verschweigen, worauf Sie sich bei Gericht berufen wollen. Alles, was Sie sagen, kann gegen Sie verwendet werden.«

Kim drückte sich hoch. Je länger sie am Boden hocken blieb, desto schwerer würde ihr das Aufstehen fallen.

In der Ferne waren Sirenen zu hören.

Sie sah David an. »Sie?«

Er nickte.

Ihr Handy lag irgendwo auf dem Grund der Schleuse.

Kim machte einen Schritt auf Dougie zu und legte ihm die linke Hand an die Wange. Er zuckte nicht zurück.

»Danke, dass du darauf vertraut hast, dass ich dich rette. Ich weiß, wie schwer das war.«

Sein Blick war weiter nach oben links gerichtet, doch er hob die rechte Hand und legte sie auf ihre.

Starke Gefühle durchströmten sie. Das reichte ihr vollkommen.

Sie wurden unterbrochen, als sich aus allen Richtungen Schritte näherten. Lichtkegel aus Taschenlampen fielen auf sie. Kim schirmte ihre Augen ab.

»Madam …«

Kim freute sich, ihren alten Freund Sergeant Jarvis zu sehen. Ihre Meinungsverschiedenheiten am Tatort einer Vergewaltigung kamen ihr sehr lange her vor.

Kim zeigte auf Alex. »Sie muss aufs Revier gebracht werden. Die Anklage lautet auf versuchten Mord, und ihre Rechte wurden ihr schon vorgelesen.«

Er nickte, während zwei Beamte sich bückten und Alex auf die Beine halfen.

»Und die zwei müssen nach Hause gebracht werden. Fragen können warten bis morgen.«

David trat vor. »Kim ... ich weiß nicht ...«

Kim hob die Hand. »Bringen Sie Dougie nach Hause, und ziehen Sie ihm was Trockenes an.«

David nickte und lächelte dann.

»Mächtiger Haken, den Sie da haben.«

Kim zuckte die Achseln und hob die Hand. Die Knöchel waren dick und rot von dem Schlag.

Sie starrte einen Augenblick auf ihre Hand, und von Neuem stieg Übelkeit in ihr auf.

»Oh ... Mist«, sagte sie zu niemandem speziell, als ihr das Bild der Dunn-Mädchen in den Sinn kam.

Jetzt wusste sie, wer noch im Raum gewesen war.

74

Kim stieg von dem Motorrad und stöhnte in die Dunkelheit. Der Tag wollte schier nicht enden. Sie konnte sich nicht einmal mehr daran erinnern, wann sie das letzte Mal das Revier zu sehen bekommen hatte, doch in diesem Moment freute sie sich über den Anblick. Wie über den des Mannes, der im Eingang stand und wartete.

Ihre Kleider waren immer noch patschnass, und ab und zu durchfuhr sie ein Zittern bis in die Knochen.

Bei jedem Schritt schrie ihr Körper auf, und durch den Verband, der nur noch lose um ihre Hand hing, war Blut gesickert.

Kim träumte von einem langen, heißen Bad und danach mit Barney auf dem Sofa auszuruhen, doch das musste warten.

»Gütiger Himmel, Kim …«

Ihr entging nicht, dass er sie beim Vornamen nannte.

Entsetzt betrachtete er sie von oben bis unten und machte den Mund auf, um etwas zu sagen.

Sie hob die Hand. »Ehrlich … nicht.«

Er nickte, und die hundert Witze über ihre äußere Erscheinung erstarben ihm auf den Lippen.

»Sind sie hier?«, fragte sie, als er ihr die Tür aufhielt.

Sie hatte ihn von Davids Handy angerufen und ihm Instruktionen gegeben.

»Ja, aber ich verstehe immer noch nicht, was …«

»Gleich, gleich«, erwiderte Kim. Sie würde sich nicht zweimal erklären.

Bryant folgte ihr, als sie noch einmal einen Raum aufsuchte, in dem sie schon einmal gestanden hatte.

Wieder folgte sie dem Labyrinth, doch anders als beim letzten Mal standen beide Constables jetzt.

Beide trugen Sweatshirts und Jeans.

»Beinahe, Männer. Beinahe wäre es Ihnen gelungen, mich an der Nase herumzuführen«, sagte sie und lehnte sich, froh über die Stütze, an ein Schließfach.

»Aber nicht ganz.«

Jenks lief puterrot an. Das Zittern seiner Beine war in der Jeans deutlich sichtbar. Er setzte sich auf die Bank.

Der Ältere, Whiley, blickte an ihr vorbei. Sein Kiefer hing schlaff nach unten.

»War das die Absicht, als Sie ihm einen Hieb versetzt haben? Dass der Fall nie vor Gericht kommt?«

Jenks zögerte eine Sekunde. »Nein … Ich habe rot gesehen … Ich dachte an die kleinen Mädchen.«

»Halten Sie das Maul, Jenks. Ich rede nicht mit Ihnen.« Sie wandte sich an den Constable, der kurz vor der Pensionierung stand.

»Whiley, ich rede mit Ihnen.«

Sämtliche Farbe wich aus seinem Gesicht.

»Jenks hat ihn nicht geschlagen, aber Sie haben ihn die Schuld auf sich nehmen lassen. Sie haben ihn geschlagen, und dann haben Sie Ihren Kollegen wegen Ihrer baldigen Pensionierung überredet zu behaupten, er wäre es gewesen.«

Sie wandte sich wieder an Jenks. »Hat er Sie deswegen darum gebeten? Hat er Ihnen erzählt, er hätte sich wegen der kleinen Mädchen nicht im Griff gehabt?«

Jenks nickte und zog die Augenbrauen zusammen, als er den Blick von ihr auf Whiley richtete.

»Sie haben sich verarschen lassen, Mann.« Kim schüttelte den Kopf. »Es hat nichts mit seiner Pensionierung zu tun. Der Grund ist der, dass er im Raum war.«

Jenks fiel die Klappe runter, und er schüttelte den Kopf. Kim hatte nicht die Energie, ihn zu überzeugen.

Eine Sache musste sie unbedingt noch in Erfahrung bringen.

Sie schleppte sich auf die andere Seite des Raums und stellte sich dicht vor Whiley.

Sie starrte ihm in die Augen. Und dort sah sie die Wahrheit.

»Haben Sie sie angefasst?«

»Ich schwöre … ich war das nicht … Ich weiß nicht …«

»Öffnen Sie Ihr Schließfach, Whiley.«

In seinen Augen dämmerte die Erkenntnis.

Sie streckte die Hand aus. »Entweder öffnen Sie es selbst oder Sie geben mir den Schlüssel.«

Zögernd zog er seine zitternde Hand aus der Tasche.

Kim nahm den Schlüssel und drehte ihn im Schloss.

In dem vollgestopften Schrank hingen Hemden und Pullover über der Stange. Auf dem Boden türmten sich Stiefel und Sicherheitswesten. Doch sie griff in das oberste Fach.

Ihre Hand landete auf einem Buch. Sie holte es heraus und zeigte es Bryant.

»*The Longest Road*«, sagte er und schüttelte den Kopf.

»Du hast ihn gekannt«, schrie Jenks. »Er hat dich beim

Vornamen genannt, als wir wegen des Anrufs hinkamen.« Der Unglaube in seiner Stimme war nicht zu überhören. »Ich hab's nicht geschnallt, aber du hast ihn gekannt, verdammt.«

Jenks stand von der Bank auf, doch Bryant war schon neben ihm.

»Du verdammter Scheißkerl«, schrie Jenks an Bryant vorbei.

Kim wandte sich wieder Whiley zu.

»Ich frage Sie noch einmal: Haben Sie sie je angefasst?«

Kim dachte, sämtliche Gefühle in ihr wären aufgebraucht. Doch als ihr Knie sich langsam auf seinen Schritt zubewegte, wusste sie, dass da immer noch ein paar waren.

»Haben Sie ...«

»Nein ... nein ... nein«, sagte er und wischte sich Schweißperlen vom Kinn. »Ich wollte nur zugucken. Ich war neugierig ... Ich schwöre, ich habe sie nicht ...«

Kim wandte sich ab und ging davon, die Übelkeit stand ihr zu hoch im Hals. Noch ein Wort, und das wär's.

»Sergeant«, rief sie zur Tür.

Wieder tauchte Sergeant Jarvis auf.

»Hektischer Abend, Madam«, sagte er mit einem Lächeln in den Augen.

Sie bedachte ihn mit einem höflichen Nicken. Jetzt verstanden sie einander.

»Bitte, schaffen Sie mir dieses widerliche Stück aus den Augen.«

»Mit Vergnügen, Madam.«

Kim sank auf die Bank neben Jenks. Seine Hände zitterten noch vor Wut.

»Sie kriegen den Hintern versohlt, weil Sie da mitgemacht haben, Jenks. Aber Ihre Karriere geht danach weiter.«

»Danke. Aber wie sind Sie drauf gekommen?«

»Ja, Guv, wie sind Sie drauf gekommen?«, fragte auch Bryant.

Sie nahm Jenks' rechte Hand und drehte sie um. »Sie haben den Kopf in den Händen vergraben. Keine geschwollenen Knöchel, keine blauen Flecken, als ich in die Umkleide kam, nachdem es passiert war. Whiley hatte die Hände in den Taschen vergraben.«

»Ist das alles?« Bryant rieb sich das Kinn.

»Nicht ganz. Als Sie den Titel des Buches erwähnten, wusste ich, dass ich ihn schon mal irgendwo gehört oder gelesen hatte.«

Kim erwähnte weder die Lesebrille noch die Tatsache, dass Whiley, als sie wegen des häuslichen Zwischenfalls dort gewesen waren, Dunn rasch in die Küche geführt und sich die Freiheit genommen hatte, die Mädchen ins Bett zu schicken. Kein Wunder, dass Wendy Dunn keinen Verdacht geschöpft hatte. Er war schließlich Polizist.

Sie wandte sich wieder an Jenks. »Whiley hat mich nach dem tätlichen Angriff im Flur noch mal eingeholt, um zu bekräftigen, was Sie getan hatten. Er hat mich auch darauf hingewiesen, dass Sie wussten, wo das Haus war. Ich wusste, dass es jemand war, dem die Mädchen schon mal begegnet waren, und als mir klar geworden war, dass Sie ihn nicht geschlagen hatten, gab es nur noch eine Person, deren Handlungen zu hinterfragen waren. Whiley war während seiner ganzen Laufbahn nie gewalttätig, und Dunn ist nicht der erste Kinderschänder, dem er begegnet ist, also musste mehr an der Sache dran sein.«

»Himmel, Guv, von wegen zwei und zwei …«

»Die Einzelheiten rauszufinden überlasse ich Ihnen. Sie dürfen ihn vernehmen.«

»Es wird mir ein absolutes Vergnügen sein.«

Kim drückte sich hoch. »Aber können Sie mir vorher noch einen großen Gefallen tun?«

»Klar.«

»Holen Sie Ihr Auto und fahren Sie mich nach Hause.«

75

Kim stand vor Mikeys Grab und suchte Antworten auf die Fragen, die ihr immer noch im Kopf herumspukten.

Woody hatte darauf bestanden, dass sie eine Woche freimachte. Und ausnahmsweise hatte sie ihm nicht widersprochen.

Die ersten zwei Tage hatte sie hauptsächlich geschlafen und war mit dem Hund rausgegangen. Irgendwann hatte Barney nicht mehr auf das Klimpern der Leine reagiert und sich standhaft geweigert, das Sofa zu verlassen.

Anfangs hatte sie sich nicht auf das Motorrad konzentrieren können und stundenlang nur auf Reparaturanleitungen und Schemazeichnungen gestarrt, unfähig, selbst die simpelsten Anweisungen zu verstehen. Aber vor drei Tagen war es ihr gelungen, den kaputten Stehbolzen aus dem Auspuffkrümmer zu fischen.

Die Begegnung am Kanal hatte zu viele Fragen aufgeworfen. Ihre ganze Vergangenheit war säuberlich getrennt, in Schachteln verpackt und mit Etiketten versehen in ihrem Kopf. Es war eine Ecke ihres Gehirns, die sie niemals aufsuchte, doch Alex war hineingestürmt und hatte die Schachteln auseinandergerissen, und jetzt waren Erinnerungen und Gefühle überall verstreut.

Einen Augenblick lang war sie dort in Versuchung gekommen. Ein Teil von ihr wäre Alex gern in die Dunkelheit gefolgt. Alles loslassen, den Kampf aufgeben. Sich komplett in den Erinnerungen an Mikey und die ersten sechs Jahre ihres Lebens auflösen. Doch sie hatte es nicht getan, denn dann wäre Alex davongekommen.

Sie hatte eine Weile gebraucht, alles wieder wegzupacken und mit frischem Klebeband zu sichern. In den Tagen seither hatte Kim sich gefragt, wie fragil ihre Psyche eigentlich war. Es rückte wohl der Zeitpunkt heran, eine Entscheidung zu treffen: die einzelnen Abteilungen ihrer Psyche entweder ganz zu öffnen und den Inhalt zu untersuchen oder sie noch fester zu verschließen. Sie wusste um die Folgen von beidem. Alles herauszulassen würde sie verschlingen. Konnte gut sein, dass es kein Zurück gab zu dem Leben, wie sie es kannte.

Wenn sie die Kisten zunagelte, war sie sicher vor der Finsternis. Dann würde sie bei Verstand bleiben und geschützt sein, aber verdammt zu einem Leben voller Einsamkeit und Misstrauen.

Ihre Gefühle gegenüber Alex waren nicht weniger kompliziert. Sie hasste die Psychologin dafür, dass sie so skrupellos mit dem Leben und den Gefühlen anderer Menschen spielte, und war gleichzeitig doch fasziniert, wie ihr das gelang. Sie hasste die Psychologin dafür, dass sie ihre finstersten Ängste bloßgelegt hatte, doch sie bewunderte ihr Geschick, mit dem sie sie beinahe zerstört hatte.

Kim atmete tief durch und hockte sich langsam neben den kalten Stein. Mit der rechten Hand strich sie über den

Namen ihres toten Zwillingsbruders. Gefühle schnürten ihr die Kehle zu, als sie ihm eine stumme Botschaft übermittelte.

»Schatz, es tut mir leid, aber ich bin noch nicht bereit für dich. Ich vermisse dich jeden Tag, und wenn ich stark genug bin, dann erinnere ich mich an jede Minute, die wir miteinander hatten. Das verspreche ich dir.«

Aus dem linken Augenwinkel nahm sie eine Bewegung wahr. Eine vertraute Gestalt kam den Hügel herauf auf sie zu.

Ihre Stimme war kaum mehr als ein Flüstern. »Aber heute würde ich dir gern meinen Freund vorstellen.«

Bryant trat zu ihr und reichte ihr einen Pappbecher mit Kaffee.

Mit einem Nicken wies Kim auf den Grabstein. »Das ist mein Zwillingsbruder. Er ist gestorben.«

Bryant wandte sich dem Grab zu.

Zu Bryants starken Seiten gehörte, dass er wusste, wann er Fragen stellen konnte und wann er besser den Mund hielt.

Sie wandte sich vom Grab ab und setzte sich auf die Bank.

Bryant setzte sich neben sie. »Kim …«

»Erzählen Sie mir, wo wir stehen«, sagte sie und trank einen Schluck.

»Okay. Whiley hat gestanden, dass er mit Dunn im Keller war. Er behauptet, es wäre nur dieses eine Mal gewesen, und die Aufzeichnungen bestätigen das. Mit seiner Zeugenaussage und den übrigen Beweisen wird Dunn nicht davonkommen, trotz des Fausthiebs ins Gesicht.«

»Waren Sie bei Ruth?«

Bryant nickte. »Als ich ihr alles erzählt hatte, hat sie

mich praktisch angefleht, gegen die Psychologin aussagen zu dürfen. An ihrer Verteidigung wird mit Hochtouren gearbeitet. Sie wird eine Haftstrafe bekommen, doch danach wird ihr immer noch eine ganze Zeit in Freiheit bleiben.«

In Bezug auf Ruth hatte Kim recht gehabt. Sie hätte die Straftat ohne Alex' Einmischung niemals begangen.

Kim wusste bereits, dass man bei Jessica eine neue Diagnose gestellt hatte, Wochenbettpsychose. Sie war von ihrer Familie getrennt und in einer psychiatrischen Anstalt untergebracht worden. Als Gefallen gegenüber Kim hatte Ted sich einverstanden erklärt, sie zu behandeln, und so war Kim zuversichtlich, dass sie die bestmögliche Hilfe erhalten würde.

Sarah Lewis hatte sie höchstpersönlich angerufen. Das »Zu verkaufen«-Schild stand nicht mehr vor dem Haus. Die kleine Familie konnte endlich Wurzeln schlagen.

»Barry Grant muss nicht mehr beatmet werden, aber er liegt noch auf der Intensivstation. Die Prognose ist gemischt. Sein Erinnerungsvermögen hat gelitten, und die Ironie, dass er nie wieder gehen wird, entgeht keinem.«

Sie hatte mit David gesprochen, der Shane im Gefängnis besucht hatte. Shane war unkommunikativ gewesen und hatte nichts über die Vorfälle erzählt, die ihn wieder ins Gefängnis gebracht hatten. Er hatte David angewiesen, ihn nicht mehr zu besuchen.

Während ihres Gespräches mit David hatte er ziemlich deutliche Hinweise darauf fallen lassen, dass er gern mal einen Blick auf ihr Restaurierungsprojekt werfen würde. Bis jetzt hatte Kim ihn zwar noch nicht eingeladen, aber sie schloss es auch nicht kategorisch aus.

Den meisten Opfern von Alex ging es also recht gut.

Bei sich selbst war Kim sich da nicht so sicher. Äußerlich hatte sie sich wieder hinter ihrer Fassade verschanzt. Sie war bereit, wieder zur Arbeit zu gehen. Sie schlief schlecht und trank mehr Kaffee, als gut für sie war.

»Okay, danke, dass Sie mich auf den aktuellen Stand gebracht haben. Und jetzt verschwinden Sie und gehen Sie zurück zu Ihrer Familie.«

»Sie wissen aber, dass das hier nicht Ihr Grund und Boden ist und Sie mir nicht vorschreiben können, wann ich zu gehen habe.«

»Ja, aber wenn ich ›bitte‹ sagen würde?«

»Dann würde ich Sie in die stabile Seitenlage bringen und den Notarzt rufen.«

»Beinahe witzig«, sagte sie.

Er stand auf. »Aber da Sie wie ein normaler Mensch gefragt haben, lasse ich Sie jetzt in Frieden.«

Er machte zwei Schritte und drehte sich um. »Danke, Kim.«

»Ja, ja. Und jetzt hauen Sie schon ab.«

Lachend wandte er sich wieder ab und ging davon.

Sie stand da und ließ den Blick über das Herz des Black Country schweifen. Kein besonders schöner Ausblick. Ein breites Becken, das seinen Teil an Armut und Verbrechen hatte.

Ein Lächeln zupfte an ihren Lippen, als ihr einfiel, dass irgendwo da unten ein kleiner Junge war, dessen Herz immer noch stark und fest in seinem Dinosaurier-Schlafanzug schlug. Genau wie Kim hatte der kleine Jamie sich vom Rand des Abgrunds ins Leben zurückgekämpft und gesiegt.

Dank

Als ich anfing, dieses Buch zu schreiben, tat ich es in der Absicht, eine wahre Soziopathin darzustellen. Immer wieder war ich versucht, Alexandra Thorne eine Achillesferse oder eine kleine Schwäche anzudichten, um Hoffnung auf Rettung zu machen. Letztendlich habe ich mich aber an die Fakten gehalten: So schwerverdaulich und beunruhigend es auch sein mag, es gibt Menschen unter uns, die keine Reue empfinden können. Doch zum Glück gibt es auch Menschen wie Kim Stone, die sich ihnen in den Weg stellen.

Bei meinen Recherchen waren besonders zwei Bücher von unschätzbarem Wert:

- *Der Soziopath von nebenan. Die Skrupellosen: ihre Lügen, Taktiken und Tricks* von Martha Stout (Springer Verlag 2008) und
- *Gewissenlos. Die Psychopathen unter uns* von Robert D. Hare (Springer Verlag 2005).

Wie immer möchte ich den Mitarbeiterinnen und Mitarbeitern von Bookouture für ihre fortgesetzte Leidenschaft für Kim Stone und ihre Geschichten danken. Ihre Ermutigung und Begeisterung sowie ihr Glaube haben meine langgehegten Träume auf wunderbare Weise wahr gemacht. Keshini, Oliver, Claire und Kim: Ich kann euch gar nicht genug danken.

Zusammen mit den anderen fantastischen Bookouture-Autorinnen und -Autoren habe ich das Privileg, Teil dieser begabten und unterstützenden Familie zu sein.

Mein tiefer Dank gilt meiner Mutter, die vorn an ihrem Rollator ein Exemplar meines Buches befestigt hat und ihn so vor sich herschiebt, und meinem Vater, der neben ihr hergeht. Ihre Begeisterung und ihre Unterstützung sind einfach toll.

Meine Dankbarkeit gilt auch den vielen wunderbaren BloggerInnen und RezensentInnen, die nicht nur meine Bücher besprochen haben, sondern Kim Stone ins Herz geschlossen haben und sich für sie einsetzen. Ihre Liebe zu Büchern und ihre leidenschaftliche Unterstützung sind mir eine starke Quelle der Inspiration.

Öffentlicher Dank gebührt auch den wunderbaren Mitgliedern meines örtlichen Buchclubs: Pauline Hollis, Merl Roberts, Dee Weston, Jo Thomson, Sylvia Cadby und Lynette Wells.

Schließlich finde ich keine Worte, um meiner Partnerin Julie meinen Dank auszudrücken. Jedes Buch ist ein Zeugnis ihres unerschütterlichen Glaubens. Sie war mein Licht in trüben Tagen und hat nie zugelassen, dass ich aufhöre. Sie ist wirklich meine Welt.

Liebe Leserinnen und Leser,

zunächst möchte ich Ihnen ein dickes Dankeschön sagen, dass Sie diesen Roman gelesen haben. Ich hoffe, die zweite Etappe von Kims Reise hat Ihnen gefallen und Sie empfinden es ähnlich wie ich: Sie ist zwar nicht immer perfekt, aber sie ist doch jemand, den man in schwierigen Situationen gern an seiner Seite wüsste.
Wenn Ihnen das Buch gefallen hat, wäre ich Ihnen auf ewig dankbar, wenn Sie das in einer Bewertung festhalten. Ich würde gern Ihre Meinung hören, und vielleicht entdecken andere Leserinnen und Leser über Ihre Rezension meine Bücher. Vielleicht können Sie sie auch im Freundes- und Familienkreis empfehlen …
Eine Geschichte beginnt als Samenkorn einer Idee, die damit wächst, dass man seine Umgebung beobachtet und belauscht. Jeder Mensch ist einzigartig, und wir alle haben eine Geschichte. Ich möchte so viele von diesen Geschichten wie möglich einfangen, und ich hoffe, Sie begleiten Kim Stone und mich weiter auf unseren Reisen, wohin auch immer sie führen.
Ich würde wirklich gern von Ihnen hören – über Facebook oder Goodreads, über Twitter oder über meine Webseite.
Und wenn Sie aktuell über meine neuesten Veröffentlichungen informiert werden wollen, können Sie sich auf dem Webseiten-Link unten anmelden.
Vielen Dank für Ihre Unterstützung, sie bedeutet mir sehr viel.
Angela Marsons